Einaudi. Stile Libero Big

Pubblicato in accordo con MalaTesta Literary Agency, Milano

www.einaudi.it

ISBN 978-88-06-24988-5

Alberto Rollo

Il miglior tempo

Einaudi

Il miglior tempo

Non c'è sorte peggiore di chi vive in un tempo non suo.

VASILIJ GROSSMAN, *Vita e destino*

È questo il senso morale, non tecnico, della mobilitazione: una gioventú che non si conserva «disponibile», che si perde completamente nelle varie tecniche, è compromessa.

GIAIME PINTOR, l'ultima lettera;
Napoli, 28 novembre 1943

Messaggio vocale

20 settembre 2019

Mi auguro che tu possa sentirmi. Sei abituato ad ascoltare. Dunque ascoltami. La voce la conosci. Sai come fa. Non ho idea di che traccia lascerò in questo messaggio. Devo lasciarla, non foss'altro perché ti sei preso la briga di venirmi a cercare e io ho fatto l'impossibile per sottrarmi. È tutto il pomeriggio che faccio avanti e indietro nelle strade intorno al porto. A volte c'è qualcuno che guarda e allora dico: ecco, sono loro, adesso mi faranno un segnale, si faranno riconoscere, e allora io avanzerò sicuro. Ho la mia roba in una piccola pensione, vado a prenderla e vi seguo. Vedi, dottore, forse nient'altro aspettavo che questo: che qualcuno mi dicesse «Seguimi». Ho perso tempo? So di aver cercato in te una guida. Ti ho chiesto di esserlo. C'è niente di piú arrogante? Ho incontrato persone meravigliose e ora mi sembra di averle deliberatamente perdute tutte, perché andavano perdute, perché io non voglio la meraviglia, e forse neanche la bellezza. Mi sono spesso immaginato di volere la giustizia. Accidenti, caro Romagnoli, ti pare che possa farcela? Si può andare a caccia di giustizia? Quando avrei dovuto cominciare ad arrendermi?

Fammi prendere fiato. Ho la testa confusa. Ora sto seduto in cima alla scalinata di Virgilio, sotto le colonne terminali della via Appia. Mi guardo i piedi, non me li ero mai guardati con questa curiosità. Sono lunghi, magri, nervosi, l'alluce rigido. Stanno dentro questi sandali come ospiti sgomenti, senza libertà. Provo qualcosa di simile alla pietà anche se non ho piaghe, ulcerazioni, tutto quello che fa dei piedi i testimoni della fatica. Ho bisogno di loro. Oh sí. Mi porteranno dove devo andare. C'è ancora abbastanza luce, c'è ancora quel rosso imbastardito d'azzurro, c'è quel lenzuolo di luce, e poi il mare. Sí, si vede da qui, si può guardare – anche questo l'ho imparato da te – con tutti gli uomini che lo hanno guardato da qui. E io sono solo l'ultimo di una schiera infinita. L'ultimo della fila che si chiede cosa troverà al di là del piú antico dei mari, sulle coste della Grecia, della Turchia, del Libano. Partirò come sono partiti quelli che mi hanno preceduto. Mi senti? Non so se potresti mai benedire questa partenza. Cantor se n'è andato – cosí dovrai dire. E dovrai essere molto convincente.

Mi prendono per scemo, qui, con il telefono perpendicolare alle labbra. Dovresti vedere certe coppie salire la scalinata con l'antica grazia borghese della coniugalità in vacanza, ma poi c'è chi le discende mollemente, disperdendo tempo, e c'è chi resta, come me, a guardare.

A te basta un *andantino*, per darmi un posto nel mondo.

Ora che mi allontano, tutte le distanze si bruciano. Come quando si prende quota in montagna. Quando non c'è piú eco e se gridi nessuno ti sente, e ti pare di sprecare il fiato.

Mi sto annoiando di me stesso. Abbi pazienza. Non abbandonarmi. Dovrà pur arrivare qualcuno.

C'è una brezza che fa quasi piangere e c'è uno sfrigolio nell'aria che è quasi musica. Quasi musica!

Cosa volevo dirti, Romagnoli?

Fra quattro mesi avrò trent'anni.

Ti saluto. E firmo, come scrivessi. Tuo Cantor.

Uno

Ho cominciato a frequentare Filippo «Cantor» Castelli al di fuori della professione quando lui aveva piú di vent'anni e io sessantasei. Aveva la faccia di Glenn Gould da giovane, spiritata e gentile, con un ciuffo di capelli fini che gli spiovevano sempre sulla fronte e che lui ricacciava indietro con le dita aperte a pettine. Voleva studiare Medicina.

Sua madre me lo aveva portato in studio appena nato insieme al primo figlio ormai quindicenne – ed ero stato costretto a farle notare che la presenza di Cantor non giustificava quella dell'adolescente.

Era un bambino sano. A sette anni consigliai una tonsillectomia, contro il parere di molti. L'ho seguito ben oltre l'adolescenza, come il fratello e piú del fratello, perché la madre non si fidava del medico di base, né di altri specialisti. Riteneva, piú in generale, che sarebbe stato meglio avere un solo medico dalla nascita in avanti (si asteneva dal dire fino alla morte dato che verosimilmente non si sarebbe mai trattato di quella del paziente). Gli ultimi consulti risalivano a quando Cantor aveva diciott'anni e già allora, una decina d'anni fa, meditavo di ritirarmi presto. Un vecchio pediatra: c'è qualcosa di piú beffardamente ridicolo, anche solo a pensarlo? Bisognava smettere, avrei potuto finalmente dedicare piú tempo all'ascolto della musica.

Cantor prese l'abitudine di venire spesso a casa mia. Seduto sopra uno sgabello di fianco alla finestra, concionava sul suo infausto presente che era anche il mio infausto presente. – Lei ha vissuto, – concludeva quando provava a stabilire una distanza qualitativa fra la mia e la sua vita. Era proprio quello stare sullo sgabello che mi aveva fatto pensare a Gould, a Gould davanti al pianoforte con quella specie di seggiolino che ne aveva reso famosa la postura. Glielo dissi, una volta, ma neanche ci fece caso. – Mi iscrivo a Medicina, – ripeteva, e lo diceva quasi a provocarmi. Non sapeva che fare. Si capiva.

Dopo aver frequentato il mio studio come paziente – l'ultima volta l'avevo visto in occasione di una bronchite – era sparito dal mio orizzonte ed era ricomparso qualche anno piú tardi. Era evidente che avevo lasciato buona memoria: forse perché solevo consigliare alla madre di astenersi da qualsiasi commento durante la visita, e soprattutto perché riuscivo a ottenerlo, o forse perché c'era sempre musica in sottofondo. I piccoli pazienti gradivano, e ripetevano goffamente frasette rossiniane, mozartiane, o il *Caro mio ben*.

Un giorno ci eravamo incontrati per strada, gli avevo offerto un caffè, e questi caffè erano diventati una sorta di consuetudine finché non si erano trasformati in veri e propri appuntamenti.

Perché io?, mi ero chiesto. – Perché io? – gli chiesi. Non rispose. Disse che non aveva maestri. Dovevo pensare che per qualche oscuro motivo ne aveva visto uno in quello che era stato il suo pediatra? Cercai di mettere a fuoco i caffè che gli avevo offerto sotto lo studio tutte le volte che lo avevo incontrato. Di cosa avevamo parlato? Di cosa avevo parlato? Non mi ricordo proprio. Forse di qualcosa che aveva a che fare con la stagione di concerti. Da quei caffè in poi chiese di potermi far visita a casa di tanto in tanto. E cosí è passato il tempo.

Qualche anno fa ha cominciato a parlarmi del fratello. «Il politico», diceva. Quello che vuol fare il politico. Quello lí. Giulio Castelli. Ne avevo lette le gesta. Io non volevo saperne niente di quella storia, e neppure Cantor sembrava interessato. Aveva cominciato a lavorare per un'associazione non governativa e si era iscritto al corso per diventare infermiere salvando gli esami già sostenuti. La madre raccomandava, da sempre, Giurisprudenza, ma lui non ci sentiva proprio. Non era portato per l'accademia, in qualsiasi forma. Gli avevo detto: «Cantor, – voleva essere chiamato cosí, – Cantor, piuttosto che quale facoltà scegliere sarà bene che tu capisca che cosa vuoi dal mondo». Avrei potuto essere piú preciso e dirgli che posto voleva occupare nel mondo, ma mi sembrava un punto di vista vecchio, vecchio come me. O ancora, avrei potuto dirgli che forse aspettava una chiamata e doveva mettersi in ascolto. No. Misticheggiante. Vecchio e retorico. In fondo, se guardava a me come a un maestro, perché non difendere la posizione acquisita.

Se pensavo alla sequenza infinita di infanti diventati bambini e di bambini diventati grandi abbastanza per sciogliersi dalla paura e rinunciare persino al rispetto, il caso di Cantor rappresentava un'eccezione luminosa. Voleva che gli insegnassi qualcosa? Ebbene, ero lí. Cosí lo invitai ad ascoltare il *Quartetto per piano e archi in Mi bemolle maggiore* di Robert Schumann (e mi preoccupai che fosse puro ascolto, senza mediazioni, senza commenti), al quale fece seguito il *Concerto in La minore per violoncello e orchestra*. – Senti, – sproloquiai, – senti come porta il violoncello allo stremo della sua ossessione, senti come lo porta alla risposta dell'orchestra, senti come arriva, ed è qualcosa che somiglia quasi a una marcia –. Non si fa, non si descrive, non si mettono parole, e comunque non quelle.

Non ero sulla strada giusta, ma, come del resto tutti i giovani alla ricerca di un maestro, Cantor si dispose semplicemente ad aspettare un'altra tappa della nostra possibile intesa. Era lui che doveva modellare me, non viceversa.

Una volta uscimmo insieme e, in mezzo alla folla, in mezzo ai segni del tempo, ebbi la netta sensazione di suscitare una e una sola impressione: eravamo un padre e un figlio, un figlio nato tardi. Non solo: finalmente pensai l'unica cosa che avrei dovuto ragionevolmente pensare. Che il notaio Castelli era morto giovane, dunque Cantor si sentiva un orfano con un credito aperto. Che io non avevo avuto figli e lui aveva visto in me, anche attraverso il filtro della mia professione, il padre che non aveva avuto o che aveva avuto troppo poco. Fu allora che lo guardai per la prima volta con contenuta tenerezza. Subito repressa quando, incontrando un suo coetaneo con cui aveva una generica confidenza, mi presentò come «l'amico Romagnoli». Che altro avrebbe potuto dire? Il mio pediatra? Fossi stato almeno un dermatologo, o un dentista, non ci sarebbe stato niente di male a dire «il mio dentista», «il mio dermatologo». Invece lui disse «l'amico», preferendo al nome la limpidezza istituzionale del cognome – come fossimo compagni di scuola o soci in affari.

Procedemmo insieme tutti e tre per un lungo tratto di strada e Cantor insisteva nel chiamarmi all'interno di un loro confronto che, a quanto pareva, durava da tempo, a proposito delle associazioni che agivano nell'area degli aiuti umanitari: piú precisamente, sul modo piú adeguato ed efficace per raccogliere fondi. Me ne uscii con un banale: – È bene ridurre gli sprechi della mediazione e della comunicazione, far sí che i beneficiari siano i destinatari diretti –. Cantor ci inchiodò in mezzo alla folla e mi indicò al suo sodale: – Vedi? Non si poteva dire in maniera piú lucida –. Cercai con gli occhi la punta delle scarpe. E quando riprendemmo a camminare, restai un passo indietro. Mi sentivo a disagio, ma mi godevo, timidamente, il gusto del successo. Bastava cosí poco?

Dallo sgabello dove tornava a essere il giovane Gould, mi ossessionava con la sua «educazione all'incompetenza» (la chiamava cosí): riconosceva di essere un buon infermiere, e che non superare la linea di demarcazione che divide la concretezza del sentirsi utile dal potere della medicina lo metteva in pace, ma solo fino a quando non si rammentava di appartenere per estrazione sociale a una famiglia dove quel discrimine era continuamente superato per abusi, sprechi e vanità. – Caro dottore, – mi diceva, – non so dove sbattere la testa –. Si tormentava. Cercavo di distoglierlo. – Cosa ne dice Anna? – chiesi una volta per divagare.

– Anna è meravigliosa, mi studia, mi ama, mi vuole. Gliela devo presentare.

In effetti non l'avevo mai incontrata, ma lui allora, di tanto in tanto, faceva cenno a lei, a com'era «leggera», cosí «innamorata del futuro». Poi ci ripensava e giurava che non era affatto leggera, e aveva i piedi per terra, anche se quella definizione secondo lui non significava niente. Tutto ciò accadeva anni fa, non so piú dire quanti. E anche quel «piedi per terra» era stato corretto altrimenti.

Quando l'incontro avvenne, mi pentii di averlo accettato. Eravamo al solito bar. Anna era palesemente in difficoltà e, con gli occhi di Glenn Gould, Cantor mi domandava, anzi mi implorava, di interrogarla. Io avevo cominciato dalle poche informazioni che avevo, l'università («Siete in molte alla facoltà di Fisica?», «Ha in mente una specializzazione?»), la relazione in corso («Avete dei progetti?») e altre banalità. Lei mi fissava sempre piú intensamente, e piú mi fissava, piú si illuminava della sua bellezza, i capelli neri e lisci diventavano sempre piú scuri e lucidi, le labbra si incidevano piú rosa del rosa nella semioscurità del locale, le mani allungavano dita nel vuoto con un'eleganza che neppure una danzatrice di Sumatra. – Dottore, – e ci fu qualcosa di conclusivo in quell'appellativo, – Cantor è l'uomo di cui mi sono innamorata.

Dottore? Mi infastidí. Forse credeva che fossi lí una volta di piú in veste di pediatra?

Risposi che lo vedevo, che mi aveva fatto piacere conoscerla, che mi piaceva pensare che avessero degli interessi in comune.

– Lei ha coltivato interessi in comune con sua moglie?

Cantor la ammoní, disse che quelli erano fatti miei. Io intanto pensavo alla musica, che la signora Romagnoli si limitava a tollerare. E purtroppo, o per fortuna, la mia risposta fu tempestiva.

– No, non ne ho coltivati, ma la consuetudine dell'amore è inclusiva, ospitale, lavora nella stessa direzione, fa sí che ci meravigliamo ogni volta di aver goduto di una prossimità insospettabile.

Cantor era raggiante. Avevo opposto alla provocazione della bella Anna la lucidità di un pensiero, e di un'esperienza. Li vidi abbracciarsi e baciarsi con un ardore dimentico della mia presenza. Del resto ero pur sempre un medico, e loro erano un esempio miracoloso della natura umana.

Chiesi il conto e Cantor, senza smettere di baciare la ragazza, mi chiuse il polso dentro la stretta della sua mano: che non mi permettessi di pagare. Lo lasciai fare, tornai a casa, tornai a Schumann, e mi sentii finalmente a mio agio.

Luglio 2018

Come furia fu il risveglio e Cantor si trovò dentro una torcia di lenzuoli, l'aria calda che entrava dalla finestra aperta, il rumore che saliva impietoso e urlava nella stanza. C'era il mondo fuori, in tutta la sua maligna e devastata immensità. Lui sapeva che avrebbe dovuto affrontarlo, anche soltanto mettendo i piedi a terra per infilarsi la divisa della civiltà e scendere, dopo il bagno, dopo la cucina. Levandosi intunicato nel bianco sentiva il secolo sopra la pelle e, fatto un passo decisivo, si affacciò, e cosí facendo gli sembrò di debordare dalla finestra. Guardò, per guardare meglio cominciò dal trambusto di nubi stracciate, dall'altezza dell'azzurro sudato, per poi sfidare il flaccido colore del sole, la calura gialla, l'occhio senza fiato che spiava una volta di piú l'accadere di sotto. Cantor aprí le braccia, il lenzuolo cadde e rimase nudo nel riquadro della finestra. Non aveva pensieri, non aveva idee, ma era uno dei suoi giorni, un giorno che si aggiungeva agli altri prima di quello. Lo schermo del computer ribatteva il pallore esausto della stella, ne rifletteva la *dolia* luminosa: era rimasto, come sempre, acceso tutta la notte e per primo aveva raccolto l'insulto del ricominciare. Cosa devo pensare?, si chiedeva Cantor, e non arrivava nulla, e ciononostante si sentiva dilatare nel vuoto, corpo sgonfio eppure plastico, bandiera, specchio forse.

Cosí il giovane Cantor principiò la giornata, abbaiando alla luce.

Occupava l'appartamento avuto dalla madre a mani calde, quando erano già fredde quelle del padre. Una manciata di metri quadri metropolitani ai quali non aveva mai saputo dare una vera identità. Per fortuna c'era quella grande finestra, che dava accesso a tutto il dono del visibile. L'insulsa e affannata geometria di edifici che faceva da spalla alla lunga spianata verde del vecchio scalo merci bastava a dominare la sua solitudine. C'erano stati anni in cui il padre, quasi spaventato dall'espansione e dai profitti del suo studio di notaio, aveva cominciato a «investire»: aveva comprato quasi a casaccio, appartamenti grandi e piccoli in aree che avevano dismesso lo stato di appendici periferiche ma non ne avevano guadagnato un altro, offrendo tuttavia una sembianza di residenzialità.

Lo studio, al piano rialzato di un elegante edificio degli anni Venti, era diventato la casa della vedova, una casa troppo vasta, troppo vuota, troppo triste per contentare la mesta genitrice, eppure lí lei impartiva le sue lezioni di vita, riceveva le amiche del burraco, ordiva cene per amici di famiglia, o per i due figli. Giulio, il fratello di Cantor, seguendo i consigli materni si era laureato in Giurisprudenza in attesa del concorso per entrare come associato nello studio del padre, dove peraltro era già associato senza il nome in ditta il giovane Ignazio Pellizzari, vera spina dorsale dello studio. Quando il notaio Castelli, sul punto di dare un nuovo orientamento ai suoi affari, era stato preceduto da un aneurisma senza scampo, la moglie aveva idealmente «passato le chiavi» al prode Pellizzari. Ora lo studio si chiamava Castelli e Pellizzari e il portafoglio dei clienti era rimasto intatto. Pellizzari conosceva affari, debolezze e grandezze di quei clienti, aziende e privati, ma per una sorta di leale remissività e di timido rigore aveva accolto come una benedizione la continuità dello studio dove si era formato.

Giulio, che pure si era occupato del trasferimento dello studio due incroci piú in là, piano rialzato in casa d'epoca come il precedente ma di un'epoca piú recente e a un piano un po' meno rialzato, non aveva intenzione, dopo aver vinto il concorso, di legarsi alla professione: guardava con interesse a un possibile destino in politica. La faccia del politico ce l'aveva: gli occhi severi, di un azzurro intenso, capaci di passare dall'attenzione all'indifferenza, il taglio delle labbra secco ma con una promessa di sorriso, i capelli castani fini e sempre pettinati, lo zigomo alto ma protetto da guance appena paffute. «Sei tutto faccia, – gli diceva spesso Cantor quando si vedevano, in casa della madre, – una faccia da post-it». Sapeva di fargli un complimento, perché se con quel post-it intendeva – come intendeva – senza idee, Giulio si guardava bene dall'averne troppe. Non era di idee che aveva bisogno: non gli servivano, erano complicazioni. Gli si doveva leggere dentro la massima permeabilità, il meccanismo oliato del gesto che pilota il consenso, quando il consenso è già ottenuto o sul punto di essere acquisito. Altri erano quelli pronti a evocare il dominio delle idee. Non lui, piú preparato ad amministrare, a sgombrare, a fare spazio.

Cantor rovistò sullo schermo del pc, ma non c'erano messaggi rilevanti.

Un foglietto scritto nella calligrafia di Anna gli rammentava che quella sera si sarebbero visti da U e P, cosí diceva: «U e P», e tanto bastava. Anna era uscita dal suo letto senza che lui la sentisse. C'era il suo profumo sulle lenzuola, malgrado la finestra spalancata e quel po' di vento caldo che entrava appiccicoso.

Che cos'ho da salvare?

Gli entrò questa domanda in testa e lui si mise a inseguirla come fosse stata una mosca. Sul comodino, sulle pareti, sui sandali in terra, sulla lampadina che penzolava dal centro del soffitto, sulle camicie ammonticchiate sulla sedia, sulla scrivania, sulla biancheria pulita impilata sulla poltrona. Ma come? Tutto quel mondo fuori – e tornò a spiare la città – e io qui con questa domanda che mi martella?

Cosa volesse dire non lo sapeva, gli sembrava impropria, anche perché non si era impegnato in alcun modo, né aveva pendenze tali per cui potesse considerare l'eventualità di avere qualcosa da perdere o da guadagnare. E infatti gli era entrata dentro con quel «salvare» di cui non sapeva darsi ragione.

Si sentiva perso nell'ora del mondo che avrebbe dovuto essere sua. Mentre scandagliava senza intenzione il paesaggio urbano che aveva davanti e percorreva orizzontalmente la linea di balconi e finestre, incrociò lo sguardo di un'anziana signora un piano piú sotto, nell'edificio di fronte. Si distrasse e aspettò di fare una mossa, una mossa qualsiasi, ma fu lei a conquistare lo spazio sul balconcino e a osare, accennando un saluto con la testa. Che lui replicò subito. E lei aggiunse un gesto della mano agitata a ventaglio.

Eh, certo, fa caldo, fa molto caldo, pensò Cantor. Invece di imitarla indicò il torso nudo, come dire che lui era molto piú intollerante. Poi temette di avere esagerato a dichiararsi nudo e si fece vento anche lui. L'anziana signora forse sorrise, forse no, anche perché si ritrasse subito e a poco a poco si lasciò inghiottire dall'ombra.

Cantor cercò mutande e maglietta, si rivestí e andò in bagnò. Anna aveva impresso le sue labbra rosse sullo specchio. Quanti segni. Troppi segni, pensò, concentrato sulla macchia di rossetto. Pensò che Anna era bella, ma glielo voleva ricordare, insisteva, creava una coda ideale di eros. Cancellò il rossetto con un kleenex.

Devo uscire, si disse quasi ad alta voce, anche se non aveva esattamente idea di dove andare.

Che cosa si salverà?, si ripeteva, che cosa si salverà, comunque sia?

No, la barba non se la sarebbe fatta, poteva tenere ancora per almeno due giorni. E i capelli avrebbe continuato a lasciarli crescere. Indagò dentro lo specchio dove prima c'erano le labbra di Anna, per vedere se anche la sua era «una faccia da post-it». Lo era, ma in maniera diversa da quella del fratello: qui, qualunque cosa fossero, le idee chiedevano notizia di sé, forzavano ai confini, facevano male e non entravano. Ecco perché quella salvezza-insetto che volava dal bagno alla stanza e sbatteva contro il soffitto. Non possono che essere invasive e fastidiose le idee, ecco perché il fratello ne andava quasi orgogliosamente privo, e forse, davanti al suo specchio, aveva l'accortezza di espungerne l'eventuale erompere con un attento make-up. Che poi cosa erano mai queste «idee»? Lo ignorava. Sapeva solo classificare il politico che il fratello voleva diventare, e lo faceva riconoscendogli sulla faccia un vuoto, un'assenza. L'uno e l'altra, peraltro, benvenuti.

Ma lui, ma Cantor, ma questo giovane uomo, a che cosa dava il buongiorno quando il giorno arrivava, come ora?

Si infilò una maglia di cotone a girocollo, dei pantaloni larghi che gli sventolavano addosso, ma non erano freschi come avrebbe voluto.

Sarebbe stato meglio non lasciare le chiavi del suo appartamento ad Anna?

Il cellulare vibrava sul parquet. Non rispose. Chiuse invece la grande finestra. Il mondo rimase fuori. Si insediò al suo posto il caldo. Atroce.

Da chi aveva imparato suo fratello? Doveva esserci stato qualcuno che gli aveva dato i rudimenti di quella snodata impassibilità. Non ne avevano mai parlato: nel corso degli anni Cantor lo aveva osservato passare dai contratti, dalle negoziazioni, dal quotidiano gioco di strette di mano e appuntamenti ai confini tra finanza e edilizia alle frequentazioni che lo avevano condotto in seno al Partito nuovo. L'aggettivo seguiva il sostantivo, sempre. Quando aveva letto che Castelli, figlio di uno dei notai piú conosciuti in città, stava «scendendo in campo» – la formula era stata quella, abusata ma ancora efficace per chi alla politica arrivava da una professione – Cantor si era vergognato.

«Filippo, – gli aveva annunciato la madre al telefono, – a questo punto è bene che la tua condotta sia irreprensibile».

Si raccomandava, mentre in un colpo solo gli attribuiva un potenziale da delinquente e cancellava la sua identità restituendolo al nome di battesimo.

In una seconda telefonata la madre gli aveva rammentato che, d'altro canto, proprio perché lui non era schierato pubblicamente, avrebbe fatto bene ad andare a rassicurare Pellizzari; fargli sentire che la famiglia c'era, che il nome dello studio non sarebbe stato legato alle scelte politiche di Giulio, qualora si fosse affacciata l'urgenza di rispondere a quanti – che peraltro lei riteneva inesistenti – si fossero preoccupati della carriera politica del figlio del notaio Gualtiero Castelli.

Pellizzari era uomo mite, gentile: Cantor sarebbe passato a salutarlo, ma solo per fargli la cortesia di mostrare l'altra faccia della famiglia. Avesse rivelato piú solidità, piú trasparenza, Cantor l'avrebbe anche interrogato in maniera piú diretta, ma sapeva che non ci sarebbe stato spazio: ricordava un pomeriggio in cui, alunno elementare, Pellizzari lo aveva aiutato a completare degli esercizi di aritmetica, rivedeva il dito calare muto a indicare l'errore, una e piú volte, e percorrere la pagina per segnalare dove l'esercizio aveva un analogo svolgimento e l'alunno avrebbe potuto ispirarsi per correggersi. Il dito muto. Gualtiero Castelli aveva scandagliato l'anima di Pellizzari fino alla perfetta orologeria del suo magnetismo professionale: qualsiasi cliente si sarebbe sentito al sicuro.

Il balcone della dirimpettaia era chiuso. Cantor tese bene il lenzuolo sul letto, sprimacciò i cuscini, premette un tasto e le tapparelle gracchiarono forte finché non arrivò il buio. Lo schermo del pc era ancora acceso sulla posta.

Due

È stato almeno tre estati fa. La mattina in cui Anna si è presentata senza annuncio, da sola, a casa mia.

Non chiede se può entrare, sorride e brucia cosí la residua acidità che l'uomo discepolo della propria solitudine patisce anche quando crede di essere cresciuto alla scuola dell'ospitalità e della gentilezza. Fingo di guardare al di là di lei per cercare la presenza di Cantor, ma ho capito benissimo che lui non c'è. Le chiedo lo zainetto, lei fa no con la testa e mi domanda se ho voglia di uscire. – Devo preoccuparmi? – E arretro verso il salone. Si limita a un piccolo no, fermo e rassicurante. La lascio attendere sulla porta, prendo una giacca e la seguo verso l'ascensore. Cantor, mi dice, è in montagna con il suo gruppo e lei ha voglia di fare due chiacchiere con me. – Era tempo che accadesse, – dico io, e appena lo dico sono già pentito. È un'espressione, la mia, tanto generica quanto piena di aspettative che forse non ci sono. Potrei rettificare, ma mi rendo conto che Anna, e piú in generale la sua generazione, è indifferente alla sensibilità per la frase giusta cosí coerente con la mia educazione.

È evidente che sa dove portarmi, che ha un progetto, e io la seguo, anche perché in ascensore ha anticipato che le piace passeggiare e per qualche ragione rammentava che piace anche a me. Sí, certo che mi piace. Faccio cenno di sí, e in fondo non c'è ancora il caldo che hanno annunciato.

Mi cammina a fianco e mi dice subito che si sente a suo agio con me.

La interrogo sui suoi studi. – Dopo la laurea sono finita a lavorare in istituto –. Come dire: rimarrà all'interno dell'istituzione universitaria.

È convinta che dovrebbe continuare la ricerca all'estero. – A mio padre piace pensare che non esistono solo gli Stati Uniti e che in Russia è rimasta la grande tradizione sovietica –. Lo dice senza lasciar trapelare alcuna perplessità nei confronti del padre. E precisa: – Le assicuro che, da quel punto di vista, mio padre è senza nostalgie, ma è un uomo del secolo scorso, la Storia ha cominciato a finire insieme a lui.

Arriviamo all'Università Statale, mi lascio condurre docile nei chiostri sopravvissuti ai bombardamenti dell'ultima guerra. Sono pieni di studenti. Finalmente Anna mi invita a sedere, le spalle a una colonna.

– Cantor, – dice, ma non è come se principiasse un discorso, semmai come se lo chiudesse con un punto fermo. È come se la ragione per cui mi ha guidato qui si condensasse nel nome del ragazzo che tutti identificano come il suo «fidanzato» e che, lei sa, frequenta la mia casa.

– Deve avere pazienza, dottor Romagnoli. Non so da dove cominciare, – dice, e continua, – avevo dei pensieri in mente che procedevano senza governo, pensieri erranti. Sono arrivata a lei senza fatica e allora ho sperato che senza fatica lei potesse ascoltarmi.

– Cantor, – questa volta sono io a fermare il nome nel vuoto, ma con una sfumatura interrogativa.

– Già. Non altro. Ma le anticipo che non ho in mente nessuna mediazione. Non c'è «aiuto» che io possa chiederle perché non potrebbe darmelo, né ci sono elementi per dare a un aiuto, quale che fosse, una sostanza, una concretezza. Eppure eccoci qua. E siamo qua perché è Cantor, – ancora una volta il nome, e con il nome una pausa, – a premere sulla nostra conoscenza reciproca –. Si interrompe.

– Anna, mi ha incuriosito ormai, dunque la prego di continuare.

– Ogni tanto mi lascia un messaggio, – e cerca in fondo allo zaino una moleskine da cui spuntano dei fogli di quaderno.

Me ne mostra uno. «Sto aspettando. Son sicuro che succederà qualcosa».

– E fino a qui, niente di che. Ma poi senta: «Di cosa sono capace? Cosa so fare? Ho bisogno di salire». Salire? E poi ancora «Non stiamo andando da nessuna parte». Mi sta dicendo che si è stancato? Dottor Romagnoli, lei lo sa, credo, che io non ho paura. Dice che sono il suo filo di seta. Non mente, non ne è capace, ma Cantor è esposto quasi naturalmente alla seduzione. Mi dà fastidio, ma non conto sull'esclusività. Imparo a conoscerlo. Diciamo che mi do tempo. Quell'andare da nessuna parte non ha niente a che vedere con me.

Cerca un altro foglio: «Quando ci sono, vorrei sparire».

Si ferma. Stropiccia il foglio, delicatamente.

– Sono preoccupata. Sbaglio? E comunque qui c'è qualcosa che la riguarda «Magari finirete per udire nascer l'erba, dice R». R è lei. Bella frase. Ne sa qualcosa?

Anna mi guarda con intenzione. È evidente che vuole arrivare dove non riesce a vedere. C'è nel suo scrutare qualcosa che mi restituisce la sospensione inquisitiva delle madri quando faticavano ad accettare una diagnosi. Pensa a Cantor con l'apprensione di chi sospetta una calamità e si prepara a sbarrare la strada, a mettersi di traverso.

– Di che erba stiamo parlando? La poesia mi mette a disagio.

– Tranquilla, – faccio io, e lascio affiorare una sorta di sorridente rassicurazione, – fino a lí posso arrivarci. Lui non è portato alla metafora. Ha bisogno di tradurre subito, e quell'erba rischia di sentirla nascere davvero –. Anna è in attesa, quasi innervosita dalle mie premesse. – Non sono io che lo dico. È Schumann, quando si firma Florestano e, cercando di chiudere in una sensazione l'ascolto della *Creazione* di Haydn, scrive: «Magari finirete per udire nascer l'erba». Mi rendo conto...

– Di cosa?

– È buffo che attribuisca a me una visione cosí lirica, una scommessa cosí visionaria. Mi rendo conto di avere delle responsabilità...

– Non credo, – dice lei con una affabilità improvvisamente permeabile. – Forse Cantor non ha bisogno di essere protetto.

Mi offre un profilo alla Pollaiolo. Insieme, Anna e Cantor lasciano una scia di bellezza a cui non si riesce a restare insensibili, e ciò malgrado è piú forte l'impegno che entrambi mettono a contraffarla, a mitigarla, e in qualche modo a punirla.

Attorno a noi sciamano studenti, esemplari di una giovinezza instabile; le coppie amoreggiano quasi distratte, qualcuno siede sull'erba – si sente nascere l'erba, ma sí, a questo punto mi riascolto citare Schumann nelle vesti di Florestano – con un tomo aperto sulle gambe chiuse all'indiana. Nelle rare occasioni, come questa, in cui mi riconosco dentro una collettività, non riesco a scalzare il fastidio dell'indifferenza. Esploro la povertà di quella piccola classe dirigente alla prova. Che cosa mai potrebbero dirigere? Vorrei e avrei voluto essere piú generoso, anche in quella circostanza: c'è un disegno nell'avermi portato qui, e non in un bar. Forse mi invita a collocare la vicenda di Cantor, nonché la loro intesa, in un contesto a cui appartengono entrambi.

– Cantor, lo sa bene, ha bisogno di amici. Ha bisogno che ci siano vicino a lui persone che lo guidino dentro all'accadere, sembra paradossale ma nessuno piú di lui va a caccia di concretezza, di tanti episodi di concretezza. Se volesse davvero essere utile, sarebbe tutto piú semplice. Invece no. «Quando ci sono, vorrei sparire». Devo rileggere? Sono sicura che ha capito cosa voglio dire. Al Centro di accoglienza dove Sabir Choudhry, l'amico pakistano, l'ha invitato a lavorare per montare tavoli e armadi, si è dato da fare. Tutta falegnameria prodotta secondo tempi concordati con gli artigiani della zona che avevano ceduto l'uso di macchine e utensili. Mi sono quasi commossa nel trovarlo la sera seduto contro il muro, impolverato di trucioli e segatura. Mi ha aperto davanti due occhi pieni di brio, anzi di gioia – ci sono parole che a volte facciamo fatica a ripristinare, non è vero? –, una gioia che ho continuato a cercare per tutta la sera. Altro che vuoto! Gioia e ardore. A volte penso che in lui ci sia un antico artigiano. Il lavoro manuale lo rende contento, ma non basta a proiettarlo fuori di sé –. Abbandonò il capo contro la colonnina del chiostro, si strinse lo zainetto al petto. – Dottore, fin dove è possibile arrivare?

Faccio segno di non aver inteso.

– Lasci perdere.

– Dopo l'attacco al Manchester Arena è andato in Inghilterra, era disperato…

– Non me lo ha detto!

– Fa cosí. Piglia. Va –. Non si lascia sfuggire la tenaglia delle parole. – E naturalmente prende parte. Si schiera. Ma non lascia traccia. A Londra ha fatto amicizia con dei rifugiati curdi, ha cominciato a leggere libri di Murray Bookchin, ispiratore di Öcalan.

Mi rivela queste novità e io mi rendo conto che Cantor si muove alla ricerca di motivazioni. Quindi legge. Ma sono motivazioni? Che senso posso dare a questa fuga londinese di cui non mi ha mai parlato? «Fin dove è possibile arrivare». Anna va oltre. Si fa domande che io non ho saputo immaginare.

– Che si informi mi sembra una bella notizia, – dico, anche per stornare l'attenzione di Anna dalla mia faccia allibita.

Ci muoviamo. Mi fa piacere camminare a fianco di una giovane donna cosí bella che – lo leggo negli occhi di chi prova la curiosità di metterci a fuoco – può passare per allieva, per figlia, forse persino per amante. Prova a tornare alla sua avventura universitaria. Che fare? Ho dei suggerimenti? – Se avesse l'occasione di un soggiorno all'estero, – dico, – va da sé che sarebbe una bella esperienza. Basta che poi sappia tornare.

La induco a prendere la traversa alberata che, superata una porticina di ferro, conduce alla circonvallazione passando sotto le logge che corrono lungo l'antico ospedale.

– Se ho inteso bene, cara Anna, – dico rincorrendo la lunga pausa che ci siamo presi, – lei si sta domandando con chi si è messa in testa di dividere la vita, ed è perciò che ha voluto incontrarmi.

– E lei invece non ha nulla da dirmi, – fa lei rallentando. – E naturalmente il suo silenzio è fondato –. Si aggiusta i capelli spingendoli dietro le spalle: – Però mi ha fatto bene parlarle –. Si è fermata in mezzo all'ombra dei tigli: – Forse bisogna rinunciare a essergli utili. Cantor lo si deve leggere con gli strumenti della fisica quantistica, – e questa volta ride proprio, allarga le braccia: – Il suo spazio-tempo non coincide mai con il nostro.

Si guarda intorno alla ricerca di un dettaglio su cui posare gli occhi, ma non trova altro che me, in attesa davanti a lei come qualcuno che fatica a dichiarare chiusa la conversazione. Mi succedeva anche con Lena, cosí spesso che avevamo coniato una formula efficace: «Rompiamo gli indugi». Ci si lasciava piú leggeri perché sapevamo che la formula apparteneva a una strategia comune, e soprattutto dipendeva da un vocabolario in comune. Con Anna, la dicessi, sarebbe addirittura offensiva e se la citassi come lessico della mia vita coniugale sarebbe imbarazzante. Per fortuna Anna trova una via d'uscita, dice: – Cantor è fortunato. Frequenta persone di qualità. Non credo che scelga. Lo scelgono gli altri, perché il suo narcisismo – ma sí, il suo narcisismo – è tutt'altro che respingente. Invita le sue vittime a riconoscerlo nell'immagine specchiata, e mentre lo contemplano cosí come la superficie lo riflette, lui è già alle loro spalle, lui le spiazza e le ama perché le vede spiazzate. Ma lei, dottore, non è fatto di questa pasta. E io nemmeno. E d'altro canto ci candidiamo anche noi al ruolo di quelle che ho chiamato impropriamente «vittime».

– Conosce la sua famiglia? – chiedo con cautela.

– Ho incrociato il fratello. Perché?

– Cercavo di spostare il taglio prospettico dalla fisica alla sociologia... – Provo a sorridere, senza effetto.

– Arriva l'autobus, – dice accelerando. – Vediamoci presto!

Vola via, quasi letteralmente. È leggerissima. È una rondine. Qualunque idea dell'esistenza si sia fatta la porta tutta, come alimento per la cattiva stagione, nella tana della sua anima.

Luglio 2018

Nera. Era nera sera di vapori. Cantor dominava la strada, anzi il vialone, come un fantasma. Entrava e usciva dalla luce dei lampioni a passo spedito, il bianco della camicia sul torace, le braccia lunghe distanti dal corpo, quasi ali. Il traffico martellava sull'asfalto. I bagolari sulla corsia centrale recitavano la fissità estiva della natura metropolitana. Le facciate delle case sembravano covare un mugolio segreto, un umore confuso agli ocra e ai grigi, e di quando in quando al disegno alle micropiastrelle rimaste a sudare attraverso i decenni. Dai locali scattavano luci e ritmi.

Aveva preferito muoversi a piedi: evitare il legare e lo slegare, per poco meno di un chilometro. Anna l'avrebbe trovata là, da U e P.

E infatti c'era, nervosa davanti al portone. – Abbiamo sbagliato data, – disse, – anzi, hanno sbagliato loro, e tu non guardi mai il cellulare.

A Cantor suonarono stonati la notizia, la comunicazione e persino lo sguardo della sua compagna. La camicia, ora che prendeva fiato, gli si era appiccicata addosso.

– Sono indecente, – disse.

E lei: – U e P sono inaffidabili. Cosa vuoi fare?

Perché dice «fare»?, pensò Cantor. E naturalmente non rispose, ma fece cenno di riprendere a camminare, che lo seguisse, che fermo non sapeva stare. Segni, usò dei segni

– un frullo della mano, un ciondolio nervoso della testa, la spinta del busto – che furono trasparenti.

– Dove vuoi andare? – disse lei.

– Fatti venire un'idea tu.

Intanto andavano, muovendo dalla circonvallazione verso aree piú centrali. Il caldo aveva lo stesso spessore del buio, quando non era frugato dalle luci. E le luci progressivamente aumentavano, insieme al murmure della vita notturna, un suono che strisciava quasi sinuoso e poi si levava in schiaffi, strappi, picchi o bussava ritmi senza identità. Cantor procedeva appena curvo in avanti, quasi volesse inventare un vento a cui opporre resistenza.

– Non ho voglia di camminare, – provò a lamentarsi Anna sostenendo comunque l'andatura veloce del compagno, e per Cantor fu semplice ribattere: – Neanch'io.

– Devo dirti una cosa.

– Davvero? Anch'io –. Ma non si fermò.

Fu allora che dal fondo della strada che avevano imboccato – decumano della movida metropolitana – comparve un'auto, si avvicinò violenta e sguaiata in mezzo alla folla che dai marciapiedi si allargava sull'asfalto e si confondeva con le moto che rallentavano o si fermavano a motore acceso. E fu proprio una moto che l'auto agganciò, sollevò, scompose nell'aria incidendo nel vuoto le sagome di una ruota, di un casco, di un corpo. Cantor si trovò a fissare quel corpo che gli cadeva davanti ai piedi. La folla si aprí e si richiuse a cerchio. L'auto era immobile e sbarrava la strada. Il silenzio dei presenti se lo digeriva il rombo dei locali. Cantor si mise in ginocchio e, attingendo a un'autorevolezza senza smentite, intimò a tutti di non avvicinarsi. – Ci sono, – disse subito il ragazzo a terra appena si accorse di avere un interlocutore che pure non conosceva, e continuò a ripetere «ci sono», ma non si muoveva né pareva intenzionato a muoversi. Cantor gli lasciò scivolare nell'orecchio di stare tranquillo, gli chiese come si chiamava e intanto cercava nelle figure presenti qualcuno che lo conoscesse. Una giovane donna con la mano davanti alla bocca ebbe la prontezza di farsi avanti e rispondere per lui.

– Avete chiamato un'ambulanza? – gridò Cantor, e non smise di abbaiare finché qualcuno disse che la stava chiamando.

– Sei un medico? – chiese la ragazza che aveva dato il nome.

– So cosa fare, – disse Cantor, e nessuno lo contraddisse. Anna se ne stava oltre il cerchio esterno della folla, appoggiata a un muro, i capelli lasciati cadere davanti agli occhi. Quelli del motociclista erano sbarrati, attenti, due lustri insetti verdi della notte.

– Non avere paura, non muoverti, guarda me, – disse Cantor, e l'altro sorrise: – Avevo slacciato il casco.

– Già.

– E adesso?

– Adesso aspettiamo.

– Voglio andare a casa, – si agitò.

– Come no? – fece Cantor premendogli la mano sulla spalla, e come attraverso una reminiscenza gli vennero in mente una trincea, l'immobilità ignota della faccia incollata al cielo e quel voler, tutto a un tratto, tornare a casa, quale che sia la casa. Il motociclista non sembrava soffrire e questo pareva ancora piú preoccupante: almeno avesse urlato, almeno avesse fatto qualcosa. Invece no. Si irrigidiva e voleva tornare a casa. Come un soldato.

– Sei sudato, – disse Cantor, e l'altro, esplorando il soccorritore: – Anche tu, – e poi tornò a fissare sopra di sé le luci, la notte, il niente.

Arrivò l'ambulanza, Cantor spiegò cosa aveva visto e dichiarò, come infermiere, di essersi limitato a garantire l'immobilità del corpo. Chiamò la ragazza che aveva dato il nome e la invitò ad accompagnare l'amico, lei salí a bordo, smarrita e obbediente. Cantor si trasse indietro, cercò Anna e si accertò che fosse arrivata anche un'auto della polizia. L'uomo alla guida della Nissan che aveva provocato l'incidente se ne stava seduto a terra poco lontano con la testa fra le mani e fu raggiunto rapidamente dagli agenti, ai quali si abbandonò come fossero lí per salvarlo. Cantor chiese in che ospedale erano diretti e se poteva seguire l'ambulanza.

– Sei sicuro? Con cosa? – provò a domandare Anna.

– Vuoi venire? – fece lui, e senza aspettare risposta impose a qualcuno che sembrava avere rapporti con l'infortunato di accompagnarlo al pronto soccorso. Salí in macchina e Anna fece appena in tempo a chiedere: – Cos'hai intenzione di fare? – spiando l'umore di Cantor oltre il finestrino abbassato.

– Non lo so, – fece lui. – Prendi un taxi. Vai a casa. Poi ci sentiamo.

Lei si tolse gli orecchini, li infilò in borsa e lo vide scomparire.

L'auto procedeva nel caos della notte, dietro l'ostinata sirena. Cantor non disse una parola per tutto il percorso.

Quando scese di corsa e raggiunse l'ambulanza colse di sfuggita uno sguardo di sollievo nella ragazza che lo aveva accompagnato. Il ragazzo in barella aveva ancora gli occhi sbarrati, ma riconobbe Cantor e disse «grazie», prima di sparire oltre le porte automatiche.

Di cosa lo ringraziava, veramente? E da dove gli parlava? C'era una tale distanza fra di loro. In fondo quel ragazzo apparteneva, o Cantor presumeva appartenesse, a un genere di vita notturna che lui detestava o alla quale comunque apparteneva con fatica. Era parte di gente che non sapeva cosa fare e traduceva quel non sapere in una sosta infinita.

Nella sala d'attesa c'erano i fantasmi dei pronto soccorso notturni, cosí affini agli altri fantasmi di quella sera. Cantor ravvisava una sorta di inquietante simmetria. Sulle facce segni di patimento, sui passi lenti nel corridoio un gravare di pensieri uguali. Restò seduto e muto finché non ebbe la sensazione che fosse arrivata la madre, o comunque una parente: la ragazza che lo aveva accompagnato si staccò dal cellulare e le si avvicinò. Rimasero insieme davanti all'ingresso del pronto soccorso, dove poco piú tardi si presentò, insieme a un gruppetto di coetanei del motociclista, qualcuno che avrebbe ben potuto essere un giornalista. Faceva domande. Cantor si ritrasse fra i bagni e un'uscita di sicurezza.

Era convinto che il ragazzo sarebbe morto o che fosse già morto. Forse avrebbero tentato un intervento d'urgenza, ma quell'immobilità, quell'abbandono pieno di interrogativi, quella solitudine che gli aveva letto in faccia erano premessa di un ascolto interiore che stava già consumando tutte le risposte possibili.

Si figurò una smemorante agonia e pensò che forse avevano la stessa età, lui e quel ragazzo. Si domandò perché aveva voluto seguirlo fin lí, credette persino di aver peccato di presunzione ed ebbe un moto di rabbia anche per aver lasciato sola Anna. Guadagnò l'atrio esterno e, invece di scendere verso l'uscita, percorse il viottolo che costeggiava le mura dell'ospedale fino all'ingresso, a quell'ora sbarrato. Si intravedeva il guardiano notturno dentro il gabbiotto che si godeva l'aria condizionata. Il fornice di marmo era illuminato senza risparmio e restituiva una sorta di squallore istituzionale, da tribunale, da istituto scolastico. Cantor sedette sul marmo dentro quella luce flaccida e osservò il passaggio di personale sanitario che entrava o usciva, spesso ancora in camice. Si sentivano utili, alla fine della giornata? In fondo era per quella ragione che per qualche tempo aveva contemplato l'idea di studiare Medicina. Spiava i padiglioni, la simmetria implacabile delle ampie finestre, le sagome dei pazienti nella fissità geometrica delle logge interne. C'erano certezze in quella città separata. Si era sempre immaginato la vita lí dentro come un convergere di forze, di alleanze che producono consolazione. Eppure lui era lí perché ci aveva portato un morto.

Si avviò a piedi verso la città, le spalle all'ingresso dell'ospedale. Questa sera mi tocca camminare, pensò, non ho alternativa. Dove quel pensiero volesse andare a parare non lo sapeva, né gli interessava saperlo. Nel corridoio aveva patito il gelo di un condizionatore che macinava aria sopra le teste di quel piccolo popolo in attesa. Dunque ora sudava volentieri. Di nuovo. Entrava nel tunnel di quest'altra periferia senza cognizione. Anna gli aveva scritto: «Dove sei» e lui aveva risposto «Dormi». Lei scrisse: «Hanno dato la notizia al regionale, dicono che è morto». «Lo sapevo», e lo scrisse per una sorta di automatismo. Aveva presunto ma non sapeva nulla. E allora si fermò.

I viali erano quasi completamente deserti. Lugubri, ansimanti edifici di edilizia popolare affondavano pesanti nell'estate aprendo prospettive di faticose comunità, aiuole devastate, parcheggi affollati, e tutto era immobile, umido e immobile. Si lasciò cadere su una panchina: da lí si vedevano ancora in lontananza le luci del grande ospedale. Gli venne in mente l'investitore sul marciapiede in mezzo alla folla di ragazzi, forse non abbastanza oscurato dall'alcol per non vedere le conseguenze dell'incidente. Vide come un'astratta sequenza matematica la catena logica che segue un accadimento come quello. E dentro quella sequenza, le variabili morali. Perché non era stato l'investitore a occuparsi della vittima? Era stato fermato? Non era stato in grado di prestare aiuto? L'aveva solo intravisto accartocciato su sé stesso, non avrebbe mai potuto riconoscerlo. L'auto aveva bloccato la strada e arrivava il clamore dei clacson ignari, in mezzo ad altro ignaro bussare di percussioni elettroniche. Ma ora Cantor era nel vuoto di un silenzio immenso, non fosse stato per il patetico clangore di un tram: lui, le case, gli alberi del viale, i lampioni altissimi, la molle calura.

E Anna? Certamente non dormiva e avrebbe potuto chiamarla. Certamente gli avrebbe fatto bene e sentirlo avrebbe fatto bene a lei. In quel vuoto, anche il volto di lei entrava in una parallela catena logica di conseguenze: era cosí chiaro, la pelle alabastrina si illuminava, le labbra si tendevano in un sorriso. Quante volte aveva tenuto quel volto chiuso dentro le mani perché gli sembrava che la bellezza gli sfuggisse, aerea, polverosa? Ma forse anche quel gesto apparteneva al viluppo di non senso dentro il quale si trovava. Forse, di fronte alla complice bellezza di Anna aveva mentito, si era distratto, aveva preso vie laterali. Non avevano fatto progetti, ma era ovvio che stavano entrambi dentro un orizzonte di attesa. E come sempre avvertiva in lei una piú salda percezione delle cose, che gli era estranea e di cui a tentoni andava in cerca. Aveva seguito l'investito in ospedale per mettere il punto a una serata cominciata senza prospettive? Lo spaventò, quel sospetto di lucidità. Si aggrappò alla panchina. La chiamo, si disse, le parlo, glielo dico, ma non lo fece. E restò in quella posizione per qualche tempo, sperando che accadesse qualcosa. Come sempre, ecco, quell'attendere di fatti da cui la sua vita aveva cominciato a dipendere.

Posò il palmo delle mani sulle ginocchia, le strinse, si curvò in avanti quasi a cercare una postura corretta e prese a piangere, forte, senza governo, finché da un sordo mugolio non gli sfuggí lo strappo di un singhiozzo alto, fuori registro.

Apparve alle sue spalle un vecchio con un cane al guinzaglio, che lo guardò e non chiese nulla.

Mi faccio pietà, pensò con rabbia. Mi faccio schifo. Non so dove mettere questo schifo.

Il singhiozzo rimbalzò in altri gemiti sempre piú sguaiati ma digradanti.

Il vecchio si voltò, e si voltò anche il cane. – Posso fare qualcosa?

Cantor fece segno di no con la mano, ma gli balenò come una confessione di impotenza la risposta che non poteva dare: *Certo che può fare qualcosa. Certo che può fare qualcosa.*

Tre

Quella di Cantor per la Medicina era stata una passione immatura. Da quando me ne parlò per la prima volta all'unico anno in cui era stato iscritto alla facoltà: gli esami rimandati all'infinito, la frequenza discontinua, la scarsa inclinazione al rigore malgrado un esibito tormento da studioso, il passaggio ai tre anni di Infermieristica. Cercava altro, e infatti, eccolo frequentare gli ambienti della Croce Rossa e le associazioni di sostegno a campi profughi e senzatetto, ma anche lí senza la vera passione e la cristallina dedizione che da un ventenne ci si sarebbero potuti aspettare. Periodicamente mi diceva che doveva parlarmi. Quasi lo temevo. Temevo quel pararsi davanti alla porta d'ingresso come a un oracolo e quell'entrare con impeto dentro casa, fino al suo sgabello. – Cantor, non sono il tuo psichiatra, – dicevo sovente, e lui: – Ci mancherebbe, – e mi aspettava con trepidazione.

Da quando mi sono ritirato ricevo solo, di tanto in tanto, figli di pazienti che a loro volta vorrebbero lasciarmi l'eredità della loro prole. Lo studio l'ho affittato, ma mia moglie mi aveva suggerito di allestirmene uno nella stanza degli ospiti.

E anche queste madri, questi padri – giovani quanto basta per farmi sentire «il vecchio pediatra» –, benché annunciati da una telefonata si presentavano con un fare diviso fra arroganza e remissione, fra precarietà e sicumera, conquistando la strada verso la stanza in fondo al corridoio come fossero a casa loro, o come non avessero altra casa che questa. Cantor è piú giovane dei genitori dei miei pazienti, ma appartiene a una sorta di mondo-dopo-il-mondo-di-ieri che ho imparato a riconoscere.

Io non ho nostalgie, né rimpianti, mi piace essere dove sono e al contempo mi piace anche professare un certo disprezzo per l'età mia e dei miei coetanei, poveri compagni di decadenza e di prossimità alla morte.

È come se Cantor non sentisse né vedesse che la mia non è piena maturità, che il mio è declino. O meglio, sembra riconoscere nel declino proprietà che io non so vedere ma che hanno a che fare con il sapore, con l'aroma, con ciò che si conserva e che, conservandosi, conosce il tempo, lo filtra, lo assorbe, e lo restituisce in forme apprezzabili.

Era da tempo che Cantor provava a parlarmi di politica. Mi chiedeva cosa pensavo del Partito nuovo di suo fratello, si arrovellava sull'inefficacia dei progressisti, era incuriosito da tutta la destra europea – cosí barbarica, cosí volgare, cosí «antica».

– Ti piacciono i fascisti? – avevo provato a chiedere, ma lui aveva risposto che il fascismo non c'entrava. Non tollerava quell'aria scandalizzata che i suoi sodali non sapevano reprimere quando lasciava trapelare un interesse per i nuovi soggetti politici. Mi diceva: – Vorrei conoscere la gente che loro stigmatizzano come *gente*, vorrei sapere cosa fanno, come passano le giornate, cosa si aspettano –. Mi squadrava, liberava la fronte dal ciuffo alla Glenn Gould e faceva: – Lo so che ho mio fratello in casa, ma lui non è parte della società civile, lui è *un politico*.

Io ero convinto che comunque con quel fratello ci doveva parlare, glielo avrei detto. In fondo era un affare di famiglia. Lui era un ragazzo di buona famiglia. E le buone famiglie creano opinione. La sua, in particolare, a partire dal padre e ancor prima dal nonno, era sempre stata una famiglia borghese schierata con le aree moderate della Democrazia Cristiana, quando esisteva. La madre aveva avuto in gioventú «una passione» (la chiamava cosí) per Almirante – le piaceva l'eloquio, le piaceva l'uomo –, ma non credo che avesse militato in alcun modo per il partito. Negli anni Novanta, quando la precoce ma ricca vedovanza l'aveva consegnata all'esilio delle donne che hanno avuto molto e non vogliono perderlo, smise di esprimere opinioni che non andassero oltre la moda, le palestre, i rapporti con i domestici, e naturalmente la salute e la prestanza dei figli. «I bei Castelli», li chiamava con fierezza feudataria, e se ne compiaceva. Il fatto che fra l'uno e l'altro passassero quasi quindici anni le aveva conferito uno statuto di madre eterna che la vedovanza aveva subito arricchito di nuove sfumature. «Governo su due generazioni», le piaceva dire.

Il vecchio studio notarile aveva continuato a funzionare anche senza la direzione prestigiosa del marito, il quale aveva fatto crescere con sapiente lungimiranza collaboratori capaci. Giulio Castelli aveva cominciato a frequentare lo studio ben prima di aver concluso l'iter accademico. Dopo l'ingresso come associato, forte dei clienti del padre, e con il benestare e il sostegno di Pellizzari, dedicava il suo tempo a convention, cene, incontri, si smarcava da quel che restava della corruzione degli anni Ottanta di cui era rimasta traccia in alcune negoziazioni paterne e si faceva largo fra imprenditori, televisioni private, edilizia, prodotti finanziari. La «corruzione diffusa» la chiamava Cantor. Sono anni di cui aveva imparato a parlare senza mai citarne il protagonista assoluto. Diceva che era un ottimo esercizio di bonifica morale. Se gli rammentavo che forse non c'era bisogno di alcuna bonifica, perché gli amici del fratello erano stati piú efficaci di qualsiasi rimozione storica, sosteneva che sí, avevo ragione, ma che era meglio cosí, meglio mettere un po' di silenzio. Non mi ha mai fatto domande specifiche sulla mia posizione politica – ama il mio scetticismo, dice che gli fa fare una bella ginnastica –, la sua è incerta. Dichiara che gli piacerebbe una professione di anarchia, ma si è trovato troppe volte davanti a personaggi che volentieri si professavano anarchici ed erano solo vecchi patetici avviluppati nell'idea o ricchi professionisti confortati dall'idea, di giovani «in parte» non ce n'era traccia – solo uno, l'amico Silvestro Pezzica, carrarese, che aveva ereditato romanticamente l'identità da un nonno che di nome faceva Errico, come Malatesta.

In quell'anno di Medicina aveva incontrato un coetaneo cattolico che si era rivelato appartenente a Comunione e Liberazione e che, con una certa insistenza, aveva cercato di fare proselitismo: il compagno di corso aveva genitori che erano entrambi medici – lui chirurgo neonatale, lei ginecologa –, sette fratelli in scala dai dieci ai ventidue anni e una vivace vita sociale: Cantor aveva capito che aderendo avrebbe avuto protezione e sostegno da quella famiglia, e piú in generale dal loro Movimento, che occupava posizioni politicamente significative nella Regione e in gran parte della sanità pubblica. Cenavano insieme (di rado i figli mancavano al desco serale) al lungo tavolo della sala da pranzo: si segnavano tutti e il padre ringraziava aggiungendo ogni volta (la consuetudine veniva rispettata scrupolosamente) una concisa considerazione sui fatti del giorno. «Meglio di un telegiornale», aveva detto una volta Cantor, ma l'amico non aveva per niente gradito.

Avevano una casa in montagna, Alpi occidentali, e anche lí l'attività sportiva (lo sci d'inverno, le ascensioni d'estate) era scandita da momenti di preghiera e da valutazioni sulla politica mondiale, nonché da pertinenti affondi sulla linea del loro leader. Ogni famigliare e gli eventuali ospiti erano invitati a portare argomenti e fatti e a esporli con proprietà. Le funzioni del giorno festivo si tenevano in una parrocchia dove celebrava un sacerdote allineatissimo. Si facevano chilometri a piedi per raggiungerla, e naturalmente nessuno era esentato dal parteciparvi. «Capiamo che il percorso della fede possa essere accidentato, ma la forza del Movimento dipende dalla fermezza con cui professiamo la nostra compattezza».

Cantor aveva guardato con interesse alla figura di quel padre cosí saldo, cosí eccentricamente fuori dal coro, ma ogni volta che metteva a fuoco questa attrazione avvertiva in quell'uomo una severa destrezza, una mondana determinazione che gli impedivano di abbandonarvisi. Per un po' aveva provato a cercare un margine di discussione che lui gli concedeva con tollerante sofferenza, ma infine si era limitato a osservare; e dopo aver ulteriormente osservato aveva cominciato a sottrarsi, prima all'influenza della famiglia e poi alle pressioni del compagno di corso. «Credo di essere piuttosto della razza dei mistici», aveva detto una volta, e l'altro aveva fatto mostra di non capire.

Anna è la figlia di un militante progressista che ha conservato, con lealtà e testardaggine, la visione e la forma mentis del giovane comunista e che si è adattato alle curve della Storia. Emilio Botta era diventato un ragazzo di sezione negli anni in cui era ben piú forte l'attrazione per i gruppi extraparlamentari e aveva nutrito una fortissima simpatia per le posizioni di Umberto Terracini. Una simpatia difficile negli anni di Berlinguer, e ancor piú negli anni seguenti.

Cantor lo guarda con rispetto ma ne avverte la fragilità, anzi a volte lo mette in croce con una pioggia di domande che finiscono per irritarlo. Mi racconta che Emilio Botta non si fa piú chiamare compagno ma che gli piace rammentare i tempi in cui lo era a tutti gli effetti. «Il compagno Botta», ama ripetere Cantor, dicendo che suona bene e che gli apre una finestra sul passato del Paese. «Chiudila, quella finestra, – gli brontola in faccia il signor Botta, – che prendi freddo». Arguto, il signor Botta.

Anna non porta Cantor a casa volentieri: preferisce vederlo fuori, mentre lui gradirebbe molto sedersi spesso alla tavola del «compagno Botta». Il compagno Botta ha solo qualche anno meno di me. Può essere un buon maestro di vita, ma forse è troppo ferito, troppo solo. Ha sempre insegnato Matematica nei licei, è un lettore accanito di saggi storici, ma fatica a trovare veri interlocutori nel circolo del partito, che pure frequenta con pazienza, anzi forse con rassegnazione. Cantor lo ha seguito, con Anna, a un dibattito ed è rimasto fino alla prima controversia; poi è uscito in strada, da dove comunque era possibile ascoltare.

Non so se Cantor pensi ad Anna come a una fidanzata. Lei è innamorata, lo ha dichiarato, ma dà forma a una speziata ironia quando sono in pubblico, e, mi dice Cantor, anche in privato. «Gioca, le piace giocare, anche a fare la sentimentale, – dice solenne. – Del resto, la mia è una generazione che fatica a tradurre gli emoticon in vera emozione. Siamo assediati dal sentimento e dalle pressioni a renderlo evidente».

Quando mi confidò questa impressione alzando il capo come avrebbe fatto Gould nel mezzo dell'*allegretto* di *The*

Tempest, io me ne uscii con una domanda senza apparente connessione con quei concetti: – Usate contraccettivi sicuri? – E lui pronto: – Contro cosa? – e proseguí con un sorriso lungo e complice: – Contro il sentimento siamo vaccinati a dovere –. C'era uno scarto evidente fra la domanda di attenzione romantica di lei e le distanze che lui metteva. Perché le metteva? Perché, in realtà, fra i ventenni e trentenni che conoscevo Cantor era quello piú decisamente incline a leggere il mondo attraverso le passioni. Disperdeva passioni come sudore dalla pelle.

E Anna? Anna è la compagna preziosa, il «filo di seta». Al di là della sua presenza c'è la furia del mondo. Per quanto vaccinati, il sentimento non difende né l'uno né l'altra dalla volontà ma anche dalla voluttà di proiettarsi in avanti, per vedere cosa può accadere.

Il Castelli politico di figli ne aveva fatti due e in una recente intervista sul tema della famiglia aveva dichiarato che essere un Paese a crescita zero non ci faceva onore, che lui, come il suo leader, teneva moltissimo alla paternità. Sua moglie, istigata dalla suocera, aveva tentato di portarmi prima una poi l'altro: la bambina era nata quando ancora Cantor, dodicenne, era mio paziente, ma avevo suggerito il nome di un collega che aveva piú futuro davanti a sé. La cosa mi era costata una telefonata petulante dalla signora Castelli: «Lei ci abbandona, – aveva detto. – Non è giusto.» Le avevo spiegato che invece la mia scelta era dettata proprio dalla giustizia, una giustizia nei confronti di pazienti che avrebbero potuto facilmente perdere il loro medico al primo cedimento. Lei se n'era uscita con un «Lei non ha età» che non riuscii a prendere come un complimento.

Luglio 2018

Solo poco prima dell'alba la temperatura era sensibilmente scesa. Tirava anche una vaga brezza, consolante. Le facciate delle case fiatavano: dove non erano sbarrate dai refrigeratori le finestre si aprivano sguaiate, gli interni cercavano spazio fuori, sembrava di percepire gli afrori, gli aliti, gli umori che covavano nelle stanze invisibili. Nulla era difeso. E Cantor, nondimeno, si percepiva senza protezione. Si era consegnato alla notte e ora, dopo aver attraversato la città, procedeva con passo incerto verso una meta incerta che non era ancora il suo appartamento e magari il suo letto.

Il cielo allungava lingue rosa dentro un celeste pallidissimo mentre esalava una nebbiolina collosa che sottraeva dolcezza all'attesa del giorno nuovo. Qualche auto, molte moto gli passavano a fianco, e come lui sembravano concludere piuttosto che cominciare una parabola temporale. Una donna avanzava su tacchi sottili e altissimi davanti a lui, sciolta di spalle e di fianchi. *Da dove vieni?*, gli sarebbe piaciuto chiederle. In altra occasione l'avrebbe fatto. Le giovani donne che uscivano sole dalla notte gli sembravano sempre cosí avviluppate in sé stesse: hanno sbagliato qualcosa, hanno mal calcolato una mossa decisiva, non hanno paura, avanzano dentro una loro segreta foschia. Si muovono fra la porta che è stata loro aperta e la porta a cui sono dirette.

– Sparisci, – gli intimò lei, quasi a stornare l'eventualità di un malinteso.

– Io non ci sono, – disse lui quasi sull'orlo di un sorriso, pensò che lei era bellissima e non poteva essere sola come pretendeva di essere. Gli sarebbe piaciuto che lei gli chiedesse aiuto, che lo incoraggiasse a occuparsi di lei. Gli sarebbe piaciuto raccogliere una confidenza, una parola ancora figlia della notte, come del resto erano tutte quelle che lui stesso aveva a disposizione. Gli sarebbe piaciuto anche finire a letto con quella donna, perché, l'impressione si rafforzò, era davvero bellissima, ma venivano entrambi da troppo lontano e covavano ulteriori lontananze.

– Stai aspettando qualcuno? – chiese Cantor, ma lei non gli diede retta. Stava immobile in un abito di voile arancio sotto il lucore d'acciaio del palazzo da cui con ogni probabilità era appena uscita.

– Direi che non abbiamo tempo per avviare una conversazione, – insinuò Cantor, e si avvicinò. Adesso la bacio, pensò.

– Perché? – fece lei, e non era neppure una domanda, ma aveva anticipato l'intenzione. Gli diede una carezza, lenta, leggerissima. – Io vado a casa, – e levò il braccio verso un taxi. – Da sola, – aggiunse.

Lui pensò che era ovvio, ma gli piacque l'idea di quell'avventura senza avventura. Lei entrò nell'auto, si tolse i sandali e chiuse lo sportello. Sparita.

Su un'edicola spoglia, la copertina di un settimanale con il leader a cui suo fratello Giulio stava offrendo sostegno: era una rivista di pettegolezzi e il leader, in costume da bagno, baciava con trasporto la compagna ufficiale (o era quella non ufficiale?) Quando finirà questa bastarda estate?, si chiese Cantor. Riprese a camminare e tagliò per vie secondarie. Ebbe improvvisamente fame, in fondo non mangiava da quasi ventiquattr'ore.

«Dove sei», arrivò un messaggio di Anna.

«In giro», scrisse lui.

«Chiama, sono le quattro».

«Ti chiamo dopo, ora arrivo a casa e dormo».

Ma in verità niente casa. Continuò a vagare, a casa si sentiva già dentro la città, tutta cosí nuova, tutta cosí elegante e leggera come la donna in voile arancio. No, era piú ospitale, era a disposizione, era immensa, senza essere materna. Non gli suggeriva mete, solo ampiezze, lunghezze, rifrazioni, vertigini. Cantor non era diverso: aveva un modestissimo culto del passato, non nutriva nostalgie, non amava conservare, accumulare, battersi per un significato di sé. Quella notte non era stata cosí diversa da altre notti senza sonno, divise fra l'andare a tentoni da locale a locale e la furia del suo impegno civile, fra le cucine delle mense, i dormitori, il carico-e-scarico di donazioni. Gli dava fastidio pensare che ci fosse una prossimità cosí palpabile fra i due tempi che scandivano la sua esistenza. Non poteva fare diversamente. O quanto meno questa era la sua condizione attuale, senza una guida vera, senza parole d'ordine che non fossero quelle, funzionali ma asfittiche, dei gruppi a cui faceva riferimento. Il padre di Anna lo rimproverava bonariamente di «non darsi obiettivi», ma per lui era sin troppo facile rammentargli quelli lamentosi, senza spessore, che erano parte della quotidiana decostruzione di identità del suo partito.

Cantor era finito lungo i cantieri di uno dei nuovi poli urbani della città: sullo spazio che era stato delle fiere commerciali degli anni del boom, ora si levavano forme che parlavano la lingua planetaria dell'architettura di ingegno e di maniera. Piú solo che in quel luogo cosí disegnato, cosí voluto e ansimante, non avrebbe potuto essere: una silhouette leggera immersa nella voluminosa occupazione di spazio che la militare agilità degli edifici addestrati all'altezza smagriva e consumava.

Schivava ubriaco di stanchezza il tracciato dei percorsi ben incisi sul disegnatissimo verde smeraldo dei prati. Piú in fondo, a chiudere la visione, navi-abitazioni reggevano l'immobilità delle onde con crepuscolare tenerezza: le curve ammansite dal legno, il debole baluginio di vetrate appena visibili, tutto concorreva a una condizione di acquario senza masse liquide.

Cantor leggeva il silenzio e le briciole di luce dell'alba come il naturale commiato dal buio. Ripensava all'intensità femminile di quei veli arancio, agitati dalle braccia appena intraviste, il fulvo sipario aperto sul bronzo della pelle e sullo zaffiro minaccioso degli occhi. *Sparisci*: lo aveva detto con la stessa autorità di una chiamata, e lui si era lasciato sparire davanti a lei prima che arrivasse la luce, che arrivassero i suoni, e le auto. Forse avrebbe potuto ricomparire lí: quello era lo scenario per una figura cosí, fatta di tepore e di ansia. Si portò la mano sulla guancia che era stata accarezzata e si fermò a contemplare l'insensata armonia della scena in cui era entrato senza saperlo. «Io voglio una dottrina», e la frase cantò scarmigliata come gli venisse dalla gola della mente. Ma quale dottrina? Gli fece male. E poi tornò dentro come uno sputo negligente. Che cosa dico, si diceva. Ma di una misera verità era convinto: che la parola dottrina lo confortava, lo faceva tornare a un'adolescenza cattolica non coltivata, lo metteva davanti a un sapere che gli era ignoto.

Gli era già successo. Di pensare che gli mancava una dottrina, che mancava, piú in generale, una dottrina che addestrasse al mondo. Gli sembrava di percepire qualcosa che somigliava all'intransigenza delle regole negli sport che professava senza vera passione: l'arrampicata a mani nude, lo sci alpinismo, il parapendio. C'era dell'obbedienza nei gesti a cui doveva dare seguito, ma la conoscenza delle regole non era diversa da quella che aveva messo a punto per giocare a scacchi: la sfida si consumava presto, e comunque era necessario ripetere ogni volta l'iter che lo avvitava alla sfida e dalla sfida lo liberava. I coetanei con cui saliva in quota o perdeva quota si dividevano fra esaltati e sacerdoti del fitness, nessun vero montanaro, semmai – ma in questo caso si trattava di compagni meno giovani – manager quarantenni che mettevano alla prova la loro educazione al comando. Rispettava solo tangenzialmente certe consuetudini della maggiore associazione di alpinisti, avendo a poco a poco rinunciato al ruolo di istruttore. Trovava maestri e discepoli egualmente vecchi, inadeguati allo spirito della sfida che comunque, gli uni e gli altri, finivano per coltivare al di fuori del club.

La giornata era cominciata nel furore della calura e lo aveva condotto di fronte alla puntualità insensata del caso. Quel ragazzo, quella faccia rassegnata, quelle labbra, quella gratitudine. Ah, come poteva quella santità senza coscienza consegnarsi cosí alla voracità dell'accadere? O meglio, come poteva quell'accadere distratto disegnare gratuitamente santità sul volto che forse pochi minuti prima si nascondeva inespressivo nella siepe fitta degli altri volti? E Cantor era arrivato per chinarsi in ginocchio davanti al corpo diventato corpo come non avrebbe mai pensato.

Sul cellulare la domanda: «Sei arrivato a casa?»

«Sono arrivato. Quasi».

«Ti raggiungo?»

«No».

«Mio padre dice che hai bisogno di aiuto».

Cantor smise di rispondere. Arrivavano parole di buonsenso, cosí cristalline nel loro buonsenso, ma cosí lontane da quella misera santità della sera e dagli impalpabili veli arancio e dalla loro musica straziante, d'archi e flauto, nell'agonia del buio.

Sua madre non era mai stata capace di evocare tanta leggerezza, tanta ansiosa gentilezza. E una madre potrebbe. Avrebbe potuto. Invece no. Gli venne in mente una foto scattata pochi anni dopo la morte del padre: Giulio d'un lato, sguardo fermo, posa solenne, Cantor dall'altro lato quasi cancellato dall'ondoso biancore di una camicia bianca larghissima, in mezzo la signora Luisa, maestosamente materna, antica come una dea romana reinterpretata da Chanel – nulla che eccitasse la nostalgia di un volo, di volubili pensieri. Aveva cancellato, la Signora, la necessità di un coniuge.

Cantor si era spesso interrogato su quella copula tardiva e non protetta a quindici anni dal primo figlio, ma sapeva come, nelle camere da letto borghesi, le leggi si costruiscono e si infrangono con celerità e destrezza. Che ne sapeva sua madre di flessibilità o inflessibilità borghesi? Eppure, da un passato ormai difficile da ricostruire aveva imparato la consuetudine di una classe che si poteva solo reinventare. E infatti l'aveva reinventata e reinterpretata alla sua maniera.

«Sto arrivando», lesse Cantor sul display.

«Non arrivare», rispose.

Aprivano i bar con insolita flemma, la stessa dei suoi passi ormai: era rientrato nella città, contava di bucare il centro con una retta immaginaria e di rispuntare sull'altro versante, che era il suo. La retta si spezzò, dentro la cerchia ottocentesca, in una sequenza di segmenti, in un dedalo che conosceva bene e che, deserto, gli sembrava meno irritante, popolato com'era di localetti alla moda.

«Adesso basta, – lesse, – fatti vivo».

«Sono vivo, – rispose, – non ti basta?

«No».

Si mise il cellulare in tasca, poi lo riprese: «Se vuoi, fra dieci minuti ai giardini pubblici, entrata nord-est». Che era di fatto un luogo dove si erano dati spesso appuntamento.

La trovò a cavallo del suo scooter con il casco in testa. Anna lo abbracciò cosí, senza toglierselo. – Sali, ti porto a casa, – e lui obbedí.

Era stato solo l'anno prima: la cedevolezza con cui aveva obbedito gli fece tornare in mente quando, a cavallo della Morini 3 ½, un vero affare dell'usato, si era fatto trovare sotto casa di Anna. Invece di Anna si era presentato il padre. – Che c'è? – chiese Cantor liberando gli occhi dai capelli. – Mi ha detto di dirle che non ce la fa. È arrivato quel mal di testa assassino. Una vera condanna –. Emilio Botta era un uomo largo di spalle, stempiato, alto abbastanza per stare al fianco del ragazzo della figlia senza sfigurare. Aveva solo un accenno di pancia che riposava sotto i gilet a cui era affezionato – forse l'unica nota eccentrica con cui accompagnava la sua presenza nel mondo. Il compagno Botta, pensò Cantor, eccolo lí, e non se ne ebbe a male di trovarsi di fronte lui invece della figlia. – Allora la lasciamo riposare, che dice?

– Dico di sí, – rispose Botta ospitando sul bel volto liscio un cauto sorriso.

– E noi cosa vogliamo fare? – chiese Cantor come se parlasse a un coetaneo con cui porre rimedio a un appuntamento mancato. Anna gli aveva proposto una serata sul lago, e quale dovesse essere il lago l'aveva lasciato decidere a lui.

– Io non so lei, ma per quanto mi concerne si tratta solo di tornare al terzo piano di questo palazzo…

– Dove, è noto, lei non ha piacere che io salga.

– Esagera, caro Filippo. La mia casa è aperta agli amici.

– Infatti, io non sono un amico – nel senso tradizionale del termine, e neanche in quello sfibrato dei facebooker. So che lei cucina un ottimo risotto al radicchio.

– Non è oggi il giorno in cui chiederle di restare.

– No, direi di no, – fece Cantor, e chiamò Anna al cellulare. – *Instant headache*? – Lei gli rispose che sí, che le dispiaceva, che aveva fatto scendere suo padre ambasciatore. – Hai preso qualcosa? Sei a letto? Te la cavi da sola? – Lei chiedeva perché, Emilio Botta la sentiva esprimere sospetto e incredulità. Che cosa avesse in mente quel ragazzo a cavallo della Morini con addosso un giubbotto rosso come la moto, non si capiva. – Voglio portare tuo padre sul lago –. Lei doveva aver risposto che non dipendeva da lei, e infatti Emilio Botta uncinò Cantor con uno sguardo ben piú che interrogativo, ma quando fu invitato a infilare il K-Way pigiato dentro il casco di Anna e a provarlo – era solo un po' largo – si rese conto che avrebbe accettato. Ma accettato cosa? Forse che gli era stato proposto qualcosa? No.

– Ci farà bene, – disse Cantor, aspettò che Botta salisse a cavallo della Morini, mise in moto e partí.

Si ritrovarono tre quarti d'ora dopo a Cernobbio, davanti al porticciolo del paesetto lariano. Si sedettero sotto un glicine in fiore, e attesero che comparisse un cameriere.

– Allora? – chiese Cantor, e Botta si lisciò i pochi capelli spettinati e rispose che stava bene, erano anni che non andava in moto. – E sono anni, – aggiunse, – che non tornavo da queste parti.

– C'è una specie di esagerazione in primavera –. Cantor non stava parlando esattamente a Emilio Botta – contemplava l'esuberante cascata di grappoli, la pioggia di fiori lilla, ma poi lo squadrò con intensità come se si aspettasse davvero un responso.

– Ci venivo con la mia famiglia. A Cernobbio a mangiare pesce fritto –. Si guardò intorno. – Chissà dove. Era un'osteria sul lago. Adesso ci vengono gli industriali.

– Le piaceva fare il comunista? – lo provocò Cantor.

– Non l'ho mai *fatto*. Lo ero. Ed ero uomo di partito in anni in cui molti miei coetanei facevano scelte piú radicali –. Fece una pausa. – In senso lato, lo sono ancora. Sono ancora comunista, voglio dire.

– Era come tutto questo glicine, eh?

– Non avrei mai usato questa similitudine, ma ci sto. Era come questo glicine. Era tanto, era bello. C'era un'intesa senza barriere, e infatti finivo per trovarmi in manifestazioni che il partito non avrebbe approvato.

– E adesso?

– Sa una cosa, Filippo? Con me lei si espone e mi espone alla nostalgia, e di nostalgia non abbiamo bisogno né io né lei. Del resto, le ragioni di allora non si sono consumate. Potrebbero avere una fioritura selvaggia, – e indicò il glicine che li agghindava d'ombre. – Adesso mi piacerebbe sapere lei che cos'ha in testa. Per me esiste un *adesso* cosí breve che imprimergli la velocità del futuro lo brucerebbe. Viviamo degli *adesso* diversi, e per lo piú tutti illusori –. Fece segno al cameriere di avvicinarsi. – Cosa prendiamo? – chiese, ma lasciò in attesa il diligente cameriere. – Questo non vuol dire, – riprese, – che siamo assenti dall'accadere, dalla molteplicità dell'accadere, questo non vuol dire che in fondo siamo compresi in un moto che può rallentare ma non si estingue. E qui bisognerebbe lasciare la parola ad Anna.

Presero entrambi birra chiara. Una volta. Due volte. – Non devo esagerare, – disse infine Emilio Botta, e non si capiva con precisione a cosa alludesse: la birra, le parole che gli uscivano allegramente di bocca, la simpatia che sembrava provare per il ragazzo di sua figlia, abbandonato sulla seggiola, le gambe tese in avanti, le braccia dietro la nuca, i capelli annuvolati sopra la fronte.

– No, non esagerare compagno, che adesso ti tocca un'altra scorrazzata, – e Cantor lo trascinò verso la Morini 3 ½ tenendolo per il braccio, e puntò il dito sulle montagne dell'altra riva.

Schizzò verso Como, ronzò lungo il lago, prese per Zelbio e poi salí verso la Colma, in un succedersi di tratti boschivi e pascoli, senza perdere il morso veloce dell'andatura. Sugli ultimi tornanti Cantor prese a urlare: – Arriviamo. Arriviamo.

Dove volesse arrivare, Emilio Botta non lo capiva ma s'accodò con diletto: – Vai! Non fermarti!

E allora Cantor prese a cantare sgangheratamente: – *Nel blu dipinto di blu, felici di stare lassú*...

– Davvero? – gridò il Botta per farsi sentire.

– ... *E volavo, volavo felice, piú in alto del sole*... mi è entrata in testa, *e ancora piú su*, chi la schioda? – Si lasciò scivolare sul manubrio, agitando i gomiti come ali.

– *Mentre il mondo pian piano spariva lontano laggiú*, – si provò il Botta, e Cantor: – *Una musica dolce suonava soltanto per me*... Ehi, ma allora ci siamo! – E l'altro: – *Volare! Oh oh!*

Cantor frenò in cima alla Colma. Spense il motore. – *Cantare oh oh oh*... – Il crepuscolo premeva gentilmente intorno alle loro due figure, i colori salivano su per il verde ventoso dei prati. L'uno di fronte all'altro, Cantor e Botta si stesero supini a terra come due adolescenti.

– Ci venivo da ragazzo, – disse Emilio Botta. – L'avevano battezzato «il muro di Sormano». Ci venivo a fare il tifo, c'era il mito di Massignan che aveva fatto il «muro» senza appoggiare mai il piede a terra, e i ciclisti mica tutti ci arrivavano in sella fin qui –. Si coprí la faccia con le mani e poi uscí dall'oscurità per meglio stare nella quiete con cui contemplava il cielo indaco sopra di sé.

– A quest'ora, diresti tu, la primavera esagera ancora di piú, a quest'ora è tutto piú chiaro –. Si levò sui gomiti, tirò su con il naso per respirare piú forte. – Sai cosa mi viene in testa? Che resto qui, che resto qui per sempre ma che questo per sempre sia anche quest'ora precisa, non prima non dopo. Fermiamo tutto!

– Ottimo programma.

– A quest'ora vengono in mente solo degli addii. Vedi il disegno della vetta piú alta lassú? Là è già notte. Là è già buio –. Botta si alzò in piedi con uno scatto inaspettato. – Sí, ho deciso: io resto qui. Lasciami qui. Non voglio piú tornare –. Aprí le braccia come per disporsi al volo.

– C'è la tua bambina che mi aspetta...

– Che aspetta me, carciofo –. Fece una pausa. – Ma lei è al sicuro perché se la caverà, e non certo perché la lascio nelle tue mani...

– Le mie? – ridacchiò Cantor. – Io mani non ne ho... – E le ritirò teatralmente dentro le maniche del giubbotto.

Si alzò un vento quasi freddo dalla valle. Cantor si aggiustò i capelli e spiò Emilio Botta che si stava lasciando coccolare dalla brezza.

– Non me la racconti giusta, compagno Botta... – E non avendo contradittorio continuò: – Ti preme la terra, ti preme la bellezza di stare al mondo...

– Ma è l'ora degli addii, questa qui.

– Hai bevuto troppa birra, Botta –. Accennò un applauso che abbandonò dentro il palmo delle mani. – Tu sei un grande, dimmi che cosa ti preme e io ti aiuterò.

– Non dire scemenze, Filippo. Perché mi hai portato qui? – Aveva formulato la domanda senza la minima traccia di ironia. – Non rispondere. Non dire niente. Mi hai portato qui, e tanto basta –. Era serio, continuava a mettere serietà nella pasta delle sue parole. – Ho quasi paura di tutta la vita che hai davanti. Ho quasi paura di sapere che per te, per Anna, per tutti voi c'è ancora tanto tempo. Ma ti sono grato, oggi ti sono grato... – Si lasciò finalmente tentare da un sorriso. – Stavo per dire «ragazzo»... se lo dico sei autorizzato ad abbandonarmi. Nel blu... Vedi come l'azzurro si infosca là sotto, la primavera ha sonno, chiede tregua. Compi la tua missione.

Emilio Botta si reggeva alla spalla di Cantor e sfiorava con i piedi il ciglio della strada come tentasse a bella posta il suo equilibrio instabile. – Forse ho esagerato con la birra, – borbottò, ma poi fermò Cantor e prese a fissarlo. – C'era un sovversivo dentro di me, è per quello che sono rimasto nelle fila del vecchio partito. Cercò la memoria nell'aria. C'era una donna, e non era la madre di Anna, che aveva aperto una falla dentro di me. Lei credeva nella rivolta, è andata a cercare la rivolta per tutta la vita, mi avrebbe voluto con sé. Saremmo entrati in clandestinità. Ci saremmo dichiarati finalmente nemici dello *stato di cose presenti* – come si diceva. Sarebbe potuto accadere. In realtà, allora l'unica rivolta che riuscivo a distinguere era il suo corpo in subbuglio. Una cosa avrei dovuto fare, quella sí: fermarla –. Si chiuse la faccia nella coppa delle mani. – Del resto, – continuò, – non è andata lontano. Leucemia. Prima della stagione del terrorismo.

– Sai che si fa adesso, Botta? Si va giú, e ci facciamo altra birra, altra birra per sapere dove andare. Il rosso e il blu...

– Bravo, – bofonchiò il Botta, e poi ripeté: – Bravo! – ma ad alta voce, e poi un'altra volta, e fu quasi un grido.

– Ti sfido, – ricominciò Cantor. – *Volare!* – come se il ritornello si fermasse lí, senza *Oh oh*, e ancora: – *Volare!* – ma a un'ottava piú alta, e poi di nuovo – *Volare!* – all'ottava piú accessibile. Il giovane urlatore e l'urlatore maturo. Che cantassero insieme era un'ovvietà che non avevano messo in conto, si erano portati in mezzo alla scena e dovevano chiudere con un duetto.

– Torniamo a casa, cavaliere. Pedala, Massignan! – E finalmente Botta chiamò in superficie una bella risata, leggera, in accordo con l'aria delle Prealpi, lustra come può essere un'altura senza bosco, un tappeto, un velluto, un lenzuolo.

Tornarono in sella e alla prima curva Cantor inchiodò: – Dove eravamo arrivati?

– *Ma io continuo a sognare negli occhi tuoi belli*, – riattaccò il Botta, – *che sono blu come un cielo trapunto di stelle*...

E proseguirono giú verso la sera, verso i colori che progressivamente si spegnevano, verso le prime case dei paesi, verso il destarsi di una affaticata confidenza con il segreto della notte.

Quattro

Non ho conservato granché della mia professione. Non ho memorabilia, attestati, corrispondenze. Poche anche le fotografie. Dopo la morte di Lena ho distrutto molto: volevo restare ancora piú solo, far pulizia, difendermi da ogni tentazione di guardare indietro con nostalgia. Poi è ovvio che, come una iena, la nostalgia torna a vagare per i campi di battaglia, e qualcosa trova sempre.

Piuttosto che rivedere facce di bambini e di genitori, risento echi di conversazioni, vocalizzi prima o dopo il pianto, esercizi sul dolore percepito, vero o presunto, alterazioni drammatiche, sfoggio di infantile intelligenza del mondo e saggi di comicità naturale. Mi vengono incontro, arrivano in sequenze, si disperdono nei quattro angoli del salone: sono voci, per l'appunto, non solo presenze.

Eppure Salvo Camarra, affetto da osteogenesi imperfetta, lui mi si fa avanti cosí com'era allora, accompagnato dalla madre. Dieci anni, si raccontava con proprietà e dettagli fra il clinico e il leggendario. La prima volta si era presentato con una bronchite selvaggia, porgendomi dei referti di cui, in verità, avevo già preso visione, e soprattutto mettendomi in guardia con gagliarda severità: «Lei non è il mio vero dottore. Soffro di osteogenesi imperfetta. Mi rompo. Mi rompo facilmente. Deve maneggiarmi con cura». Portai la mano alla fronte, di taglio: «Obbedisco!»

Si lasciava visitare e aveva capito presto che poteva contare su di me, che io non mi sarei mai messo in competizione con il suo medico specialista, e in particolare con le sue terapiste, fra cui annoverava una certa Maria Rosaria. «Gran donna, – soleva dire come un uomo maturo. – Lei sa come fare. Non mi rompe. La gente non ci crede – che mi rompo, intendo –, e allora io dico di provare...» Da me veniva per i mali di stagione e per studiare un'alimentazione conforme: non doveva prendere peso, non doveva perderne. Una mattina di prima estate mi annunciò che avrebbe passato venti giorni a Roscoff, in Bretagna, in un istituto specializzato in riabilitazione. «Si prefiggono qualche risultato soprattutto per la colonna», disse la madre. E lui: «Mi devono raddrizzare, sennò fra qualche anno chiodi dappertutto e, come dicono lassú, *fauteuil roulant!*»

Ci lasciammo con una vaga promessa di fargli visita. Cosa che invero facemmo, Lena e io. Prima tappa a Aix-en-Provence per *Les Boréades* di Rameau, poi via verso nord con la nostra Peugeot 305 di seconda mano: un concerto d'organo nel duomo di Chartres, visita a un'amica francese che d'estate tornava sempre nella casa dei genitori a Locquirec, in Normandia, e infine Roscoff.

L'istituto era un vasto complesso di edifici bassi distribuiti lungo la spiaggia, appena fuori dal paese. Durante la bassa marea si poteva scendere oltre gli scogli e camminare sulla poltiglia viva lasciata in bella vista dalle acque che si erano ritirate, assorbite, cosí pareva, dalla grigia consistenza del cielo: da lí si tornava nel villaggio senza passare dall'ingresso principale. Chiedemmo di Salvo Camarra, «*le petit italien, le sicilien*». Stava, in quel momento, alle trazioni, in uno di quei casottini separati dal nucleo centrale dell'istituto: lo spazio era tutto occupato da una ragnatela di lacci, stringhe, fasce, funi che dal soffitto si tendevano, elastiche, per contenere il corpo del bambino che restava sospeso come un astronauta o come un condannato, onde le trazioni a cui era sottoposto lavorassero con cautela. Sapeva dal giorno avanti che saremmo arrivati. Quando comparimmo sulla porta, da piccolo gentiluomo qual era volle essere lui a presentarmi al personale sanitario e se ne uscí con un «*C'est mon pédiatre! Il me chante toujours une aria de Mozart* –. E poi a me: – Dottore, non poteva perdersi questa scena! Salvo Camarra l'uomo ragno...» Oltre il finestrone aperto sul mare, la visione della *marée basse*, i turisti che vagavano a gruppetti o raccoglievano conchiglie, il timido sole del pomeriggio. Qui l'eroe in volo dentro il cigolio dell'empiria, poco piú in là, gli esercizi festivi di vita quotidiana.

Cenammo insieme quella sera, passando da pungenti commenti sulla permanenza bretone (*la mer de merde*, *la pluie éternelle*, i carciofi giganti, *la canicule* con la giacca a vento addosso) alle inevitabili considerazioni sul futuro. Ed era comunque lui a regolare la temperatura del discorso. «Bene che vada, *cher* Romagnol, resto un nano con la sclera blu. Se va male mi si torcono braccia e gambe, divento sordo come Beethoven, e comunque resto nano, come il Petrucciani». Aveva occhi grandi Salvo – microcrateri di fuoco felice – e, agganciato alle sue funi, li infuocava di una profonda, insondabile disposizione all'allegrezza. Ha vissuto fino a trent'anni. Ho continuato a frequentarlo, finché lui ha detto no, che non voleva piú vedere né me né nessun altro, e forse da quel momento ha cominciato a morire. A me però torna in mente il bambino sospeso nel cielo grigio di Roscoff. E lui guida tutti gli altri, in fila, alla conquista del mondo. Tutti gli *zéro de conduite* passati per il mio studio, tutti gli indocili sui tetti. Cosa sono stato per loro? L'immagine di Cantor si mescola talvolta a quella di Salvo Camarra, come se entrambi portassero la meraviglia dell'imperfezione.

Sono giorni che la musica non mi chiama: solo oggi non posso fare a meno di tornare alle *Scene infantili* di Schumann. Ma sono appena un sottofondo, e me ne dolgo perché quello è ufficio che non lascio mai alla musica che ascolto. Mi chiedo chi mai racconterà Cantor, quando sarà il momento. Salvo Camarra appartiene all'accadibile, non ci distrae, possiamo essere piú o meno complessi nel restituire quello che ha vissuto, ma lui è terribile come un dato di fatto ed è terribile anche il suo sorriso. Non consente equivoci. Cantor spinge nella direzione opposta. Non si vede quando si rompe, si vede semmai quello che rompe.

Devo avere una foto scattata a Roscoff, di quella non mi sono privato. Salvo è nel suo *fauteuil roulant* e volge il capo verso l'alto, dove Lena gli fa segno di guardare avanti. Io sono fra lui e la madre. Tira un gran vento, infatti i capelli lunghi di allora mi coprono il viso, e le due signore tentano di difendersi dalla sabbia e portano la mano a far schermo davanti agli occhi. Chissà? Era sabbia, o semplicemente il tormento dell'aria? O il sole basso? Era il sole, ma certo. E allora cerco anch'io una luce, la lampada nuda (cosí l'ho chiamata da quando è andata in frantumi la boccia di vetro verde chiaro, mai sostituita): mi concentro sulla fonte luminosa come mi permettesse, non vedendo, di vedere meglio al di là, o semplicemente di sentire meglio il caos di sentimenti di questa giornata che non sa che direzione prendere. Mi tornano in mente tutte le occasioni in cui ho trovato e goduto quella stessa luce che ora mi restituisce la nuda intensità di una banale lampadina. So che quella percezione ha a che fare con il declinare del tempo. Una volta – ci trovavamo su uno scoglio ligure in attesa della sera – mi capitò di dirlo a Lena, mi capitò di dire come la luce che riverberava sull'acqua e mi costringeva a socchiudere gli occhi disponeva i miei sensi a superarli. «Vuoi dire a morire?» chiese, e senza aspettare risposta mise in moto un riso che da un gorgogliare contenuto trapassò in disarmante risata. Non riusciva a fermarsi e piú io le davo la possibilità di pensare che mi ero offeso, piú la risata, per quanto spuntata e soffocata, tornava a emergere feroce. Poi mi raggiunse e mi chiuse le spalle in un abbraccio: «Cosa devo fare con te?»

Si prendeva gioco di quell'abbandono romantico di cui avvertiva l'artificio e il pericolo, e rispetto al quale mi metteva in guardia. *Traümerei*. Il sogno arriva attraverso la lampada nuda a ogni snocciolare di note e mi preme, finge di cercare un sonno che è solo metafora del sonno.

«Cosa devo fare con te?» cosí vorrei chiedere a Cantor a mia volta, e allora penso a una sorta di inattesa simmetria.

Temo che sparisca, come il Kreisler di Hoffmann, e di Schumann. Temo una sua forma di follia. Certo che la temo. Ma mentre la temo, la bracco e la tutelo, come se da lí cominciasse la sua musica. Anche perché il suo male non accade, e non accadendo lo lascia solo spaesato.

Spengo la lampada nuda e mi sento piatto, insulso. Tutto quel che vedo mi appartiene con desolata rassegnazione.

Luglio 2018

Cantor fece gesti da automa, pesanti, senza partecipazione: percorse i pochi metri dall'ingresso alla stanza, continuò fino al tasto della tapparella, lo tenne premuto finché non fu alta abbastanza per avere luce, si levò scarpe, camicia, pantaloni, mutande, aprí il rubinetto della doccia. Anna preparò del caffè solubile, una tazza piena fino all'orlo, e ne sorbí due sorsi per maneggiarla meglio. Chiuse il pc. «Sí, sono con lui», scrisse al padre. Cantor uscí dal bagno avvolto nel sudario dell'accappatoio nero che lei gli aveva regalato. Dal fondo dell'ombra gli brillavano gli occhi. – Adesso è meglio che dormi, non credi? – Lo aiutò ad asciugarsi i capelli, strofinandogli forte la testa.

– Cosa è successo? – chiese lui, e poi corresse: – Cosa succede?

– Direi che la storia di ieri sera ti ha scosso.

– Detta cosí è banale, Anna.

– Accontentati.

– Dunque è morto?

– Sí, ed è strano che non ti abbiano trattenuto.

– Non l'ho ucciso.

– Stupido.

– E l'altro?

– In stato di fermo.

Cantor si distese sul letto e passò dalla spugna nera all'ospitalità del lenzuolo.

– Sei bellissima, – disse sfiorando la coscia di Anna seduta sul letto.

– Banale, – fece lei, e si lasciò scivolare con un sorriso gentile sopra di lui, sulla vitalità nervosa del corpo magro e forte del suo compagno.

Cantor pensò che quel superlativo era già passato dentro il vocabolario di quella notte appena finita. Anna si stava prendendo cura di lui e avvertí, insieme a una timida gratitudine, una stanchezza.

– Se sei sicuro di dormire, me ne vado.

– Sono sicuro.

Anna prese una spazzola dalla borsa e se la passò nei capelli. Lo faceva con una sequenza di colpi lenti, decisi, accorti, che lui conosceva a memoria: la scena si ripeteva spesso nell'intimità, ma anche altrove – ad esempio, quando salivano in montagna insieme e capitava che, in certe soste, Anna sentisse il bisogno di non cedere al disordine della fatica. Si allontanava di qualche passo e cavava dallo zaino il fedele strumento: spariva allora dietro la cascata dei lunghi capelli bruni dove la spazzola correva con regolarità, e di quell'operazione arrivava il suono compatto, come d'un sordo grattugiare. Tornava elegante, quasi rinfrescata, e anche ora si liberava dall'affanno che forse l'aveva perseguitata durante la notte e le prime ore del giorno. Dove l'aveva imparato?, si chiedeva Cantor: c'era studio, armonia, ostinazione. A che cosa poteva comparare quel gesto semplice, circoscritto, pensando agli atti che battevano il suo tempo con uguale metodica indipendenza?

La contemplò con gli occhi socchiusi. Dalla finestra aperta arrivavano suoni incerti ma familiari: come quello delle auto che rallentavano e riprendevano velocità lungo la doppia curva fra un lato e l'altro del prato cresciuto sulla ferrovia cancellata.

Come siamo fragili, pensò. – Come siamo inutili, – disse, e lei rispose che adesso aveva solo bisogno di riposare, che si sarebbero sentiti piú tardi. Lui cercava di percorrere la distanza tra fragilità e inutilità, sorpreso di trovarsi in quel varco.

Anna era entrata nella sua vita per restarci, e Cantor a volte si domandava se la dedizione di lei avesse a che fare con un'ansia di protezione. Da che cosa? Forse Anna pensava di salvarlo? Di metterlo al riparo? In realtà Cantor non sapeva nemmeno come farsi amare, perché lei aveva *deciso* di amarlo, e lui non capiva se stava davvero ricambiando un sentimento o se aveva accettato quel riparo e aveva finito per trovarlo efficace, ma di un'efficacia che non escludeva la passione. Una volta lei gli aveva detto che lo avrebbe amato per sempre, e lui si era spaventato, perché in quell'illimitatezza temporale aveva letto qualcosa di antico e oscuro, che andava al di là della formula, cosí nutrita di consolidato romanticismo.

C'era una furia che soffiava da lontano e gli scompigliava l'anima. Ora la sentiva aggirarsi per la stanza, la grande stanza che era il teatro della sua vita presente – dal letto si tenevano d'occhio tutti i quaranta metri quadri: le finestre sul lato nord della casa, gli scaffali con pochi libri che occupavano la parete piú lunga, il tavolo ingombro di scartoffie, maglie, chiavi, tecnologia spicciola, niente che rammentasse un vero e proprio desco. Sulla parete corta due poster e al centro del soffitto, nudo, il bulbo di una lampadina. Insomma, un interno compreso fra la casa di uno studente e quella di un uomo solo insensibile al proprio disordine. Anna si sarebbe volentieri occupata dell'appartamento, ma lui glielo aveva vietato. «Ti mando la donna», gli aveva annunciato la madre, e lui aveva ricevuto la domestica che ben conosceva perché lavorava da anni per la famiglia Castelli, l'aveva baciata su entrambe le guance, le aveva consegnato una busta con il compenso pattuito e le aveva ordinato di tornare a casa dicendo a chi le aveva ordinato quella sortita che «il signore era occupato».

Si stava abbandonando al sonno e pensò alla neve, avesse potuto sarebbe partito per una traversata alpina insieme al gruppo che frequentava saltuariamente per escursioni in alta quota. Chissà dove l'avrebbe potuta trovare la neve, in quei giorni. Forse bave di ghiacciaio. Forse niente. Però vedeva il bianco, sentiva perfino il tormento gelato che insisteva sulle guance, si vedeva togliere le pelli di foca e preparare gli attacchi per la discesa, vedeva il cielo incerto, appena macchiato d'azzurro. Il canalone era immacolato, piú a valle una foresta di larici era pressoché soffocata dalla neve. Non sarebbe stato difficile. Sulla costa della conca esposta, i compagni sembravano aspettarlo, ma poi si fece avanti Anna negli abiti leggeri della giornata che si stava aprendo. – Dovresti coprirti, – le disse, ma lei non sentí. Forse lo prese come un addio, e si allontanò, guadagnando la porta. – Dovresti coprirti.

Cinque

La mattina mi sveglio prestissimo, anzi a volte ho la sensazione di non aver neppure preso sonno. È come se per le ore notturne fossi inseguito da una flotta di pensieri, spesso solo frammenti di scene che si ripetono, di frasi dette, frasi che devo completare come fossero un gioco enigmistico, prove di uno stesso dialogo che sembra perfetto e invece non smette di ritornare. Dopo quella fatica che non corregge ciò che è accaduto ma neppure ne ripristina con esattezza la sostanza, avanzo su una riva che, soprattutto d'estate, coincide con la fluidità dell'alba. Fuori dalle finestre, che non oscuro mai del tutto, il giorno è ancora lontano ma mi aiuta a confondere la visione e il sentimento delle cose. Mi abbandono alla stanchezza e al contempo godo di un conforto misto al pallore della luce: piuttosto che vedere, sono dentro una visione che è insieme evocazione e attesa.

Mi capitava quando, le volte in cui dormivo solo in camere d'albergo per convegni o simposi, invece di svegliarmi corteggiavo le propaggini del sonno e lasciavo che i suoni dall'esterno si insinuassero dentro la veglia; e cosí arrivavano voci di conversazioni, il crepitio di una risata, l'arrancare di un mezzo pesante, il frusciare indistinto di un notiziario radiofonico, e mi pareva che la presenza del mondo fosse amica e distante, abbastanza distante per sentirne, in quella strana condizione di ospite che la camera d'albergo esaltava, la gentile prossimità. E a quel punto, non avrei piú voluto lasciare la stanza, non avrei piú voluto abbandonare la compagnia di un me stesso cosí in ascolto, cosí «prestato» alle cose della vita.

Ora quel fluttuare del senso che era stato delle camere d'albergo, quella sospensione, è la condizione abituale del mio risveglio, ma molto spesso capita che all'incertezza della visione si mescoli la nettezza di contorni inattesi. *Ti aspettavo*, ho sentito dire a mia moglie in piedi davanti al letto, i capelli raccolti sulla nuca con un elastico, il lino della camicia da notte che le scivola sui gomiti. Eh, sí, gliel'ho sentito dire, e non avendo né il potere e neppure il desiderio di arrestare la visione, socchiudo gli occhi, attendo che la sua presenza sfumi, o s'addensi, o si condensi, che volga verso altro teatro dei sensi, il mio essendo ala di farfalla, volubile, addirittura capriccioso. Eppure, luce e veglia continuano a giocare, e sto in attesa, e sono un ragazzino di otto anni davanti allo schermo di un cinema deserto in un pomeriggio d'estate. Attendo che qualcosa sorga, o meglio, che risorga – non bisbigli della memoria ma evidenze del tempo. *Ti aspettavo*. E penso infatti, come faccio?, non ad andarle incontro, ma semplicemente a ristabilire il contatto. No, la lascio andare. Non ho paura di ulteriori sparizioni. Semmai sono sicuro che tornerà, ma non sarà con la tagliente bellezza di quella frase strappata alle ore quotidiane, tornerà con altro, e di tutto ciò che porterà sarò grato, anche di una sua risata corrosiva.

E intanto la veglia si posa come una panna e lavora sotto le palpebre: ho promesso di alzarmi presto. Mi aggiro in pigiama per l'appartamento deserto. Lena Savona Rinaldi in Romagnoli non mi accompagna piú da almeno sei anni. Ci siamo sposati relativamente tardi – eravamo entrambi vicini ai quaranta – e siamo rimasti insieme per una trentina d'anni. Non era un'ebrea praticante, ma si era avvicinata alla comunità negli ultimi anni: insegnante di chimica al liceo classico, si era creata una corte di ex studenti nostalgici, e fra questi spiccava l'eterno giovane Samuele Franchetti, che, diventato uno stimato professore di Storia contemporanea, si portava appresso nelle visite a casa nostra gruppi selezionati di suoi studenti, cosicché si creava una scala generazionale che, musicalmente parlando, saliva e scendeva in un gioco disteso di opinioni – quasi un esercizio, che tuttavia era concepito per la variazione principe, quella di Samuele. La sua e quella di mia moglie erano famiglie toccate severamente dalla Shoah, eppure accadeva solo di rado che il discorso prendesse quella direzione.

A Samuele non manca il gusto della battuta. Anche adesso, quando parla delle difficili relazioni con gli uomini di potere del mondo accademico, ripete il suo pezzo forte: «Niente di piú facile che piegarci al male del mondo, siamo predisposti». Ma non si piega affatto, Samuele. Ha continuato a frequentare la mia casa anche dopo la morte di Lena. Una volta ha incontrato Cantor e per un attimo ho creduto possibile una simpatia. «Sei ebreo anche tu?» gli ha chiesto Samuele, per via del nome che usava. Cantor ha semplicemente fatto di no con la testa. Correvano una decina d'anni di differenza, ma portavano entrambi la bandiera della giovinezza: battagliera quella, piú matura, di Samuele, insofferente quella di Cantor. Sono stato io a dare una spiegazione occasionale: «Sai, Georg Cantor, quello della teoria degli insiemi». Ma non c'entrava nulla. «Sono cattolicissimo», ha detto Cantor, e il superlativo è suonato persino aggressivo. Non lo era, ma lo è sembrato. Sono rimasti a squadrarsi per un po', poi Samuele ci ha salutati. Forse era troppo giovane per destare l'attrazione di Cantor: anzi, è stato proprio allora che mi sono reso conto di come la sua immaginazione avesse bisogno di figure con una solidità anche anagrafica. Un brillante trentenne per lui era comunque un coetaneo senza futuro. I coetanei con cui andava in montagna o che frequentava nel centro di prima accoglienza dove prestava servizio erano, anche nei casi migliori, privi dell'autorevolezza che crea leadership, affezione e talora dipendenza.

Mi siedo sempre sulla poltrona del salotto prima di prepararmi la colazione, anzi spesso ci resto cosí tanto che poi finisco per vestirmi velocemente e scendere al bar, quel bar dove qualche anno fa ho incontrato l'inquieta copia di Glenn Gould.

L'importante è cominciare con la musica. *Vorrei spiegarvi, oh Dio!*, l'aria scritta per Aloysia Weber. Mozart apre la giornata. È come se mi disponessi ad attendere l'inseguimento fra soprano e oboe, e ogni volta è struggimento e fuoco. Non avrei dovuto cominciare con le virtú dei virtuosi. Eppure. Attendo il mi sovracuto della Gruberová. Vorrebbe spiegare, vorrebbe dire il suo segreto. Non può. Alzo il volume, voglio sentire e voglio che sentano. *Qual è l'affanno mio*. Oboe, voce, oboe, voce. Mi sovracuto. Lo strazio. Mi abbandono con la testa contro la spalliera. È la volta dell'*allegro*: la felicità del gioco, il gusto della prova. Il piacere si confonde con una sorta di vergogna. Lena tollerava appena la furia teatrale dei miei ascolti casalinghi. «Ti fa male qualcosa?» mi chiese arditamente una volta, ma si allontanò prima di una replica. Che comunque non ci sarebbe stata. Era solo a casa che esercitava quella bizzarra forma di insofferenza. In sala, nessuna delle mie intemperanze avrebbe potuto distrarla dall'intensità con cui ascoltava intenta, concentratissima.

Ho costruito impalcature melodiche in tutta la casa. Troppo presto? Può darsi. Comunque, non ha mai protestato nessuno. «Il pediatra va matto per la musica», questo l'ho sentito dire.

Ho dovuto darmi una disciplina, chiuso lo studio, scomparsa Lena dalla scena dei miei giorni. Non sono abbastanza vecchio e non sono piú l'uomo che sono stato. Ecco, è come se avvertissi un peso, un grosso zaino, che porto con nonchalance ma malvolentieri. È un dispetto, non una condizione. E non mi rassegno. *Qual è l'affanno mio.* Mi torna in mente una sera alla Scala, negli anni Ottanta: Lella Cuberli era la Contessa d'Almaviva. *Dove sono i bei momenti.* La nostalgia, puntualmente quasi intollerabile, aveva in quell'occasione le fattezze di una donna matura e bellissima, sorpresa nella sua intimità, nella sua camera da letto: la nostalgia prese possesso dei miei sensi atterriti. Mi guardai intorno quasi volessi accertarmi che Lena fosse effettivamente rimasta a casa, che non fosse lí a sorprendermi, infatuato, commosso, le spalle contro la poltroncina rossa costrette da un sentimento che non la riguardava. Cuberli. La contessa. Ero lí, solo, nel palmo aperto di quella materia amorosa che attraversava i secoli ma diventava voce dentro la voce di un soprano rimasto per sempre la donna di quella sera, maestosa e sensuale, e come lei mai nessuno ha disegnato l'esattezza musicale di quell'abbandono.

Una volta – lui mi parlava di un'infedeltà che Anna aveva patito con particolare rigore – ho cercato di spiegare a Cantor il senso di quella mia infedeltà. Si rendeva conto di quanto fosse largo lo spettro del tradimento? Se ne rendeva conto, e volle ascoltare *Dove sono i bei momenti*, che non conosceva. Cercai di non guardarlo in faccia. Avvertivo la sua impazienza. Non era quello a cui voleva essere educato. Ma, consumata l'aria nella luce pomeridiana, restò immobile piú a lungo di quanto pensavo sarebbe stato capace, e allora gli raccontai di come il personaggio della contessa, in chiusura d'opera, perdona, perdona il marito che la vuole tradire e forse non ha smesso di tradirla, e perdonando non lo affranca da una colpa ma lo riconsegna alla stupefatta fragilità di essere uomini. Dissi proprio cosí. E a Cantor da allora è piaciuto citarmi, a proposito e a sproposito, come l'avessi detta grossa. Ma sí, la «stupefatta fragilità di essere uomini». Quella cosa lí. Gli piaceva, anche se la trovava esagerata. Anna lo aveva perdonato. Lena non ha mai potuto farlo. Quello di cui siamo andati alla ricerca l'uno nei confronti dell'altra non è mai stato il perdono, ma a volte mi dico che invece avremmo dovuto perdonarci. Cantor era di fatto un giovane dongiovanni «naturale», io no.

Da quel sabato in cui, rompendo le consuetudini, Cantor non mi ha chiamato né si è presentato sotto casa, le cose hanno preso una piega sempre piú imprevedibile. Avrei potuto fare di piú? Avrei dovuto intendere un dissesto interiore che veniva aggravandosi? Tendenzialmente non sono incline a vedere patologie nei malesseri, nei sussulti interiori, nelle chiusure, persino nella violenza quando si scatena. Ho imparato dai miei pazienti: i bambini sono imprevedibili, mentre modellano il carattere mettono in moto tattiche comportamentali che possono sconcertare, disturbare, incrinare certezze, e sono modalità che non necessariamente evadono dagli schemi dello sviluppo. I genitori hanno una tale paura dell'ignoto, del fuori di sesto – in una parola, dell'anormalità –, che preferiscono pensare di dover sottomettere i deliranti figlioletti alla malattia, che la malattia sia diagnosticata, che abbia un nome, e che i piccoli siano curati, che siano medicalizzati. Non è cosí. Quante volte ho potuto dimostrare loro il contrario. Per certi adulti vale la stessa regola: il precipizio comportamentale rivela strategie ignote persino a chi lo sta vivendo. Dunque, le inquietudini di Cantor, ne ero convinto, facevano di lui una persona interessante – esposta, come tutta la sua generazione, alla minaccia dell'insignificanza. Ed ero ben lontano dal considerarle manifestazioni patologiche.

Comunque, in seguito Cantor venne a trovarmi e mi raccontò della serata, dell'incidente, e di come per qualche giorno non fosse riuscito a mettere il naso fuori dalla porta.

Non era la prima volta, in verità. Qualche anno prima era partito per uno di quei suoi tour in alta quota. Dopo una notte in rifugio, aveva annunciato ai suoi compagni che non si sentiva in forma e si sarebbe fermato lí. L'avevano visto imbronciato scrutare il biancore dei vapori che non si aprivano. «Non ho bisogno di nulla», aveva detto, ed era sparito. Tornati in città non avevano piú avuto notizie. I compagni avevano chiamato il fratello e insieme avevano coinvolto il soccorso alpino, prima di rendersi conto che in effetti Cantor era tornato a casa e ci si era chiuso dentro. «Sei un pirla», gli aveva detto Giulio e aveva tentato di allungargli uno schiaffo che lui aveva fermato nel vuoto. «Non provarci mai piú», gli aveva sibilato. Poi, anche allora, era venuto a trovarmi.

Avevo provato a fargli delle domande, se aver abbandonato il Cai e aver fatto squadra con quattro esaltati non aveva funzionato, se si era sentito inadeguato, se semplicemente aveva avuto l'impellente bisogno di ritrarsi, di tornare nella sua solitudine. Lui non aveva smesso di fare no con la testa per tutto il tempo e lo aveva fatto con dolcezza, come chi è costretto a negare per rassegnazione. La mimica della negazione era un suo tratto caratteristico. «Non lo sai, cosa ti è successo», dissi spiando gli occhi chiari dietro la cortina del ciuffo. Smise di negare, semplicemente si rasserenò.

Avrei volentieri messo della musica ma non lo feci, anche perché avvertivo che il silenzio sarebbe stato inevitabile: per fortuna non ci fu un *tacet* piú ricco di intesa.

Dopo l'incidente di quel sabato notte, le cose presero una piega diversa. Venne a casa. – Mettiamo della musica, – fu lui a dirlo, e la formula non mancò di innervosirmi, priva com'era di considerazione per quello che avremmo ascoltato, e poi passò a consultare lo schermo del cellulare. – È Anna. Non molla –. Chiesi se c'era qualcosa di male in quel «non mollare». C'era. C'era che doveva cambiare qualcosa, che doveva cambiare molto, che non c'era piú spazio per queste cure, cosí unilaterali, cosí soavi. Disse che non era colpa di Anna. – Succede, – dissi, – che le cortine protettive si rivelano per quello che sono – protettive – e non funzionano piú –. Fece di no, come aveva fatto anni prima, ma con una sfumatura astiosa, sofferta e astiosa. Meglio cambiare discorso.

– Vai ancora con il deltaplano?

Sí, ci andava, e rettificò che faceva «parapendio»: saliva spesso a Campo Cecina, sulle Apuane, e ogni volta si accordava con Silvestro, l'amico anarchico di Marina di Carrara. Ci era stato recentemente e si era lanciato la mattina con un vento incerto, bizzoso, le correnti ascensionali meno evidenti del solito, ma aveva guidato il volo senza fatica: si era goduto, diceva, la distesa di azzurro oltre il bianco massacrato delle cave, aveva infilato il corridoio del Carrione e delle sue acque lattiginose, per poi planare e toccar terra.

Sarebbe volentieri rimasto in alto, quando il mare, calmissimo, un acciaio graffiato d'argento e di blu, gli prometteva certezze, distanze, bellezza. Poi aveva sentito la finzione di quelle promesse, aveva riconosciuto la protezione di quella zona franca, compresa fra il volo e l'atterraggio. Giú avrebbe incontrato Silvestro che lo aspettava fumando di fianco alla sua auto, una Bmw cabrio dei primi anni Novanta. Gli avrebbe fatto le solite domande: com'è andata?, ti riporto su?, che sport del cazzo fai?, mai capito. Disse che, mentre raccoglieva imbrago e vela sulla sabbia, avrebbe voluto tornare in quota. «Ti riporto su?» aveva riprovato Silvestro, che gli ballava intorno reggendo la sigaretta con giocosa maestria. Cantor gli aveva detto di sí, ma al bivio per Campo Cecina lo aveva pregato di continuare per il Cucco e poi giú verso il Bardine, dove qualche tempo prima Silvestro l'aveva già portato per raccontargli le stragi di civili che lí, come in altri paesi delle Apuane, si erano consumate nel '44. A sera Cantor era rimasto chiuso in una sua insondabile cupezza. Silvestro lo aveva pregato di restare a dormire da lui, ma niente: era salito in moto e aveva imboccato l'autostrada.

Dichiarò stentoreo: – So cosí poco. Non ho diritto di sapere.

Io gli dissi che aveva diritto a tutto, che non si fermasse a contemplarsi.

– Andrò a un incontro del partito di mio fratello, – disse.

– Fai bene, – commentai.

– In Emilia, non mi ricordo dove.

– Te lo ha chiesto lui?

– Sí e no. Sono curioso.

– Capisco.

– Non c'è niente da capire.

– Infatti, – dissi, facendo mostra di indifferenza. – Zitto. Senti qui come entrano i fiati, senti il trillo che continua fino a spezzarsi –. Tenevo le mani sulle ginocchia, evitavo le vacue gestualità da direttore d'orchestra. – Ecco l'*allegretto*, un *allegretto* temerario... sono cattivi pensieri, se potessimo chiamarli cosí. E infatti, senti l'abbandono, senti come tutto cede, ma con un ghigno che fa montare addirittura in violenza la voce dell'orchestra.

Insistevo perché sapevo che non mi avrebbe ascoltato, e invece per una volta, quando lasciai che il secondo movimento aprisse al terzo, lui restò, come me, in silenzio fino alla fine.

– Non è Wagner ma potrebbe, – provò.

– Liszt. *Concerto in Mi bemolle maggiore*. Brendel solista –. Mi ricordai che non era la prima volta che lo ascoltavamo, insieme alla *Totentanz*, e io gli avevo raccontato delle grandi mani di Liszt pianista, di come era diventato una celebrità. Gli avevo raccontato che era arrivato a Milano con Marie d'Agoult e aveva soggiogato il pubblico dei salotti e della Scala. Cantor era rimasto ad ascoltare come rapito. Erano giorni in cui l'amore per Anna lo beava, e dunque il solo accenno a quella storia gli riempiva gli occhi di luce. «Cosa facevano?» mi chiedeva. E io gli rammentavo che avevano già due figli, Liszt e la contessa d'Agoult, che giravano inquieti per l'Europa, e tutti tenevano nella massima considerazione quelle mani nervose, ammalianti, cosí autorevoli, che gli consentivano di sputare sentenze e giudizi taglienti. Non ultimi, quelli sulla scarsa cultura musicale italiana. Cantor gli aveva dato ragione, entusiasta. «Bravo Franz, – ma non sapeva cosa diceva, o meglio lo sapeva cosí bene da concludere: – Basto io, no? In quanto ad assenza di cultura musicale: sono il prodotto di un'indifferenza storica». In quei giorni dimenticava spesso i suoi impegni, rinunciava alla montagna e con Anna si dilungava sul suo apprendistato da infermiere, ma poi ammutoliva, prendeva fra le sue le mani di lei, le apriva con cautela, le carezzava. Stavano seduti a terra nel mio salotto. Tornando dalla cucina vidi quel gesto, vidi che si portava le mani alle labbra e le percorreva con una sequenza di piccoli baci.

Ora ascoltava Liszt e, come allora, sedeva sul tappeto. Con le dita inseguiva un percorso ideale sulla trama del tessuto, poi chiudeva le mani a pugno, le riapriva, le contemplava vuote, come avessero dovuto contenere qualcosa. – Non sapete fare nulla, – diceva, e le sollevava specchiandovisi.

– Romagnoli, tu pensi che il tuo Liszt fosse un tipo volgare?

Non avevo idea da dove provenisse quella domanda. Glielo chiesi. Mi disse: – Boh –. E poi: – Che cosa avevano in mente?

– Schumann, – dissi, – ha scritto che Liszt non avrebbe mai potuto suonare dietro le quinte, che si sarebbe perduta gran parte della sua poesia.

– Liszt e il favore del mondo. E il povero Schumann? Erano entrambi ombre di una sola malattia.

Restò immobile e tornò alle sue mani, a guardarsele come se non gli appartenessero.

Pareva caduto in un nuovo pensiero. In effetti era cosí che faceva: si muoveva come sciasse sempre fuoripista.

– Ci vado?

Fui agile nel riafferrare il filo del discorso. Mi ero abituato a rincorrerlo sul piano inclinato della sua logica maligna.

– Ho sempre pensato che con tuo fratello dovresti arrivare a una specie di intesa, che non dev'essere necessariamente politica. Era cosí fragile da ragazzino. Gli ha fatto bene uscire dall'adolescenza, e forse lo ha aiutato anche il fatto che sia venuto al mondo tu, tardivo ed esigente.

– L'ha aiutato a far cosa? È uno stronzo, lo sappiamo tutti e due.

– Sono stato il suo pediatra, – dissi in uno scatto di riguadagnata distanza professionale.

– Anche il mio. E allora? – Mi contemplò con baldanza, ma avvertii lo scatto metallico della memoria che dal fratello era risalita alla scena di sabato. – Quel ragazzo è morto, senza sapere da dove la morte sarebbe arrivata.

Attraversai il salotto per spegnere l'hi-fi.

Non replicai, attesi una sua nuova uscita, che ci fu: – Voglio conoscere il ragazzo che gli è andato addosso.

– Perché, Cantor?

– Dovrei. Ero là.

– È per qualcosa che ha a che fare con la giustizia?

– Non l'ho guardato negli occhi.

– Eravate là in tanti, se non erro.

Consultò lo schermo del cellulare: – Ecco qui. Anna, di nuovo. La mia «cortina protettiva». Dice che mi aspetta a casa.

Mi raggiunse. Passò il palmo della mano sulla costa dei cd, adagio, come per saggiarne la consistenza. Le mani, ancora una volta.

– Fra poco tutta questa abbondanza non avrà piú valore. Tu appartieni all'opulenza del sapere. Avrei voluto qualcosa di piú dalla tua saggezza, dal tuo sapere.

– È una dichiarazione importante, Cantor. Mi stai dicendo che non sono stato all'altezza delle tue aspettative. Me ne rammarico, ma non ho fatto nulla per illuderti –. Presi fiato, perché la frase che seguiva mi sarebbe costata molto: – Sono un uomo anziano, sono un vedovo, sono un pediatra che non esercita, e forse anche un cattolico che non professa.

– Infatti, – fece lui come rianimato, – *tu sai* cosa sei e cosa non sei, o cosa non sei piú. Io no. Purtroppo il tuo sapere si consuma prima di sedimentare negli altri, ad esempio in me. Forse è un tratto della vostra generazione. Avete avuto tanto e l'avete perduto, o comunque non vi interessa «riversarlo».

– Sparisci...

– Ciao Romagnoli. Ci sentiamo.

Effettivamente guadagnò la porta e io restai a chiedermi di cosa avesse davvero bisogno. Pensavo a come aveva lasciato l'amico anarchico senza una parola: mi immaginavo quel Silvestro inchiodato sulla strada mentre Cantor spariva nel buio, toccato dalla stupefatta fragilità di essere uomo, ma condannato a essere un ragazzo.

Luglio 2018

Cantor era ancora dentro di lei, si lasciava carezzare la nuca, scompigliare i capelli. Anna gli aveva consentito di essere sbrigativo come talvolta finiva per essere, ma ora non la abbandonava, e quella resistenza smemorante e leggera le restituiva il languore che fino a quel momento non aveva provato. La pressione delle mani sulla testa aumentò e Anna sentí che il respiro di Cantor si stava trasformando senza soluzione di continuità in un altro stato, ancora piú drastico del piacere scorciato, e che, ugualmente, prendeva forza da una regione profonda, oscura, senza eco: Cantor piangeva. Aveva infilato la testa nei capelli di Anna e lí gemeva.

– Amore, – disse lei, e altro non seppe dire, ma, invece di difendere il languore appena conquistato, riconobbe l'estraneità del proprio corpo allo scempio emotivo che non poteva far altro che subire. Al primo indebolirsi dei singhiozzi lo fece scivolare giú, lentamente, come stesse maneggiando materiale esplosivo, e lo accompagnò in una posizione supina che lo avrebbe esposto alla arresa solitudine della nudità. Dunque gli allacciò il torace con un braccio e gli si strinse contro, gli passò la mano rimasta libera sopra il volto martire. Lo guardava con dedizione, come può guardare una donna innamorata ma ancora indecisa su che forma dare alla sua dedizione. Si limitò ad aspettare. Poi Cantor si levò a sedere sul letto, si prese la testa fra le mani e mugolò qualcosa, incomprensibile.

– Scusami, – disse infine, si voltò, la baciò in bocca, sui seni, sul sesso, e Anna lo lasciò fare, non serena ma rassicurata dell'appagamento che lui voleva accordarle. Lo lasciò fare anche quando tornò dentro di lei. Arrivò al piacere con una specie di nervosa noncuranza che, ancora una volta, non tenne conto di lei.

– Cantor, – disse Anna quasi sottovoce, – tutta questa disperazione non ha senso.

Erano stretti in un abbraccio che durava, e sapevano entrambi che slacciarsi, abbandonare quel nodo fisico, avrebbe scoperto un vuoto, avrebbe scavato una distanza. Quando fu tempo di non rimandare piú si trovarono segnati, entrambi, da una nuova fragilità, intimidita e al contempo aggressiva. Si rivestirono svelti per essere in grado di tornare di nuovo alla parola.

Da fuori arrivava il ritmo spezzato del traffico pomeridiano, arrivava il caldo, arrivava, da sotto le tapparelle, una luce morbida, gassosa, dentro la quale Cantor e Anna si muovevano senza eleganza, frettolosi, incerti. Quando lui cercò di fermarla in mezzo alla stanza, le mani a coppa sui seni, lei si sottrasse e lo forzò indietro, per poi girarsi e guardarlo in faccia.

– Io ti aspetto, ma tu prendi una strada.

Cosa volesse dire quel «ti aspetto» Cantor non riusciva a comprenderlo veramente. E poi, di quella «strada» impossibile non avevano già parlato abbastanza? Lui non aveva una strada. Si ritirò con una sorta di inchino e cominciò a ridere, ed era un riso che gli saliva dalle viscere non meno lugubremente del pianto. Si appoggiò alla parete, la camicia aperta sul petto, le braccia lungo i fianchi. Si conteneva adesso, scuoteva il capo lentamente come cercasse un ritmo, una sintonia con il loro tempo.

– Mi devi lasciar perdere, – disse. – Sí, mi devi lasciar

perdere, altro che aspettare –. Non rideva piú, ma non era neppure tornato dentro l'abisso: sembrava un giovane uomo consapevole di sé, e di quello che stava facendo.

Sarebbe andato con suo fratello, lo aveva deciso, ma prima doveva ultimare un lavoro in un vecchio edificio – un asilo negli anni del boom – ora ripensato come Centro di accoglienza. Sabir Choudhry era da tempo in contatto con la cooperativa che contava di poter ospitare nuclei familiari o coppie o anche singoli individui sino a quel momento affidati alle cure di alcune famiglie del quartiere, e soprattutto avviare una scuola di alfabetizzazione per stranieri. Ottenuto il certificato di agibilità si trattava di conferire all'edificio, inutilizzato da almeno vent'anni, i conforti di una decorosa abitabilità. Aveva chiamato Cantor e Cantor era arrivato un tardo pomeriggio, Sabir se n'era già andato. Era entrato nell'ex asilo e aveva ispezionato i vani, aveva valutato i materiali già in loco che avrebbe potuto utilizzare e aveva cominciato subito a impastare calce. Verso sera si era affacciato un bambino chiedendo se lui faceva parte della squadra dei muratori, e lui gli aveva detto che sí, ma che non conosceva la squadra. Il bambino gli fece sapere che gli altri erano in pizzeria con il parroco. «Allora vengo a fare conoscenza», disse. E cosí fece, seguendo, per le strade di quella periferia infelice, il ragazzino felice di fargli da guida. Fu accolto con sospetto, gli venne offerto da bere, subí un rapido interrogatorio e nel giro di pochissimo tempo brindava ai lavori in corso e all'amico Sabir che lo aveva invitato a partecipare.

Passò tutta la notte a posare mattoni, interpretando il disegno che Sabir gli aveva lasciato. Ogni tanto faceva una pausa e si metteva seduto davanti alla porta, le gambe allungate sugli scalini dell'ingresso, e piú volte tornava con il pensiero alla notte del Niguarda. Non riusciva a piangere, si dava pugni in testa, si aggrappava alle ginocchia e poi, con furia, tornava alle pareti dell'asilo.

Quando Sabir apparve in mattinata insieme agli altri manovali volontari, Cantor ammise che sí, la sera prima era arrivato in ritardo, ma con il favore del buio e di una lampadina – una sola!, che pendeva dal soffitto – aveva ampiamente recuperato.

I presenti avevano applaudito e Sabir aprí le braccia rassegnato.

Tanta alacrità era durata non piú di tre giorni, poi Cantor era sparito.

«Ho visto che i lavori sono a uno stadio molto avanzato», rispose a Sabir che lo aveva cercato al cellulare.

Ricomparve due sere piú avanti, per salutare, e fu accolto con un coro di evviva.

– Che devo fare di queste tue magie? – gli chiese Sabir, piú compiaciuto che amareggiato.

– Niente, devi fare. Anzi no, seguimi.

Procedeva svelto e si voltava solo per verificare se Sabir gli teneva dietro. La strada asfaltata prendeva per i campi e si infilava in un tunnel sotto la tangenziale per seguitare poi in altra campagna disseminata di casolari abbandonati, di rogge asciutte, e improvvisi nuclei di case monofamiliari.

– Mi vuoi mostrare qualcosa? – chiese Sabir.

– Voglio farti ascoltare la musica che si sente da qui. Ci sono venuto una notte fa, vieni, – e indicò una betoniera abbandonata, – seduto su quella ruggine ad ascoltare.

– Cantor, lo so che rumore fa, – disse Sabir con un moto di partecipata tolleranza, e indicò la tangenziale come un dato di fatto.

– No, non lo sai, – e salí sulla betoniera, le mani infilate nelle tasche, i capelli lunghi che gli spiovevano davanti.

– Ora concentrati. Vedi quelle luci, vedi quella sequenza di camion, di autocarri, di bisarche? Senti come ronzano, senti i chilometri che si preparano ad asciugare e quelli che lasciano alle spalle come pulviscolo. Vengono da Lisbona, da Bilbao, da Marsiglia, e vanno tutti a est, gridano le distanze che devono coprire e che hanno già coperto. Fanno le strade della merce. Non piú treni. Strade senza ferro. Vanno da qui sino a dove comincia la nuova Europa. Da qui non puoi non avere la sensazione di essere dentro un aberrante movimento! Eccola lassú, l'abnorme mobilità dei beni. Che fa una musica cupa, inesausta, tremenda. Senti! Fa l'unica musica che conta, e noi che stiamo ai margini siamo nulla. O siamo nulla oppure, se prestiamo orecchio, finiamo con il chiedere, con l'impetrare di essere risucchiati sull'asfalto, di essere portati via, di essere soffiati come polvere, fino a Marijampolė – ci scommetto che non sai dov'è, che cos'è, ci scommetto – e da lí agli Urali, in Siberia, fin dove arriva il mondo.

Cantor si portò le mani aperte intorno alle orecchie e invitò Sabir a fare lo stesso. – Non mi prendere per scemo, e ascolta invece.

Sabir lo contemplava quasi soggiogato e invece di puntare le mani a coppa verso la tangenziale le puntava verso il suo amico ispirato.

– Tutto finirà, un giorno. E noi finiremo insieme a questa musica –. Si piegò su sé stesso, rimase per qualche tempo assorto e poi scese con un balzo dalla betoniera abbandonata.

– Adesso basta, – sorrise. – Zarathustra ha parlato abbastanza.

Sei

La prima volta che ho incontrato Sabir Choudhry è stata nel maggio del 2014, quando la crisi in Siria aveva trasformato la nostra città in una tappa dei profughi diretti verso il Nord Europa. Choudhry, pakistano, studiava Legge e aveva legato con Cantor, ormai laureato in Infermieristica, durante un intervento d'urgenza al mezzanino della stazione Centrale, dove il Castelli si era presentato autonomamente, incuriosito dagli eventi che avevano toccato l'opinione pubblica e le associazioni impegnate nella difesa dei diritti dei migranti. Sabir aveva subito fotografato la competenza appassionata con cui Cantor si era prodigato e gli aveva garantito la possibilità di restare per dare il suo contributo arruolandolo in una delle associazioni in cui prestava servizio.

Erano arrivati insieme a casa mia: era tardi, non avevano mangiato, erano in condizioni pietose. Si fecero entrambi una doccia e intanto preparai qualcosa in cucina. Sabir era piú giovane di Cantor, ma non lo pareva affatto di fronte alla sua fisicità scolpita, alla gravità di certe occhiate, alla matura pienezza dei suoi gesti: li interrogai soltanto sulle operazioni di soccorso, sulla partecipazione del responsabile alle politiche sociali, mi auguravo che il passaggio in Italia sarebbe stato il piú rapido e il meno doloroso possibile. Cantor lasciò parlare Sabir che, per quanto esausto, non rinunciò a spiegare quello che poteva, anche per ringraziare dell'ospitalità. Offrii a entrambi di dormire da me, e accettarono con gratitudine dato che avrebbero dovuto essere in stazione all'alba. Piú tardi mi tornò in mente quell'episodio e pensai che era stata l'unica volta in cui Cantor aveva dormito a casa mia. L'occasione cosí particolare aveva innescato la memoria di anni lontani, di militanze ancora piú lontane, in cui gli appartamenti della decenza borghese si trasformavano in accampamenti, con o senza l'approvazione dei padroni di casa.

Sabir aveva voluto sistemarsi sul divano in salotto e Cantor aveva scelto la vecchia ottomana del mio studio. Cantor se la ricordava benissimo.

Io feci fatica a trovar requie e all'alba mi svegliai a inventare una colazione abbondante per i due ragazzi. Allestii il bagno di servizio con asciugamani puliti, mi rammentai di non avere offerto la sera prima degli spazzolini e ne allineai due sul bordo del lavabo, mi venne addirittura in mente che avrei potuto mettere a disposizione della biancheria pulita per la giornata, ma mi trattenni. La casa era viva di quelle due presenze, ed era come se ne sentisse il respiro. E il respiro, vero o immaginario, dilatava lo spazio e l'ordine. Lena avrebbe acconsentito con entusiasmo, lo sapevo, e in verità a lei era capitato piú volte di ospitare degli allievi che venivano da fuori città. Qui però l'ospitalità coincideva con un fiancheggiamento all'impegno civile dei due ragazzi e aumentava il tasso di cura e passione, perfino in me che ormai mal tolleravo invasioni e incrinature del paesaggio quotidiano.

Ero in cucina quando sentii alle mie spalle la presenza di Sabir. Aveva già indossato i pantaloni e aveva passato il pettine nei capelli. Mi ringraziava e si diceva onorato di aver fatto la mia conoscenza: Cantor gli aveva assicurato che avrebbero potuto contare sulla mia ospitalità, e cosí era stato. Mi raccontò di averlo conosciuto solo il giorno avanti, ma che poi si era ricordato di averne sentito parlare con trasporto da un volontario dell'associazione. – Non ho capito se è davvero il suo mestiere, fare l'infermiere, ma certamente sa il fatto suo, non sbaglia e sa stabilire immediatamente una relazione con le persone –. Versai del caffè e gli allungai la tazza. Lo prese molto zuccherato e non volle sedere al tavolo della cucina. Tornò in bagno, finí di vestirsi e cominciò a fare telefonate anche se erano le cinque di mattina.

– Bisogna svegliare Cantor, – disse infine come se fosse compito mio, ma poi fu lui a entrare nella stanza. Cantor arrivò in mutande, i capelli in disordine, e uno sbadiglio cavernoso sbandierato fra corridoio e salone. – È Mozart? – domandò, come se fosse abituato a tanto servizio. – Come no, – dissi io. Sabir riconobbe l'aria *Traurigkeit ward mir zum Lose* dal *Ratto del serraglio*, e io ebbi un moto di entusiasmo che dovetti contenere quantomeno per pudore. Mi chiese l'interprete. – La Gruberová, – dissi senza scompormi. Cantor intanto si rivestiva davanti a noi e non osò interferire. Andò in cucina, tornò addentando una mela e contemplò soddisfatto la scena di cui palesemente si sentiva l'artefice. Il vecchio pediatra e il giovane avvocato pakistano immobili dentro le turcherie del salisburghese che li consegnava purificati alle cose del mondo.

Sparirono nel giorno nuovo quasi come non ci fosse neppure una porta da aprire, sparirono cosí come all'improvviso erano apparsi nella notte.

Cantor non aveva trovato un maestro, ma certamente avrebbe potuto contare su un amico.

Allora si misuravano le frontiere del mondo e allo stesso tempo, nelle rattrappite manovre della politica nazionale, emergeva una piú drastica contrazione di orizzonti.

Fra l'ampiezza della visione di pochi e la miopia dei tanti, si rincorrevano anime inquiete che, me ne accorgevo, aderivano senza la baldanza del proclama alla solidità dell'opera da portare a compimento subito, alla sequenza di quelle opere.

Cantor e Sabir, fiabeschi compagni di nebbiose fantasie nordiche e miraggi di sabbie ocra, si muovevano nella città appena sveglia e io tornavo atterrito dentro il comodo antro in cui li avevo ospitati. L'onda si ritraeva, tanto da mettere in forse la schiuma alta del frangente.

Restai solo.

Mi dissi che sarebbe stato meglio fare un po' d'ordine, soprattutto nello studio dove aveva dormito Cantor. Non era in effetti una vera stanza degli ospiti. Si vedevano ancora i pochi strumenti utili a un pediatra, e soprattutto, per quanto coperto da un drappo damascato, era evidente il lettino delle visite. Di solito impedivo alla signora delle pulizie di entrare lí dentro, non era spazio vissuto.

Raccolsi le lenzuola, tolsi la federa dal cuscino e ricoprii l'ottomana con un tappeto, leggero e coloratissimo, che Lena aveva acquistato a Fez e che Cantor aveva lasciato cadere a terra. Mi sedetti con le lenzuola accartocciate in braccio e mi parve di riconoscere una musica, uno sgocciolio di note, e, insieme a quella allucinazione sonora – lo sapevo che nessuno stava suonando, che non c'erano vicini con un pianoforte in casa – arrivò quella visiva. Non si trattava esattamente di un'allucinazione, o almeno non ancora. Ero io che stavo chiamando un'immagine, e l'immagine chiamata prendeva forma senza fatica. Lo studio era pieno di bambini. Erano entrati insieme dalla porta lasciata aperta e ora si disponevano ad attendere il loro turno: chi trotterellava, chi gattonava, chi avanzava immusonito. «Questo non va», mi dicevo. Eppure non smettevo di guardare, e piú guardavo, piú evocavo presenze infantili, che in realtà non facevano rumore perché la loro presenza era coperta da quello sgocciolio continuo di note. Mi dicevo che quello era stato il mio mestiere e che ora avevo paura a ricevere i piccoli fantasmi. I miei pazienti. Qualcuno aveva in verità tratti familiari: se mi fossi concentrato avrei cavato anche dei nomi dalla memoria, ma non era necessario. Era strano: non avevo nostalgia della professione, non sarei mai tornato sulle mie decisioni. Un mio collega ancora attivo faceva fatica a credermi, «Sei un fesso», e diceva che facevo solo teatro.

E ora ero lí, questa volta non c'era dubbio, davanti a un nugolo di pazienti che recitavano la loro parte con grande serietà. Non mi si avvicinavano, restavano tutti intorno al lettino delle visite: uno dei piú grandicelli si attaccò al drappo che lo copriva e se lo trascinò dietro scoprendone il design essenziale. Mi spaventai, lasciai le lenzuola e mi affrettai a ricoprire il lettino facendomi largo in mezzo allo scompiglio di quegli ospiti. – Andatevene, – ebbi l'ardire di comandare. E loro se ne andarono, uno dopo l'altro sgusciando oltre la porta. Non ero sicuro di vederli muovere in fila e scomparire, ma ero sicuro che lo stessero facendo. Niente piú note. Passai una mano sul drappo. Tornai a prendere le lenzuola e uscii dallo studio con la vaga sensazione che li avrei ritrovati di là. No, non c'erano. Era arrivata invece la luce del giorno. Il ginkgo biloba respirava al di là dei vetri.

Di tanto in tanto quella solitudine ritorna, ritorna il silenzio dopo la concitazione, il tumulto. È allora che l'assenza di Lena si palesa definitiva, e in qualche modo catastrofica. «Non hai scuse, – mi dico. – Hai paura». E mi sento chiamato a sfidare l'alternarsi di ordine e disordine, quasi fossero opzioni e non condizioni.

Torna la solitudine, ma esibendo una confidenza sempre piú marcata. Si tratta di un'amicizia pericolosa, ma amicizia è. La mia è stata una vita molto affollata e, grazie a Lena, abbastanza disciplinata. Perciò, ormai stare solo suona come una necessità. Che Lena mi abbia lasciato è una disgrazia: inutile stabilire quanto, attribuirle un peso. L'abbandono della professione ha agito paradossalmente da analgesico, o almeno cosí mi è piaciuto pensare. Come se tutti quei piccoli pazienti avessero avuto un senso solo grazie a lei. Non è vero, ma sono venuto costruendo, con il tempo, questa storia. Lena ha fatto in modo che io avessi una cortina protettiva, dopo di lei, quasi avesse saputo che, come si dice, non mi sarei rifatto una vita – e comunque, anche in tal caso, il suo lascito è tale da non suonare invadente. L'«educazione» di Mara, la signora che si occupa delle pulizie, è stata esemplare: non deve chiedermi nulla, si muove fra le mie abitudini con solerte simpatia, aggiusta e fa aggiustare attingendo a una lista di artigiani e professionisti che Lena ha costruito nel corso degli anni, è a disposizione per fare la spesa ma agisce autonomamente solo nell'ambito delle scorte necessarie. Mara era devota a Lena, ma, secondo istruzioni che non faccio fatica a riconoscere, si guarda bene dal condividere apprezzamenti, commozioni, memorie. Ha ereditato quasi tutto il guardaroba di Lena, ma è attenta a non portare nessuno dei suoi capi nei giorni in cui viene a casa. Prima di andare via si preoccupa di chiedere se e cosa può fare, ma non insiste. Della retribuzione si occupa il mio commercialista, anche questo dopo un contratto concordato da Lena.
– C'è che mi hai preso proprio per uno scemo, – le dico fra me e me, sapendo che mi ascolta.

Avesse potuto si sarebbe occupata anche di Cantor, ho immaginato tante volte, ma in quel caso avvertiva il delinearsi di una sorta di confine: se ne sarebbe parlato, semmai, come si parlava del mio lavoro e dei genitori dei piccoli pazienti, ma non sarebbe mai intervenuta. Ragione per cui era automatico registrare Cantor fra chi non era cresciuto. Era stato un paziente piccolo e ora continuava a essere piccolo. E forse anche ad Anna si manifestava bambino, come a Robert Schumann piaceva passare per tale quando, nel 1838, scriveva alla moglie Clara Wieck parlandole delle sue *Kinderszenen*:

> Fu un'eco delle parole che mi scrivesti un giorno: che io ti sembro un bambino. In breve, mi sembrava di essere ridiventato un fanciullo e ho scritto trenta piccoli e graziosi pezzetti, di cui ne ho scelti circa dodici che ho chiamato *Scene fanciullesche*. Ne proverai gusto, ma devi assolutamente dimenticare di essere una grande pianista. Ci sono titoli come *Spauracchio*, *Presso il camino*, *Acchiappino*, *Bimbo che implora*, *Sul cavallo di legno*, *Paesi stranieri*, *Storia curiosa* ecc. Insomma, si vede di tutto, ma in fondo sono bolle di sapone.

Hasche-Mann, acchiappino, a rincorrersi. Me lo vedo, il giovane Cantor, l'acchiappino: acchiappare e farsi acchiappare. È un gioco che toglie il fiato. Mi chiede di esserci, come si chiede a un adulto di essere lo spettatore complice, la vigile scorta – invece il timoniere? E ad Anna cosa sta chiedendo? E a Sabir? Talvolta mi attrae l'idea di sovrapporre Anna a Lena, ma è una strada sbagliata. Fra noi e loro c'è il Giordano, e nessun Elia capace di aprirci un varco fra le acque.

Eppure entrambi – e con che sgomento tuttora mi trovo a stabilire accostamenti fra il vecchio pediatra e il giovane infermiere – rifacciamo il passo lento e struggente del *Traumerei* come attraversassimo acque vaporose o pallidi crepuscoli verso una vera visione. Schumann e Stevenson. *The Land of Nod*, la terra dei sogni. Anni fa ho regalato a Cantor un piccolo libro di versi dello scrittore scozzese.

Molto tempo dopo, a una fermata del tram, prima di salire – mi aveva appena fatto sapere che sarebbe sparito per una decina di giorni sulle Alpi austriache –, gli ho sentito citare, prendendomi totalmente alla sprovvista, una strofa in inglese: «*But every night I go abroad | Afar into the land of Nod*». Sventolava il braccio dietro il vetro della vettura ed effettivamente scompariva, prendeva commiato, perché in quella terra si va da soli, e non c'è nessuno che ti dica cosa fare. Sorrideva e ripeteva qualcosa, forse la strofa per intero.

Lo avrei mai potuto raggiungere?

Luglio 2018

– Non ho mai incontrato un membro del Partito nuovo, al di là di mio fratello. Voglio dire che non ne conosco nessuno personalmente. È per lo meno singolare, e forse a te è successa la stessa cosa.

Anna confermò. – Per me è meno singolare di quanto sembri, viste le frequentazioni di mio padre. Eppure, dovresti ricordare bene dove eravamo tu e io il 19 febbraio del 2013 –. Erano nel piccolo appartamento di Cantor, caldo come al solito, ma piú spoglio del solito. Le tapparelle semiabbassate, il letto rifatto, la tavola apparecchiata.

Cantor era sdraiato per terra, i pugni sotto il mento. Metteva in fila i Cantor di quei giorni appena passati, come un puparo con i suoi personaggi: attribuendo a ciascuno un genere diverso. Il pianto dopo l'amore, la perdita di sé nel labirinto della passione, la fanfara del seduttore, la reminiscenza.

La calura premeva, ma né l'uno né l'altra sembravano soffrire. Le due figure si stagliavano dentro le pareti bianche, gli scacchi bianchi e neri del pavimento, il disegno degli infissi chiari e il pallido verde delle tapparelle, immobili anche se tratteggiati da presumibili movimenti di assestamento.

– Quel 19 febbraio eravamo sotto il palco del grande incantatore quasi per caso. «Sono circondati», si sgolava. Noi no. Però c'eravamo, e oggi non mi ricordo piú perché abbiamo avuto bisogno di esserci.

Al «grande incantatore» persino Giulio guardava con sospetto. C'era invece un «grande ispiratore», questo sí, di cui la signora Castelli – che pure era lontana da ogni tentazione digitale – diceva: «Un uomo dietro le quinte che ispira fiducia». Il Partito nuovo si era mosso tra grande ispiratore e grande incantatore e aveva prodotto consenso, ma non pareva aver aperto una strada. Cantor era convinto che Giulio fosse un uomo ambizioso e si domandava dove l'ambizione potesse trovare compimento nel Partito nuovo.

Negli ultimi giorni Anna si era convinta che Cantor dovesse provare a sondare il fratello nel suo brodo politico. Anche ora, tutta concentrata a rispondere agli occhi di Cantor che la spiavano sotto i capelli allentati sulla fronte, ripeteva: – Te l'ho già detto: ci devi andare. Vacci adesso. Non farti portare, vacci tu –. Poi si levò in piedi e andò ad alzare la tapparella: Cantor la seguiva senza commentare, si era rovesciato sul pavimento e ora la indagava resupino, il palmo delle mani sotto la nuca, la schiena leggermente sollevata da terra, come dovesse allenare gli addominali.

– Ma a te piace questo posto qui? Ci vieni volentieri? Ci stai bene?

– Ci vengo perché ci sei tu, scemo.

– Invece a me piace davvero, – disse Cantor. Chiuse gli occhi e, come usasse una mappa interiore, la invitò a esplorare bene quel che si vedeva da lí: la casa di fronte, da cui capitava che una signora anziana lo salutasse, il tormento bianco delle geometrie in serie dei palazzi costruiti secondo sequenze compatte che si incastravano con i pochi edifici preesistenti e che andavano da circonvallazione a circonvallazione, lungo il campo di stoppie e piante invasive, e un centinaio di metri piú a est i binari del passante ferroviario che uscivano dalla galleria sotterranea e continuavano, vibranti antenne di luce, in mezzo a robinie monumentali, fino a sparire.

Lei effettivamente era davanti allo spazio vuoto della finestra. Cantor l'abbracciò da dietro: – Ci vado, – disse, – ci vado domani, – e la baciò sul collo, senza passione.

C'era una folla ad accoglierli. La Mercedes avanzava lenta aprendo una pista che si richiudeva subito alle loro spalle. Molti spiavano all'interno cercando di riconoscere un volto popolare, ma nel caso di Giulio Castelli non si poteva parlare di fama mediatica. Aveva lavorato in tal senso, cercando di tenersi sempre a una certa distanza dalla prima linea. Gli piaceva il ruolo che molti anni prima aveva avuto il fondatore e grande ispiratore, anche se non aveva né l'inclinazione né la volontà di ispirare buoni o cattivi pensieri. Aveva colto quell'aria di novità che circolava nel Movimento, aveva atteso che si trasformasse in partito di governo e ora era entrato in un'altra forma di attesa. Tutta questa «politica senza politica» avrebbe avuto prima o poi una fase di assestamento, e lui – pur senza aver fatto un vero piano strategico – puntava proprio sulle possibilità che l'assestamento avrebbe generato. Si riconosceva fra gli «uomini nuovi», ma desiderava che la novità si consumasse senza isterismi per poi imparare a governare, ad amministrare.

Giulio Castelli si trovava spesso nella condizione di mediare con l'alleato del governo attuale, o con i suoi portavoce. Era stato tentato dalla brutalità populista del leader, lo aveva anche incontrato piú volte e aveva scoperto che in privato, intorno a un tavolo con un numero ragionevole di commensali, si portava quasi con eleganza e che certamente era curioso, anche dei suoi piú ostinati oppositori. Era stato tentato, ma aveva preferito l'allegra banda di giovani all'arrembaggio che il Movimento aveva raccolto e che adesso il partito stava provando a fidelizzare.

– Cosa facciamo adesso? – chiese Cantor.

– Ci sediamo a mangiare. Scegliti qualcuno con cui parlare e magari, – fece una pausa e sottolineò *magari*, – evita di declinare le tue generalità.

– Lontana da me l'idea di recitare la parte del fratello infelice.

– Ecco, appunto. Né felice, né infelice, – brontolò Giulio.

– E neanche fratello. Per adesso è meglio cosí.

– Per adesso?

Filippo e Giulio Castelli erano arrivati nel grande borgo padano dove si erano dati convegno i militanti.

– Terra di rossi, questa. Terra di gente che è stata rossa come la loro bandiera, – sottolineò Giulio. – Una volta.

L'uomo che li accompagnava in auto, del quale, appena prese la parola, i fratelli misero a fuoco la muraglia cinese delle spalle e la pelata ossuta del capo, si arrischiò: – Mia madre a suo tempo votò il Cavaliere, hanno cominciato i vecchi, sapete. Quell'Emilia là non c'è mica piú.

– Come ti chiami? – chiese Giulio.

– Ugo, come La Malfa, ma Ugo si deve a mio padre buonanima.

– Dunque, Ugo, portaci al ristorante dove ci aspettano. Molta palestra, eh?

– Quel che ci vuole.

E Cantor: – Ma certo, caro Ugo. La palestra è l'unica scuola che dà la formazione che promette.

– Ha figli? – chiese Giulio.

– Due –. Rallentò, si volse. – Posso garantire la sicurezza della vostra persona.

E Giulio: – A lui piace, sa?, il gusto della battuta.

– Davvero? A me lui sembra uno di quei comunisti che minano, con quelle che lei chiama battute, il nostro cambiamento.

– Ma no, ma no. Me ne occupo io, – gli sibilò nell'orecchio – in fondo, pensava, anche il Movimento doveva passare attraverso una fase di rieducazione. – Eccolo qua, *Il camino*. Ci siamo. Ugo, è stato un piacere.

– Anche per me, sa. E grazie, – se ne uscí Cantor mentre scendeva dall'auto.

Giulio fu accolto da un applauso. Dopo il comizio in piazza – un modesto comizio di provincia, ma cosí ben condotto da rivelarsi un successo –, si trattava di dividere la tavola con i rappresentanti popolari. Cantor prese posto a una delle estremità del ferro di cavallo. Si presentò genericamente come amico di Castelli e si lasciò riempire il bicchiere. – Qui, – gli disse il suo vicino, – qui bisogna bere Lambrusco, è buono, sa?, il Lambrusco…

– Tutti imprenditori?

– Piccoli, – rispose un uomo con un sorriso saldo dentro la cornice dello sguardo azzurro, e tese la mano: – Piacere, Anselmo.

– Tu non sei di qua, però, – brontolò il dispensatore di vino.

– Eh, no, sto fra Treviglio e Bergamo.

– E cosa ci fai te qui, lombardo? – chiese, roteando l'indice, quello del Lambrusco.

– Vedi che si mettono a fare gli schizzinosi, adesso?

– Cosa fai, Anselmo?

– Muratore. Faccio il muratore. Milano, Brescia, Correggio, Reggio Emilia, dove ho clienti. E io di negri non ne faccio lavorare.

– Ah, no? – fece Cantor.

– No, mica che sono razzista, è che non sanno il mestiere. Li vedo lí che sventolano davanti alla stazione, aspettano... ma cosa aspettano? – sbuffò. – E tu cosa fai, quanti anni ci hai?

– Filippo, piacere. Faccio l'infermiere. Anni ventisette.

– Eh, allora ce n'hai da fare di movimento, – disse, e rise forte, tanto che Giulio Castelli lo cercò con gli occhi dal centro del tavolo a ferro di cavallo. – Qui sono quasi tutti allevatori di bestiame, – continuò uscendo dalla risata. – Lo sono stato anch'io, molti anni fa. Anzi, erano i miei che avevano qualche capo di bestiame, un podere, un bosco. Ci campavano. Adesso l'amico del Lambrusco, lí... quante vacche hai? Sessanta? Centoventi?

– Ma ne ho meno, lombardo, molte di meno, ma non meno di un tanto.

Cantor li guardava presi in quella tenzone e gli piaceva come Anselmo stava riassumendo una faccenda che per lui suonava totalmente oscura. Di cos'era la campagna a venti chilometri dalla città, non aveva neppure la piú lontana idea. E magari Giulio ne sapeva qualcosa.

Studiò la sequenza di facce che arrivavano fino a suo fratello. Venivano da una galleria di ritratti sui quali non aveva mai avuto né la voglia né l'opportunità di fermarsi. Muratori e allevatori. Erano dunque loro, la gente del Partito nuovo?

– Chi vi tiene i conti? – sentí Giulio che interrogava.

Un boato.

– Io i conti li faccio da me, – dichiarò un uomo in giacca di velluto, – e poi li porto in città, che lí ho amici che li mettono in ordine.

Chi sono questi?, si chiedeva Cantor. I miei fratelli? Gli venne un sorriso stracciato, si compiangeva perché non sapeva che posto dare a quegli antichi gentiluomini della campagna.

– E lei, Anselmo, – chiese, – se lo ricorda com'era la vita quando la sua famiglia aveva le bestie?

– Me lo ricordo, eccome, – disse lui racimolando il cilestrino contento dei suoi occhi. – Eravamo poveri, cosa vuoi che eravamo? D'inverno ci si è lavati male fino al primo scaldabagno.

Erano arrivati i piatti di tagliatelle, e per un po' fu solo un danzare di stoviglie.

Muratori e allevatori, pensava Cantor. E avrebbe voluto sapere di piú, del tempo della povertà, del tempo della nuova ricchezza, del tempo di oggi in cui la ricchezza dovevano difenderla. Voleva sapere. Ma alla prima sfilza di domande – la guerra, il dopoguerra, i preti, i comunisti, la prima automobile, la prima tv – Anselmo levò alta la forchetta, tracciò un segno nell'aria e disse: – Senza passato saremmo piú liberi.

Cantor si fece tentare solo dal vino, per il resto lasciò che gli portassero via il piatto pieno, e i camerieri, distratti e approssimativi, furono cosí lesti da rendere incomprensibile la barbarie dell'inappetente. Attraversò la sala vociante: guardava i commensali e misurava la distanza che lo separava dalla febbre di conoscerli, anzi di integrarsi con loro. Voleva forzare i confini, arrivare dove suo fratello non era certamente capace di arrivare. Voleva saggiare la consistenza umana di quei piccoli imprenditori che sbandieravano lo schieramento nuovo, che guardavano le istituzioni con sempre piú diffidenza e al contempo procedevano con passo spedito verso il nemico di servizio, verso l'ingombro sociale sul quale rovesciare paure e fragilità.

Arrivavano fiotti di dialetto e risate scartavetrate su battute grevi, il piatto delle carni e delle salse ondeggiava sopra le teste: – Ah, le nostre bestie, – diceva qualcuno fingendo di allontanare il piatto, e: – Non piangere, cannibale, – inveiva un compare in maniche di camicia, e: – Siamo qui per non essere piú fottuti, – e dall'estremità del tavolo: – Non lo permetteremo –. Cosa ci facesse Giulio Castelli in quello stuolo di umani che un tempo avevano marciato con altre speranze e ora erano lí anche perché c'era lui, il notaio, Cantor non capiva. Il Castelli non era né un leader né un uomo di pensiero, offriva una qualche esperienza del mondo e si era specializzato in diritto societario, ma si guardava bene dallo sciorinare sapienza. Era piú vicino Cantor a quel fermentare di indistinte passioni, e non avrebbe avuto neppure bisogno di provarglielo. Barcollava in mezzo alla sala. – Infermiere, guarda che non stai in piedi, – gli gridava Anselmo con le mani a coppa davanti alla bocca.

Alle pareti tele di paesaggi, collezioni di ceramiche, palloncini gialli. Piú pencolava incerto fra il pieno degli umani e il vuoto dei pensieri, piú Cantor sapeva solo distinguere l'impellenza di stare con quella gente, di essere quella gente, non diversamente da quanto aveva provato qualche anno prima, quando l'amico pakistano l'aveva invitato a unirsi all'associazione in cui prestava servizio alla stazione Centrale, per far fronte all'emergenza dei profughi siriani.

Al fianco di Sabir Choudhry, che fin dove poteva svolgeva anche il ruolo di interprete, aveva accolto i rifugiati, li aveva trasferiti nelle case di accoglienza: aveva cucinato, aveva mappato – dove era stato possibile – parenti e conoscenti degli esuli nel Nord Europa, aveva intrattenuto bambini, prestato le sue cure o chiamato medici, ma soprattutto aveva avuto la percezione vitale di agire, di essere entrato in un gruppo solidale che rimandava a una comunità ben piú vasta, a un flusso di intenzioni difficile da classificare, ma forte.

Prima di quella chiamata al mezzanino della stazione, tra centinaia di profughi che arrivavano da un mondo in fiamme, si era documentato: da quelli ai quali era possibile parlare in inglese era riuscito a cavare storie di famiglie, di case distrutte, di amici torturati o spariti. Si era reso conto che il suo, e quello dell'amico pakistano, non erano ruoli di mera carità: quello era il mondo, profughi e migranti erano la condizione dell'età in cui si trovava a vivere, non stava porgendo aiuti con spirito di carità, stava semmai mettendo le mani dentro la pasta di cui era fatto il suo tempo. Si era domandato come mai non ci fosse qualcuno che prendesse su di sé l'investitura di essere una vera guida, che dicesse da cosa e come erano tutti coinvolti, che leggesse nei fatti, in quei fatti, un destino comune. Che fosse, insomma, maestro. In tutti i compagni di avventura riconosceva la buona volontà di formulare risposte pratiche, molto circostanziate, ma mai le parole chiave, traducibili, dello spirito del tempo. Ognuno trovava le sue, e le trovavano anche quelli che di tutto questo rovesciarsi di popoli sulle strade del mondo vedevano solo l'aspetto minaccioso e si disponevano a ostacolarlo.

E anche adesso, in mezzo a muratori e allevatori allegramente radunati alla tavola a ferro di cavallo, in mezzo a quei paladini di una rivoluzione senza rivoluzione, e in fondo alla ricerca di stabilità, che forse avrebbero persino favorito muri e deportazioni, anche in questa gente avvertiva l'odore del mondo, e avrebbe voluto, come era accaduto nei centri di accoglienza, cavare storie, mappare ramificazioni famigliari, sviluppi aziendali, visitare le loro case, saggiarne l'economia domestica. Possibile che il Partito nuovo di suo fratello si accontentasse di accendere in loro la fiamma di una troppo generica rivolta contro il passato? Possibile che il partito vecchissimo del padre di Anna non fosse curioso di entrare dentro quelle macchie di umanità produttiva, sazie di ideologia ma non di giustizia?

Tornato al suo posto a tavola, Anselmo lo accolse con un: – Salute all'infermiere! – Era grappa questa volta, non vino. Una grappa leggera che Cantor disdegnò. – Ma com'è che adesso si dice nuovo questo, nuovo quello, nuova la fava? Tu che sei giovane dovresti saperlo cos'è, tutto 'sto nuovo.

– Dovresti saperlo tu, – gli disse Cantor, – tu che capisci le cose.

– Io capisco se siamo a bolla o no. Qui mi devo fidare della faccia bianca e della camicia bianca di quello là che tu ci sei venuto insieme –. E poi, fingendo di parlare sottovoce: – Io, nuovo per nuovo, ci ho provato anche con gli altri, che, piú di questi qui, gli africani li vogliono a casa loro… ma come si fa? E poi dicono che sanno di malta e di stalla, ma non sanno di niente. Gridano parole storte.

Non gli chiedeva come mai fosse lí, e questo metteva Cantor a suo agio. Aveva le mani di calce, beveva e mangiava con gusto, e non gli piacevano le parole storte. Non sapeva come, ma quello «storto» rimbalzava nella sua mente come una palla. Ora era lí perché gli piaceva la compagnia dei suoi amici e non certo di quel «camicia bianca» di suo fratello. C'era un paese in Emilia con il busto di Lenin in piazza: c'era stato un tempo in cui Anselmo passava a salutare quel russo chiamato da lontano, e poi il grande ispiratore del Partito nuovo aveva proclamato la sua discendenza da Berlinguer – sí, lo aveva fatto. Ed era stato allora che Anselmo, indeciso e confuso, dentro un caos che non gli apparteneva aveva intravisto una via d'uscita, il passato centrifugato, che lo si poteva mandare giú in un sorso solo.

Anselmo tambureggiò sullo stomaco l'addio alla tavolata, davanti al giovane infermiere («Ma te sei infermiere i miei coglioni», gli aveva snocciolato senza insistere) che se ne stava con i capelli lunghi nel piatto. – È stato un piacere.

– Ma se io ti dicessi, – fece Cantor allungandosi sul tavolo, – ma se io ti dicessi, vengo io, vengo io a imparare il mestiere, mi prenderesti?

Anselmo lo squadrò con tutta la larghezza padana del suo sorriso: – Se per due mesi non ti fai pagare, ti prendo sí.

– E allora da stasera sto da te. Hai un posto per farmi dormire o me lo devo trovare io?

– Ce l'ho.

Quando Giulio Castelli fece segno all'autista che era pronto, cercò il fratello fra quanti erano ancora nel ristorante e non lo trovò, si limitò a pensare che era un pirla, uscí e la calura piatta del pomeriggio gli strappò una smorfia dolorosa. Strinse la mano al responsabile di zona e si infilò nella Mercedes.

Sette

L'ottobre è stupendo. La mattina ha fatto scricchiolare i pensieri sotto le scarpe, sono assolutamente concentrato sui miei passi. Porto la giacca di tweed che Lena mi fece confezionare da un sarto, un vecchio sarto che lavorava alla maniera antica. Mi piacevano le prove. Come prendeva le misure, come usava il gesso, come mi studiava la spalla con tutti quegli spilli fra le labbra, frecce in una faretra. Tiene ancora. Mi sento bene quando la porto. Esco piú volentieri.

Mi sono messo una sciarpa perché chissà mai, il vento, ma non ce n'è bisogno. Mi vedo di taglio in una vetrina e come sempre mi riconosco a fatica: chi è quel signore attempato? Prima di andarsene Lena diceva che stavo diventando bello, piú bello da vecchio. Come si permetteva? Le mettevo il broncio. Lei del resto mi faceva notare che sí, aveva avuto dei cedimenti, ma il seno era ancora un seno e sulla vita poteva stringere la cintura con soddisfazione.

Sono passati quasi tre mesi e Cantor non ha ancora telefonato. Si è fatta sentire Anna, invece. Mi ha chiesto se può venire a trovarmi.

– Sono incinta, – mi dice, – e lui non c'è.

– Succede, – dico io, e subito correggo, – succede che una giovane donna resti incinta –. Non ricordo piú se eravamo passati al tu o no, dunque faccio un po' di confusione.

– Non l'ho detto nemmeno a mio padre.

– Come mai?

– Non so come potrebbe prenderla. Io e Cantor non ci vediamo da un bel po' e lui se n'è accorto.

– Anch'io non lo sento da mesi. Ma certo, – aggiungo, – non è la stessa cosa. Vuoi qualcosa da bere?

Fa di no con la testa.

– Immagino che Cantor mi chiederà di essere il pediatra di suo figlio –. Errore. Anna si mette a piangere, senza enfasi, senza rumore.

– Fa il muratore, – dice lei, e io: – Eh, per modo dire, o forse no, ha bisogno di fare, gli viene quella mania, come chiamarla? Si ricorda? Ne avevamo parlato due anni fa. Vuole fare.

Potessi, continuerei a ripetere che vuole fare, e non soltanto per riempire il vuoto. Lo penso davvero. Come quando si è inventato l'infermiere. Almeno smetterebbe di arrampicare e, alla prima neve, la professione di battere strade difficili in alta quota e di buttarsi giú, con quel manipolo di esaltati ai quali si accompagna. – Sei stata a trovarlo?

– Non vuole. Dice: *Aspetta* –. Solleva il cellulare: – Non manda piú messaggi. Non risponde. Ogni due o tre giorni mi informa che va a dormire alle nove perché è stanco.

La guardo senza compassione, la guardo con un sentimento non lontano dalla dolcezza, e cerco mentalmente l'aria che le si addice di piú in quel momento, mi viene in mente Puccini, ma non funziona: non Butterfly, e nemmeno Liú.

– Devi dirglielo, – e mi sveglio in una sorta di serietà paterna.

– A chi? – chiede, e io la guardo interrogativo – è evidente che la conversazione con me è una prova di quella che terrà con suo padre. Non esclude che io prenda un'iniziativa nei confronti di Cantor, ma in quell'«a chi?» non è a Cantor che pensa. Cosí restiamo a guardarci ancora con una profondità e una limpidezza che sembrano dilatarsi. Non ci si rende conto, a volte, di come guardarsi, senza metterci necessariamente in relazione, ci esponga e muova un'attesa senza sostanza. Siamo appesi a una domanda e non sappiamo tornare indietro a smontarne l'innocenza o la gravità, l'una o l'altra. È qui per chiedermi cosa fare? Forse. Ma a questo punto mi convinco di essere chiamato dentro una richiesta non detta. Mi vengono in mente certi lunghi sguardi di Lena, tanti anni fa, sguardi che duravano vere e proprie eternità, e io mi chiedevo solo se dovevo baciarla o no, se in quegli occhi cosí pazienti e ostinati ci fosse un'offerta o una domanda di fisicità. E non era sempre cosí. Quando finalmente l'abbracciavo e le premevo le labbra sul collo, non sempre coglievo lo scioglimento di un'attesa, non sempre era quello che Lena si attendeva.

– Sí, devi dirglielo. E forse, – l'accerchio con cautela, – dovrebbe saperlo anche tuo padre.

– Non per telefono. Non per iscritto.

– Un telegramma, – dico, – o una vera lettera di carta. Lo shock è assicurato in entrambi i casi.

Anna tiene le mani su un solo ginocchio, fra l'una e l'altra il cellulare. Ora esplora la stanza, come cercasse di cambiare discorso, e per poterlo fare ha bisogno di destare un tema diverso.

– Di quanto sei?

Chiederglielo è piú che ovvio, ma la domanda, per quanto fatta da un medico, mi sembra subito invasiva, e poi è un'espressione buffa e forse antiquata: piuttosto che a un tempo, fa pensare a una dimensione, a una taglia. Anna risponde distratta che è intorno alla ventesima settimana. Ovvio che vuole tenerlo. Forse avrei dovuto notarlo, ma solo allora intuisco un leggerissimo appesantimento. Le chiedo – e lo chiedo benché sia evidente – se è seguita, lei fa segno di sí, se ha dei fastidi, e fa segno di no.

L'ottobre preme sui vetri, il vetusto ginkgo biloba inquadrato dalla finestra è grave di vita, lo è tuttora, lo è sempre, e io siedo con una giovane donna incinta nel salotto silenzioso.

Mi piace la mia casa, e mi piace stare in casa. Non ho bisogno di uscire. La Scala, la Società del quartetto, la Sala Verdi e qualche cena al ristorante con coetanei. Samuele e tutti gli altri ex studenti di Lena vengono a casa. Anche Cantor, dopo le prime mattine al caffè, ha sempre preferito lo sgabello. E ora c'è la bellissima Anna con il suo cruccio. Per un attimo, complici la luce, il silenzio e il clima sospeso, la carezzo con desiderio, un desiderio senza intenzione, dominabile, ma proprio perciò audace e importuno.

– Che cos'hai in mente? – chiedo.

– Che cos'ha in mente lei? – ribatte.

Il tu e il lei slittano a favore dell'età e, piú della domanda, quello scalino formale ha la meglio sull'intemperanza della mia immaginazione. – Io? – dico, e mi accorgo che abbiamo preso una piega tutta interrogativa. Decido che sarebbe meglio svoltare sui pronomi e dunque comincio con – Lui… – Prendo fiato. – Lui ha di certo qualcosa in mente. Lui è una macchina di insoddisfazione, ma allo stesso tempo ha bisogno di incanti, di essere incantato. Vuole che qualcuno si metta al volante.

– Lo so, non mi sta dicendo niente di nuovo, purtroppo. È nato per essere chiamato ad appartenere a qualcosa di piú grande, piú grande di lui. Avrebbe potuto essere un artista, ma non lo è. Un manager. No. Un condottiero. Neanche quello. Lui ha bisogno di stare a fianco di un condottiero, di farsi illuminare per restituire la luce –. Le scappa un sorriso in mezzo a quell'analisi cosí drammatica, cosí severa. – Sa, mio padre dice se ci fosse stato un vero partito di massa, con un vero leader, con dei veri militanti, mio padre dice che uno come Filippo avrebbe fatto della causa del partito la sua missione.

– E suo padre ha ragione, ma quel partito non c'è, e cosí Filippo ha finito con l'andar dietro a qualche testa quadra nel giro di suo fratello.

– Non credo. Quello che lei chiama una testa quadra è un uomo semplice, uno che fa case, un artigiano, e immagino che ci sia un tasso di politica bassissimo in questa sterzata –. Anna spia lo schermo del cellulare. – Sto aspettando un messaggio da Sabir. Vorrei che mi aiutasse.

Mi alzo in piedi, le faccio segno di restare e torno con due bicchieri e del succo di frutta. – Aiutarti a far cosa? Ti sei accorta che lo stiamo chiamando Filippo?

– Già. Filippo –. Anna non prende nulla, resta a fissare il ginkgo biloba autunnale oltre la finestra. – Sabir è l'unico che ha una certa influenza.

Cerco di mettere a fuoco questa giovane donna al di là della sua bellezza accogliente e al contempo altera, la trasparenza rosea della carnagione, le labbra piene appena dischiuse, la chioma d'ossidiana. Quel che non ci si aspetta è lo scatto quasi tragico con cui lascia cadere il capo, la febbre nervosa nelle dita lunghe delle mani, e, piú segreto ma percepibile, il respiro ansioso che le gonfia il petto. È venuta a trattare con un uomo, anzi con un vecchio che, come in certe storie bibliche, può rappresentare un pericolo, un potere. E dimostra del coraggio.

– Sabir, – dico, – è una persona integra, per quel che può valere un giudizio cosí generico. È arrivato qui con alle spalle una famiglia forte, è arrivato con un progetto e senza dubbio possiede qualità imprenditoriali, ma la prima cosa che ha fatto è stata schierarsi. Cantor è il figlio geniale e nevrotico di una famiglia occidentale benestante. Che cosa può fare Sabir? Del resto, Cantor gli ha chiesto solo di lavorare occasionalmente nell'accoglienza ma, anche in quel caso, non c'è stata coerenza, non c'è stato investimento.

Anna affisa lo sguardo su una foto incorniciata di Lena. – Sua moglie?

– Già.

– Un cancro?

– Esatto.

– Stavate bene insieme.

– Stavamo bene. Ci siamo incontrati tardi.

Il cellulare ronza. – Dice che mi accompagna –. Si porta i capelli sulla schiena. – Un'impresa disperata. È questo che pensa, vero? È cosí?

Allargo le braccia, sto per essere soffocato dalla saggezza prêt-à-porter degli opinionisti da quotidiano progressista ma mi contengo. Quando siamo alla porta le dico: – Mi faccia sapere.

– Proprio non riusciamo a dominarli questi pronomi, eh, – fa lei.

– Magari la prossima volta.

Provo a immaginare Cantor con la camicia stropicciata, la cazzuola in mano, il ciuffo di Glenn Gould spruzzolato di calce: l'immaginario scatto fotografico me lo restituisce come certi soldati della Prima guerra mondiale, la giovinezza sfrontata e il destino di polvere – prima o poi sarebbe andato in trincea, e allora ciao. Mi arrendo sul divano, la *Sonata n. 2, opera 35* di Chopin, Pollini alla tastiera, e intanto riesco a costruire la scena di Anna e Sabir che arrivano nella casa in mezzo alla campagna dove Cantor è ospite e manodopera.

C'è un po' di Russia o di Polonia in quella campagna, c'è una distesa lunga, ricca, filari di pioppi vicino alle case, e soprattutto olmi, alti, flessuosi, pieni d'argento. Sono scesi dall'auto, tira vento, Anna si raccoglie i capelli sotto un foulard, Sabir la segue, con la scioltezza della sua massa elegante, e forse vorrebbe prenderla per mano perché avanzano su una strada bianca dissestata e macchiata di pozzanghere. La casa non appare, anche perché la mia immaginazione si rifiuta di mettere a fuoco una villetta padana, monofamiliare, uguale a tutte le altre. Semmai intravedo una cappella in fondo, una piccola cappella ottocentesca con dei fiori lasciati davanti alla porta chiusa. Non si capisce da dove può uscire il padrone di casa, ma infine appare, lo faccio apparire ed è cortese, muto e cortese, e fa un gesto come a dire che Cantor è fuori, forse lungo la roggia dove corrono i pioppi.

Al primo accordo della marcia funebre apro gli occhi, non voglio piú vedere. Torno a me stesso. «Stavamo bene insieme», avevo detto di me e di Lena, e guarda ora. Non esisteva un patto sull'uscire di scena, ma Lena ha preparato tutto senza farsi accorgere. Chopin è garbato, articola un dolore tollerabile, cresce intorno al cuore senza turbarlo, lo seduce, lo carezza. Si fa appena piú sognante, ma io non posso cedere, dunque torno in quella pianura di un verde tenerissimo e di nuovo la trenodia gentile, ma non c'è piú nessuno, forse in fondo, ma molto in fondo, la silhouette della giovane Anna. Che è sola. Che non ha trovato il suo amore.

Mi rendo conto, ora, di inquadrare la figura di Anna come merita: rivedo i suoi occhi mentre esplora la fotografia di Lena, forse pensando alla madre che se n'è andata troppo presto. Vedo nella sua postura, nella compostezza quasi virile con cui confonde ma non nasconde la sua bellezza, un'educazione paterna molto sollecita. Le ha insegnato ad anticipare i fastidi ai quali la esponevano il suo essere donna e, allo stesso tempo, il suo essere inequivocabilmente attraente. Le ha insegnato anche altro, e insegnando l'ha lasciata libera. Una laurea in Fisica dove la porterà? È sicuro che il signor Botta non indulgeva in aspettative, si limitava ad approvare un curriculum sintonizzato con l'altera dolcezza che considerava il suo capolavoro. Sí, aveva guardato la foto di Lena con la cauta nostalgia di chi contempla un possibile ormai tramontato e io ero sicuro che Lena l'avrebbe guardata con quegli stessi occhi.

Sto aggrappato con una mano al bracciolo del divano, alla morbidezza del tessuto. Daniele Pollini ha diretto il padre, ha diretto Beethoven e il padre era al pianoforte, e insieme erano padre e figlio. E il padre e il figlio sembravano avanzare insieme dentro la pienezza del rondò imperiale di Beethoven. Com'è che mi torna quell'immagine e non quella della campagna in cui Anna e Sabir andranno a cercare Cantor? Siamo tramortiti dalle immagini che escono dal mazzo come carte da gioco. Non c'è una logica, ma c'è una verità da cui non possiamo essere soccorsi.

Mi vesto di nuovo, la giacca di tweed, la sciarpa, e scendo in strada.

– Dottore, – mi saluta l'ottico.

– È tempo che io venga a trovarla, – dico indicando gli occhiali.

– Quando vuole.

Quando voglio? Ma io non voglio, non voglio mai, io voglio riposare. Solo che è un ottobre perfetto. Mi fermo a mangiare in un self-service. Si trova posto dovunque. Riguadagno una solitudine limpida, senza visioni. Mangio, sí, mangio senza sapere cosa. E finalmente maledico Cantor. Cosa vuole ancora? Tutti si stanno muovendo a seguirne le tracce. Vuoi un maestro? Trovalo. Io non basto? Trovane un altro. Avrai un figlio. Suonerete insieme. Maurizio e Daniele Pollini. Tu e la tua creatura. Quale che sia, ci sarà un talento a legarvi, e sarete padre e figlio, per sempre. Io sono il tuo pediatra. Passo sullo sfondo. E allora sarò il pediatra di tuo figlio.

Ottobre 2018

Accartocciate trepidavano nubi d'acciaio. Le strade sciacquate del paese erano panni stanchi. Tutto l'ordine che potevano esibire giaceva mesto e ripeteva piú mesto uno stesso modello: la villetta monofamiliare con giardinetto, posto macchina e garage, decori in gesso quando non in granito o addirittura in marmo. Si indovina una pace aggressiva, un sentore di comuni cautele piú dichiarate che veramente condivise. Le tinte sono indecise, da villaggio smemorato, senza radici: forme e colori cominciano da un benessere troppo recente per inventare un codice, ma abbastanza convinto per creare un catalogo prudente dell'omologazione. Tutte le abitazioni rimandano a interni che si devono immaginare confortevoli e poco personalizzati: divani abnormi, tavoli che mimano epoche indistinte, cucine superaccessoriate, Schifano di quinta mano alle pareti, e poi scale; scale che conducono su, scale che conducono giú, su verso il sonno carezzato da grevi passamanerie, giú verso spazi destinati all'intrattenimento socio-famigliare, con camini, griglie, schermi, tavoli da ping-pong o pareti attrezzate per il bricolage. Non diversa la casa di Anselmo Dornetti, che però stava esattamente al confine con il paese vecchio, dove la strada, da rettilinea che era, disegnava una consolante esse e poi procedeva con andamento moderatamente curvilineo, dopo una Pace alata sospesa senza grazia fra due colonne, verso la piazza, la chiesa, la sede del Comune.

Dornetti ricevette Anna e Sabir nel suo laboratorio, un vano lungo che molto tempo prima era stato stalla, e piú recentemente magazzino. E del magazzino conservava le scaffalature metalliche dove Anselmo aveva raccolto attrezzi, reti e sacchi di cemento. Dalle travi pendevano cordami, tubi di plastica, o ci erano appoggiati pannelli coibentati, lastre di policarbonato. Lungo le pareti libere utensili, mole, trapani, morse, una scarpiera porta-cazzuole, contenitori di stucco, fogli adesivi arrotolati. Appena sopra il tavolo di lavoro, quasi a dividerlo in due, un gagliardetto dell'Inter impolverato. Anselmo offrí da bere. E indicò con qualche imbarazzo una panca per farli sedere. Disse che stava aspettando i suoi operai, benché fosse sabato, perché aveva avuto un'urgenza a Rovato, vicino a Brescia. – C'è un architetto che segue i lavori, e gli architetti sono cosí: comandano, hanno i disegni in mano, e hanno il tempo che gli scivola fuori dalle tasche.

Aveva capito che erano lí per Cantor («Ma dove l'ha trovato quel nome?»), solo che Cantor non c'era piú: aveva imparato il mestiere, era stato svelto, aveva del talento, ma, e lo ripeté piú volte, non era nato per fare il muratore, o se era nato per fare il muratore allora avrebbe potuto fare anche l'astronauta. – Ha portato un po' di baraonda qui, – e indicò la villetta azzurra di là dalla strada. – La mia famiglia gli vuole bene –. Si era trasferito («Non ve l'ha detto, il malnato») un po' piú giú, in pianura, quasi vicino all'autostrada. – Si è incantato davanti a un mago della sega e della vite. Deluppi ha una sessantina d'anni, ma dà l'idea di un ragazzo mai cresciuto. Ci tiene a dire che fa l'artigiano, ma è uno che dategli un salone vuoto e squallido e ne viene fuori un teatro, dategli un teatro e viene fuori una piazza, dategli una piazza, l'angolo di una piazza, e lui la strappa come se la pietra fosse carta, dategli una strada e la imbroglia come fosse un corridoio.

Cantor gli aveva chiesto se si divertiva e quell'altro aveva detto che non lo sapeva, ma forse sí, e lo aveva guardato con un occhio inquieto, non abituato al riposo. Qualche tempo prima un editore gli aveva chiesto un oggetto semplice per arredare il suo stand a una fiera e lui si era inventato il «libro-letto», che era di fatto un letto a forma di libro, scanalato su un lato per rendere l'idea delle pagine e un coperchio-copertina che si apriva rivelando un vero letto preparato per la notte, con tanto di lenzuola stampate come fossero pagine di un romanzo. – Adesso è là, il Cantor. E magari taglia, intaglia, monta, salda, spara spray colorati... chi lo sa. Il Deluppi gli ha offerto ospitalità. Stanno in un casale, per metà abbandonato, lui e la sua compagna, una straniera, e adesso c'è anche il vostro Cantor.

Anna provò a fare domande, ma Anselmo era naturalmente reticente: non era abituato a parlare delle persone, e perciò sfoderava il suo insistente sorriso per mettere a proprio agio gli ospiti. Chiese solo: – Lei è la fidanzata? – E Anna fece segno di sí. – È venuto il fratello, sa, il politico, ma lui non ci ha parlato, ci ho parlato io. Voleva portarselo a casa, ma lui non ci pensava neanche.

Sabir domandò ad Anselmo se era un militante del partito e lui se ne uscí con un: – Ma che militante e militante. Io milito nel calcestruzzo –. Poi chiese dettagli sul casale del Deluppi e Anselmo gli disegnò una mappa su un foglio A4.

Venne da fuori un clacson. Era arrivato il pulmino. – Adesso dobbiamo andare, se lo trovate tirategli le orecchie, a lui e anche a quel matto del Deluppi, – disse affettuoso Anselmo, e fece scorrere verso di sé il portellone.

Dietro i vetri del pulmino, alcune facce. In strada, due operai in blue jeans e camicia di flanella a scacchi. Dietro di loro ne comparve un altro con una vecchia tuta blu, era nero, scurissimo.

– Quello lí, – fece Anselmo, – non lavora con me, gli diamo un passaggio. E comunque se l'è preso su il Cantor, alla stazione di Brescia –. Stirò, quanto gli fu possibile stirarlo, il suo sorriso permanente e raccontò di come Cantor avesse garantito per il ragazzo, che se l'avesse preso in prova avrebbero sfatato un pregiudizio. Ma lui, Anselmo, aveva ribadito che voleva tenerseli tutti i suoi pregiudizi, e, con quelli, anche i giudizi sulla bontà o meno del lavoro. Cantor aveva ribattuto che avrebbe «badato» lui al nuovo apprendista, che Anselmo non ci avrebbe rimesso niente. «Badante, – gli aveva detto Anselmo, – adesso ti metti a fare il badante. Non ci rimetto niente? Non importa. Io non ho voglia di averci a che fare», ma gli era venuto in mente un amico di Crema, che magari là ne avevano bisogno.

Anselmo confermò che il ragazzo stava effettivamente sgobbando «come un negro», e si era conquistato in venti giorni il posto nella «compagnia», nonché l'avviamento del permesso di soggiorno, perché l'amico di Anselmo Dornetti i suoi operai li voleva in regola, o quasi.

Anna cercò gli occhi di Sabir, complici nel riconoscere il grande seduttore che c'era in Cantor. E uno avrebbe pensato – suo fratello lo aveva fatto –, perché non la presta alla politica tutta questa sapienza, questa immediatezza. Sabir si ricordava di una volta in cui, nel centro di accoglienza dove l'aveva invitato a lavorare, Cantor aveva convinto due bambini a cantare, «Cantate quel che volete», e quelli avevano cominciato a cantare, poi era emersa la voce di un ragazzino che, di strofa in strofa, cantilenando, aveva creato il vuoto intorno: al primo accenno di timidezza Cantor l'aveva spronato a continuare, e la canzone, quale che fosse il contenuto – ma era evidente che i piú l'avevano riconosciuta – aveva destato un sentimento che era durato anche oltre l'esibizione, tutti allontanando, per un segmento immisurabile di tempo, dalla paura di vedersi sconfitti, in fuga. «C'entra la mamma, – bisbigliò Sabir nell'orecchio di Cantor durante il montare degli applausi, – il nome della mamma, che sempre ci protegge».

Anselmo disse che Cantor s'era guadagnato una certa popolarità quando, una sera, si era fatto accompagnare a Brescia, si era messo a parlare con i neri della stazione, e a quel punto erano arrivati intruppati certi «giustizieri della notte» che volevano procedere a uno sgombero del piazzale. Cantor era andato incontro a quello che palesemente era il capo e aveva cercato di trattare. Gli avevano detto che non avevano intenzione di discutere con lui, né con altri, e Cantor aveva risposto che, da parte sua, non c'era nessuna intenzione di discutere, e che aveva solo il dovere di fermarli, qualunque idea avessero in testa. Il capo aveva tirato fuori dalla camicia una spranga di ferro: «Non abbiamo idee, abbiamo queste». Cantor era rimasto immobile e, di punto in bianco, aveva cominciato a gridare: gridava che la città stava coprendo un'aggressione, gridava come un ossesso verso i pochi passanti, verso le case, gridava che qualcuno venisse fuori, o che chiamasse le forze di polizia, subito. Voleva i nomi dei giustizieri: «Dite chi siete e che mestiere fate, e dove abitate».

Cantor sapeva, cosí raccontava Anselmo Dornetti, che qualcuno stava riprendendo la scena con il cellulare, e che poi l'aveva visto anche lui, in mezzo alla piazza a gambe divaricate e le braccia aperte a fare da barriera. Aveva sentito che ripeteva: «Voi siete armati», e che piú lo ripeteva, piú le spranghe tornavano a infilarsi dentro le camicie. Si era poi trovato addosso il capo dei guerrieri della notte, era finito a terra, si era beccato pugni e calci, era rotolato insieme al suo aggressore sull'asfalto nella luce dei lampioni. Finché la sua agilità aveva consentito a Cantor di sottrarsi a quell'abbraccio, di sgusciare via, con la spranga dell'aggressore in mano. «Bastardo», gli aveva gridato quest'ultimo, e Cantor aveva replicato tendendo la spranga come una spada: «Tu non hai idea quanto».

La scena aveva fatto il giro dei social, la notizia dell'aggressione era arrivata in prefettura ed era stata ripresa dalla stampa locale, e dalla stampa locale, attraverso un giovane reporter che era andato a cercare Cantor, si era conquistata uno spazio nella stampa nazionale. Insomma, diceva Anselmo che si era trovato le tv in casa e che avrebbe preferito non farsi tutta quella pubblicità. Allora aveva chiamato un amico di Crema e aveva garantito per «quello lí», disse indicando il giovane apprendista nero, e l'aveva messo in grado di lavorare.

Quando lo aveva saputo, Cantor si era limitato a esibire uno sguardo sofferente, concentrato, e aveva detto che lui non voleva cambiare il mondo, e forse non voleva cambiare neanche Anselmo Dornetti. Comunque il ragazzo dietro il finestrino s'era portato molto bene, niente da dire, borbottava ora Anselmo, e l'amico di Crema lo aveva ribattezzato «el bocia».

– Io ci tengo a questo lavoro qui, – dichiarò Anselmo davanti ad Anna e a Sabir. – Del vostro Cantor cosa potrei mai fare? Era lui che voleva imparare, e magari anche insegnare –. E poi: – Ha bisogno di qualcuno, – disse e, con un'improvvisa, inaspettata gravità, fissò Anna. – Qualcuno che lo accompagni in un'impresa –. Abbassò gli occhi a terra come un ragazzino che si sente colpevole. – Io non sono adatto –. Salí sul pulmino. Squadrò il giovane nero e disse: – Eh, bocia? Noi cosa dobbiamo fare? Usare bene il filo a piombo, questo dobbiamo fare.

– Cosa ci consiglia, Dornetti? – chiese Sabir, ma era una specie di saluto, piú che una domanda, e infatti Anselmo aprí le braccia in un gesto di mite impotenza: – Andate dal Deluppi.

Il portellone schiantò. L'uomo al volante, che aveva assistito distratto all'incontro dal finestrino abbassato, mise in moto.

Anna e Sabir si scrollarono di dosso l'immobilità in cui avevano cercato rifugio e si sentirono entrambi, in maniera diversa, perduti sulla strada di quel villaggio di pianura, davanti al laboratorio del Dornetti. Dall'altro lato della carreggiata, li guardava interrogativo un cane bastardo.

– Cosa vuoi fare? – chiese Sabir.

– Voglio tornare a casa, – fece Anna.

– E il Deluppi?

– Noi potevamo arrivare fino a qui.

– Sei sicura?

– Sicurissima.

Sabir non fece fatica a riconoscere una risentita fermezza.

– Cosa potrei fare del resto? Mettermi a inseguirlo per tutta la pianura Padana, o chissà dove, alla ricerca di cosa? E solo perché aspetto un figlio suo?

Si rintanarono in un bar tabacchi. Una donna sciacquava bicchieri, nervosa. Sulla parete davanti al bancone del bar, una foto formato poster delle Montagne Rocciose. Tavoli e sedie, di plastica.

– La lavastoviglie funziona male. Devo rifare tutto da capo. Volete un caffè?

Fecero segno di sí.

– Anselmo è un muratore come non ce ne sono piú –. Li aveva visti con lui. – Venite da fuori, eh? – E continuò cosí a frammenti di monologo («Eh, il Dornetti lo vogliono sempre a Milano», «Fa lavori di fino, lui sí, fa lavori di fino»), mentre Anna e Sabir stentavano a riprendere un dialogo.

– Mi ha telefonato sua madre, – disse Anna. – Non mi telefona mai, mi ha chiesto se sapevo qualcosa. Io l'ho rassicurata, ma non so se voleva essere rassicurata. Aveva provato a chiamarlo sul cellulare, senza successo, e dunque mi dice: «Gli faccia sapere che ho bisogno di parlargli». E io ho risposto che sí, l'avrei fatto, se l'avessi trovato. Non si è affrettata a chiedermi come stavo, ma ho avvertito una pausa di incertezza. Mi ha augurato ogni bene.

– Dovremmo sentire il pediatra.

– Già fatto.

– Gli ho raccomandato mia cugina Aisha. Ha voluto che gli mostrassi le foto di lei e del bambino, ma poi ha detto che non esercita piú.

– Dovrebbe raccontargli tutto –. Se ne uscí lei quasi con furia. – Ma poi perché, – si corresse subito.

– Cantor, – provò a precisare Sabir, – vuol fare a meno delle famiglie e non fa che creare nodi famigliari.

– Credo che mio padre abbia capito, ma non fa domande.

– Pensavo sapesse.

– Faccio fatica –. E a questo punto Anna si abbandonò a un mugolio che avrebbe potuto cedere al pianto. Chiuse gli occhi, questo sí, li chiuse sotto le palpebre leggere, e calò il viso, in attesa di potersi governare.

– Anna, – disse Sabir.

– Sabir, caro Sabir… Noi, ma io piú di te, siamo solo la sua commedia.

Un grande schermo tv vomitò all'improvviso un cartone animato giapponese.

– Cosí vi tiene compagnia, – fece la signora, che, comparsa con i due caffè, fece ritorno dietro il bancone dove la aspettavano in formazione compatta i bicchieri risciacquati.

Bevvero il caffè in silenzio – anche perché il volume del televisore era sproporzionatamente alto e musica e parole rimbalzavano contro le pareti –, poi guadagnarono l'uscita, mentre la signora lustrava un calice esposto alla luce del neon: la sentirono mescolare il suo congedo alla invadente colonna sonora del cartoon: – Gli amici di Anselmo sono sempre benvenuti alle Montagne Rocciose.

Otto

Mi capita raramente di uscire nel tardo pomeriggio. Ma lo faccio. Scendo per il corso che conduce alla porta secentesca della città e al ritorno, invece di rifare la stessa strada, prendo vie secondarie che mi obbligano a descrivere un percorso apparentemente rigoroso dal punto di vista geometrico ma, in realtà, labirintico. Finisco davanti a una sorta di giardino segreto dalle altissime mura che giustifica quel vagare astruso. Mi piace che ci siano quelle mura, e mi piace anche sospettare, in ragione della cortina protettiva, che siano giardini ben piú ricchi e rigogliosi di quanto di fatto sono. Non smetto di sorprendermi che si siano salvati, malgrado lo sviluppo edilizio del secondo dopoguerra. Le chiome degli alberi le vedo appena, perché in autunno di là dal muro di cinta è buio, e comunque sono rare, appese al loro ultimo colore. E poi ci sono i lampioni, quelli a boccia o a padella rovesciata, che quando sono accesi aprono uno stretto cerchio di luce contro le pareti e poco piú in là. È una luce calda, quasi gialla, che piove gelatinosa a far spazio nell'oscurità.

Non so se sia una caratteristica di questa via, ma vengo a cercarla quella luce, e mi batte il cuore, perché quel tipo di lampade da strada e quella luce calda vengono da lontano, da lontano nel tempo, ma anche da certe scene che ricorrono nello spazio onirico: la via deserta, quel cerchio di luce e intorno la notte, la notte che lascia soli, e al contempo la notte che ci restituisce a un passo solitario e ansioso. Queste immagini non sono mai state accompagnate da una sensazione di paura, semmai di sollievo: io ci sono ancora, sono ancora in quello scenario, mi lascio andare, posso coincidere con me stesso. Io lo so, lo so, quelle sono anche le luci del ladro o dell'assassino che si allontana velocemente e passa da cerchio di luce a cerchio di luce, dentro e fuori, dentro e fuori, in un gioco fra visibile e invisibile. L'assassino è un ragazzo, forse un bambino: non mi sento colpevole, eppure la sequenza di quelle fughe, l'altissimo muro di cinta, le lampade, il marciapiede deserto infliggono una febbre benefica da cui per niente al mondo chi ne è toccato vorrebbe essere disertato.

Dunque mi chiudo nel soprabito, contro il tardo ottobre indeciso, e faccio ritorno nel mio appartamento. Anche perché mi aspettano. Ho invitato a cena Samuele e sua moglie Magda: si occupano loro del cibo, io offro la casa. Mi piace averli qui. Lui mi tiene aggiornato sulla sua ricerca storica, mi dice che aria tira nell'accademia. E hanno il dono raro di concludere la serata prima che si possa anche solo pensare che «si è fatto tardi». Magda ha un dottorato di ricerca in Storia della lingua e ha avviato studi sulla librettistica. Fra i suoi lavori c'è anche un saggio sulla collaborazione di Giovacchino Forzano, Luigi Illica, Ferdinando Fontana e Gabriele D'Annunzio con Alberto Franchetti, avo – ma si fa fatica a stabilire in quale punto dell'albero genealogico – di Samuele. «Il Wagner che non abbiamo avuto, l'ebreo volante», mi piace ogni tanto stuzzicarlo, anche se non c'è persona meno stuzzicabile di Samuele, tanto piú su quell'argomento. Allunga le mani sul tavolo e, dal fondo della massa nera di barba e capelli, dichiara: «Vi lascio mano libera».

Magda taglia con chirurgica precisione il suo arrosto e io dico: – Vi ricordate Cantor? – Fanno entrambi di sí con la testa. – Sono mesi che non ho piú notizie –. Non sembrano preoccuparsi, o quanto meno non rispondono a quella che senza meno è la mia espressione preoccupata.

Stappo una bottiglia di Buttafuoco.

– Brindiamo, – ordina Samuele.

– A cosa? – domando.

– Magda è incinta, – fa lui, e lei: – Sono incinta.

Non ho avuto figli, ma i figli degli altri, i figli promessi, mi commuovono. Guardo Magda con la melanconia protettiva di un vecchio che non vorrebbe essere vecchio. Levo il calice e non dico parola. E senza soluzione di continuità, come riprendessi un discorso solo lasciato in sospeso, dico: – Anche Anna –. Loro non capiscono. – La ragazza di Cantor.

– E allora pure Cantor, – dice Samuele. Ma ancora una volta l'accenno all'assenza di Cantor resta senza commento.

– Ti pesa Siena? – chiedo.

– Per la paternità? – fa lui.

– Be', anche. Che dici, Magda?

– Cosa vuoi che dica? È piú probabile che mi trasferisca io. Tanto, qui non si muove nulla.

– Un dottorato è un dottorato! Non possiamo rinunciare alle tue sontuose analisi. Non se ne parla! – Faccio segno a Samuele di tacere, perché è evidente che mi sto prendendo delle libertà. – Cammarano e i suoi «furti» da Alfieri, *ah, non tradirci*, – cito con gusto. – *È tutto di sangue il serto bagnato*.

– Non erano propriamente furti… A Siena si sta bene, – sostiene Magda. – Hanno offerto a Samuele una casa in campagna. L'ideale per far crescere un bambino. O no?

Li osservo. C'è un'intesa profonda. Un'intesa fisica. Anche quando si sfiorano sembra di sentire quel che li tiene insieme. Magda recita la parte della donna che sa rinunciare, in nome della maternità e del compagno, ma si contraddice tutte le volte che lo abbraccia con la sicurezza dell'amore. Si vede che sta diventando piú bella, come spesso accade alle donne incinte. E a quel punto mi torna in mente Anna. Ancora piú vistosa, su di lei, quella magia ormonale.

– Ma non siete venuti a ipotecare un pediatra, vero? – Devo stornare il pensiero da Cantor, e questa volta invece è proprio Samuele a chiamarlo in causa, anche se indirettamente.

– Non vedo pediatri qui intorno. E nemmeno pazienti, dato che uno dei tuoi ultimi si è involato chissà dove.

– Già –. Forse dovrei provare a telefonargli.

– Mi sto occupando dei nuovi partiti politici, mi piacerebbe fare due chiacchiere con lui. Su suo fratello. Rischio la sociologia, ma d'altro canto una comparazione fra gli anni del secondo dopoguerra e questi nostri mi tocca troppo da vicino. La dimensione identitaria dell'adesione a un partito.

– Non so quanto ti potrei essere utile, – commento quasi sovrappensiero.

– Il piagnisteo della sinistra non ci dice nulla, e neppure quelli che, da sinistra, recitano l'umiltà della sottrazione di sé. Egolatrie. Esercizi di critica della ragione. Snobberie spacciate per intelligenza del mondo. Letteratura.

– Samuele, – dice Magda, – perde tutto il suo senso dell'umorismo con quelli che vogliono farci ridere e poi la buttano in retorica, o viceversa, o che, senza viceversa, vogliono esserci, e basta.

– A me piacerebbe che un po' di politici tornassero a studiare. La presunzione di sapere e, nondimeno, la presunzione di non sapere fanno tristezza. Ma chi presume di sapere di solito finge di sapere poco per insinuare molto, gli altri finiscono per contentarsi della loro verità e te la sbattono in faccia.

Samuele ha smesso di mangiare, contempla la tavola come fosse un campo di battaglia. Poi sorride, finalmente. – Del resto, io non sono che uno storico… – E beve il Buttafuoco, una sorsata contenta. – In fondo mi hanno chiesto un intervento di poche pagine.

Gli suona il cellulare. Chiede scusa e si allontana.

– Sei preoccupato? – chiede Magda, e il fatto che abbia capito mi commuove, perché sembra che anche quella domanda discenda dal suo stato, dal quale è illuminata.

– In verità, sí. Tu e Samuele sapete bene come Cantor si è conquistato un posto di figlio, un figlio sbalestrato, ma un figlio –. Prendo fiato. – Siamo fatti tutti di questa nostalgia del sangue, cara Magda, ce lo inventiamo quando non c'è, ma resta comunque un dato di fatto che siamo famiglia, siamo ossessionati dall'essere – e naturalmente anche dal non essere – famiglia.

– Cosa pensi di fare?

– La verità?

Lei annuisce.

– Pensavo di chiedere a Samuele di mettersi in contatto con lui.

– Sei sicuro? Non mi sembrava che si prendessero molto.

– Proprio per quello. Del resto, non c'è qualcuno con cui Cantor possa prendersi, se non gli viene incontro come un maestro.

– E Samuele cosa potrebbe fare?

– La verità? Lo so, è la seconda volta che te lo chiedo, e la verità è che non lo so. Non so niente.

Quando Samuele torna a tavola ci trova in silenzio, ciononostante chiede: – Di cosa state confabulando?
E Magda: – Abbiamo una missione per te.

Mi sono steso sul letto, esausto, con uno dei libri di Samuele, un piccolo saggio sulla memoria dell'Olocausto in cui si dice che fra qualche anno non ci saranno piú testimoni diretti e sarà solo il lavoro degli storici a restituirci vittime e carnefici. L'avevo lasciato aperto sull'ultimo capitolo, ma anche questa notte non sarà quella decisiva. Lena. Sono stanco, e la stanchezza dilata l'assenza. È come se il vuoto lavorasse intorno alle cose, alle ombre, e alla luce che crea le ombre. Non è il sussulto dell'alba, quando mi capita di vederla e di crederci. La notte scava il vuoto, e piú lo scava, piú la curva dell'armadio di radica cede a un'inattesa deformità, il fondo del letto che si allunga (quanto avevamo desiderato quel letto senza sponde, la rigidità delle suste, l'altezza dal pavimento tale da favorire una seduta di lato con i piedi a terra); ma sí, si allunga, mette un vuoto anche là dove dovrebbe esserci solo un confine. Lena si pettinava a lungo prima di coricarsi. Magda è incinta, Anna è incinta. *Siamo assediati*, le dico. Sarebbe contenta lei, sí. Ci sono state almeno due volte in cui abbiamo pensato che avremmo avuto un figlio, la prima eravamo partiti per la montagna, dalla finestra si vedevano severe le Odle quando mi annunciò che no, era stato solo un lungo ritardo. Facemmo l'amore con furia, perché chissà, forse la dolcezza non bastava. Avevo il pene e il pube umidi del suo sangue, e la baciai rammentandole – lo sapeva – che del suo sangue non avevo paura, e lei mi prese la testa fra le mani, mi baciò sui capelli, mi tenne cosí per un tempo che mi sembrò infinito. Come eravamo belli, davvero lo eravamo, e senza aspettare il latte della famiglia Pilser prendemmo il sentiero, gli scarponi slacciati, il golf buttato sulle spalle, lo zaino quasi trascinato a terra.

Ecco che ora il vuoto si accavalla alla solitudine. Io non temo la solitudine, ma i paramenti del vuoto inducono una cerimonia cattiva, storta.

Prendo il cellulare e di Cantor non c'è traccia.

Ottobre 2018

Fabio Deluppi sedeva in mezzo ai suoi cani – due possenti bastardi, un maschio e una femmina, Gavroche e Waleska – accucciati con burbero abbandono, alternativamente all'erta di fronte al nuovo ospite della casa. Cantor era sprofondato in una sfilacciata sedia a sdraio gialla e monologava.

Deluppi aveva la struttura pesante dell'onesto uomo artigiano e la freschezza volatile dell'intuitivo, si muoveva tra la furia centrifuga del fare e la bulimica grazia della sua intelligenza magnetica. Aveva perso giovanissimo i genitori e il rapporto con i fratelli piú grandi non era stato felice, ma era sempre riuscito a farsi «adottare» da personaggi che avevano occupato un posto importante nella sua formazione: artisti, vignaioli, falegnami, professori, teatranti, poeti. Privo di mezzi, era riuscito a pagare due lire l'affitto di una soffitta nel centro di Modena dove erano accumulati mobili, letti, canterani dei proprietari, e lui ci viveva, in questa soffitta, accerchiata dal gutturale tubare dei colombi, come fosse Palazzo Farnese: riceveva amici, preparava da mangiare senza mai preoccuparsi di fare ordine o di togliere polvere e detriti. Tutto doveva essere come l'aveva trovato: un rifugio di sedimenti altezzosi, come il letto quasi oscurato dalla testiera di noce tutta angioli e verzure in cui Fabio riposava nello sgualcito impero di lenzuola e coperte di lana.

Era stato fidanzato a lungo con una ragazza timida e generosa, che gli aveva «prestato» la famiglia dove era accolto con regolarità, soprattutto a mezzogiorno, anche quando lei non c'era. Poi era stato assunto alle Ferrovie. Con le Ferrovie aveva girato l'Europa, e a Parigi aveva incontrato la sinuosa Bérénice, per lei aveva lasciato il lavoro e si era trasferito in una casa sopra il cimitero di Montparnasse.

Quando era tornato in Italia aveva cominciato la sua nuova vita di artigiano futurista – cosí qualcuno lo chiamava –, decoratore, allestitore di fiere, set designer. E questa seconda vita continuava. Gli piaceva mangiare nelle ultime vecchie osterie della Bassa, gli piacevano i robivecchi, i giostrai, i vecchi combattenti, e i vecchi in generale.

E Cantor? Cantor si era presentato su raccomandazione di Anselmo, il muratore, che, per quanto non fosse entrato nella nobile categoria, ci si avvicinava. Ma non bastava, andava da sé che non poteva bastare. Deluppi l'aveva squadrato e aveva poi continuato a fare quel che stava facendo, vale a dire scaricare dal furgone bianco una cassettiera senza cassetti. Cantor si era avvicinato e Deluppi gli aveva fatto cenno con il mento che cambiasse lato, per avere piú spazio d'azione. «Varyna non c'è», disse, come se l'altro dovesse sapere e capire. Una volta sistemato il mobile in una specie di magazzino, Cantor si sdraiò su un'ottomana che diede in sofferti cigolii. «Si sta bene qua», disse, e rovesciò indietro la testa quasi volesse contemplare il soffitto come un cielo, e in quello spazio alto incrociò teleri pesanti, vele di plastica tese dall'una all'altra parte per proteggere il museo di anticaglie.

«Potremmo lanciare una sfida, – fece Deluppi, seduto accanto, – provare a conoscerci nel minor tempo possibile».

«Io ho pochissimo da raccontare», disse Cantor a occhi chiusi.

«Io sono l'orfano per eccellenza».

«Tu sei nato in un tempo in cui essere un figlio aveva, come dire?, un valore di mercato, io no, come figlio non valgo niente».

Deluppi fece una strana smorfia, come di chi si sente preso in giro.

«Io ho pianto molto, – disse con una certa gravità, poi continuò svagato: – Ogni tanto mi viene da piangere anche adesso, quando sono da solo».

Non sembrava un uomo maturo quasi alle soglie della vecchiaia. «Il me commosso mi spossa, mi spassa, fracassa, il frac, *le Braque*, *le truc*...»

«Vuoi che vada avanti io?» Cantor si girò con i gomiti puntati dentro l'ottomana.

«Quanto tempo ad ascoltare. Poi succede che va tutto a scatafascio. Se non sei compreso in un itinerario obbligato della parola, c'è tutto questo alveare di parole che spetarda dentro le orecchie – e tu lo sai, oh sí, tu lo sai che hanno umiliato, che hanno imbrogliato, che hanno spaccato il cuore, che si sono presi rivincite e vendette, che hanno chiesto, che hanno consolato. Ah, ci sono mattine che mi pare di avere le cicale nella testa. Tu le hai mai sentite?»

«Che ne so, mi pare di no».

Deluppi diceva di capire poco della poesia, eppure di poeti ne aveva conosciuti molti, e anche molti scrittori, e gli scrittori della Bassa spesso fanno suonare la lingua della terra, che è una lingua apparentemente «impropria», piena di eccessi e di manipolazioni. Prima di lavorare nel casale aveva affittato capannoni, aveva condiviso case e magazzini, e, nella sua stagione parigina, Bérénice l'aveva ospitato nel suo appartamento, ordinato e luminoso, e attraverso quella luce erano arrivati suoni miracolosi. Deluppi, allora chiamato solo Desloups, aveva imparato il francese senza sforzo, lo parlava con scioltezza, ma l'invasione di una lingua nuova lo aveva esposto a un flusso ignoto di nuovi *morceaux de sens perdus*. «*Allons ramasser les morceaux*», diceva spesso a Bérénice, e intendeva «fare una passeggiata».

«È lei in quella foto?» E Cantor indicò una stampa fissata alla parete con una puntina da disegno. Era una foto sgranata: una figura femminile a braccia aperte che sembrava danzare sulle punte e che lasciava penzolare dalle mani le scarpe col tacco che forse si era appena tolta.

«Ho fatto tante fotografie, sai».

«Dove sono?»

«Non ci sono, stanno quasi tutte in un altro casolare, ormai saranno marce. Le stampavo io».

Frugò dentro un borsone. «Ma giro ancora con questa», e sollevò in aria una Nikon Coolpix.

Si tirò su con un gemito soffocato. «Le gambe, – disse. – Tromboflebite. Dove vuoi andare?»

«Che ne so».

«Ti porto io».

«E i cani?»

«Loro restano. Vivono qui. Aspettano Varyna».

Salirono sul furgone bianco e Deluppi guidò a lungo per la campagna che imbruniva, senza dire una parola. Tanto era stato loquace nel magazzino, tanto si alleò al silenzio quando ebbe le mani sul volante. Sorrideva, questo sí. Cantor si abbandonò dentro il sedile spiando la strada, la sequenza di carpini neri, di meli quasi spogli, le forme per lo piú meste di abitazioni recenti, fra la casa colonica, la villa rustica e la cascina. Poi arrivò il sax di Ornette Coleman. Cantor pensò che anche Deluppi, come Romagnoli, cominciava la sua educazione attraverso la musica, ed era ovvio che, se non si trattava di «educazione», aveva comunque a che fare con un invito a riconoscere confini. Si dispose dunque ad ascoltare, con incuriosita remissività.

Non poteva fare diversamente, né aveva domandato dove stavano andando, né aveva intenzione di farlo. Chi fosse quest'uomo con l'aria da ragazzo non sapeva ancora mettere a fuoco, ma gli riconosceva un carisma naturale, un carisma a mezza voce, un'autorevolezza che passava attraverso il fisico appesantito ma forte, attraverso la continua allusione alla concretezza delle cose fatte, e infine attraverso una veramente eccentrica modalità di comunicare la percezione e l'esigenza del bello, fosse questo il morso del free jazz, la tornitura del legno, la sfrangiata allegria dello smantellamento della parola. Sarebbe stato un maestro? Com'era passato Deluppi attraverso gli anni Settanta del Novecento? Non se lo vedeva portare striscioni nei cortei. Eppure. Non era stato visitato dall'ideologia, non sembrava vantare un curriculum di rivolte e di appartenenze politiche. Certamente si era mosso fra coetanei molto schierati che forse non gli avevano mai chiesto di schierarsi.

Quando *Tomorrow Is the Question!* si spense con le carezze della spazzola di Shelly Manne sul piatto, Cantor non gli chiese nulla ma gli fece intuire che si sentiva smarrito, e che non aveva voglia di smarrirsi.

«Ornette Coleman non ti piace».

«Ma no».

«Tu hai delle certezze».

«Esagerato –. Cantor allargò le braccia a conca come a contenere la vastità senza fondamenta di quelle «certezze». – Io non so neanche perché sono venuto da te».

«Adesso scendiamo a bere qualcosa».

«Tu hai qualcosa da insegnare?»

«Un segno? Un disegno? Uno sdegno?» E Deluppi staccò le mani dal volante, tolse la chiave di avviamento, mise in folle. Lasciò andare il furgone finché ebbe spinta. Erano vicino a un incrocio. Da dietro, qualcuno pigiò sul clacson. Deluppi restò con le braccia alzate come si fosse arreso a un'arma puntata. Cantor lo guardava con attenzione quasi entomologica.

«Non si va piú avanti», disse Deluppi.

«Fino a quando?»

«Fino a che tu non mi chiedi di proseguire».

«Tu non sai che potremmo restare qui tutta la notte».

«Molto bene».

Si era creato un piccolo ingorgo: il furgone si era fermato appena oltre il taglio dell'incrocio. Ai clacson si erano sommati gli abbaglianti, e infine qualcuno era sceso dalla macchina a controllare.

«Ehi, c'è qualcosa che non va?»

«Non va il furgone», disse limpido Deluppi.

«Spingiamolo oltre l'incrocio», si sgolò il soccorritore.

Cantor scese ad aiutare, insieme ad altri automobilisti. Deluppi restò a mani levate.

«Tuo padre sta male?» chiesero.

Cantor fece di no con la testa e spinse piú forte. La notte scivolò piú nera intorno al furgone quando tutte le auto si mossero.

«Papà, – miagolò Cantor mentre risaliva a bordo, – adesso puoi ripartire».

E Deluppi mise in moto e sgorgogliò una specie di risata. «Si parte».

Nove

La mia cardiologa è una giovane dottoressa lussemburghese, vive in Italia da vent'anni, ha sposato un uomo molto piú anziano di lei da cui ha avuto un figlio. «Crescerà con un padre biblico, pieno dell'autorevolezza che i nonni non hanno», le ripeto spesso, ma lei non risponde, prepara l'elettrocardiografo e mi lancia occhiate divertite. – Siamo una società di vecchi, – le dico. Di fronte al suo silenzio operoso, continuo: – Confermo. Moriremo tutti –. E lei: – Intanto vediamo di assicurare la sua sopravvivenza.

La mia cardiologa è una bella donna. Faccio fantasie che mi consentono di andare oltre il camice bianco, e intanto mi dico che in fondo il suo legittimo marito ha quasi la mia età. Mi dice che va tutto bene.

– Vogliamo continuare a prenderla l'aspirinetta della sera, signor pediatra?

E io rispondo che sí, la prendo. Lei mi racconta i libri che ha letto, è attenta, non le sfugge nulla, ora si è tuffata in *Vita e destino* di Vasilij Grossman. – Non l'ho letto, – le dico.

– Dovrebbe, – risponde.

– Dovrei anche andare ad Amburgo, – replico.

All'Elbphilharmonie, già, si rammenta, la musica. Io mi rivesto e le dico che l'ho invidiata quando mi ha raccontato che ci era stata per la *Sinfonia n. 3* di Górecki. Tanto che quando ascolto le *Sorrowful Songs* non posso non pensare a lei, a lei che esce su una terrazza dell'Elbphilharmonie, si chiude nel cappotto, col bavero alzato, e contempla il mare d'acciaio del porto, i capelli biondi che si sollevano dai bordi della cloche.

È una donna diretta, concreta, la mia cardiologa, mi accompagna alla porta senza sprecare altre raccomandazioni, dà un occhio all'orologio da polso e si rammenta che deve chiamare il figlio. Le dico che a suo tempo avrei potuto occuparmene io. – Sarebbe stato un onore, *doctor*, – mi fa, – ma ci siamo conosciuti troppo tardi.

Mi trascino per i corridoi del Policlinico con tutte quelle fantasie in testa. Avrei mai previsto di diventare un uomo cosí incline all'immaginazione? Ma sí. Lo sono sempre stato. È stata la professione a tenermi attaccato alla terra, e naturalmente Lena.

Dall'altro lato della circonvallazione c'è l'università. Samuele sta considerando il trasferimento a Siena. Come sempre prendo la via di ciottoli, alberata, che porta dalla camera mortuaria a San Nazaro. In quella via mi piace restare, magari seduto contro una cancellata. Una volta ho chiesto una sigaretta a uno studente e l'ho fumata dopo venticinque anni di astinenza: mi girava la testa, ma era bellissimo, e il fumo era il fumo che a Lena dava fastidio ma che tollerava volentieri, quando ancora non era bandito dalla vita pubblica. Ora mi piacerebbe poter accendere un'altra sigaretta e fermarmi a fumare. Proseguo. Opto per un caffè, che mi è familiare. Anni fa ho percorso questa via insieme ad Anna, quando volle interrogarmi sul mistero Cantor, e proprio qui, prima ancora, il giovane Castelli mi disse di aver stornato i suoi propositi di una laurea in Medicina nel corso triennale della laurea in Infermieristica. Era il periodo in cui gli piaceva tessere i miei elogi ai suoi compagni di avventura e veniva a sedersi sullo sgabello di Glenn Gould.

Questa volta ho dato appuntamento a Sabir. E sono arrivato in anticipo. C'è qualcosa che mi lega a questo luogo, chiuso com'è fra mondi diversi, testimone di una città che non c'è piú, poco frequentato e soprattutto delimitato da un cancello che gli conferisce l'identità di un'area privata che non sai se appartenga piú al cotto rosso della basilica romanica, alla loggia dell'ospedale Maggiore, al Policlinico sullo sfondo, o ai morti in attesa nell'edifico giallognolo che li ospita. Qui ho baciato ed esplorato sotto una camicetta, qui ho cercato una via di fuga durante una carica della polizia, qui ho atteso da allievo e da medico, qui ci siamo riparati piú volte Lena e io, per confidenze insofferenti delle pareti domestiche.

Sabir mi ha accordato un po' del suo poco tempo. Eccolo avanzare dentro l'impermeabile, una coppola in testa, lo zaino sulla spalla destra. Modula un sorriso che irradia soprattutto dallo smalto scuro degli occhi, e mi invita a sedere a un tavolino. – Cosa prendiamo?

Dico che un caffè è sufficiente. Cosí per lui. – Abbiamo notizie?

– No, non ne ho. Io no.

Gli chiedo a cosa sta lavorando. Mi parla dell'azienda del padre: in Pakistan erano restauratori e continuano il mestiere qui. – Cerco di far lavorare qualche connazionale, il guaio è la lingua: non sanno l'italiano e faticano a impararlo perché stanno sempre fra di loro.

– Di che restauro stiamo parlando?

– Interni, per lo piú. Ma ora l'azienda è pronta per ristrutturazioni edili. Forniamo il piano di intervento e garantiamo tutti i servizi, quindi abbiamo bisogno di una squadra: idraulici, elettricisti, falegnami... Io cerco di avviare il mio studio legale, ma a metà giornata mi infilo la tuta e vado in cantiere. E poi, come sa, c'è il resto.

C'è un che di massiccio in lui, ma temperato da modi squisiti, si avverte la profondità di un'educazione impartita con fermezza. Parla con proprietà, senza alcuna inflessione. Non mi sono mai preoccupato di conoscerlo piú a fondo, e forse perché, paradossalmente, mi incute una strana forma di rispetto. Accanto a lui Cantor sembra quasi un figlio, senz'altro un fratello minore, quantunque abbiano a stento due anni di differenza. Sabir veste abiti classici, giacca, camicia, cravatta, ma soprattutto porta scarpe inglesi, arrotondate in punta, solide, senza fronzoli. Ha i gesti misurati ed eleganti di chi si è ispirato, nel corso del tempo, a un rigore virile passato di generazione in generazione.

Mi chiedo quanto sia veramente preso dalla vicenda di Cantor, di questo giovane benestante, come lui, che però vive in una società che lo protegge, che gli restituisce identità, magari un'identità malgradita ma tale da metterlo al sicuro. Sabir è abituato alle discriminazioni, se non alle aggressioni, ed è perciò che, entrando in un bar come quello in cui siamo, si guarda intorno, senza apprensione ma con esattezza, ed è sempre pronto a riconoscere il pericolo.

– Io so che c'è un potenziale enorme in Cantor.

Non posso che dargli ragione.

– Ed è andato a fare il falegname…

– Come me.

– Sabir, lei è un avvocato…

– Cantor è un infermiere. Sono qualifiche che tutt'al piú esauriscono la nostra identità sociale. Ma Cantor ha bisogno di spazio, anzi, forse sta cominciando solo ora a scoprire di quanto spazio ha bisogno.

– Spazio d'azione? Spazio per espandersi? Non capisco.

Sabir passa la mano su una cartelletta che si è posato sulle ginocchia.

– Com'era questo Anselmo? – chiedo.

– È un bergamasco, e come tanti bergamaschi è diventato un mago dell'edilizia privata. Ha una squadra di collaboratori competenti, si muove fra Brescia e Milano. È un fine esecutore. Dove è guidato da un architetto sensibile, si riconosce la maestria del suo lavoro.

– Maestria, maestria, maestro. Ecco che ci risiamo. È l'ossessione di Cantor. Vuole qualcuno che lo guidi dalle idee ai fatti, qualcuno che gli insegni la strada.

– È quello che ha cercato in lei...

– Ho affidato una piccola missione a Samuele Franchetti, un ex studente di mia moglie, uno storico.

– E Anna?

– Mi sono accorto di conoscerla poco.

– Come lei, anche Anna si fa delle domande. Forse con piú ragioni di noi.

Mi parla di Anna e gli occhi sembrano addirittura schiarire.

– La figlia del comunista, – dico, come si trattasse di un onore al merito, sicuro di parlare a un interlocutore dotato di senso dell'umorismo. Lui dice: – Già, – ma non insiste. – Anche lei, soprattutto lei, ha dovuto arrendersi, e ha potuto farlo perché lo ama.

– Sa una cosa, caro Sabir, – comincio a petto gonfio, quasi da accademico. – Faccio sempre piú fatica a intendere i sentimenti, i miei senza dubbio, ma anche quelli che sembrano animare le relazioni di generazioni diverse dalla mia. È come se non sapessi piú collocare le pedine delle emozioni al posto giusto, e il gioco si confonde –. Scrollo la testa. – Sono solo un figlio del mio tempo, sovraccarico di tempo.

Sabir mi prende in parola e continua: – La verità è che né lei né noi possiamo fare qualcosa, e anzi, suona perfino assurdo che ci troviamo per chiederci cosa. Temo che siamo vittime di un incantesimo, *under his spell*, dicono in America. Ci interroghiamo l'un l'altro come se Cantor fosse nostro figlio, nostro fratello, il nostro migliore amico, preso nei lacci di qualche imbroglio per toglierlo dal quale basta un esercizio collettivo di intelligenza. Non è cosí. Chissà, forse un giorno sarà lui a fare qualcosa per noi.

Ci avviamo insieme verso la stazione del metrò. Sento il suo passo sicuro. Ci salutiamo, lui scende, io mi giro e mi viene addosso un uomo che va di fretta. Mi squadra con una collera livida. – Togliti di mezzo.

Lo prendo per la collottola. – Che cazzo vuoi? – mi fa. – Stronzo!

– Non saprei se lo sono, ma posso diventarlo se ho a che fare con gli stronzi.

Compare Sabir dal nulla e gli si fa sotto con decisione.

– Ti fai difendere dagli arabi? – dice l'uomo, ma si scosta.

– Tutto bene, Romagnoli? – chiede Sabir.

L'uomo, sia pur con provocatoria lentezza, preferisce tornare a scendere. – Voi li fate entrare, – dice, – noi li faremo uscire, questione di tempo. Ma quel giorno, vecchio, tu non ci sarai, a vedere come si starà bene.

Sabir verifica che, nel piccolo assembramento che si è creato, non ci siano altre forme di intemperanze.

– Questa è la città in cui crediamo di vivere nel migliore dei mondi possibili, – dico io.

Sabir continua a tacere finché non ci allontaniamo definitivamente.

– Questa è la città in cui abbiamo cominciato a lavorare, – dice infine lui, – e sarà bene non smettere.

Poi fa una smorfia, mi guarda in tralice e se ne esce con: – Io, se è necessario, so come difendermi, ma lei, lei mi sa che ha bisogno di una guardia del corpo. Non si può mica lasciarla andare in giro cosí.

Mi rendo conto di essere ancora su di giri, mi sento offeso, mi sento anche indifeso. Credevo di difendere Sabir, ma è stato lui a mettermi al sicuro: sorrido e mi do del fesso.

Novembre 2018

Anna ricevette la prima telefonata da Samuele Franchetti un sabato mattina, si precipitò a rispondere augurandosi che fosse Cantor che la chiamava da un nuovo numero. Da lui le arrivavano solo micro-messaggi: «Un giorno sarà tutto chiaro», «Ho sognato che ci incontravamo», «La campagna non fa per me», «Meglio che non ci si veda», «Non so stare al mondo – che stronzata», «Vai a trovare il mio Pediatra».

Era stato il Pediatra, come chiamavano Romagnoli, a dare il numero a Samuele. Che aveva promesso di mettersi sulle tracce di Cantor. Non ne era convinto, non sapeva a cosa sarebbe servito, ma comunque avrebbe provato. Non nascose di aver saputo della gravidanza e Anna ammutolí, per cui a lui sembrò ovvio citare la loro. Chiese se Cantor era stato informato. No. Se aveva intenzione di farglielo sapere. No. Si era cosí convinta nel ripetere risposte che aveva già dato da riconoscere in fondo alla gola una freddezza che non aveva mai avuto.

– Vuoi che ci vediamo? – chiese Samuele.

– A cosa serve? – domandò lei, e lui chiuse questo primo segmento di conversazione con: – In effetti.

Ebbe le poche informazioni che Anna poteva dargli: Anselmo, il trasferimento da Deluppi, l'ubicazione del casale e il numero di cellulare della compagna di Deluppi. Disse anche che l'aveva chiamata Giulio Castelli.

«Non lo copra, – le aveva raccomandato. – Mio fratello è uno stronzo».

Anna aveva detto che Cantor a volte sapeva vedere lontano e Castelli si era limitato a replicare: «Lei è figlia di un comunista, vero?»

Samuele si rese conto che tutti temevano qualcosa, ma nessuno, neppure Anna, riusciva a identificare un allarme vero e proprio: aveva la sensazione che, pur sempre all'interno di una fondata apprensione, non maturasse l'allerta di un'urgenza. Forse Cantor stava andando «alla ricerca di sé». Samuele arrossí di vergogna per averlo anche solo pensato. Alla ricerca di sé?, si ripeteva. Questa vicenda mi prosciuga l'intelligenza.

La cena da Romagnoli aveva finito per metterlo alle strette: si era impegnato o, meglio, non si era tirato indietro, ma ora non sapeva come andare avanti, cosí gli passavano per la mente banalità come quella che aveva appena pensato. Detestava essere preso alla sprovvista dai luoghi comuni.

«Gli storici, – si sentiva dire spesso in certe occasioni pubbliche dove incrociava scrittori, – sono i veri narratori». E poi: «Su cosa stai lavorando?», e cosí Samuele era invitato a menzionare le sue ricerche. Lui scompariva dentro il foltissimo disordine del crine e preferiva lasciar cadere una risposta che comunque nessuno voleva veramente. Si contentavano tutti di arrivare all'ultimo whisky o all'ultima professione di sobrietà, per poi disperdersi, ma non senza registrare la serata fra quelle che avrebbero dovuto ricordare, per i favori che si sarebbero chiesti, per gli appuntamenti che avrebbero fissato, per uno sguardo lungo e promettente che non era passato inosservato. Tutto secondo le consuetudini. «Devi leggermi, in fondo ti riguarda», dicevano a Samuele, e lui diceva, rimasticando subito la formula, che sí, l'avrebbe fatto, che se «lo riguardava» l'avrebbe fatto. L'editore di Samuele, che non pubblicava fiction, se lo portava sottobraccio verso l'uscita implorandolo di compatirli. «Sono bambini».

E Cantor quanto mi riguarda?, pensava Samuele mentre imboccava l'autostrada verso Parma. Destinazione, il casale di Deluppi. Concludeva che lo riguardava. Cantor si trovava, in fondo, sulla stessa lunghezza d'onda di Romagnoli e del ricordo di Lena. Quando aveva condotto la ricerca sugli ultimi testimoni vivi della guerra partigiana, si era reso conto di trovarsi spesso davanti alla memoria di chi aveva eseguito sommarie condanne, di chi aveva subito processi e messe al bando, di chi aveva patito il tormento di essersi improvvisamente trovato, dopo la fine della guerra, in un altro tempo, in un'altra giustizia, e soprattutto in un percorso di assoluzione che raramente coincideva con una riconquistata, trasparente pace interiore. Non diversamente aveva misurato quanto il senso di colpa dell'essere rimasti vivi aveva torturato chi era sopravvissuto alla Shoah. C'era un peso che gravava sulle vittime della Storia, anche quando, per una stagione, avevano vestito i panni di chi voleva essere portatore di giustizia. Le facce dei vecchi che aveva incontrato gli tornavano davanti, a loro volta, rassegnati o truci, comunque non ancora sazi di vendetta o di perdono. Che cosa stava facendo da dieci anni a questa parte? Si limitava a raccogliere testimonianze o a sua volta era chiamato a giudicare, o ad assicurare un giudizio destinato a durare nel tempo? Gli sembrava, chiuso nell'abitacolo dell'auto, di andare incontro lui stesso a una condanna. Tornava e ritornava sugli stessi pensieri, come accade quando si sta al volante: il paesaggio esterno di solito poco contava, ma in questo caso le prove d'autunno erano cosí avanzate che il verde smorto dei campi, il giallo-grigio del cielo lacerato dalle cime dei pioppi e degli olmi, le meste geometrie bianche dei magazzini, i camion parcheggiati sotto la pioggia, e poi la frusta del nastro autostradale, lo stesso traffico contenuto, tutto concorreva a creare un ampio catino di attese. Lo assediavano frasi di cui già si vergognava («Eccoci qui, Cantor, il tuo Pediatra vuole che noi ci si capisca». *Noi ci si capisca?* Ma in che commedia si trovava, e poi l'uso anodino del titolo professionale, persino quell'attribuzione di volontà, ah, si era ben lontani da un confronto adulto).

Samuele si sentiva fuori ruolo e non si dava pace per aver accettato la missione. Poi arrivò – sul filo di un'ironia esercitata con affettuosa consuetudine – un messaggio di Magda, «Qui si cresce», e allora la prospettiva di paternità cercò spazio dentro la missione. In fondo, si trattava di una ricerca: in molte occasioni, anni addietro, aveva passato una parte consistente del suo tempo a intervistare partigiani che avevano allentato la cintura della memoria. Ce l'aveva fatta. Era stato contento di quel lavoro: non solo, la bontà del lavoro gli era stata riconosciuta. Addentò una mela gialla, masticò e abbandonò il resto sul sedile di fianco. La mela sentiva accelerazioni e decelerazioni e quando mostrava il morso ricevuto era come rivelasse l'autorevolezza della dentatura che l'aveva aggredita. Un altro messaggio: «Fammi sapere quando arrivi, ti amo». Avrebbe voluto chiamarla, ma sapeva che Magda non avrebbe gradito: per quanto protetto dal vivavoce, sarebbe stata un'inutile diversione dal controllo del volante. La mela rotolò e lui la acchiappò per darle un altro morso.

Appena fuori Reggio prese per le provinciali in mezzo al macerato paesaggio di campi senza colore. Aveva quasi smesso di piovere. Secondo le istruzioni che aveva ricevuto, avrebbe dovuto prendere una strada sterrata appena dopo la trattoria *Il pino solitario* e proseguire fino a un'edicola votiva: lí c'era l'indicazione «Per di qua la lunga stella dei lupi». Il logo – se mai si trattava di un logo – gli strappò il ricordo di una canzone. Vide il casale, il terzo di una serie, e voltò sul vialetto d'ingresso, schizzando acqua a ogni pozzanghera. Intorno all'edificio una fitta coltre di alberi e cespugli, un ex casotto per gli animali e un'altra struttura in mattoni rossi che forse era stata un pollaio. Frenò nello spiazzo davanti a quella che palesemente sembrava la parte abitata. I due cani che gli erano venuti incontro sul vialetto d'ingresso giravano frenetici intorno alla macchina senza abbaiare. Uscí da una porticina una donna alta, bionda, di cui si indovinava il grigioazzurro degli occhi. Sorrideva, le mani infilate nelle tasche di una tuta che, per quanto abbondante, non mortificava la sua femminilità.

Samuele schizzò fuori dall'auto con la mano tesa, scansò i cani, e domandò di Fabio Deluppi. – Non c'è, adesso, – disse lei.

– Ah –. Samuele cercò un posto dove sedersi sotto la pergola d'uva fragola ormai provata dalla maturazione. – E torna? Quando? Mi avevano assicurato che l'avrei trovato…

– Con lui nulla è mai certo. È partito stamattina per Gand, con il suo pulmino. Un'installazione.

– Insieme a Cantor Castelli, immagino, – buttò lí Samuele.

– Lei è venuto per Cantor?

– Sí. Non so. Per tutti e due. Speravo che ci fossero tutti e due.

– Io sono Varyna. E questi, – fece indicando i cani, – sono Waleska e Gavroche.

– Sono una bestia, neanche le presentazioni, – e subito Samuele rimediò declinando nome e cognome, ma andò subito identificando il cane maschio. – Gavroche? – chiese.

– Già, – rispose lei, – stavamo leggendo *I miserabili*, quando lo abbiamo trovato.

– Come non capirvi, – disse Samuele.

Varyna era sui cinquant'anni, aerea, agile, ma dotata di una fisicità consistente, la stessa che talora è propria delle ballerine classiche. Il viso era affilato, pallido: gli occhi muovevano e agitavano il suo teatro interiore con una azzurrità quasi insostenibile.

– Gand? – riprese, e la città fiamminga suonò con la stessa felicità con cui aveva ribadito il nome del cane sottratto al piccolo eroe delle barricate.

– Sí, succede. Lo chiamano. Fabio viaggia sempre con il suo furgone, da solo o in compagnia. Si porta dietro tutta la vita. L'utile e il disutile, se si può marcare una differenza.

– E Cantor, a quale ambito appartiene?

– Sta qui da dieci giorni, ma è già entrato nel mondo Deluppi. Pensano all'unisono. O almeno ci provano. Lei è un amico? Di Cantor, intendo.

– Ma no, – fece Samuele sfiduciato. – Anzi, sí, – si corresse. – Questa avventura mi sta indebolendo dal punto di vista cognitivo.

– Lei sa perché si fa chiamare in quel modo?

– Una volta ha citato un matematico.

– Forse non lo sa neanche lui. Io avrei preferito che avesse pensato a Tadeusz Kantor, con la *k*, uno dei piú grandi uomini di teatro polacchi.

– E invece non c'entra? Come vede, non sono preparato.

Varyna si allontanò, entrò in casa, portò fuori una bottiglia di bianco e due bicchieri.

– No, ma a Cantor con la *c* è piaciuto che gli raccontassi di questo Kantor che ha risvegliato i fantasmi della Polonia, gli è piaciuto che gli raccontassi del suo spettacolo piú famoso. C'era una musica in quello spettacolo, un valzer di Karacinski, spesso lo ascoltiamo insieme. Spesso.

– Quando non è a Gand.

Ci fu una pausa. I due cani si rovesciarono quasi all'unisono ai piedi di Samuele. Dalla porta di casa arrivò lento e guardingo un gatto grigio.

– Varyna, perché il Cantor senza la *k* è qui? Me lo sa spiegare?

– Dovrebbe chiedermi, – rispose lei con cautela, ma osando una inattesa liquidità emotiva, – dovrebbe chiedermi perché io sono qui –. Il gatto le balzò sulle ginocchia, e là restò a montare il suo turno di guardia, indifferente alla coppia di cani. – Fabio è un uomo che non dovrei spiegarle. Avrà tempo di conoscerlo, se vuole. Viene preso spesso e volentieri come una personalità irriducibile, come un talento balzano e generoso, buono e idiota nello stesso tempo, e, comunque lo si voglia chiamare, una definizione è sempre riduttiva.

– Definire è di per sé un'opera di riduzione. Ma è utile.

– Ha ragione. Eppure, se avessi accettato un processo di riduzione non sarei qui, dopo tanti anni.

– Parla un italiano quasi perfetto.

– Quando ci siamo conosciuti ero a Bologna da qualche anno. Ci siamo incontrati a una presentazione in cui facevo l'interprete per Kapuściński. Lei sa di chi parlo, immagino.

Samuele fece cenno di sí.

– Vivevo appena fuori Bologna. Kapuściński presentava il suo *Imperium* in città. Fabio non fece domande. Ascoltò, credo, dal fondo della sala. Poi, non so come, ci seguí a cena – forse fu un amico a invitarlo. Riuscii a intercettare, anche perché traducevo, una conversazione folle sullo stare appesi a un confine. Il Leitmotiv era la frase «cado di qua, cado di là, e quando cado appartengo». In seguito rincontrai Kapuściński a Milano, mi riconobbe e mi chiese subito di lui, che glielo salutassi, ma provò qualcosa di simile a un'intenerita gelosia quando gli confessai che stavamo insieme. «Una strada che si fa volentieri». Che dovevo dire, io? Niente, non avevo nulla da dire. Faceva quell'effetto lí.

L'accento polacco si sentiva appena, e soprattutto c'era quest'aria assorta, questo raccoglimento, che aveva conferito al lungo racconto di Varyna una sorta di sospensione, di intervallo. Samuele si ripeteva che non era lí per capire, solo per avere una percezione meno approssimativa della *fuga* di Cantor: aveva un senso chiamarla cosí? Non lo aveva mai considerato un interlocutore e lo aveva guardato come un segmento significativo di una famiglia, i Romagnoli, di cui anche lui era parte. Le indagini (cosí pensò, le indagini!) cominciavano senza protagonisti e deuteragonisti. C'era solo Varyna, *la belle polonaise* – il nome del cane gli evocò il personaggio dell'amante di Napoleone Bonaparte –, che lo invitò finalmente a entrare in casa, perché il novembre non era caldo. E la casa, che avrebbe potuto essere una normale casa di campagna, era anch'essa una tentazione a procedere fuor di squadra.

La cucina, che mimava senza affettazione una vecchia cucina contadina, si apriva su una sala dove, dal camino ai divani, tutto portava il segno di un modificatore d'uso: pappagalli in ferro battuto che si allungavano come portaabiti, bauli, credenze, vasi, tutti deviati dalla loro funzione di contenenza, una parete di impolveratissimi vhs, e sulle piastrelle di cotto rosso fuoco tappeti semi arrotolati, cosparsi di cuscini. Dal soffitto, un inappropriato lampadario a gocce orbo di cristalli. Samuele provò a sedersi su un divano giallo canarino ma, con gentile fermezza, fu sospinto da Varyna verso una stanza attigua che non era mai stata destinata ad abitazione e che ora conteneva soltanto il prezioso campionario di mattonelle di legno che da anni Fabio andava raccogliendo in giro per l'Europa e per il mondo.

Varyna in verità aveva continuato a parlare e nulla c'era di estraneo, o fastidioso, in quella voce e nelle cose che diceva, ma Samuele procedeva da un punto all'altro della casa cercando di mettere a fuoco lo sguardo di Cantor là dentro. Varyna, interrogata, disse anche che quando era arrivato Cantor era stata lei, lei per prima, ad attendersi qualcosa di magico, e aveva detto che quel nome le restituiva l'anima del suo popolo. Aveva mai visto, chiese, almeno una foto di Tadeusz Kantor? E al no di Samuele gliela mostrò: il naso, la fronte, i pochi capelli, ma soprattutto le braccia e le mani, levate come a dirigere – non sembrava un volatile, un volatile severo dall'aria pensosa? Forse era stata lei a tirare subito un filo tra il ragazzo e l'uomo, forse era cosí e non se n'era neanche accorta. Cantor era entrato nella «scatola dei legni», com'era chiamata la stanza, e ci era rimasto due ore: Fabio lo aveva invitato a riconoscere le diverse essenze, gli aveva fatto toccare disegni e venature. Lo aveva fatto senza alcuna pretesa didascalica, illustrando quella che, stando alla mera contemplazione delle pareti, si manifestava come la mappa di un mondo, come un bizzarro arazzo con un'arcana, dolcissima pervasività di segni. «Non sono belli?» aveva ripetuto spesso al giovane Cantor. E aveva elencato, ma solo a richiesta, nomi: dai piú semplici, cirmolo, cedro, acacia, acero, ciliegio, faggio, rovere, tiglio, sassofrasso, su su fino ai meno popolari willow, afrormosia, zebrano, doussié, iroko, kevazingo, padouk, wenge.

– Ma lui lavora con il legno?

– No, – fece Varyna, – non necessariamente, – e aggiunse che con i legni piú rari proprio no, ma continuava a raccoglierli. Si appoggiò con la schiena a una parete di mattonelle di legno, da una finestrella entrava la luce della tardissima mattinata, una luce bianca che, come in una cappella romanica, si impastava con lo sfumare dal nero al rosso al beige della «stanza dei legni».

– Modificatore d'uso, – disse Samuele ad alta voce.

E Varyna: – Può darsi, – e si distrasse dentro un sorriso. – Vogliamo mangiare qualcosa? Stando con Fabio ho imparato l'ospitalità emiliana. Cosí poco polacca.

Continuarono a conversare in cucina, pochi i riferimenti a Fabio, qualcuno in piú a Cantor. Del resto, Samuele era lí per quello.

L'atmosfera era piacevole. Quando Varyna rispose a una chiamata sul cellulare Samuele sperò che fosse Deluppi, ma non era lui.

Samuele glielo disse: – Speravo che vi sentiste.

E lei: – Ci chiamiamo raramente quando è fuori, ma posso farlo.

E lo fece subito, perché aveva avuto l'impressione che il suo interlocutore fosse venuto lí con un proposito al quale rischiava di non dare compimento.

– Fabio? Mi senti? – cominciò, e Samuele non prestò attenzione finché non fece il nome di Cantor. – Glielo passo.

Parlarono come se non avessero fatto altro in vita loro. – Ma che ci fai lí? È l'Anselmo che ti ha messo sulla mia strada?

– Appunto, – disse Samuele, e continuò sostenendo che forse avrebbe dovuto dare qualche notizia a Romagnoli. E Cantor si raccomandò di salutarglielo, che lo pensava, che avrebbe avuto molto da raccontargli.

Non fece cenno ad Anna. Parlava da expat, come se fosse partito e chissà quando sarebbe ritornato. Samuele non volle spezzare la sintonia che si era creata, anzi in un certo senso la sostenne, ma, forte di quella specie di intesa, gli ricordò che in fondo era venuto a trovarlo e che ormai ci teneva, dovevano riprovarci. L'altro non ebbe perplessità e rilanciò: – Quando? Penso una data e mi accordo con Varyna. Varyna! – ripeté quasi cantando, e di nuovo: – Perché no, perché no, perché no, non ho grandi programmi.

Varyna suggerí di vedersi la settimana successiva, lí al casale, il giorno del compleanno di Fabio. Samuele sarebbe venuto con Magda. Che, aggiunse, era incinta.

– Perfetto, – disse Cantor, e chiuse la comunicazione.

Samuele vide sparire Varyna nello specchietto retrovisore in mezzo agli alberi quasi spogli dell'autunno, la vide restare immobile come in un'inquadratura, sollevare la mano per salutare da lontano e ravviarsi i capelli. Waleska e Gavroche seguirono invece l'auto fino all'incrocio con la strada vicinale.

Dove collocare quell'incontro? E questo maestro che Cantor si era trovato in mezzo alla campagna emiliana? Aveva senso dare ordine a quello che aveva ascoltato? Metterlo in una sequenza sia pur provvisoria di accadimenti? Cos'erano andati a fare a Gand non l'aveva chiesto. Si era accontentato di «installazione». Come fosse un artista in trasferta. Pensò che questo doveva aver agganciato l'immaginazione di Cantor. Dentro il conforto di questa illuminazione si rilassò, aderí con le spalle allo schienale e con la coda dell'occhio riconobbe l'incerto destino della mela che aveva lasciato, il morso ossidato come un sorriso beffardo, sul sedile di fianco.

Dieci

C'è uno specchio in sala, non è grande, ma a volte è invasivo come una specchiera di Versailles: ci passo davanti e la mia figura è là dentro, mi torna addosso quasi con violenza. Per quanto io cerchi di accantonarla, ritorna. Possibile che io sia diventato l'oscuro signore che, senza volerlo, mi è passato accanto, riflesso, per poco piú di un attimo? Va da sé che mi conosco, so come sono fatto e so come sono fatto ora, ma in un momento come questo l'oscuro signore mi aggredisce da una regione segreta su cui non ho dominio.

Lena era convinta che io fossi vanitoso, e con garbo mi stuzzicava, ma quando capiva che mi irrigidivo mi mostrava la lingua e concludeva l'aggressione con una carezza lunga, che quasi conferiva consistenza alla mia guancia e a tutto il volto. Ora ho questo doppio cattivo che, evocato dal mio passaggio davanti allo specchio, mi resta attorno, non se ne va, si siede e accavalla le gambe e mi scruta.

Ma questa volta c'è qualcosa di piú, l'immagine riflessa non si accontenta di me e mi mette sulle spalle una specie di molle fantoccio che mi rassomiglia. È come se fossi io stesso a portarlo, come se lo avessi – materialmente – preso in carico. È di pezza e di gesso, ha una faccetta piena di rughe, gli occhi vuoti e tristi (non potrebbero essere altro che tristi), e io lo tengo per un braccio floscio come uno straccio, anche se in fondo, dove finisce la manica della sua camicia, gli spunta una manina di gesso, una commovente manina di gesso. Il fantoccio è palesemente la riproduzione di un vecchio, ma porta in sé anche la fragilità dell'infante. Non mi fermo a contemplare perché so che cosa sto vedendo. Lo so perché ho parlato con Samuele dopo la sua visita al casale di Deluppi. Di Cantor. E di Kantor.

Ho bisogno di musica, mi infilo le cuffie dell'iPod e cerco di abbandonarmi alla *Kreisleriana*. Invano Lena ripeteva, le piaceva ripetere, che Schumann fa male, che bisogna andarci piano. Una boutade, può darsi, ma ora concordo, e mentre abbandono le cuffie suona il cellulare. Anna. Mi chiede se Samuele è tornato dall'incontro con Deluppi, se Cantor era là. C'era, in effetti. La novità è che l'ho anche sentito: Samuele me lo ha passato. Un Cantor decisamente su di giri, allegro, *lebhaft*, tanto per restare a Schumann, un bambino vivace che riesce a non farsi chiedere quasi nulla e schiuma entusiasmo su tutto quello che fa. Samuele mi ha fatto un ritratto di Deluppi che rimanda a un'immagine instabile, fuori da ogni retorica dell'uomo irriducibile allo standard. Chiedo se c'entra la politica. «Zero», dice. Certamente Deluppi è stato ed è un libertario, ma in una maniera, ha detto, dadaista. Samuele – e forse piú di lui Magda – ha visto un gioco di reticenze e sottrazioni all'interno della manifesta compatibilità fra i due personaggi, li ha visti muoversi a passo di danza dentro la perseguibilità del possibile.

Cerco di figurarmi questo sessantenne con l'aria da ragazzo. E la visione cozza con la figura da senatore a riposo reinventata dallo specchio. Lo vedo, lo vedo, vedo Cantor che riconosce in quest'uomo senza ideologia l'utopia del gioco, e lo vedo anche mentre attende da lui il crisma dell'esemplarità. Samuele osserva Varyna e, dice, quella donna è il confine, non tiene né le fila né il bandolo della pacata irregolarità del suo uomo, gli sta a fianco senza esibire alcuna forma di protezione.

Nel quadro dipinto da Samuele mi sfugge lo sfondo, capisco che sono in campagna, che sono in un casale, ho la sensazione di un'abitazione provvisoria, stipata di oggetti, arredata senza criterio, come quel campionario del legno che è il sancta sanctorum della casa. Samuele e Magda sono venuti qui come a una sessione di esami, e io naturalmente ero l'esaminatore, ma piú che spesso le domande le ponevano loro, su Cantor, su Anna. Mi inducono a stabilire una relazione fra Anna e Varyna, perché è palese l'equazione fra *la belle polonaise* e la figlia del comunista. Varyna è la donna che viene da lontano, dice Samuele, e Cantor è curioso: lei gli racconta l'infanzia rurale a Białobrzegi, nella Precarpazia, l'adolescenza nella Slesia austriaca, gli studi a Varsavia e poi i lunghi soggiorni italiani. E poi ancora c'è quel continuo tornare all'artista polacco il cui nome suona come l'appellativo che Filippo si è dato.

È da lí che è arrivato il fantoccio apparso nella specchiera. La prima volta che venne in città lo spettacolo di Kantor, sul finire degli anni Settanta, fu uno choc. Quando avevo scoperto che Filippo si faceva chiamare Cantor avevo pensato a Kantor – ci avevo pensato, ovviamente –, ma solo ora che, mentre lo specchio mi tormenta, la memoria ritorna, ritorna a a quegli attori, pieni di tempo, truccati dal tempo. Corpi, manichini. E Kantor, sempre in scena, non li abbandonava, povere, povere creature.

Quando Samuele e Magda sono usciti ho cercato lo spettacolo in rete: c'è, ma, essendo vero teatro, visto cosí si svuota di emozione. È solo una citazione. Sono sicuro che Varyna, lei sola, lei con il suo corpo, con gli occhi acquosi di cui Samuele ha tessuto l'omaggio, è piú abile ad avvicinare quell'esperienza della quale lei stessa ha memoria diretta.

Fuori piove, forse da qui a qualche ora nevicherà. Tutto a un tratto sento una forma sbilenca di fraternità con questa donna polacca, e quasi mi viene voglia di allungare lo sguardo nella specchiera se per caso anche lei non abbia trovato uno spazio insieme ai bamboccetti di stracci e gesso. Samuele mi ha rovesciato addosso uno sguardo, parlando di lei, che, senza turbarmi, ha aperto una prospettiva domestica da lui a Varyna e da Varyna a Cantor e da Cantor a Tadeusz Kantor. Escluso il Fabio Deluppi. E lo dico con un senso di soddisfazione, perché fatico ad accettare la sua naturale disposizione a ridefinire i confini geospirituali di Cantor. Quella «stanza dei legni», ah! Deluppi agisce senza agire e forse ha uno spessore nella voce che il giovane Cantor riconosce autorevole.

Samuele ha cavato la sensazione intenerita di un mondo ai margini ma senza margini. È cosí che ha detto: «Ai margini ma senza margini». C'è abbastanza mondo artigiano in quel casale per placare il timore dell'astrattezza da cui Cantor si è sempre tenuto a distanza, ma al contempo c'è la fuga visionaria, la sete di vedere dentro il quadro come se il quadro apparisse ogni volta per la prima volta.

Schumann mi fa male. Lena aveva ragione.

A volte penso con nostalgia alla mia professione. Lena diceva anche: «Siete come veterinari, voi pediatri. I vostri veri interlocutori sono i genitori e guardate i pazienti come bestiole, continuate a farlo anche quando crescono». Era un vecchio Leitmotiv, ma ripreso da lei mi toccava di piú. Soprattutto perché ero costretto a rispondere al telefono fuori dagli orari di visita, e naturalmente non erano i pazienti a chiamare. Mi faceva certi gesti eloquenti, e talora faceva il verso, senza sentirla, alla madre che stava al di là del ricevitore. Se poi rivendicavo rispetto e riservatezza, Lena non aveva remore nel rigettare sulle ansie, spesso vacue, delle mie interlocutrici telefoniche la mancanza di discrezione. La signora Castelli era una di queste e non ha smesso di esserlo anche in tempi recenti. Ha peraltro annunciato una sua visita e quando l'ho vista comparire sulla soglia, a tutta prima, ho riconosciuto l'antica *grimace* della madre in affanno. Lo è, in effetti. Ma non per la salute fisica dei suoi pargoli.

– Dottore, lei frequenta Filippo assiduamente, – principia prima ancora che la inviti a entrare, – dobbiamo parlarne.

Dato che sento la specchiera ancora piena del mio doppio e dei piccoli fantasmi di stracci, ci passo accanto preoccupato, sbirciandoci dentro, come se la signora Castelli potesse vederli, come me, piú di me, e trarne conseguenze. Non ci sono, e soprattutto nessuno piú di lei può mettere in fuga qualsiasi apparizione. La lascio sedere sul divano, la borsa in grembo. Io rimango in piedi.

– È da tempo che non lo vedo, – dico.

– Anche noi, – e immagino che quel noi contenga il figlio maggiore.

È palesemente agitata, ma di un'agitazione aggressiva che cerca risposte, anzi le esige.

Si erge come un volatile amazzonico, lo sguardo alto, concentrato su un punto non identificabile della stanza. Sta raccolta nella fissità della sua postura.

– Il nostro Giulio si danna l'anima, – dichiara, – vorrebbe fare qualcosa per suo fratello, ma Filippo gli sfugge.

– Tutti vorrebbero fare qualcosa per Filippo.

– Non ho fatto un figlio per vederlo rantolare dietro negri e muratori –. E questa volta si liscia la gonna di tweed fermando la presa di una mano sul ginocchio. Non perdo nemmeno uno dei suoi gesti, perché sono tutti compresi nella grammatica basica della comunicazione non verbale, ma forse potrebbero finalmente tradire un cenno nuovo, non governato. È tornata a cercare la mia complicità, come quando portava Giulio e poi Filippo e tentava di sintonizzarsi su un'idea di cura, nell'eventualità di un malessere di qualche gravità che lei potesse governare. Si liscia ancora la gonna, con una pressione piú forte.

– Filippo è uno spreco, – sentenzia con una sfumatura di sofferenza.

Io continuo a tacere.

– Lei la conosce la sua fidanzata, non è vero?

– Anna?

– Non so come si chiama.

– Credo che lei se la ricordi molto bene e io, sí, l'ho incontrata piú volte.

– È anche lei nei giri delle associazioni umanitarie?

– Peggio, – la provocai. – Suo padre è un comunista.

– I comunisti non mi preoccupano.

La signora Castelli è una donna che domina i suoi anni con l'esercizio di un'eleganza sobria, appena tradita dal colore artificiale dei capelli.

– Guardiamoci negli occhi, dottore, – dice. – Filippo è un ragazzo che ha bisogno di muoversi nel presente, gli piace esporsi. I comunisti guardano indietro. Non gli interessano. Fra quelli che girano intorno a suo fratello sarebbe un leader. Con uno schiocco di dita.

– Ne è sicura? – chiedo.

– Potrebbe, sí, potrebbe, – ma questa volta allunga le mani sulla fodera del divano.

– Io non credo che Giulio abbia veramente voglia di occuparsi di suo fratello.

– Forse, – ammette la madre. – Ma è preoccupato. Filippo è un affare di famiglia.

– Giulio dovrebbe cominciare a guardarsi da quelli che, lo voglia o meno, sono gli alleati.

– Guardarsene? Semmai il contrario, in verità.

La guardo con autentica curiosità. Sta cercando di comunicarmi qualcosa.

– A Giulio, – mi squadra per valutare se sta dicendo troppo, ma finisce, palesemente, con il considerarmi innocuo, – a Giulio si aprirebbero altre strade con i veri sovranisti.

È evidente che intende impressionarmi. È evidente anche che tiene al successo del figlio maggiore, ma è, a suo modo, consapevole delle trappole della politica. Lo capisco da come ha citato «i veri sovranisti», con un tono deliberatamente riduttivo, quasi avesse avuto un abbassamento di voce fuori partitura, come fosse sfuggita al picco, rifugiandosi in una arrochita scala discendente.

Dico – Ah, – lo dico come una presa d'atto, senza autentica meraviglia.

– Ma sí, sta meditando, e per questo, – fa una pausa, si raddrizza, torna a fissarmi con severità, – e per questo non ha proprio bisogno di un fratello che magari si fa notare dove non deve, sia che rimanga dove sta sia che prenda una strada diversa.

– Non tocca a me spiegarle che Filippo ha dei diritti.

– Professore! La prego.

– Non le ho offerto nulla. Vuole che facciamo un caffè?

Si limita a levare il palmo della mano davanti a sé. – Del resto, potrebbe anche andare in maniera tutt'affatto diversa. Le bizzarrie di Filippo potrebbero, se ben dirette, essergli utili.

Allargo le braccia, rassegnato. – Signora, lei è sempre stata una madre sagace... – Non so neppure esattamente cosa intendo, con quel «sagace», ma a lei basta, o cosí pare.

– Se lo sente, e io sono sicura che lo sente, gli faccia sapere che lo stiamo cercando.

– Lo stiamo cercando tutti.

– È questo che vuole.

– Non credo.

La signora Castelli guadagna la posizione eretta, è come un vascello pronto a solcare le acque, si ferma davanti alla specchiera e, come se ci vedesse dentro quello che temevo si potesse vedere, mi si avvicina. – Se lui ha, come dice lei, dei diritti, noi abbiamo dei doveri, – dice.

– Davvero? – rispondo, questa volta divertito.

– Ci sentiamo, – fa lei, e mi precede verso la porta. La casa la conosce. E il passo che allunga fra salotto e atrio è quello della padrona.

Novembre 2018

– Scaricate qui.

Un uomo in tuta fece segno a Deluppi che arretrasse con il furgone fino all'ingresso merci del supermercato. Erano entrati prima dell'orario di chiusura nel Village di Fidenza, portando strutture per un allestimento. Cantor diede una mano seguendo alla lettera le istruzioni del compagno, in ansia per il materiale delicato con cui aveva dato forma all'albero stilizzato che avrebbe dovuto separare due aree del reparto di abbigliamento per bambini. – L'albero della vita, – aveva suggerito Cantor. E l'altro lo aveva guardato con sufficienza. – L'albero, – aveva poi rettificato, semplificando. E tornando al furgone, una mezz'ora piú tardi, aveva continuato come se lo scambio di battute fosse stato l'inizio di una conversazione: – Non è che sei troppo complicato?

– In verità, non mi pare, – disse Cantor, – semmai il contrario: sono elementare, do risposte elementari. Che mi complicano l'esistenza –. Si mise al volante e uscirono dal recinto del Village. Puntarono verso la campagna. – Dove andiamo? – borbottò dribblando fra gli stacchi di sax.

– Ti do una risposta elementare. Andiamo a mangiare.

E venti minuti dopo entrarono in una trattoria, una rocca rinascimentale alle spalle e una sequenza di portici lungo il lato nord della piazza del paese. Deluppi conosceva l'oste, Cantor lo vide confabulare in un angolo della sala quasi vuota. – Cosa succede? – chiese. – La cucina è chiusa? – Spiò dalla finestra vicina e poi indicò a Cantor delle figure che si muovevano sotto la luce dei lampioni. – Non si capisce perché siano venuti qui.

– Chi? – chiese Cantor.

– Roba nera, – fece Deluppi.

Il proprietario del locale spense le luci, meglio evitare visite. – Vengono a fare le prove per le loro adunate.

Cantor si chiedeva di che prove mai potesse trattarsi, teneva le mani aperte sul tavolo e avvertiva un rotolio in testa, un cedimento di cui conosceva i modi ma non le cause. Era attratto dal lento montare della scena là fuori, l'agglutinarsi di corpi oscuri che la chiarità mielosa della luce sorprendeva a momenti isolati e ben disegnati contro la parete del buio. – Bisogna uscire, – disse, e Deluppi calò la presa della sua mano sul polso del compagno, facendo no con la testa. – L'Emilia rossa, ti ricordi?, non è piú quella.

Cantor diceva che non c'entrava il rosso, del resto era già stato con il fratello a un incontro del Movimento nuovo una trentina di chilometri piú a nord, ma, diceva, in questo caso era curioso, che cosa avrebbero potuto fare? Da dove venivano? Perché lí?

– Sono qui per vedere che effetto fanno quando marciano insieme, anche se in un borgo come questo dove fra un'ora sono tutti a letto.

Ci pensò su.

– Questa sera hanno anticipato –. La mano di Deluppi era ancora appoggiata, senza premere, sul polso di Cantor. Stavano al buio, la bottiglia di Lambrusco davanti, del prosciutto affettato sul piatto.

– Lasciami andare, – ordinò Cantor con indifferente dolcezza, come stesse parlando a un ragazzino. Come quando prendeva una via non concordata con i suoi compagni in montagna, come quando si distraeva dalla pienezza emotiva in cui Anna credeva di averlo imbozzolato, come quando sembrava cadere nell'oblio di sé davanti ai profughi per i quali si era prodigato sino a poco tempo prima, come in tutte le occasioni in cui non si preoccupava che gli altri fossero esattamente quelli da cui dipendeva la sua unicità, Cantor ebbe via libera e si avviò verso l'uscita del locale.

– Dove va? – chiese l'oste, e Deluppi si limitò ad allargare le braccia.

Fuori faceva freddo, un freddo bagnato, da terre umide. Sotto il giaccone sbottonato, la camicia bianca di Cantor si accese come una torcia nel buio. La determinazione con cui guadagnò la piazza gli diede l'agio di rallentare l'andatura sino all'immobilità, di contemplare senza essere considerato. Cantor aveva un passo – i suoi amici montanari lo sapevano bene – che saliva leggero sulla roccia, quasi senza toccarla.

Dove avesse guadagnato quella leggerezza non era dato sapere, ma si confondeva con certi modi attenti, la torsione del polso, il gesto che dal braccio arrivava al palmo della mano e persino alle dita: c'era una sorta di scioltezza che anestetizzava i movimenti e insieme gli spettatori volontari o involontari di quello spettacolo. Cosí fronteggiava la massa scura che aveva dinnanzi con il biancore trasparente della sua apparizione. Alcuni stavano sotto i portici quasi invisibili, altri lievitavano in gruppi sparsi nella piazza. Teste rasate, elmetti, giubbotti spillati, divise verde scuro, pantaloni di pelle nera, stivali alti fino al ginocchio: piuttosto che i simboli del nazismo, che pure c'erano, dominava quel virare verso il bruno, verso la cruda compattezza di un'identità collettiva che si saldava nell'inequivocabile evidenza del colore.

Cantor era davvero curioso, spesso chi lo frequentava non riusciva a sintonizzarsi su questa frequenza. Lo prendevano per improvvido, per eccentrico, per sconsiderato. E infatti non aveva paura: entrò nell'assembramento che si era formato. Cercava le facce. Cercava di leggerle. Uno gli puntò una pila addosso: – Te da dove vieni? – E lui rispose: – Da lontano.

Si lasciò ispezionare, malgrado il fastidio della luce, e poi continuò: – Anche tu non sei mica di qui.

– Mestre, sono di Mestre.

– Gente tosta, a Mestre. Perché sei qui?

– Non ci vedi?

– Vedo che non state andando ballare –. L'altro arretrò. – Mi vien voglia di farti un sacco di domande.

– Tu devi solo tacere, – disse l'unico che si era candidato a suo interlocutore.

Ora stava immobile, distingueva dai portici l'addensarsi di figure. Non capiva come mai tutto quel silenzio, anzi si domandava se per caso non fosse lui a non sentire, come se un filtro attutisse persino lo scalpiccio degli stivali sul selciato. Piú gli adunati aumentavano e piú era lampante, tangibile, un'unità di intenti. Tutti sapevano perché erano venuti, perché erano lí. Forse avevano indossato le divise (cos'altro erano, quelle, se non divise?) appena prima di arrivare, forse c'era stato un dietro le quinte di cui non si doveva sapere. Cantor sentiva la sguaiata solennità di quell'assembramento, l'assieparsi di corpi educati, anche se non abbastanza, alla disciplina. Forse la sensazione di silenzio derivava anche da quell'attesa di azione, quale che fosse l'azione.

Entrò nella luce una faccia dai tratti piú marcati: era un giovane uomo sotto i trent'anni, capelli biondi, sbarbato di fresco, roseo, sin troppo chiaro in quel contesto, non fosse stato per una nera svastica bislunga disegnata sulla fronte. – Adesso noi sfiliamo per il paese. Tu che fai?

– Vi guardo, – fece Cantor, e cercò di attaccare bottone, ma quell'altro lo prese per il collo della camicia. – Non c'è nessuno a guardare, – disse provando ad allentare la presa sul collo.

– Siamo puntuali, – disse quell'altro, e allineò Cantor dentro il corteo che si era formato.

Era quasi buffo per Cantor trovarsi in quella formazione, per quanto controvoglia.

Era ovvio che Cantor era lí, e continuava a stare in fila, unicamente perché a questo punto la sua curiosità doveva essere soltanto passiva. Fotografava profili, fisionomie, per lo piú di giovani, suoi coetanei, e qualche camerata sovrappeso. Si rendeva conto di essere precipitato in uno scenario solo immaginato e che, al contempo, non era l'occasione per tentarne la permeabilità. Erano suoi nemici? Erano nemici perché ossessionati dalla volontà di essere nemici. E lui che cos'era in quel momento? Un nemico dei nemici. Ah, non era il caso di cadere in un imbroglio logico. Si era perso in quel fiume oscuro di ben rappresentata ostilità. Forse il giorno appresso sarebbe piovuto. Oltre il filo dei cornicioni delle case, oltre la delicata convessità delle grondaie, il cielo non offriva alleanze se non alla densità oleosa delle divise.

Vedere al polso di uno dei suoi vicini un braccialetto giallo lo fece ridere, e si accorse che al sorriso gli si rispondeva con una gravità deforme. Ma no, ci vuole professionalità, pensò, anche per recitare queste parti. Eppure la violenza è ridicola, lo sappiamo. Quando ci viene incontro la memoria dei massacri, quando l'immaginazione li resuscita, quel che si vede è una bestialità di cui non smetteremmo di ridere se non ci procurasse un dolore intollerabile.

Qualcuno davanti diede un ordine e quel che seguí fu il rumore sordo di uno spostamento collettivo. Di nuovo silenzio. Poi un altro ordine, questa volta molto piú netto. Cominciarono a marciare compatti lungo la piccola strada del borgo padano, sotto case dove non era rimasta quasi nemmeno una luce accesa. Cantor pensò che, visto dall'alto, quel corteo avrebbe potuto far pensare a un colpo di stato militare. Possibile che nessuno avesse protestato con le autorità locali? Qualcuno, piú conforme alla sensibilità contemporanea, avrebbe potuto anche catalogarlo come flash mob, un flash mob in bianco e nero. Peccato che di bianco ci fosse solo la sua camicia. Percorsero in quella maniera due strade del paese, tornarono in piazza. Cantor cercò di uscire dai ranghi, ma – Camerata, ancora un giro, – gli fece intendere la voce di uno che gli stava alle spalle.

Il corteo riprese il suo percorso e Cantor provò a opporre resistenza. Il vociare, nel frattempo cresciuto di volume mescolandosi a parole d'ordine e minacce, fu inghiottito in lontananza dal brontolio dei motori – moto di grossa cilindrata per lo piú. Deluppi lo aveva perso di vista in mezzo a tutto quel nero e fece di corsa la strada del corteo. Poi, finalmente, il bianco della camicia. Cantor era a terra e si stava rialzando da solo, sembrava macchiato di grasso per calzature.

– Ti hanno conciato? – chiese Deluppi senza scomporsi. – Cerco una farmacia? – e Cantor fece di no con la testa. – Non è necessario. Mi hanno dato del comunista, dell'ebreo, e io ho aggiunto che ero amico dei negri, e loro si sono offesi, ma poco.

– Mi pare che amico dei negri possa bastare.

Cantor si massaggiò mascella e naso. Deluppi guardò in su verso le facciate delle case del borgo, una sequenza ininterrotta di finestre, le luci dell'illuminazione pubblica spalmate come un balsamo protettivo.

Tornarono lenti e in silenzio verso la piazza. – Che dici, – chiese Cantor, – il tuo amico ci darà ancora del Lambrusco?

Undici

Come anni fa ci diamo appuntamento all'università, nel piccolo chiostro interno. Fa freddo questa volta, dunque le propongo di riparare in un bar. Cosa dobbiamo dirci che non sappiamo? Ma mi fa piacere vederla. È una giovane donna bellissima. Le chiedo come va la Fisica. – Chiusi come siamo tra i rarefatti matematici e i grezzi ingegneri, ci muoviamo con circospezione. Traduciamo formule. E io mi arrangio. È un momento difficile –. Si riferisce al padre, alla sua salute. Si è tolta la giacca, porta un dolcevita bianco. – Si comincia a vedere, ma poco.

– Cantor continua a non sapere?

– Sí, – fa lei, e al cameriere chiede un caffè.

Non so cosa voglia dirmi, ma c'è qualcosa in Anna che ha a che fare con la maturità.

– Io non so se avevo davvero desiderato un figlio da Cantor, ma ora c'è.

Ho ancora il cappotto addosso. Arrivano spifferi da tutte le parti. Mi guardo in giro, truce: non tollero l'entrare e l'uscire, tutti studenti per lo piú, la porta che sbatte, il fluttuare delle voci.

– Vuole che cambiamo locale? – mi chiede Anna.

– Sono tutti uguali, da queste parti.

È come se non riuscissimo a riprendere in mano il bandolo del discorso. Lo fa lei. E io non mi aspettavo che andasse diversamente.

– Sono qui con lei perché ho bisogno di salvarlo, – dichiara con un impeto appena trattenuto. – Ho bisogno, – si corregge, – di pensare che non sia un fantasma, – e si distrae per sorbire il caffè.

– E comunque sí, ho bisogno di salvarlo, – adesso mi fissa con rassegnazione, – e mi auguro che lei capisca che cosa voglio dire.

Ha molto riflettuto quando ha programmato questo incontro. – È la seconda volta in cui mi prendo la libertà di parlarle come se fosse, non dico un amico, ma una persona di fiducia.

– Anna, – la rassicuro, – non è retorica. Abbiamo molto in comune.

– Già –. Di colpo il bar si svuota. Forse è ora di lezione per la maggior parte dei presenti.

– Non si passava tanto tempo al bar, quando io frequentavo l'università, soprattutto a Medicina – ma neppure qui, alle facoltà umanistiche. Erano tutti conficcati in qualche stanza piena di fumo a discutere di linee e strategie, oppure a fare l'amore, dove capitava. Vengo anch'io da quelle speranze. E le ho viste rivoltarsi contro di noi.

L'improvviso silenzio dà al locale un'atmosfera melanconica che lo ingentilisce. Il taglio delle luci, l'acciottolio, lo strascichio di passi dietro il bancone. – Mi porti una birra, per favore, – ordino con baldanza. – Tu, Anna?

– Anch'io, – fa lei.

– Perfetto. Dunque, la redenzione. Riprendiamo da lí, – provo a sorridere per contenere l'effetto di una parola cosí impegnativa.

Anna apre le braccia come se si stesse arrendendo. – Glielo confesso, – dice, – non ho mai avuto paura di sbagliare. Cantor è un'anima pericolosa. C'è qualcosa che non lo lascia in pace. Fra i miei amici non gode di buona fama.

Pensano quasi tutti che mi faccia del male. Dicono che il suo narcisismo uccide. Dicono che è bruciato, che si butta via e butta via anche me. Io, caro Romagnoli, so che Cantor viene da lontano, forse piú dal passato che dallo spazio, ma per me il discorso è un altro –. Cerca fiato, vuole essere chiara e teme di non esserlo. – Lui è tutto proiettato fuori di sé, come fa a vedere me dentro la velocità che ha impresso alla sua esistenza? – Vorrebbe continuare ma non ce la fa. Allora mi faccio avanti io.

– Ti interrompo, Anna, – dico, e porto il boccale alle labbra. Dopo il caffè fa schifo, ma l'impressione dura poco. – Tu lo sai che ha cercato in me un maestro, – lei annuisce, – è come se si fosse messo in cerca delle parole giuste, ma le parole lo riguardano solo di striscio. Aveva invece, e ha, bisogno di giustizia. Il guaio è che ambire alla giustizia procura ingiustizia. La giustizia di Cantor si comincia a fare quando non si tiene conto degli obblighi, quando ci si muove al di fuori delle leggi, e lontano da noi –. Tiro un respiro lunghissimo. – Siamo entrambi spiazzati, Anna. Piú prendiamo di petto la questione, piú ci imbrogliamo con le nostre stesse mani. E cosí forse non so venirti incontro. Forse potrei attraverso la musica, perché lí so dove e quando il mondo diventa giusto, ma è un'altra forma di esperienza –. La guardo. Sta tutta dentro la cornice dei suoi capelli lunghi. Una madonna. Certo che lo vuole salvare, certo. È pronta a schiacciare il serpente. – C'è il quarto movimento della terza sinfonia di Schumann, ad esempio. *Feierlich*. Solenne. Ed è solenne –. Ora lei mi squadra interrogativa, ma proprio perciò procedo imperterrito. – Noi entriamo in quel cammino solenne e procediamo, siamo invitati a procedere, a non temere, a esserci, poi ecco che arriva un nucleo tematico, una cellula di quattro note, che si ripete, a livelli diversi, quattro note che disegnano una progressione snervante, e che ci spingono avanti, e a ogni gradino riconosci in quella progressione, in quella cellula tematica che insiste, una tappa di avvicinamento: arriviamo sfibrati dove la visione si scioglie in pace, nella pace solenne che ci era stata preannunciata ma che non sapevamo si sarebbe distesa in quel modo, al confine fra speranza e negazione di ogni speranza –. Copro il boccale con la mano, cerco nei suoi occhi una conferma che sorprendentemente trovo.

– In quella progressione, – dico, – vedo ogni volta una sfida armonica all'ingiustizia.

Anna mi esplora con quei suoi occhi assetati ed è come vedesse me dentro un teatro piú grande del nostro bar, è come vedesse me e Cantor, come intravedesse la mia vita con Lena, come spiasse con gentilezza l'apparire dei miei fantasmi, i piccoli, i grandi.

– E io non so se posso perdonarlo, non so se potrò farlo quando sfiderà quello che lui chiama il nostro «filo di seta», non so se potrò accettare, di qui a pochi mesi, che suo figlio non senta almeno l'odore di suo padre.

Mi si butta improvvisamente addosso, mi abbraccia, per nascondere l'accesso di pianto, e forse anche per sentirmi piú vicino. Io le restituisco l'abbraccio non senza preoccuparmi di passare per il vecchio che riduce in lacrime la giovane amante. Ma nessuno ci degna. Siamo soli, e questo nostro essere soli in mezzo al bar deserto commuove anche me.

– Mi perdoni –. Anna si ricompone, si risiede, aspetta che lo faccia anch'io. Siamo l'uno di fronte all'altra. Ci guardiamo da una distanza che non si riduce ma che tuttavia disegna una progressione, come nel quarto movimento della terza sinfonia di Schumann, quel nucleo tematico che insiste, che insiste.

– Lui non appartiene a questo tempo, – dice, – forse ne ha in mente un altro, forse lui riesce a vederlo, un altro tempo. Come faccio a chiedergli di essere la mia giustizia?

Anna si porta il boccale alle labbra e beve, con abbandono.

– C'è chi dice che è malato, lei questo lo sa bene, ma non è cosí. Cantor abbaia.

– Bisognerà volere molto bene a questo bambino che verrà, e noi ci daremo da fare, Anna. Intanto aspettiamo notizie di quel disgraziato a cui ora leviamo insieme il calice. Lo salviamo cosí.

Non è un calice ma leviamo davvero il bicchiere.

– Nevica, – dice qualcuno, e indica i vetri del bar.

– Siamo arrivati fin dove potevamo arrivare. Da qui, da questo confine, quel che vediamo di Cantor – o di Filippo, se vuoi – è la sua complicata bontà.

Usciamo e io le do il braccio. L'accompagno alla fermata del metrò. In silenzio, cercando un accordo con la neve che cade frettolosa, come volesse convincerci che il tempo atmosferico assomiglia al nostro tempo muto, malato, impalpabile.

Dicembre 2018 - gennaio 2019

Cantor vagava con il cellulare intorno al casale di Deluppi, tallonato da Waleska e Gavroche, in attesa di ricevere direttive.

– Sabir, qui ti conoscono in tanti.

– Non sempre è un merito.

– L'importante è che io possa fare qualcosa.

L'intesa era che Cantor avrebbe contribuito all'apertura di un nuovo centro di accoglienza dentro una casa colonica che un privato aveva ceduto alla cooperativa. Sabir aveva contatti in zona e aveva raccomandato che facessero conto sulla presenza di uno come lui. Che cosa avrebbe potuto fare Cantor? Sabir sapeva che la casa colonica era da sistemare, sapeva che il gruppo di richiedenti asilo era sparso in case della provincia e aveva bisogno di un riferimento piú solido, ma soprattutto sapeva che Cantor sarebbe stato un valido aiuto per fare rumore, per attirare l'attenzione di media e istituzioni. Era necessario raccogliere fondi, ingegnarsi nelle modalità di procacciamento e far sí che gli «ospiti» potessero contare su condizioni abitative decenti.

– Un idraulico! Devi trovare un idraulico.

Un'auto spuntò al bivio che conduceva al casale.

– Sono loro, – si entusiasmò Cantor.

– Allora ti lascio, – replicò Sabir.

– No, non mi lasciare. Dammi ancora un minuto.

– È gente preparata. Si farà subito un'idea di te.

– E allora siamo a cavallo!

– Dottor Castelli, non la sapevo dotato di senso dell'umorismo...

Cantor si sbracciò con il cellulare in mano. Dall'auto uscirono una donna giovane e un uomo maturo.

– Abbiamo saputo che sei un amico del grande Deluppi, – disse lui.

– Non c'è, adesso, ma ho Sabir Choudhry in linea...

– Ci siamo sentiti stamattina. Lui garantisce. Dunque lasciamo a te la cosa. Improvvisa!

– Dice che devo improvvisare, – comunicò a Sabir. Silenzio. Gavroche si strusciava contro le vecchie Tantu di Cantor.

– Vogliamo andare alla casa? Diamo un'occhiata insieme?

– Dice che andiamo alla casa colonica.

La giovane donna allungò la mano. – Sabir, non vogliamo perdere tempo, – disse, e chiuse la comunicazione prima di restituire l'apparecchio.

– Ok. L'intesa è che io faccia rumore. Ci proviamo.

– Ecco, bravo. E poi devi far sí che quella casa sia una vera casa e non un magazzino.

Gavroche scattò sull'attenti e accompagnò Cantor fino all'auto: incerto se seguirla o restare, spiava il casale, nel caso Varyna apparisse sulla porta, e poi tornava uggiolando a contemplare la strada, finché si lanciò alla rincorsa.

Quel che accadde da lí in poi diventò presto parte della leggenda di Filippo «Cantor» Castelli.

Cantor prese il comando di una squadra di lavoranti, africani e ragazzi della Bassa; ispezionò i locali, valutò gli interventi piú urgenti, fece arrivare il pulmino di Deluppi carico di materiale utile, distribuí gli incarichi, e nel giro di ventiquattr'ore furono tutti pronti a mettersi al lavoro, sotto la guida del capomastro. Cantor, che pensò con gratitudine ad Anselmo e alla sua lezione, si presentava all'alba, si svegliava che era ancora buio e attraversava i campi con la bicicletta di Varyna. Gavroche e Waleska lo seguivano muti fino a destinazione, poi, ma solo dopo aver girato intorno alla casa almeno una mezza dozzina di volte, se ne andavano.

Una mattina Amadi arrivò con la sorella, che avanzava lenta e impettita qualche metro piú indietro. Portava una blusa rossa. Impossibile che passasse inosservata, per quel rosso ma anche perché era bellissima. Aveva con sé delle focacce che distribuí subito a tutti. Cantor accettò la focaccia e non chiese come si chiamava, si limitò a posare su di lei uno sguardo felino e accerchiante che la ragazza resse con dignità, come un tributo. Cantor si strappò presto alla contemplazione e la invitò a sedersi sulla seggiola che, quando veniva, usava Varyna.

Quando, un paio d'ore dopo, uscí dalla casa, la ragazza non c'era piú. – È ritornata in città, – disse Amadi.

Cantor tornò dentro a faticare e ci restò fin quasi a notte, quando Deluppi passò con il furgone.

– Tu non hai idea di che cos'è quella ragazza.

Deluppi restò in silenzio, verificò che il lucchetto tenesse, si mise al volante e ammoní il giovane amico con un secco: – *Dépêche-toi*.

Il giorno dopo pioveva senza requie. Cantor arrivò alla casa colonica fradicio, accese una vecchia Warm Morning e, prima di cominciare a tinteggiare, ci si incollò quasi addosso per lasciarsi asciugare. Aveva un pensiero fisso in mente, e quando arrivò Amadi gli chiese la mano della sorella. – *Tu es fou*, – fu la risposta, – Fatou vuole tornare in Senegal, vuole tornare dalla nostra famiglia *dès que possible*.

Cantor aveva un'espressione svagata, come fosse concentrato su altro e non potesse prendere in considerazione un contraddittorio.

– Avremo bisogno dei suoi documenti, – disse.

Cantor rimase in silenzio per quasi tutta la giornata, come covasse un agguato.

L'idraulico aveva lavorato con accanimento. Da tecnico. Non si guardava neppure in giro. Si augurava di finire presto. Nel giro di una mattinata, acqua, luce e gas furono collegati.

Verso sera Cantor era atteso in una sala comunale per annunciare la creazione di quella che chiamò da subito La Maison Noire.

C'era molta gente, molti curiosi, qualche disturbatore e le forze dell'ordine. I responsabili del nuovo centro di accoglienza insistettero sul contenuto civile dell'operazione, sulla garanzia di ordine che la Maison avrebbe assicurato, sulla convergenza di interessi del pubblico e del privato – dato che alcune aziende, quelle agricole innanzitutto, avevano sempre bisogno di personale con mansioni diversificabili a seconda delle stagioni. C'erano solo le difficoltà legate all'isolamento, e dunque al trasporto, ma qualcuno si stava muovendo per ottenere l'utilizzo di un pulmino.

Quando Cantor prese la parola fu per far sentire l'apertura del centro anche come una festa. Lo disse proprio: – Oggi si fa festa –. Puntò il dito sui presenti come se li indicasse uno per uno. Lo fece prima di cominciare a parlare, legando, in quella danza, la «festa» e la ricognizione storica che si avviava a sintetizzare: – L'Africa non è piú in Africa, e l'Occidente non è piú il mondo. Provate a guardarvi indietro: c'è stato un tempo in cui l'Europa, la nostra bella Europa, è stata solo una grande predatrice. E mentre cancellava risorse, correggeva il significato del verbo colonizzare attribuendogli una sfumatura di civiltà. Balle. Non abbiamo portato nulla. Non fosse che per questa ragione, ora è tempo di restituire, cosa che non potremo fare mai per intero. Ma almeno ci tocca il compito di essere ospitali.

Non aveva pensato a un discorso, ma si trovò padrone della scena ed ebbe buon gioco a usarla. Mentre procedeva descrivendo La Maison Noire, gli sembrava di essere addirittura banale. Ma non fu cosí. Insieme agli applausi arrivò un borbottio sempre piú compatto, che poi sfociò in una repentina presa della parola.

– Da dove vieni, te?

Cantor cercò il suo interlocutore, lo fissò e gli disse: – Vengo da un villaggio sul fiume Saloum, vengo dal Fatik, dove tu non hai idea della bellezza.

Si sentiva invasato, a questo punto. Si allontanò dal microfono e si levò la maglia di lana blu che portava direttamente sulla pelle.

– Perché non ci sei rimasto? – La domanda restò appesa nell'aria, sopra un mugugno senza parole.

Cantor si sedette sui calcagni, le mani dietro la nuca.

– Mi hanno chiamato a raccogliere pomodori.

– Fai parlare loro. Tu sei un bianco, tu non sai niente.

– Io so che, da morto, sarò grigio. Chi sarà quel giorno l'uomo di colore?

– Buffone, – gridò il primo che aveva parlato, ma a quel punto fu zittito dalla gente in sala, e ci fu un lento sciamare verso la porta.

– Qui c'è qualcuno che si sta stancando, – disse Cantor esplorando con lo sguardo la platea, – bisogna mettere la museruola ai mastini. Bisogna sentire il mondo. Il mondo si muove. Anche qui. L'Africa è un pesce che si muove nel mare dell'ottusità.

Si levò di nuovo in piedi e non si meravigliò di identificare in platea facce accese, giovani e accese.

Era la prima volta che parlava a un pubblico venuto per ascoltare. Mentre si muoveva sul palco, ebbe la netta sensazione che sapeva farlo, e che purtuttavia non era quello il suo destino. Anna gli aveva spesso raccomandato di tenere a bada il suo narcisismo, ma era davvero narcisismo quello?

– Domani sera vi aspettiamo tutti, – annunciò prima di dare le spalle al pubblico e far spazio ai responsabili del Centro di accoglienza perché dessero ulteriori comunicazioni. I giornalisti in sala si precipitarono intorno a Cantor.

«Mi chiamo Cantor. Accentato alla francese, potrei far rima con Senghor», fu la dichiarazione che, il giorno appresso, venne ripresa sulla stampa locale. Alcuni studenti di Bologna si fecero avanti e gli proposero un incontro in gennaio. Gli lasciarono numeri e nomi. Che chiamasse. Che si facesse sentire.

Quando vide Fatou sorridergli in mezzo alla folla avanzò per starle a fianco. – Che ne pensi? – le chiese.

– Penso che ti devi mettere il maglione, *il fait froid*, – fece lei, e diede il buon esempio chiudendosi in uno scialle azzurro.

Come andò la serata diventò presto un racconto con accenti di favola romantica che al Centro di accoglienza, nonché al casale di Deluppi, si passarono in tanti.

Nel giro di tre giorni Cantor adattò la stanza dove dormiva nel casale di Deluppi in un'alcova confortevole e amorosa: comprò tappeti, tende, montò un letto che avrebbe dovuto richiamare nella sua immaginazione quello di Ulisse nell'*Odissea*. – Trovami dell'ulivo! Del legno di ulivo, – pregò Fabio, e Fabio ne trovò quanto bastava per conferire al talamo una poetica autenticità. Cantor se la cavava con il francese, ma chiese aiuto a Fabio per raccontare a

Fatou di quando Penelope scopre che l'uomo davanti a lei è effettivamente suo marito e Ulisse scopre che la sua donna gli è stata sempre fedele. Le prendeva le mani e gliele posava sulla superficie del legno, e intanto la immaginava regina, maestà e madonna, impero di sensualità e mare di dolcezza, baobab ed ebano. E di parole come queste condiva la reminiscenza omerica, e poi affondava la testa nel grembo ospitale di Fatou, come vi volesse tornare. Aveva acceso lumi, aveva acceso incensi, aveva acceso i colori di una stanza che sino al giorno prima era stata sguarnita e spenta. Aveva anche congedato Fabio.

Cantor chiese di trovare un prete che celebrasse una cerimonia simbolica prima di Natale, poi qualcuno, magari allo studio Castelli, si sarebbe occupato dei documenti perché il matrimonio fosse ineccepibile dal punto di vista legale.

Il prete c'era, stava a Piacenza, e avrebbe celebrato volentieri la cerimonia, che si sarebbe tenuta alla Maison Noire il 15 gennaio. Avrebbe fatto anche di piú.

Il 14 gennaio arrivò Samuele. Cantor lo guardò con sospetto: mentre tutti intorno si davano da fare, Samuele aveva trovato una seggiola di fianco al camino e chiacchierava con Varyna. Non si era tolto lo sciarpone rosso che Magda gli aveva regalato, anzi quasi ci si nascondeva dentro e dalla profondità di quella trincea faceva domande.

– Sei venuto per dare una mano o per ficcare il naso? – chiese Cantor. – Fatou ha la febbre.

Samuele era incerto, ma ebbe la prontezza di dare subito una risposta: – Gli storici osservano, prendono nota e, quando sono sicuri di quello che hanno visto, raccontano. E cosí faccio io.

– Ho bisogno di un'aspirina, o qualcosa del genere, – disse Cantor senza rivolgersi a nessuno in particolare. Varyna andò a cercarla. Samuele rimase seduto in attesa di una nuova mossa. Si aggiustò meglio la sciarpa, ma continuava a squadrare Cantor quasi fosse stata possibile un'ispezione dell'anima o quanto meno del suo umore.

– Non fai bene il tuo mestiere. Io non ho niente da dirti, – dichiarò Cantor, e questa volta parlò con una rabbia spenta, avvitandosi su sé stesso in una danza che era insieme attesa e speranza.

Fu allora che dal piano superiore scese Fatou imbozzolata dentro una pesante coperta beige, bordata di raso marrone. Gli occhi si vedevano appena. Cantor le si fece incontro: – Devi tornare a letto.

Samuele si levò in piedi e si mise quasi sull'attenti. Gli cadde lo sciarpone sul petto.

Fatou chinò il capo e poi cercò uno spazio per sedersi.

Cantor ripeté che non era il caso di fare tanti complimenti. – Samuele è venuto per l'apertura della Maison, – le bisbigliò nell'orecchio, e si portò alle spalle della ragazza, che raccolse l'invito e gli si abbandonò sul petto protetta dalla coperta e dalle braccia di lui.

– Sono sicuro di essere solo un impiccio stasera, – disse Samuele che era rimasto in piedi, incerto sul da farsi.

– Non lo sei, – intervenne Varyna, e porse a Fatou il bicchiere con l'aspirina. – Dove hai trovato da dormire?

Samuele non fece in tempo a rispondere. Cantor sostenne che non era il caso di restare, non aveva fame?, non sarebbe stato meglio andare a mettere qualcosa sotto i denti? – Ti posso consigliare dove farlo con soddisfazione? – In fondo, continuò, si sarebbero rivisti il giorno dopo. Ma aggiunse: – Questo non è il salotto del Pediatra, qui siamo altrove, qui non si fa musica.

– Davvero? Non si fa musica? – protestò Samuele. – Che peccato –. E si avviò verso la porta accompagnato da Varyna, senza ulteriori commenti. Vide Cantor stringere piú forte la ragazza, sempre piú abbandonata dentro il cerchio delle sue braccia.

Che cosa era venuto a fare, non sapeva piú, né mai avrebbe immaginato una reazione cosí nervosa, cosí indisponente. Non aveva messo in conto un'ostilità manifesta, e perché poi? Rispetto alla visita per il compleanno di Deluppi, l'atmosfera era certamente cambiata. L'apertura della Maison Noire, aveva pensato, avrebbe potuto essere un'occasione migliore, vedere Cantor al lavoro, conoscere il Deluppi, sentire l'aria residuale dell'Emilia comunista e misurare le nuove sensibilità sociali. E invece Deluppi era sparito. Varyna gli aveva detto che era fuori con il furgone e sarebbe arrivato, ma niente, non era comparso. Aveva visto, questo sí, la bellissima Fatou, che ora domandava spazio nella ricapitolazione della brevissima serata e appariva come il Cristo in certe «pietà» fiamminghe, appoggiata in grembo a Cantor, ma per l'appunto in un'affascinante inversione di ruoli.

Samuele guidò verso la città, si lasciò cadere sul divano della reception dell'albergo e chiamò Magda per darle la buonanotte. – Samuele, – fece lei, – sono le nove e mezzo! Cosa dici?

– Hai ragione, – disse Samuele, – ora mangio un boccone da qualche parte.

Non voleva dire di essere stato bandito e resistette all'interrogatorio della moglie. Chiuse sostenendo che si stavano tutti preparando al gran giorno.

All'alba del giorno dopo Cantor trova i muri della casa colonica imbrattati di scritte e di svastiche.

Dentro cappotti e giacche a vento, gli ospiti della Casa guardavano allibiti. Tirava un vento freddissimo. Restarono in silenzio. Non consideravano tanto la minaccia quanto l'orrore già consumato.

– Qui c'è posto, – disse Cantor. – Qui c'è posto! – ripeté piú volte. Chiamò e fece chiamare forze dell'ordine e giornalisti. Rimandò al giorno dopo il matrimonio con Fatou, che effettivamente si celebrò e richiamò simpatizzanti e curiosi. Le immagini che passarono sugli schermi inquadravano Cantor e Fatou e, alle loro spalle, amici che spennellavano vernice nera sul nero delle minacce, un vero mélange di razzismo, antisemitismo, antislamismo: *Negri! Arabi! Ebrei! Qui per voi non c'è posto!* Era arrivata gente da tutta la provincia, e anche da Bologna. Avevano fatto cordone intorno alla Casa e intorno alla cerimonia. – Non abbiamo paura della violenza fisica, – disse il prete, – abbiamo paura del silenzio che cade sulla nostra storia, abbiamo paura di scoprire il nemico dentro di noi –. Li benedisse sbrigativo ma convinto, chiudendo nelle sue le mani degli sposi. Aveva una faccia scavata, con un filo di barba, i pochi capelli incollati alla fronte. Piú vedeva arrivare gente, piú si concentrava sulla cerimonia-simbolo che stava celebrando, e piú si concentrava, piú acquistava l'austerità e il distacco della sua funzione, gli si gonfiava il petto, respirava profondo, allargava le braccia a contenere la coppia. Chiuse con una formula semplice: – Siate felici –. E a quel punto, inaspettatamente, Fatou aveva imbracciato una chitarra e cantato una canzone con cui, quattro anni prima, Benjamin Biolay aveva partecipato a uno spettacolo di denuncia contro l'attentato nella sede di «Charlie Hebdo». La voce era piccola, tenue, ma la sua interpretazione di *Des lendemains qui chantent* ipnotizzò la folla. Cantor tradusse il testo della canzone tornando piú volte sull'unico orizzonte, sull'orizzonte comune, sull'orizzonte di tutti, di quel futuro radioso, di quel felice domani, e quando i presenti chiesero il bis, Fatou si limitò a ripetere l'ultima strofa: «*Sans céder le passage | et sans accès de rage | ni repères, ni remords*».

L'unico ebreo che avrebbe potuto giustificare almeno una parte di quell'odio aveva appena fatto in tempo a vedere i guasti prodotti nella notte e poi era partito. Del *mariage* e del futuro radioso gli sarebbe arrivata notizia. Davanti al casale di Deluppi era apparsa Varyna, in un golfone azzurro. «Non è facile», disse salutandolo, e non si capiva se alludesse all'apertura della Maison Noire o al cattivo carattere di Cantor. Samuele optò per la prima ipotesi e completò la frase: «No, non è facile il tempo in cui stiamo vivendo». Non lo era per niente, e ne era convinto. Vide nello specchietto retrovisore Gavroche che inseguiva la macchina a grandi falcate e poi inchiodava all'incrocio con la strada asfaltata come se lí ci fosse un confine, e oltre si perdesse la traccia olfattiva della casa, della patria.

Dodici

Non ho una grande passione per Verdi, Magda lo sa, ma sa anche che *Don Carlos*, *Otello* e *Falstaff* fanno eccezione. Infatti è Samuele che, occasionalmente, entra nelle nostre disquisizioni per accendere una polemica a cui è affezionato. Magda lavora sul libretto per l'*Aida* di Antonio Ghislanzoni: – Il global Verdi, – si insinua Samuele con una risatina lunga, e poi dà fuoco alla miccia: come da copione, sostiene che Verdi ha la sensibilità storica di un bambino in un parco giochi. E che i suoi librettisti non lo aiutano. Anche se guardava a Victor Hugo come a un maestro. Uno legge *I miserabili* e ha la certezza che la Storia fa rumore. Il *Don Carlos* è un'opera sull'amicizia, sulla ragion di Stato, su un matrimonio infelice, sul sacro avello del potere, c'è tutto, ma è un tutto che non rotola giú per l'accidentato tracciato dell'accadere come nell'opera di Hugo. – È destino, è destino, – ripete Samuele. – Filippo, don Carlo, Elisabetta di Valois sono figure di un'interiorità emotivamente disordinata. Come del resto erano stati Rigoletto, il Duca di Mantova, Gilda e Sparafucile – e lí Hugo aveva pagato caro il suo Francesco I.

Magda preferisce astenersi dalla polemica e io non ho abbastanza ragioni per contrastare. Aspetto, è capitato piú di un paio di volte, il momento in cui Samuele prende a parlare del romanzo di Hugo. E allora lo vedo che si infiamma, che sembra stare fisicamente sulla pagina, come si muovesse dentro la Francia postnapoleonica, a misurare l'avvento della monarchia di Luigi Filippo, a evocare le barricate durante i moti del luglio 1830. I fatti, come uno li racconta, solo allora i fatti picchiano contro il gong della Storia. La realtà è la verità della sua narrazione. Samuele lo dice e lo ripete. Le narrazioni storiche sono – e cita – «costruzioni verbali». Se dalla congerie dei fatti esce una storia plausibile, quello che si ritiene accaduto ci è restituito non intero, perché non abbiamo bisogno della sua interezza, ma saldo dentro la costruzione della sua narrazione.

Verdi, poveretto, non c'entra con tutto quel fervore. A Samuele interessa che la concretezza di un fatto non dipenda da un protocollo descrittivo, gli preme, come premeva al suo maestro, che sia raccontato, perché solo cosí possiamo dare sostanza all'incerta fisionomia dell'accadere quando rifluisce nel passato.

E Verdi? Verdi completò la prima versione di *Don Carlos*, andata in scena a Parigi, nel 1867. Tratta da un dramma di Schiller. Se l'erano cavata senza intralci i due autori, Méry e du Locle – e qui Samuele confezionava per Magda una smorfia di sufficienza. Poi capitava che si rammaricasse di aver bistrattato il musicista e sosteneva che *Don Carlos* lo lasciava senza fiato, e che il violoncello ad apertura dell'atto quarto lo precipitava dentro la pena e la solitudine di Filippo II. Pativa, come pativa, ma subito dopo tornava agli anni Sessanta dell'Ottocento francese, a Parigi, alla grandezza del narratore che scriveva la Storia della Francia, e ai francesi che lo amavano perché li faceva sentire dentro una sequenza logica di fatti che era la loro identità. Chi era stato un narratore piú grande di lui, da quel punto di vista?

Ci guarda, Samuele, e ci rammenta la folla ai suoi funerali. Parigi: tutta. Ma non solo Parigi. Quale scrittore è stato amato dal popolo piú di Victor Hugo? E perché questa devozione, se non per la generosità con cui aveva consentito ai suoi contemporanei di riconoscersi in tutta la Storia di Francia? Si placa e allora ammette, sí, ammette, che anche Giuseppe Verdi ha avuto esequie popolari. Ma Hugo ha cercato una lingua per la Storia del popolo, Verdi ha cercato una musica. E ai suoi contemporanei ha dato il *Nabucco*. Si agita, quasi gli si fosse aperto davanti un baratro, e allora torna il mite Samuele. – Forse vorrei raccontare la Storia come Hugo. È il delirio dell'accademico senza accademia.

Lena si augurava per lui proprio quella carriera accademica che Samuele, a ragione, ora fatica a riconoscere come un obiettivo di qualche reale valore.

Lena non lo guardava come un figlio ma lo amava come un figlio. Che fosse diventata un'insegnante di chimica al liceo classico, non sapeva bene neppure lei com'era accaduto. La sua famiglia aveva sperato si aprisse una strada all'università – al liceo aveva brillato nelle materie scientifiche, ma aveva rivelato una vera naturale passione per la chimica. Per qualche tempo lei stessa aveva pensato a una specializzazione in epidemiologia, poi si era persa fra sollecitazioni diverse – statistica, igiene, biochimica, laboratorio, soggiorni in ospedali del Corno d'Africa. Infine, una definitiva risoluzione che, ottenuta la laurea in Chimica, l'aveva consegnata alla scuola come a una destinazione quasi inevitabile. E in effetti era stata contenta: aveva torturato almeno tre generazioni di liceali, cavandone stima e devozione. Io l'avevo incontrata a un concerto al Conservatorio, stava con un medico patito di Mendelssohn e quindi avevo equivocato, quasi deliberatamente. Davanti a un calice di bianco avevo citato come *Homeless* l'andante dell'opera 102, e lei era rimasta impassibile, non riuscendo a stabilire un nesso fra quello che le sembrava un titolo fuori luogo (trucco di un editore!) per un'opera *ohne Worte*, senza parole, l'ombrosa insoddisfazione dell'esecuzione («Modesta, modesta») del suo compagno e il disinteresse appena mascherato con cui quest'ultimo cercava di eludere i miei commenti. Sedeva a gambe accavallate su uno sgabello altissimo, e una leggera torsione del busto le consentiva di reggersi con il gomito appoggiato al tavolino. Portava una gonna rossa su cui cadeva ampia una camicia di seta bianca a fiori, e sulle spalle una sciarpa a mantello nera. Le scivolava dal polso all'avambraccio un braccialetto d'oro e coralli.

«Lena Savona Rinaldi», si presentò. Le chiesi se avesse qualcosa a che fare con il giornalista. «No, – disse. – In casa mia i giornali si leggono con sospetto. Tutti». Il suo compagno cercò di aggiungere qualcosa, ma poi lasciò cadere il discorso.

Non so dire se mi piacque subito. Certamente non riuscivo a non fissarla. I capelli le spiovevano sugli occhi e non sapevo dove andare a cercare il suo sorriso, anche se non avevo dubbi che covasse nella penombra. Da allora in avanti non ho mai smesso di aspettarlo, anche fuori dalla cornice dei capelli, anche dal broncio da cui era visitata con regolarità, anche dalla sfuggente incredulità che le piaceva ostentare. Avevo visto foto dei suoi anni al liceo: se non era stato addirittura un modello accreditato, non sfuggiva un'impressionante Catherine Spaak fra quelli probabilmente mai confessati, la Spaak dei *Dolci inganni*, l'adolescente sul limitare di una malizia che non vuole arrivare alla morbosità, la *jeune fille bien élevée* tentata dalla perdizione ma pronta a tradurre l'aria svagata in un cipiglio consapevole e ostile.

La sera delle *Romanze senza parole* era già la donna che presto avrei amato e dalla quale mi sarei lasciato amare, eppure quell'apprendistato adolescenziale continuava a produrre, come venisse da una fonte che non era piú il suo corpo, una sorta di profumo struggente, che spesso andavo cercando su per le braccia, nell'incavo del collo, fra i seni e giú fino all'ombelico. Lei mi chiedeva se cercavo qualcosa e io dicevo in punta di labbra «la francese». Sorrideva, sí, sorrideva. Ma non le piaceva l'appellativo, sembrava appartenere a un'altra donna, e soprattutto le pareva vecchio, stantio. Invece non era cosí.

Per sempre ebbe questa dolcezza francese. Che videro persino molti dei suoi allievi, anche quelli che non avevano avuto, nella loro formazione, tutta la Francia che avevamo avuto noi. Nei primi anni del nuovo millennio, durante una vacanza in Corsica, una sera assistemmo a un concerto di Jane Birkin, che poi andammo a omaggiare in casa del sindaco, dove riceveva i suoi fan: aveva bellissime spalle nude, una carnagione trasparente malgrado i sessant'anni e quel cedere di pieghe intorno alla bocca che mi riportavano alle *jeunes filles* della mia immaginazione *hexagonale*. E Lena era lí, al mio fianco, a specchiare solo con una sfumatura di austerità in piú quel modello, che era il suo. O almeno era il suo per me.

Avanzava per casa con il passo intrepido della donna che sa sempre dove va, anche quando la distanza erano la decina di metri che separavano la porta della cucina dalla poltrona del salotto. Quando invitava i suoi studenti si allungava verso di loro appoggiando i gomiti sulle ginocchia, e ascoltava, con che abbandono li ascoltava. E io, non lontano, mi perdevo in quel suo ascoltare, quasi fosse filtro per accedere alle personalità per lo piú sgangherate che si portava in casa. La prendevo in giro: «Sei proprio la professoressa da manuale, la mamma, la maestra, la maieuta». E lei: «Vero. Verissimo. A ciascuno l'età che si merita: a me l'adolescenza eterna, a te l'infanzia».

In verità aveva un sacrosanto rispetto per la mia professione e quando l'aveva scoperta – molto tempo dopo quel primo incontro al Conservatorio – era rimasta a bocca aperta. Emersa da un lungo silenzio aveva ripreso a guardarmi, di lato, francesissima, cercando protezione dentro i capelli, e ho sempre pensato che quando mi aveva baciato – fu lei a prendere l'iniziativa, contro la saracinesca di un negozio – avesse baciato il giovane pediatra e non l'uomo fascinoso che allora credevo di essere. Glielo chiesi, una volta: «A te piaccio per tutti quei bambini a cui faccio cantare *Non piú andrai, farfallone amoroso* per fargli cavare la lingua». «Può darsi», ammise sottovoce, ma poi continuò fiera: «Scemo, facciamolo noi, uno di quei bambini». Invece niente, non vennero.

Perdemmo entrambi i genitori nel giro di un anno e mezzo. Fu una sequenza di funerali e di testamenti di poca sostanza finanziaria: il padre di Lena, ingegnere dell'Eni che aveva avuto il privilegio (cosí amava ripetere) di lavorare con Enrico Mattei, era l'unico che avrebbe potuto permettere alla figlia e al figlio piú giovane di vivere agiatamente, ma era stato – e scoprirlo fu un fulmine a ciel sereno – un giocatore, uno che passava i sabati a Campione, e qualche volta a Montecarlo. Non solo, l'ingegner Rinaldi aveva anche un'amante, che Lena volle avvicinare dopo le esequie e che, di tanto in tanto, veniva a farci visita. La Fausta. Si chiamava cosí, con tanto di articolo. La Fausta doveva averlo amato l'ingegnere – in silenzio e senza troppo comparire. Anche in questo caso, Lena si limitava ad ascoltare e pareva piú interessata alla personalità della donna che a eventuali scoperte di lati ignoti del padre. La Fausta non era sposata e ora viveva con la vecchia madre in una villa in Brianza. Anche lei se ne andò presto. «Siamo orfani, – disse una volta Lena. – Abbiamo aperto la voragine: non abbiamo piú nessuno. E non avremo piú nessuno al mondo». Sembrava una sentenza drammatica, ma al contrario sulle sue labbra piene, francesi piú che mai, si era allentata la grazia di un sorriso, insinuante.

Ripeteva spesso ai suoi studenti di leggere Primo Levi e li invitava a farlo cominciando con: «Non voglio essere ovvia, ma è uno dei nostri scrittori piú grandi ed era un chimico, un chimico a cui la chimica non è bastata». Quando tornavano a lettura fatta, e davano cenno di volerne discutere, sollevava davanti a sé il palmo della mano: «Parlatene con la vostra professoressa di lettere, io insegno un'altra materia».

La scena però cambiava quando li invitava a casa e quella ruvidezza, che in verità nessuno da lei si aspettava, si scioglieva in ascolto. Cosa cercasse in quel manipolo di visitatori non era cosí chiaro, nemmeno per me. Ho pensato anche che sotto la frequentazione di tutta quella giovinezza, in particolare quella virile, covasse una forma di silente erotismo, ma l'ipotesi era persino banale, perché era sin troppo ovvia e al tempo stesso non esauriva la costanza di quella assorta e calda attenzione. Né peraltro il versante materno era del tutto spiegato dal nostro destino di coppia senza figli.

Quando se n'era uscita con quel suo «Siamo orfani» era molto probabilmente a questo che pensava, a questa orfanezza al contrario, che mi capitava di percepire talvolta mentre facevamo l'amore, il suo corpo sul mio come fossimo tutti e due sulla zattera di un naufragio e cercassimo nel tumulto del piacere la prossimità di una riva. «Il mio pediatra», diceva a volte, la testa che risaliva lungo il petto per arrivare al collo, alle labbra. Eravamo qui, su questo stesso letto dove, come ora, ingaggio scaramucce con il sonno pomeridiano. E allora mi tornano in mente i giorni, i famosi quattro giorni di Pasqua in cui sparí, letteralmente sparí. Mi tornano in mente ora anche perché è sparito Cantor e mi domando dove sia la continuità di questi episodi nella mia esistenza.

Era entrata in casa dopo il parrucchiere ed era insoddisfatta, avevano esagerato con il taglio. Portava i suoi quarant'anni con una bellissima inquietudine, come se la sua disposizione a sedurre fosse cucita su un tessuto sempre in tensione, come se la sua naturale inclinazione alla vigilanza della ragione andasse di pari passo con la sventatezza dell'emozione, tanto governata quanto messa deliberatamente alla prova. La «minaccia esagonale», dicevo io, e a volte gliela palesavo: «Ci siamo? Arriva?» Lei correggeva: «Ho la luna». E ce l'aveva davvero. La luna. L'espressione, ormai poco diffusa, le si confaceva perfettamente perché aggiungeva quel clima di sospensione lattiginoso in cui ci si sente svelati senza uscire dal buio. Dunque entrò in casa, si fece una doccia nervosa, non si asciugò i capelli con il phon, si cambiò da capo a piedi, prese una borsa-zaino e disse che sarebbe tornata presto. Non tornò.

Era già buio quando provai a fare qualche telefonata, preoccupandomi di non insospettire l'interlocutore. Scesi anche in strada. Avevamo un cellulare in due e comunque lei non se l'era portato. Pensai di provare con il pronto soccorso degli ospedali, ma qualcosa mi tratteneva. Aspettavo una sorta di consenso da parte di Lena e ancora non mi permetteva di fare alcunché. Torna, mi dicevo. Oppure: Dammi un segno. Non me lo diede. Restai tutta la notte sul divano. Sullo schermo della tv passavano repliche di giochi a premi, televendite, soap opera.

Mi chiama Samuele, dice che ha cercato il fratello di Cantor. Chiedo come mai, e lui risponde che vuole avere in mano qualche elemento in piú sul mio «protetto». E poi forse può contribuire a muovere l'assegnazione di fondi al dipartimento per una ricerca a tutto raggio sui nuovi partiti politici.

Dice che lo ha anche incontrato, e gli è sembrato paradossalmente lontano dalle logiche del Movimento con cui è «sceso in campo». Lo ha ricevuto esibendo il massimo interesse per il giovane docente di Storia. È riuscito a sapere molto piú lui di quanto non abbia saputo io. – L'università, – ha ripetuto spesso Samuele, – ha bisogno di contributi nuovi, contributi finanziari, perché per fare ricerca servono fondi significativi.

Chiedo se hanno anche parlato di Cantor. – Certo che sí, – fa Samuele, – gli ho detto di aver conosciuto quell'anima inquieta di suo fratello –. Castelli non aveva detto nulla, quasi stesse cercando la giusta mossa, la domanda utile. «Può nuocermi, – aveva chiesto, – politicamente parlando?» E Samuele aveva detto: «Semmai il contrario».

– Risposta corretta, – dico io.

E domando se Castelli se l'è fatta bastare. No, ma Samuele ha saputo tornare scartando alla causa per cui, formalmente, si era presentato. I fondi. Ha temuto per un attimo che Castelli potesse fare un po' di proselitismo con lui, ma non ci ha nemmeno provato. Picchiettava l'indice su un volume che gli aveva portato in omaggio.

A Lena Samuele piaceva per questo giocare sempre di sponda, quando voleva ottenere qualcosa: il gusto della mossa strategica, che portata a buon fine veniva subito dimenticata. Riconosceva in lui il costante stato di ebollizione dell'intelligenza in attesa di liberare la passione. Entrambi non sfuggivano a una certa goffaggine, lui piú di lei, ma lei piú di lui alla passione finiva per concedere una sfumatura di levigata, languida malinconia.

Cosí Lena mi amava, cosí creava intorno al suo pediatra una cortina di certezze, cosí poteva, al sopraggiungere delle «lune», allontanarsi.

Quel pomeriggio, dopo il parrucchiere, si allontanò anche fisicamente, e io mi risolsi, costretta l'ansia in una regione del petto che mi era quasi ignota, ad aspettare.

Gennaio 2019

Non era un inverno particolarmente rigido. Anna se ne accorse perché non aveva ancora mai messo i guanti, e le mani erano il suo punto debole. Risaliva il viale alberato a passo spedito misurando l'altezza adamantina del cielo e le terrestri consuetudini metropolitane, il respiro rozzo della periferia piccolo-borghese in cui era cresciuta, le tozze, pingui forme degli edifici, i balconi arretrati, la sequenza di negozi che tuttavia non erano piú destinati al rifornimento e al mantenimento del decoro quotidiano ma, salvo qualche alimentari superstite, erano tutti titolati all'èra dei tecno-servizi e del fitness – profumerie comprese. Via mercerie, salumieri, droghieri, torrefazioni, elettrodomestici, via fotografi, negozi di dischi, di stoffe. Sulla grande piazza – ma sarebbe stato piú corretto chiamarla rotonda, con un giardino insulare – si affacciavano due supermercati che disegnavano due opposte mezzelune grondanti messaggi promozionali. Due viali piú a est si poteva trovare tutto quello che non c'era piú, o quasi, nei due giorni di mercato rionale. Anna passò dinnanzi alla sede del partito che il compagno Botta, suo padre, aveva smesso di frequentare da quasi tre mesi. Avrebbe potuto entrare e portare gli ultimi dispacci clinici. Ma sentiva che non sarebbe stata capace, e gli amici, distratti dalle sue condizioni ormai evidenti, avrebbero equivocato, o faticato ad arrivare al punto.

Aveva appena ritirato le ultime analisi e si teneva la busta contro il petto, appena sopra la bella, solida rotondità del ventre. In verità sapeva bene cosa c'era scritto, ma cosa farsene di quella busta? E proprio allora fu visitata da un altro pensiero: questo, Cantor lo deve sapere.

Si cercò in una delle vetrine residue e si ripeté: – Questo, Cantor lo deve sapere.

Poco prima di Natale aveva ricevuto una lettera. Non una mail – una vera lettera con il bollo dell'ufficio postale di Reggio Emilia. L'aveva conservata.

> Amore, piccola mia. Come sai, sto in campagna. Mondo e anima sono riconoscibili: so cosa fare nell'uno e so cosa mi chiede l'altra. So che mi hai cercato da Anselmo, so che saresti potuta venire qui con Samuele o con Sabir, o con tutti e due. Ma non l'hai fatto, e hai fatto bene. Sei il mio filo di seta. Del resto, io non sono scappato. Non so togliermi dalla testa quel ragazzo che mi moriva addosso come fossimo stati in trincea, e invece era solo un marciapiede della nostra città opulenta.
>
> Abbiamo avviato un centro di accoglienza in una casa colonica abbandonata. Lavoro. Ho nuovi amici. E Fatou è una ragazza bellissima. Che dirti? Viene dal Senegal, parla solo francese.
>
> Io ti amo.
>
> Ps. Al gruppo della montagna di' che sono sparito, ma forse mi vedranno comparire allo Château des Dames quando meno se lo aspettano.

Quando l'aveva letta la prima volta Anna si era detta che avrebbe dovuto piangere, ma non ci era riuscita. L'unica cosa che le era venuta in mente era stata di rinsaldare il proponimento di non fargli sapere nulla della sua ormai avanzata gravidanza. Aveva già avuto la tentazione: Natale, gli auguri, quelle cose lí, ma ancora prima della lettera aveva risolto per insistere nel silenzio. C'era pur sempre la possibilità che la notizia gli arrivasse da altre fonti, ma non era accaduto, e con Samuele si era raccomandata. Avevano in verità pochissimi amici in comune e quelli che le erano piú vicini non avrebbero osato contravvenire alla sua volontà. Che comunque non era una volontà dichiarata, ma aveva progressivamente messo radici e lei aveva lasciato che accadesse.

Quello, degli amici montanari, che piú incarnava la figura del capo si era lamentato sostenendo che la montagna esigeva assiduità e partecipazione. Diceva che Filippo era portato, e anche preparato, ma era senza disciplina, rischiava di fare colpi di testa, bisognava metterlo in guardia. Anna aveva risposto che a Filippo non mancava la consapevolezza del rigore. Salimbene, sulla quarantina, rosso di capelli, spalle larghe – piú da nuotatore che da montanaro –, la guardava dall'altro lato del tavolino del bar in cui si erano incontrati cercando di spiare, attraverso lei, l'anima del suo discepolo.

«Io non so, – disse, – davvero non so, quanto Filippo – o Cantor, non si fa chiamare cosí? – ami la montagna... Lo vedi salire e non fa un gesto sbagliato, gli parli e lui ascolta ed è come se il suo corpo, non lui, prendesse appunti, indelebili. Ci sono state serate nei bivacchi in cui ho provato a indovinare la chimica del suo rapporto con la montagna, ma era come se si aspettasse che le mie parole incorniciassero le sue azioni. Io macinavo attenzione, ma in realtà lui si allontanava, entrava, senza sottrarsi alla nostra presenza, in una dimensione parallela che con la montagna c'entrava solo marginalmente».

Le chiese se non avessero mai affrontato questo tema e Anna disse che no, prendeva e partiva, non la informava, o comunque si limitava a dichiarare, quando tornava, che avrebbe voluto portare anche lei.

E allora Salimbene disse che una volta, sull'Helsenhorn, nel Vallese, mentre si aprivano le nubi dentro il cielo cobalto, si era messo a urlare: «Anna!», a squarciagola. Disse che le pause fra un richiamo e l'altro sembravano lasciar posare il nome nell'aria, perché lo si potesse distinguere nel vuoto prima di sparire.

«Ho pensato che ti cercava con una passione spudorata, estatica. Non capita spesso che ci si porti su tutto quel sentimento», disse.

«È una bella immagine, grazie», fece Anna con il groppo in gola. In realtà si convinse che quell'«Anna» moltiplicato sulla neve, sulla roccia, era un'aria da tenore, era il picco estremo di un duetto fra spirito e coscienza, in cui il suo nome compariva come un prestito e non come una conquista.

Qui c'è posto, fu lo slogan con cui Cantor fece rispondere all'incursione. E *Qui c'è posto* apparve sulla stampa. Con La Maison Noire. A livello nazionale.

Samuele era stato all'inaugurazione della Maison, ma non al matrimonio di Cantor e Fatou.

Anna lo chiama e lui racconta, anche perché tanta parte di quelle notizie sono ormai pubbliche. Continua fin dove si rende conto che Anna è in grado di ascoltare, e ovviamente non si attarda sull'immagine di quella regina di Saba febbricitante accoccolata tra le braccia di Cantor.

Samuele non può dar piena nozione di come, al di là di ogni strategia, dichiarata o meno, Cantor era stato accanto a Fatou con il garbo e la dolcezza di un uomo innamorato e di come Fatou aveva sempre risposto con grata meraviglia a tutte quelle attenzioni. La festa aveva quasi soffiato via l'inverno.

Quello che Samuele invece prova a raccontare ad Anna è il pulviscolo sentimentale in cui quella storia si è presto confusa – è stata Varyna a suggerire questa interpretazione –, tanto che Cantor ha dovuto spiegarsi con Amadi e Amadi ha dovuto spiegare a Fatou il fremere di incertezze intorno al giovane sposo. Ma Fatou lo sa, lo sa prima ancora del fratello, e forse prima ancora di Cantor, sa di non potersi aspettare una vera vita coniugale, e la cosa non la spaventa affatto. Ha altri piani.

Anna ha ascoltato attenta, incidendo una piccola ruga appena sopra la radice del naso. E dunque?

E dunque era tempo di un'altra fuga. Perché si ostinava in questo proponimento? Se l'era chiesto tante volte e ne aveva parlato anche con Romagnoli. Magari, chissà come, Cantor avrebbe saputo del bambino e allora si sarebbe posto il problema. Per ora il problema non esisteva.

Era tornata nell'appartamento dove con ogni probabilità a luglio il bambino era stato concepito. Aveva infilato le sue cose in una valigia e si era guardata intorno. Non era stato un nido, un rifugio, niente che suonasse come una dimora. Eppure non mancò di appoggiare la mano su una mensola, sull'angolo del letto, sulla cornice della finestra, provando a dar forma a una carezza. Di lui tornavano frequenti immagini, scatti che lo riassumevano in un gesto, smorfie, mani a pettine nei capelli, mani sui suoi seni, dita che la esploravano con comica leggerezza dal collo all'inguine e poi con drammatica precisione da pianista fra le labbra del sesso. Si illanguidiva pensando a quando facevano l'amore, si lasciava sopraffare dalla memoria olfattiva della pelle di Cantor, dalle molte volte in cui gli chiedeva di restare dentro di lei, di non muoversi, ed era allora che lo sentiva ricominciare, e che ricominciasse era di per sé una variazione del piacere, non mai una prova di resistenza. E la pelle aveva un profumo particolare, molto poco virile in verità, un profumo da ragazzino, prima della pubertà.

Che cosa fosse stata la storia con Filippo Castelli, ormai non sapeva piú. Quanto tempo aveva impiegato a darsi dei parametri? Un mese? Meno di un mese? Erano cosí giovani. Lui spariva di tanto in tanto. E si lasciava raggiungere con fatica. Lei aveva imparato a non chiedere. Se l'era già detto tante volte. Per molto tempo si era trattato di conservare una certa distanza. Durante la «stagione siriana» non era mai stata insieme a lui e a Sabir, né l'aveva seguito in altre imprese: e tuttavia era capitata qualche incursione nel centro di accoglienza, e allora si era resa conto che Cantor sapeva instaurare subito, con talentuosa scioltezza, rapporti intensi con i rifugiati, con chiunque, in verità. Dopo due giorni lo aspettavano come se fosse lui quello che avrebbe garantito loro un futuro, lui che in realtà era un mero esecutore ed era tanto piú esecutore quanto piú riceveva ordini precisi.

Sabir era stato un ottimo compagno perché lo lasciava fare e restava persino a bocca aperta quando, senza il sostegno della lingua, Cantor riusciva a trovare soluzioni di convivenza fondate piú sull'intesa che sulle disponibilità pratiche. Sabir si insinuava dove Cantor sapeva creare convergenze e attenzioni. Quando arrivava il momento delle confessioni, si disponeva ad ascoltare e tradurre: Cantor stava a sondare intento gesti e parole come un ragazzino incantato, o come un professionista dell'ascolto, trapassando con facilità dall'uno all'altro stato. Ma capitava che si distraesse, che la sua attenzione magica, accompagnata da un dondolio appena accennato del busto, da un flettersi del capo di lato come alla ricerca di una giusta angolazione, capitava che questa condizione venisse meno, e lo si vedeva all'improvviso perdere fissità, distendere lo sguardo al di sopra dei presenti. Era allora che Sabir chiamava Anna perché venisse a prenderlo. Con una parola in codice, «off», che a lei era sufficiente per venire in soccorso. E in assenza di Anna, bastava rimuoverlo con gentilezza da dove stava e invitarlo a uscire. Non era in trance, né si poteva parlare di débâcle psichica: se ne andava, si perdeva. E dal punto di vista di Sabir non era piú «utile» – almeno per stare insieme alla gente. Era consapevole? Forse. Ed era per questo che Anna si guardava dal considerarlo «suo».

Quando sapeva che era stato con un'altra donna – cosa che succedeva con una certa frequenza –, o anche soltanto lo immaginava, si irrigidiva ma non scompariva, si limitava a osservarlo con straniata fissità. Come seguisse un istinto. Che non era peraltro istinto deliberatamente predatorio. Era come se Anna riconoscesse quello sfrigolare di occhi, di mani, di desiderio, quel rispondere senza mediazioni a una sensualità tanto mansueta quanto implacabile, e ricordava con precisione millimetrica come l'aveva vista manifestarsi la prima volta in cui erano stati insieme. Cantor aveva una fisicità senza malizie, la stessa, in fondo, che lo legava alla montagna, al lanciarsi per canaloni innevati, prima dei suoi compagni ma non in competizione con loro. Vero è che Anna e Cantor si erano scambiati una promessa, sbilenca quanto si vuole – lei lo sapeva – ma una promessa. Non c'erano patti. A lui piaceva molto l'idea del destino, della donna che ti viene destinata, quella che nella tradizione yiddish viene chiamata *bashert*. E, va da sé, anche lui si sentiva *bashert*, perciò si era inventato il «filo di seta».

Tredici

Credere di sapersi raccontare è una delle illusioni piú generosamente diffuse fra gli umani. Cosí, quando arrivo all'episodio del parrucchiere la mia memoria si inceppa: tanto è chiara l'emozione che occupa quel segmento di tempo quanto sono confusi, anche nella loro linearità, i fatti. Il rapporto fra quello che so e quello che non so, e che forse avrei potuto sapere, suona stonato, produce interferenze, quel raschio che caratterizza una faticosa sintonizzazione radiofonica. Lena esce, so dov'è Lena; Lena non rientra, non so dov'è Lena. Sembra una sequenza banale, ma fra il primo binomio e il secondo c'è l'abisso. Devo procedere con cautela. E non è ancora tempo che io provi a tornarci sopra come mi è capitato di fare tante volte.

Lena e quella tarda mattinata mi restituiscono all'incontro con Anna al bar davanti all'università mentre cominciava a nevicare. Che cosa avesse in mente era chiaro: si stava preparando a imboccare una strada che non conosceva ma che presagiva sconnessa e diseguale, dunque voleva mettere al riparo, dentro di sé, la figura che era stata, piú di ogni altra, la presenza referenziale, la fonte di calore che aveva assicurato progressione e movimento. Andare verso Cantor era stato per molti versi inevitabile, e andare verso il mondo insieme a Cantor aveva costituito un esito altrettanto fatale. Ora si trattava di tradurre in Storia Cantor e il movimento che aveva prodotto. Anche in questo caso bisognava rendere ragione di una sequenza di eventi, creare un racconto che la riparasse da possibili cedimenti, falle, equivoci.

Cantor si sta muovendo nel suo tempo come un profeta. Cosí avrei potuto dire ad Anna. Come un profeta. Ma qual è il destino di un profeta? Portare la parola. Muovere anime. Contrastare i potenti. Morire se la parola non piace ai potenti. Al profeta piace schierarsi e correggere la strada dei potenti. Gli piace giudicare. Gli piace puntare il dito. Un profeta ha dalla sua Dio, o comunque si voglia chiamare la forza che non teme di essere giusta. Fu cosa di due anni fa, avevo trovato un posto a Saint-Denis per *Elias*, l'oratorio di Mendelssohn. Sul podio Daniele Gatti. Ero sprofondato nella semioscurità della cattedrale, accecato dai colori delle vetrate dell'abside: attendevo l'aria che mette Elias davanti alla propria impotenza. *Es ist genug*. È abbastanza. Ne ho abbastanza. Non posso oltre. Michael Nagy, il baritono, rispondeva con intensità alla chiamata del direttore, dava una faccia, oltre che una voce, al dramma dell'uomo condannato a ritrarsi, a trovare riparo, lontano dal suo popolo. E soprattutto precipitava sofferto nel vuoto di una sconfitta ancora immisurabile: *Ich bin nicht besser denn meine Väter*, «Non sono migliore dei miei padri». L'immagine di Cantor si incuneava nella voce di Nagy. Con ogni probabilità, lui avrebbe riso di questa interpolazione. Che c'entrava con Israele? Né peraltro Cantor voleva essere migliore del padre che non aveva conosciuto. Eppure. Eppure c'era. E fu lí che pensai a Cantor come a una sorta di anima profetica. Non aveva Dio. Non aveva niente. Voleva un maestro, invece. E nessuno gliene dava uno. Nemmeno io ero stato capace di strappare da me un'autorità capace di scavalcare la mera autorevolezza che mi ero conquistato vegliando sulla sua salute infantile.

Del resto neanch'io ero migliore dei miei padri. Tutta la mia generazione aveva provato lo scatto di Elias. E nessuno era riuscito a raccontare il dramma che aveva spinto tanti miei coetanei prima nel deserto, poi alla rinuncia, poi alla miseria politica o al silenzio.

Anche a noi mancava Dio. Ci mancava Dio?

Mi ha sempre sorpreso l'indifferenza di Cantor nei confronti della rivoluzione tecnologica: era abile come tanti suoi coetanei, sapeva rispondere con competenza e si muoveva con agilità con tutti i device. Non era un «nativo», ma la sua confidenza con tutte le forme del digitale gli consentiva di non sentirsi mai estraneo al gioco della comunicazione universale. È stato il mio consulente informatico per eccellenza, senza farmi mai sentire sordo all'unica dimensione comune alla quale apparteniamo. Di fronte alla mia sofferenza quando l'iPod classic aveva perso il posto che aveva occupato per troppo poco tempo nel mercato, Cantor mi mostrò senza scomporsi che si stava passando dalla costruzione, quasi manuale, di un catalogo limitato all'infinità del catalogo globale, all'accesso senza limiti all'esistente.

«Ci mancherà la selezione e lo stesso concetto di selezione», dicevo – lui mi dava ragione ma sosteneva che il problema non stava lí.

Dove stesse non mi diceva, mi sembrava che desse per scontata la sua condizione di paradossale privilegio.

Negli incontri che hanno segnato la nostra frequentazione, Cantor-Glenn Gould non era per niente interessato alla mia storia, né tanto meno alla Storia in generale (da qui forse la supponenza con cui ha sempre considerato il Franchetti). Voleva il presente. Voleva dare un posto alla sua inquietudine. Voleva innervarsi nel tempo guardandosi bene dal tentativo di *capire*, come spesso sentiva ripetere.

Non c'era proprio nulla da capire. Erano decenni che capire era una disposizione senza sostanza. Lo voleva cosí com'era, ma per cavarne una spinta, per vederlo muovere. Io credevo che la musica bastasse per vestirmi da ispiratore. Ahimè, la presunzione. Non ero Dio.

Ora Anna avrebbe voluto calargli addosso una corazza da eroe.

Magari un eroe perdente, ma un eroe.

In quell'inverno, privi della sua presenza, costretti a registrare una sua progressiva popolarità là dove non ci era consentito, o non volevamo, raggiungerlo, cedevamo a una finzione, anzi alla tentazione di attribuirgli una fisionomia luminosa. E anche ora mi trovo a raccontare un Cantor che esiste solamente dove e quando lui ci chiede di esistere. *O Herr, ich arbeite vergeblich und bringe meine Kraft umsonst und unnütz zu.* «Oh Signore, io lavoro invano e spendo la mia forza per nulla!» Prima del carro di fuoco con cui Dio gli apre il cielo della tempesta, Elias si strugge di fronte all'ingiustizia dei potenti. Spendo la mia forza per nulla. Spende la sua forza per nulla. Cantor non porta la salvezza ma è fatto della stessa materia, questo avrei dovuto rammentare ad Anna, mentre l'abbracciavo sotto la neve che cadeva.

Ci ha lasciato a fare ipotesi su di lui, e da qui è come seguirlo su una mappa. Il guaio è che non sta disegnando una parabola, il disegno delle sue mosse è un azzardo.

Mi sembro un lupo in gabbia, talvolta. Esco nel tardo pomeriggio e mi muovo per il quartiere in cui vivo, che di fatto è cosí poco quartiere. Ci sono negozi storici, c'è un teatro, molti alimentari, una sequenza di farmacie. Potrei passare da un collega che sta quattro incroci piú in su, ma non è il caso. Non ho la faccia per un incontro non programmato, e a dire il vero non ce l'avrei neppure per una serata concordata. Torno a rintanarmi in casa. Rinuncio anche alla musica.

C'è qualcosa che non va. Mi misuro la pressione: valori normali. Mi spio nello specchio del bagno: mi riconosco senza difficoltà. Mi allento in un lungo sbadiglio, ma non ho risposta. Fossi una superficie su cui battere le nocche, suonerei vuoto.

Spendo la mia forza per nulla. Torna Mendelssohn e il suo Elias. E io non so che farmene.

Suona il cellulare. Un numero ignoto. Lo studio. Lascio che suoni. Anche l'ipotesi che si tratti di Cantor che chiama da un telefono non suo non mi convince. Se davvero vuole, mi manderà un messaggio. Ma il messaggio non arriva. Consulto una rivista specializzata di musica, mi piacerebbe programmare un piccolo tour europeo: in settembre, a Lipsia, ci sarà un festival dedicato a Clara Schumann.

Lo sguardo cade sulla foto di Lena. In fondo è lí che dovevo andare a finire. Questo inverno che volge in primavera, indeciso fra incongrue nevicate e alberi di giuda in fiore, mi accompagna dove la memoria non smette di tornare. E Lena lí. O meglio, non è Lena che mi aspetta ma quell'immagine di me che emerge insieme alla sparizione di Lena. Ecco cosa cercavo in bagno dentro lo specchio. Era quella faccia, non questa che ora porto con pacata consapevolezza.

Mi siedo sul divano come prendessi posto in una cabina di pilotaggio.

Sono pronto.

Marzo 2019

Emilio Botta vedeva piú l'astrusità che la limpidezza del filo di seta che legava sua figlia Anna a Cantor, ed era l'unico a chiederle: – Ma è l'uomo della tua vita, a qualsiasi costo?

Lei si schermiva. Diceva: – Che c'entra? – e, soprattutto ora, le piaceva pensare che piú si preparava a essere madre di suo figlio, piú poteva metterlo da parte, come una presenza incongrua. Lo amava, e talora le entrava nella testa come l'inatteso visitatore, l'angelo. Una volta evocato l'angelo, il senso dell'umorismo veniva a salvarla – ma quale angelo? –, e tuttavia era certa di non sbagliare. Cantor cercava di materializzarsi in uomo.

Dunque Anna aveva risposto, per lettera, come aveva fatto lui:

> Caro Cantor, mio bene,
>
> quel che dici non mi coglie di sorpresa. Ma non farti male, e non fare del male, mai. Ci sono cose che vorrei tu sapessi e arriverà il tempo dei «sussurri» – non li chiamavamo cosí? –, ma una cosa su tutte ha la priorità, in questo momento, per me. E quindi te la scrivo. Mio padre sta morendo. Negli ultimi tre mesi gli è stato diagnosticato un tumore al pancreas che, appena annunciato, si è messo a lavorare con alacrità dentro di lui. Naturalmente papà è consapevole. So che a modo tuo gli vuoi bene. So che non ti farai prendere da alcuna smania. Quel che doveva accadere è già accaduto. Il bacio.

Mentre affrancava la missiva, l'indirizzo era quello di Deluppi, si interrogò se faceva bene, se non faceva bene, se consegnargli la notizia di una morte invece che l'imminenza di una vita non contenesse qualcosa di punitivo. Forse. Forse anche quello. Ma nella loro promessa c'era proprio il diritto di scegliere di volta in volta di cosa mettersi a parte, e il tacito accordo che l'omissione non avrebbe dovuto produrre offesa.

– No, – disse ad alta voce, e si infilò la lettera nella tasca del cappotto. Avrebbe reagito, in un modo o nell'altro. Sarebbe arrivato all'improvviso, e in un colpo solo avrebbe dovuto anche prendere atto della prossima paternità. Era una trappola? Ma no. No. Le veniva piú semplice comunicare la malattia del padre che la sua gravidanza.

Come le era venuto in mente di rispondere per iscritto? Toccò la lettera. Ne saggiò lo spessore, e la lasciò dov'era. C'era tempo.

Avrebbe dovuto passare tanto del suo tempo, questo era ovvio, fra ambulatori di zona e l'Istituto dei tumori. Una mattina, seduti l'uno accanto all'altra in una sala d'attesa, l'aveva interrogato: – Te n'eri accorto e non hai detto niente? – e suo padre aveva risposto che no, non si era accorto proprio di nulla. – Qualche dolore lombare, qualche altro segno che pareva solo segno dei miei anni. Ma no che non mi ero accorto –. Infine, quando aveva dovuto rispondere a sintomi ben piú dolorosi, l'«artiglieria» aveva cominciato a sparare ovunque. A quel punto si sarebbe dovuto procedere con una pancreasectomia totale. L'oncologo era stato sin troppo diretto: «C'è troppa roba da togliere, – aveva detto, – bisogna smantellare tutto». A quel punto avevano concordato di lasciar fare alle «forze nemiche». E cosí era stato.

Rientrata a casa, Matilde del servizio Hospice a domicilio le anticipò che era stata una mattinata difficile.

– La lascio con suo padre, – disse, – io aspetto in salotto.

Anna entrò con passo deciso in camera da letto. Le tapparelle erano semiabbassate e da fuori veniva la luce spenta di marzo. Spenta ma pastosa, un latte di mandorla, nel quale lo sguardo del padre sembrava perduto.

– Papà, – fece lei senza sfumature interrogative. La parola colmò tutto lo spazio, andò a infilarsi dietro armadi e tendaggi, restò rappresa nell'aria, in quella luce fiacca e dolce che ridisegnava i mobili della stanza togliendo loro rigidità e acutezze.

Lui rimase per qualche tempo immobile, ma quando volse il capo posò addosso alla figlia uno sguardo risoluto e sentenziò: – Va male.

Non era mai stato cosí netto, e cosí sintetico. Aveva sempre dato «dispacci» – cosí li chiamava – molto articolati sia nella valutazione degli esami, sulle direzioni da prendere una volta considerata l'inefficacia delle cure e di un'eventuale strategia chirurgica, sia nella menzione dell'intensità del dolore. Anna aveva potuto accompagnarlo nelle decisioni perché aveva avuto informazioni dettagliate che venivano «dal fronte interno». Ora invece il padre chiudeva in quell'andar male, in quell'andare del male, un movimento senza scampo. Irraggiungibile dal racconto, escluso dai dispacci. Si era reso conto che la malattia aveva risvegliato in lui un lessico militare del quale, in verità, non aveva mai fatto uso. Qualche volta aveva parlato di «battaglia», qualche altra di «attacco all'arma bianca». Ora c'era solo la rotondità di quel «va male». Anna gli prese la mano.

– Sono pieno di morfina, – disse. – Adesso sí che potrei parlare a un tossico con qualche competenza, e la prima cosa che gli direi è che lo capisco, capisco il suo paradiso. Per quanto maledetto, un paradiso –. Credeva di poter sorridere ma non lo fece, perché premevano altri pensieri.

– Ti lascio sola anch'io, Anna. Accidenti.

– Abbiamo sempre saputo che su Filippo non si poteva contare.

– Sí, ma io avrei voluto esserci –. Tornò a guardare nel latte di mandorla del giorno di marzo.

– Ci sono i tuoi amici che aspettano di essere ricevuti. Basta una telefonata e arrivano.

– Aspetta, – fece lui senza voltarsi. – Aspetta. Sono diventati dei piagnoni. Hanno perso le speranze nel futuro di questo Paese, figuriamoci mettersi al capezzale di un moribondo.

Si volse di nuovo verso di lei, e questa volta con gli occhi chiari bene aperti. – Ho lasciato tutti i conti in ordine. Se non sei costretta, la casa della nonna non venderla –. E poi, di seguito: – Sei bellissima –. Spinse la mano verso il ventre della figlia, e lei se la premette contro: – Cosa c'è dentro qui? – E sperò di sentire uno scatto, una risposta del feto. – Perché le donne diventano cosí belle? – continuò. – Tu cosí bella e lui cosí orfano.

– Ci faremo compagnia, lui e io.

– Lui non ce l'avrà mai un padre. Anche se volesse, Filippo non è adatto.

– Ma io l'ho amato, papà. Io lo aspetto.

– Mia piccola Butterfly –. Accennò l'aria di *Un bel dí vedremo*. Stonò, e provò a commuoversi, si vedeva che spingeva la commozione su per la gola, ma si arrese alla carezza della morfina, anzi parve addirittura addormentarsi. La lucentezza degli occhi si appannò. Anna si tenne la sua mano sul ventre e gliela lisciò con metodo e premura, come si trattasse di una terapia. Che altro poteva fare? Apparve sulla porta Matilde e Anna le fece un gesto di intesa: sarebbe rimasta ancora lí, voleva restare.

Non pensava a che cosa sarebbe stato di lei, si domandava che strada avrebbe preso Cantor, dove sarebbe arrivato. Era ovvio che dalla notte del motociclista portato in ospedale c'era stata un'accelerazione. Di cosa? Facile chiamarla inquietudine. C'era qualcosa di piú. Anche Sabir l'aveva aiutata a studiare Cantor. L'avevano studiato insieme. Nel frattempo Emilio Botta aveva dovuto reggere il «peso delle armi» e Sabir era stato presente. Di tanto in tanto passava da casa. Era riuscito ad avviare la sua collaborazione in uno studio legale molto impegnato sul fronte civile e dunque non aveva sofferto la stretta necessariamente imposta alle sue collaborazioni militanti.

Arrivò mentre Anna si teneva ancora la mano del padre premuta sul ventre. Sabir non era alto, ma la complessione fisica da ragazzo con molto sport alle spalle ne faceva una presenza salda, sicura, alleggerita dalla facilità del sorriso largo, chiostra di denti bianchissimi, ciglia folte e nere, pupille d'inchiostro. Portava un abito marrone e una cravatta a pois gialli con un nodo perfettissimo. – Posso stare? – chiese.

– Ma certo, – rispose automaticamente Anna.

– Ma certo, – fece Emilio, che era uscito dalla nebbia incantata. – Vieni avanti, avvocato.

E Sabir si mise in fondo alla stanza da letto, a braccia conserte, presente.

– Sai una cosa, avvocato? – continuò Botta. – Non sono mai stato a Parigi –. Sorrise debolmente ma sorrise. – È una sciocchezza, però non sono mai stato a Parigi. Avrei voluto. Il muro della Comune, i grandi boulevard, la banlieue, e quei caffè con i tavolini fuori che, se uno non ci si è mai seduto, che è stato al mondo a fare? – Tornò a fissare la figlia: – Voi siete una generazione che ha cominciato a viaggiare subito, tante volte senza neanche chiedervi dove stavate andando. Siete stati fortunati.

– Non ci fosse stata la vostra generazione, – disse Sabir, – non saremmo andati da nessuna parte. E comunque adesso dobbiamo ricominciare tutto da capo. Non abbiamo abbastanza tempo.

– Io non ne ho proprio piú.

Sabir pensò di aver detto una scemenza, se ne pentí, ma Anna gli fece intendere che andava tutto bene.

– Per esempio, – ed Emilio si fermò come contemplasse un paesaggio del quale voleva cogliere il senso, – per esempio, il vostro Filippo è un ragazzo che non ha tempo, nel senso che non ne possiede, e forse addirittura teme che si possa averne uno migliore, il miglior tempo che tutti abbiamo sognato. È come se per lui il mondo fosse costantemente in allarme.

– Cantor non sa dove va, ma corre come un centometrista, – provò a sintetizzare Sabir, ma né Botta né sua figlia parvero raccogliere la similitudine, e per la seconda volta pensò di aver detto una scemenza.

– Parigi, – ripeté Botta, e si assopí ancora.

Si fece di nuovo avanti Matilde per annunciare che stava uscendo, sarebbe tornata piú tardi per preparare il paziente per la notte.

Anna e Sabir la accompagnarono alla porta, poi rimasero in silenzio nel corridoio.

– Cantor mi ha scritto, – disse Anna, – e io ho provato a rispondergli. Ma ho lasciato perdere.

Sabir volle leggere tutte e due le missive. Di nuovo assentí e cercò negli occhi di Anna come avesse preso dimora quella intenzionale rivelazione.

– Diciamo che vive in una costante, instabile distrazione, – sorrise.

Dalla camera da letto venne un richiamo, flebile ma preciso. Anna si mosse sollecita e, una volta accanto al letto, si dispose ad ascoltare.

– Oggi no, ma domani puoi dire agli amici del partito di passare.

– Saranno felici di salutarti.

– Può darsi. Ma hanno paura. Non sanno che in parte sono già morti anche loro –. A quel punto Botta fece forza sui gomiti per tirarsi su e continuò: – Devo fare in fretta. Non voglio che succeda mentre tu sei in sala parto.

Si arrese al cuscino: – Come lo chiamerai?

– Non lo so, papà.

Lui allungò il braccio, cercò a tentoni nel cassetto del comodino. – Me l'ha data Matilde insieme a un volantino di quartiere, è sfuggita al tuo esame –. E mostrò una lettera. – Ma sí, mi ha scritto. Dice di te, di me, dice che non può avere nemici, dice che suo fratello ha intenzione di candidarsi alle elezioni europee e lo vuole con sé –. Riprese fiato. – Il Giulio Castelli, te lo dico io, comincia a vedere in quel disperato di Filippo l'eroe senza macchia che nessun partito ha piú –. Cercò altro fiato: – Sarebbe bello stare a vedere cosa succede.

Sabir rientrò nella camera di Emilio e gli fece cenno, come a dire «ci siamo, ci siamo tutti», ma al contempo procedette con passo lievissimo, come se volesse, essendoci, smaterializzarsi: la scena che aveva davanti non l'avrebbe dimenticata mai, ne era sicuro. Anzi, si accorse solo allora dei tratti forti e ben incisi del volto di Emilio Botta: quello che non si aspettava era accorgersi come nella lucentezza dello sguardo, nelle labbra carnose, nella pelle straordinariamente liscia per l'età e per la malattia, ci fosse qualcosa di antico. Non amava il comunismo «padronale» – cosí lo chiamava –, quell'arroganza di sapere (corretta da una diligente, commossa ironia del non sapere) che esibivano gazzettieri e scrittori cresciuti all'ombra del progressismo intellettuale. Ma Emilio Botta aveva fatto un'altra strada, la strada imperfetta. Non era mai stato a Parigi quando quegli altri avevano case, zie, consuetudini e facevano di tutto per farlo sapere.

Emilio Botta aspettava la morte insieme alla figlia incinta di un uomo scomparso e all'amico pakistano della figlia e del padre del bambino che sarebbe nato, tempo un mese. Questo era un miracolo del suo comunismo.

Quattordici

Ebbene sí, Lena era scomparsa. Allora, durante la notte sul divano, quando pensavo «scomparsa» dovevo stringere i pugni, chinare la testa come fossi sopraffatto da un moto di ansia e di vergogna. Una vergogna che arrivava da una regione ignota. Di cosa andava in cerca quella stretta allo stomaco? Di una mancanza? Di un vuoto? Da quando era entrata nella mia vita, Lena era stata la porosa certezza delle mie incertezze: sapevo che la sua presenza mi garantiva dal morso del mondo. Aveva messo la sua attenzione dentro i confini della mia esistenza e aveva fissato i suoi tenendo conto dei miei, per cui quando pensavo a noi come a una mappa immaginavo la cartapecora antica sulla quale inchiostri colorati sembravano dividere e mescolare, i nostri nomi incisi con una scrittura morbida sopra tracce di fiumi e cenni di rilievi.

Passai almeno due giorni in stato di trance: andavo in studio, ricevevo i pazienti, come se nulla fosse, come se tutta quell'infanzia mi proteggesse. Poi Lena chiamò. Mi si fermò il cuore sentendo la sua voce. Chiesi: «Stai bene?»

«Sí, – fece lei. – Non ti preoccupare».

«Cosa vedi da dove sei?»

«Un lago. L'acqua ferma del lago».

Non aggiunsi altro. Lei mi salutò con un «Ciao, amore» preciso come una formula. Mi tremava la mano appoggiando il ricevitore.

Molti anni dopo avevo cominciato a raccontare a Cantor questo episodio, ma lui, che fino alla telefonata mi aveva ascoltato con una sorta di distratta curiosità, mi disse che non voleva sapere com'era andata a finire, voleva sapere se avevo sentito la mancanza di Lena, anzi, aveva precisato, se avevo sentito «che Lena mancava». Non ricordo piú esattamente cosa risposi, di sicuro dissi che, se l'assenza fosse durata ancora a lungo, avrei dovuto risolvermi a dirlo a qualcuno. Ma dato che non riuscivo a mettere a fuoco la formula giusta («Mia moglie mi ha lasciato», «Mia moglie se n'è andata», «Mia moglie non vive piú con me»), avevo preferito mantenere il silenzio. Cantor disse che era qualcosa di simile alla codardia, che il timor umano vinceva sullo sgomento dell'abbandono. Gli dissi che in verità non sapevo se davvero ero stato abbandonato, che fino a quel momento ero stato solo preoccupato di un eventuale (e quasi inverosimile) cedimento psichico di Lena.

Cantor disse: «Romagnoli, ho imparato a vederti senza Lena solo da quando lei si è proprio sottratta al destino terreno».

Mi infastidí. Stava lí piegato sul suo sgabello, con il ciuffo di Glenn Gould rovesciato sulla fronte. «Non si sa mai, – provai a ribattere, – come spiegare presenza e assenza». Mi spiò da sotto in su come per indagare dove sarei andato a parare. «Lena forse immaginava di poter trovare quel qualcosa che le ronzava dietro la fronte». Cantor non capiva perché gli avessi raccontato quell'episodio, e proprio perciò si rifiutava di sapere di piú, se mai ci fosse stato qualcosa da sapere.

Nelle ore che seguirono la telefonata continuai a pensare a com'era bella Lena, sentivo forte la sua aura francese, il broncio insostituibile con cui preparava la seduzione. Continuai a pensare a certi pigri pomeriggi di domenica in cui, vedendola attraversare la stanza, mi sentivo colmare da una mollezza carica di aspettative, da un fiato accorciato che cercava ossigeno dove non poteva trovarlo e si trasformava, senza ulteriori dilazioni, in desiderio. E allora gli occhi semplicemente posati sulla sua figura in movimento producevano uno sguardo tagliente e sfrontato. Restavo immobile in attesa di risposta, che puntualmente arrivava, generosa, avida, smemorante.

Cantor, che pure aveva conosciuto Lena, mi chiese all'improvviso quanto fosse stato difficile portarla a morire. Non gli premeva sapere della fuga, del lago, ma del distacco sí.

«Non l'ho "portata" a morire, – dissi, – ha fatto tutto lei, ha fatto in modo che io non avessi nulla da fare, solo aspettare».

«Quanto hai aspettato, nella vita, Romagnoli...» fece Cantor, prendendomi in contropiede.

«Vieni, – gli dissi, e lo condussi in camera da letto. – Questa era la sua piccola libreria della notte. Leggeva tantissimo, perché ha sempre dormito poco. Accendeva la luce e leggeva. A me non dava fastidio, e lo sapeva. Tutto il suo Primo Levi. Mann, Broch, Uwe Johnson, Gadda, Morselli. E poi questo Del Giudice, l'unico che volle conoscere personalmente».

«Non lo conosco, – fece Cantor. – Ma come sai, non sono un gran lettore».

Gli dissi che Lena non era mai stata una donna incline a compatire, tantomeno a compatirsi. Sapeva che c'erano distanze, sapeva che c'erano formule, sapeva che tutto si poteva trasgredire ma che il carattere dipendeva da una dinamica di azioni che confluivano senza fatica in un progetto. Credo proprio di essere stato parte del suo progetto. Anche nell'apparente autonomia del suo mondo di frequentazioni, l'ago della sua bussola era puntato su di me. Ma questo a Cantor non lo dissi, né allora né in altra occasione.

Negli ultimi giorni della sua pazienza terrena non volle vedere quasi piú nessuno: solo me e Samuele. Spesso mandavo innanzi lui, a parlare con l'assistente domiciliare dell'Hospice, e lui ne traeva le informazioni che ci servivano – non una di piú, non una di meno. Aveva sui trent'anni, si portava i libri appresso, e in quei giorni si era fatto tagliare i capelli quasi a zero. Lena, uscendo da una sua parentesi di sonno, gli aveva chiesto: «Vuoi competere?» Lui si era passato la mano sulla testa. Da me, Lena voleva che fossi sempre io ad annodarle il foulard rosa sulla nuca. Avevo imparato ad annodarglielo senza farle male. «Sembri uno dei miei bambini», le dissi una volta. «Non ne hai, di bambini, amore», disse lei, e dopo aver tirato una sorta di incespicante sospiro: «Mi dispiace che non ne hai avuti, mi dispiace tanto, amore mio». Io feci no con il capo. E continuai a ripetere debolmente quel diniego, finché non si addormentò. Fu cosí, peraltro, che se ne andò, come allontanandosi sulla strada del sonno, e io ero lí, l'ho vista incamminarsi, l'ho vista lasciare la nostra vita dietro di sé.

Da quando Cantor non è piú venuto a trovarmi, «la bella casa in cui dimoro» – come lui stesso l'aveva battezzata – rivela una specie di stanchezza. Ricevo regolarmente Samuele e Magda, ma ho smesso di vedere altri ex studenti di Lena. Anna la sento per telefono. Mi informa della sua gravidanza e delle condizioni del padre.

Ho ricevuto una lettera di Cantor. Vuole sorprendermi.

Caro il mio dottor Romagnoli, mi piace la vita qui da Fabio, mi piace quest'uomo, e io lo studio e mi lascio studiare, ma piú gli sto a fianco e faccio mio il suo incantato delirio, piú sento consumarsi l'esperienza che ho avviato – l'amicizia no, ma certamente l'esperienza. È come se mi prendesse una stanchezza che invece di fermarmi mi spinge ad allontanarmi. Lascio assopire ogni turbolenza dell'intelligenza (questa espressione è farina del tuo sacco, e se non lo fosse, sono sicuro che ti piacerebbe) e vado cercandone altra. Ho guidato l'apertura di una casa di accoglienza: ci stanno sin d'ora una ventina di rifugiati. C'è stato un oltraggio fascista. La città ha risposto. E infine c'è stata una festa. Ora nel casale ci sono acqua ed elettricità. Sabir vuole che incontri un prete di Padova. Mi piacerebbe che sentissi Anna. È la mia Chiarina, come diresti tu.

Un abbraccio.

Cantor

Samuele mi aveva già mostrato come in rete si parlasse di quell'episodio. Cantor si è fatto notare. La foto di lui e della bellissima Fatou, di cui non mi aveva detto niente, era comparsa anche sui quotidiani nazionali. Anna era stata informata, come me, da una letterina manoscritta, ma ora la notizia era di pubblico dominio. Mi chiedo se Cantor abbia contribuito consapevolmente a questa notorietà. Non credo. Fatto sta che ora è un personaggio pubblico. Suo fratello lo sa e, invece di allontanarlo, ora vorrebbe trovare il modo di coinvolgerlo. Sa di non poterlo «usare», ma intravede una figura che si staglia alta, o quantomeno piú alta di quelle dei suoi piú giovani compagni di partito, fra il profeta e l'eroe.

Non mi meraviglierei se ci fosse proprio Giulio dietro al lavoro che agita i social.

Samuele non ha dubbi in proposito. Cantor ha la bella sfrontatezza della giovinezza, non ha paura, si schiera senza cercare uno schieramento, ha una faccia «che buca».

Io faccio fatica a riconoscere un piano strategico cosí sofisticato, anche se di fatto il Movimento nasce da quella forma di competenza. Non hanno o non hanno piú icone forti. Gli altri, i compagni di governo, hanno l'uomo del verbo. Non hanno bisogno di altri. E se mai avremo spazio per ricordare questi tempi, li vedremo attraverso il grugno del leader sovranista per eccellenza.

Voglio riposare. Chiudo per l'ennesima volta la lettera di Cantor e la metto via. L'*andantino*. Ascoltava. Ha sempre ascoltato. Fuori ha cominciato a piovere. Una pioggia decisa, ma non violenta. Eppure, contaminato, non mi rassegno alla musica: voglio uscire. Mi infilo un pastrano blu che mi regalò Lena quando andammo in Germania, di tardo autunno. Eravamo arrivati in serata a Rothenburg ob der Tauber. Passammo, ma sarebbe piú esatto dire passai, tutta la mattina seguente dentro il Käthe Wohlfahrt, celebre museo e negozio di addobbi natalizi. Fuori pioveva con germanica impassibilità e dentro era Natale. Mi vergogno tuttora a pensare il precipizio infantile in cui mi inabissai, appena messo piede in quel trionfo colorato e riverberante di *Weihnachtskugeln*, le palle di Natale di vetro rosso mela, spolverate d'oro, d'argento, trasparenti, in quella folla di orsetti in legno e di panno, di pupazzi di neve di stoffa, di schiaccianoci, tra festoni e alberi grondanti di nastri, noci e pigne laccate, e sotto un puntiforme cielo di luci bianche. Lena mi aveva lasciato là dentro ed era tornata con il pastrano blu: ne avevo ancora per molto?

Mi è capitato spessissimo di sognarmi in quel teatro di luce. Tanto che ho la sensazione di esserci ritornato, cosa che invece non è mai accaduta. Non ho né uno scontrino, né una fotografia di quella mattina. Potrei anche essermi inventato tutto. Non c'è neppure Lena che possa confermare lo sguardo di quel quarantenne immerso dentro la meraviglia, tanto piú meraviglia perché il Käthe Wohlfahrt è un museo (e un negozio) aperto tutto l'anno.

Ogni volta che entro nel pastrano blu (e dico «entro» con ragione di causa perché non è un trench, non è una giacca impermeabile, non è neppure un K-Way) scatta quella magia, sento Lena che mi chiede se mi piace, mi vedo mentre lo indosso nello sfolgorio di luci, di abeti bianchi, di vetrinette sfavillanti; sono protetto dall'infanzia incandescente del negozio, da Lena, dal tessuto impermeabilizzato blu marine.

Sono passati quasi trent'anni, e il pastrano, da cui la mia immaginazione non riesce a scrollare quel che vi è rimasto appiccicato di polvere argentata, non è stato mai messo in discussione. E ora ci entro quasi con furia, perché vedo la pioggia che batte sul ginkgo biloba e non posso resistere. Devo uscire. Mi alzo il cappuccio sulla testa e vado, a passo spedito, non so dove, lungo il corso.

Come sono passato attraverso questi trent'anni, in questa città che ora suona modello europeo – *The Place to Be* recita un manifesto –, in questo Paese devastato e triste? Piú sento l'acqua addosso e piú mi prende un magone che mi strozza. Il cellulare mi chiama dalla tasca del pastrano. È Samuele. – Sto arrivando, – dice, e chiude. E io, per un attimo, mi chiedo dove sta arrivando. La pioggia aumenta. Mi appoggio contro la vetrina della farmacia.

– Dottore, misuriamo la pressione? – mi chiede il farmacista.

È una frase convenzionale, lui sa che me la prendo da solo, ma è come mi chiedesse come sto. E io dico no. Dico dovevo stare in casa. Ma lui non mi sente, sorride, esplode quel suo sorriso oltre il vetro mentre sparisce in fondo al lungo ingresso del suo negozio. Com'è che l'andare dei passanti è cosí tranquillo? Non temono nulla. Stanno nel cono degli ombrelli e filano via. S'avanza un jumbo tram e barrisce in mezzo al traffico, leggo le facce oltre i finestrini e anche lí avverto pacatezza. Non è che tutto questo suggerisce l'accettazione di un destino?

Vorrei trovare un Käthe Wohlfahrt in cui entrare, riaccendere l'infanzia, chiederla come un paradiso visitabile. Ci sono in verità luoghi dove potrei forzare il miracolo. Ma non quello. Il pastrano blu non è un mantello abbastanza magico per aprire Sesamo. Mi viene addosso tutta quest'acqua come un segno del tempo, mi vuole lavare via, mi vuole far sentire che è piú forte del sangue che mi scorre nelle vene. Ah, forse sí, dovrei farmi prendere la pressione. Sono un ipoteso. Quando la pressione scende troppo fatico a mettere in fila i pensieri. Dunque, che fare? Torno a casa. Mi inzuppo e torno a casa. Sarebbe una calamità farmi trovare steso sul marciapiede da Samuele. Il dottore svenuto.

Ora tutto mi sembra improvvisamente comico, anche la furia con cui sono uscito per il mero desiderio di affrontare la pioggia. Una doccia, ciula. Dovevi farti una doccia. E ti saresti sentito subito meglio.

Quando uscimmo, Lena e io, dal negozio-museo, pioveva con la stessa intensità. Il pastrano blu funzionò alla perfezione. Ma allora ero un quarantenne impavido, e il giorno dopo sarei stato in una sala da concerto di Dresda e il giorno dopo ancora per una messa in scena di *Cosí fan tutte* a Lipsia. Lena mi aveva accompagnato, anzi aveva organizzato tutto lei, era il suo tardivo regalo di compleanno. In albergo facemmo l'amore e poi scendemmo per uno spuntino.

«*Morgen wird es wieder regnen*», disse dispiaciuta la signora della reception.

«*Lass es regnen*», risposi.

Che piova pure, non abbiamo paura.

Samuele è già davanti al portone.

– Non sapevo che fossi uscito.

– Neanch'io, – dico scrollando pioggia invece di polvere d'argento.

Mi passo l'asciugamano sui quattro peli bianchi che ho in testa.

– Vuoi qualcosa da bere?

– Vogliamo farci un caffè?

E cosí finiamo in cucina.

– Scommetto che Cantor ti ha scritto.

– Già. Mi chiede informazioni su un centro di medici impegnati da piú di cinquant'anni in Africa.

– Il contatto è di Sabir.

– Il fatto che chieda a me, ebreo, cosa penso di un Centro di medici cattolici al quale arriva attraverso il suggerimento di un musulmano mi sembra davvero molto Cantor.

Vado perlustrando fra il nero dei capelli e il nero delle pupille di Samuele, e nella sua soddisfazione comica non fatico a leggere un'altra soddisfazione: quella di dimorare in una delle poche triangolazioni vitali del nostro Paese.

– Pare che a Padova ci sia questo don Mario Scarpa, ormai sopra gli ottanta, che è stato un grande reclutatore di medici ed è tuttora quello che ti chiama nel cuore della notte per farti trovare una strada e mettere a nudo le tue intenzioni –. Samuele si fruga nei capelli e continua: – Trovare una strada sembra un percorso verso la verità, ma pare che don Mario abbia a cuore tanto l'Eterno Padre che l'Africa, e nella fattispecie la «strada» ha a che fare con scelte radicali dal punto di vista professionale.

– Cantor è un infermiere.

– Credo che basterebbe, ma Cantor si avvia a essere un testimone del suo tempo, e non sarebbe cosí insensibile a una causa cosí pratica, e cosí radicata, come quella del Centro Universitario padovano.

– Un vero maestro. Un prete –. Mi escono sostantivi che cercano aggettivi e in effetti ho messo «vero» davanti a «maestro». Il prete indebolisce la sequenza, ma mi vengono subito in mente tonache del sacrificio e della passione. Non conosco don Mario Scarpa, ma la mediazione di Sabir mi rassicura.

– Cos'altro ti scrive?

– Cose che sappiamo. Quello che non scrive ma che io so da Varyna è che Deluppi non sta prendendo bene questa mossa. Cantor lascia strascichi.

Faccio di sí con la testa.

– A che punto è il tuo saggio?

– Ci lavoro. Ma ora devo chiudere il corso. E poi Magda ha bisogno di me –. Prende fiato. – Che peccato che Lena non l'abbia conosciuta.

– Ma tu non sei venuto solo per dirmi che Cantor ti ha scritto, – oso mentre servo il caffè in tazzine che mia moglie – a proposito – non avrebbe mai usato (non avrebbe mai acconsentito nemmeno a questo caffè in cucina). – Sta scrivendo all'universo mondo.

– In effetti.

Samuele mi segue in salotto reggendo la tazzina in mano.

– Io entro in questa vicenda buon ultimo, caro Romagnoli. Fammi capire fin dove posso arrivare.

Samuele ha cominciato a venire in questa casa che era un ragazzino. E infatti si aggira con scioltezza, si trova a suo agio. Ha un incedere pesante come di uomo gravato dall'intelligenza, ma in verità non teme la leggerezza, anzi la cerca. Anche se ama i fatti, sa che lo storico deve saperli leggere, deve saperli scomporre e leggere. «I fatti non sono dati primigeni», scriveva Hayden White.

E Samuele, che lo aveva incontrato a Roma dove periodicamente risiedeva insieme alla moglie, ne era rimasto affascinato. Ben lontano dall'essere un negazionista – peccato che gli aveva attribuito Carlo Ginzburg –, White rivendicava la Storia come narrazione senza escludere il valore del documento.

Hayden White è morto da un anno e ha subito, in Italia soprattutto, ma non solo, una sorta di messa al bando accademica. Samuele mi racconta di come è difficile muoversi per far ripubblicare le sue opere piú importanti.

White, mi diceva tempo fa, si era preparato alla morte con un gruppo di coetanei, una specie di autocoscienza di vecchi accademici e professionisti che in realtà, dopo due ore di panzane e memorie, alla morte dedicavano l'ultima mezz'ora, male e frettolosamente. Ci rideva sopra, dice Samuele. Il gruppo si chiamava End Game. Ogni tanto ci penso. E mi vedo liquidare i colleghi pediatri al primo incontro con un «Meglio vedersi di là».

E ora eccolo qui il buon Samuele, che attende un lasciapassare dal vecchio coniuge della sua amata insegnante di chimica.

– Credi che lo si possa aiutare in qualche modo?

– In verità, non so nemmeno se voglia essere aiutato.

– Appunto.

– Ce l'hai quel contatto?

– Ce l'ho.

– Daglielo.

– Sentinella, quanto resta della notte?

– Non lo so.

– Cito sempre Isaia quando non so piú cosa dire.

– Adesso ascolta.

Ci sediamo e lasciamo che Maurizio Pollini ci dica come Schumann raccontava di sé. Di Florestano e di Eusebio. Dei suoi estremi. Del passionale e del razionale. E di tutta la compagnia dei suoi doppi.

Samuele sa ascoltare. Sta immobile, a occhi aperti, solo le dita della mano destra a volte tradiscono l'avventura del ritmo di Florestano, la corsa sui tasti, la rotondità della danza. Quando veniva a trovare Lena mi prendevano in giro, o meglio lui reggeva il gioco di Lena, che subiva, senza soffrire, i miei struggimenti musicali. Ho la sensazione che uno dopo l'altro, Cantor compreso, abbiano subito un'imposizione, o addirittura il capriccio di saperli catturati. Eppure, adesso Samuele lo sento piú vicino. Gli piace ripetere la vecchia lezione secondo la quale una registrazione vale come la citazione di un'esperienza, mentre un ascolto dal vivo «è per sempre», anche quando «non è memorabile». Ma questa sera non dice nulla.

Talvolta mi sono immaginato accanto ai miei giovani amici, Cantor, Samuele, Sabir, Anna, Magda, accanto ai molti che hanno avuto accesso alla mia casa grazie a Lena, ai molti che ci sono tornati dopo essere stati pazienti ignari di sé, me li sono immaginati in una grande sala da concerto come quella dell'Auditorium di Roma mentre Martha Argerich e Mischa Maisky eseguono il primo *Stück «im Volkston»*. Passa il violoncello sulle loro facce intente, sulla loro giovinezza, *vanitas vanitatum*, apre e chiude, con ritmo insinuante, la bella ambiguità dei loro pensieri che si lasciano impigliare nella risposta della tastiera. Sono davanti al nulla. E promettono tutto. Speranze, figli, visioni. Spariscono leggeri e romantici. Cantor crede piú degli altri di stare in quell'insistere del violoncello, la sua faccia si stacca, ondeggia, dilegua. Un giorno accadrà. Accadrà.

Aprile 2019

Da tanto tempo Cantor si domandava come rispondere al mondo, non al suo mondo, ma al mondo come luogo che gli era stato destinato. Forse proprio per questo non smetteva di cercare sintonizzazioni, ogni volta restando impigliato nel raschio fastidioso che gli apparecchi radio producono quando bruciano la connessione e finiscono con il mescolare stazioni diverse, voci e canzoni, annunci e gomitoli di risate.

Aveva amato tutti i suoi maestri – se questo è l'appellativo che si sarebbe potuto applicare ai suoi mentori. Romagnoli era durato a lungo, e aveva lavorato nella sua coscienza come un utile indice di maturità. Cantor continuava a provare un'insinuante forma di riconoscenza, che talora destava la pertinenza di un sorriso lungo inciso come una piegolina ai lati della bocca, talora semplicemente la fragranza rassicurante di quel salotto buio troppo vasto dove i pomeriggi fluivano in sere non benedette dalla convivialità solo in ragione della sostanziale indifferenza del piú giovane alla qualità aggregante del cibo, e nella fattispecie del celebre risotto del pediatra.

Romagnoli l'aveva spiato per anni, non tanto per avere un'idea piú chiara di chi Cantor fosse, quanto per misurare la sua lealtà. Non gli interessava lasciare il segno di un'educazione specialistica – ad esempio, quella musicale –, ma molto piú ferocemente gli stava a cuore stabilire il progresso della devozione del discepolo, dello scudiero, o addirittura del figlio che Cantor per molti versi era pronto a esibire volentieri. Per quanto i suoi vent'anni lo portassero sempre lontano – ed erano la scuola di infermiere, la montagna, il parapendio, il lavoro con Sabir nei centri di accoglienza, la svagata scioltezza delle sue avventure sentimentali –, per quanto l'intesa fosse sostanzialmente dettata piú dalle lontananze che da una vera e propria frequentazione, Cantor sapeva, una volta seduto sul suo sgabello, cercare nell'attenzione di Romagnoli una cosí vasta attesa che nessuna vera e propria dialettica riusciva a contenere. Faceva sentire a Romagnoli di essere assoggettato: aveva bisogno di quel moto di rinuncia, di abbandono. E Romagnoli, per quanto individuasse le trappole di un troppo facile responso, non sapeva sottrarsi al compiacimento della sua pressione intellettuale e morale.

Ma ora Cantor era davvero lontano, c'era stato uno scatto di cui non si era reso pienamente conto, e l'allievo si era mosso per strade diverse non rinunciando tuttavia a una dichiarata dipendenza affettiva. La stessa, in fondo, che lasciava intuire ad Anna.

Silvestro lo chiamò da Carrara un tardo pomeriggio mentre tornava con Deluppi da un centro commerciale di Fiorenzuola. – Dove sei? – Aveva scavallato la Cisa e gli era venuto in mente il PP, come lo chiamava accorciando *paraglider pilot*.

La risposta fu automatica: – Spingiti un po' piú a sud e mi trovi. Che ne dici di incrociarci a Reggio? Davanti al teatro Ariosto?

Era da tempo che non scendeva a volare. Silvestro arrivò in moto sotto la pioggia. Si abbracciarono e si fermarono indecisi davanti alle vetrine appannate di una trattoria disadorna con pochi clienti. Cantor raccontò sinteticamente gli ultimi mesi.

– Dove hai lasciato la berlina?

– Il mio meccanico me ne fa provare quante ne voglio, e a me piace cavalcare.

– Sí, però togliamoci dall'acqua.

In fondo Silvestro era una presenza che disegnava bene un costante disordine spirituale in cui riconoscersi, e senza essere invasivo, e poi gli piaceva mettersi al servizio del PP, o Mr Pilot, a seconda delle occasioni.

La comparsa di Silvestro aiutò Cantor a sottrarsi alle torsioni creative di Deluppi.

– Come va laggiú? – gli chiese.

– Me la cavo. Adesso ho un cane.

Silvestro Pezzica era nato a Carrara da padre apuano e madre spezzina. Non si era mai mosso dai luoghi in cui era cresciuto, ma per una decina d'anni aveva molto sognato di dare un seguito all'immaginazione che aveva guidato i suoi maestri, maggiori di una ventina d'anni, frequentati mentre cambiavano strada invece di rinnovare quello che personaggi piú lontani nel tempo solevano chiamare «l'Ideale». Risalendo per la discendenza matrilineare c'era il nonno Errico, figura ben presente nel suo immaginario, non meno del bisnonno Francesco. Il padre veniva da Bagnone, ma aveva cominciato presto a lavorare nei cantieri di Marina di Carrara, e lí si era formato. Gli aveva consegnato la memoria della polvere di marmo, quella che ancora oggi convertiva in latte l'acqua torrentizia del Carrione.

Chiesero vino e chiesero magatello. – Qui ci portano la carne dell'altro ieri, – disse Silvestro a voce bassa.

Cantor fece finta di non sentire, non gli importava.

– Le cose cambiano, – sentenziò, e nemmeno lui seppe che cosa aveva avuto intenzione di dire.

– Cambiano dappertutto, – si fece sotto Silvestro per sostenere la musica del luogo comune. – Cambiano che è un piacere, – aggiunse, e si lasciò soffocare da una risata che arrivava da chissà dove. – Solo le donne non cambiano mai, – aggiunse, ma Cantor gli fece segno di smetterla, e gli raccontò cosa gli era successo con la bellissima Fatou.

– Lo so, sei famoso, – fece Silvestro con tono canzonatorio. – Una volta uno avrebbe tirato fuori una fotografia sgualcita dalle tasche e avrebbe mostrato la fidanzata all'amico. Vedi come vanno le cose. Ti sei lasciato parlare addosso. Adesso sei un paladino e il marito di Naomi Campbell.

Cantor cercò nella tasca esterna dello zaino ed effettivamente cavò fuori una stampata a colori di un'immagine del repertorio digitale.

– Vedi? Ce l'ho la fotografia, ma è di Anna. La mia ragazza.

Silvestro prese il foglio ma tardò a guardare.

– E la tua ragazza non è tua moglie, deduco. Vuoi confondermi.

– Piú o meno. Le cose vanno come non te lo aspetti.

– Dunque, Anna. Me ne avevi parlato, – disse Silvestro, e percorse con la punta dell'indice la figura della foto.

– Silvestro, mi sento come uno che ha cominciato a lasciarsi troppa vita alle spalle…

– Ma se sei appena uscito dall'adolescenza.

– Non scherzo, credimi. Mi sento sempre spaccato in due. Non solo: faccio in modo che questa condizione continui a ripresentarsi.

Silvestro giocherellava con la forchetta intorno al piatto vuoto, infine gli piantò addosso gli occhi verdi.

– Quando ti vedevo atterrare sulla piana mi chiedevo sempre cosa ti portavi a casa di quei voli, mi chiedevo se avevi mai pensato allo spazio, a volare sopra il cielo, a figurarti una forma di salvezza fuori di qui. Mi infilavo una sigaretta in bocca, ti guardavo arrivare e mi dicevo che io ero di quelli che rimangono a terra, e che con la terra finiranno.

– Mi stai dicendo che la tua anarchia guarda piú lontano dell'anarchia dei Malatesta?

– Mi rendo conto che trent'anni fa contavamo anche sulla fantascienza e adesso abbiamo solo tecnologia. Mi spiego?

Cantor allungò una mano e la chiuse intorno al polso di Silvestro. – Qui non c'è spazio, ma forse non ce n'è neppure altrove.

Silvestro fece segno al cameriere che erano pronti per cominciare.

Ogni tanto entrava qualcuno e si scrollava la pioggia di dosso. – Magari ti chiedono un autografo, – sibilò Silvestro. E giú a ridere. Quando rideva diventava trasparente.

– Sei un imbecille, – brontolò Cantor.

Il magatello era buono e buone erano le verdure che lo accompagnavano. Portarono anche dello gnocco fritto con del prosciutto. – Da noi, – fece Silvestro con fare competente, – questi bei rombi crocchiarelli passano il Cerreto e diventano soffici sgabei.

– Mi è capitata una cosa, – cominciò Cantor riducendo il tasso di bonomia del suo interlocutore, che lo squadrò interrogativo. – Un paesotto perso nella pianura. Una piazza, un castelletto, strade con i portici che finiscono poco piú in là. Una chiesa, e chissà, forse un municipio, magari una biblioteca. Sono le dieci di sera ed ecco che arrivano bardati di nero. Una squadra che si mette a sfilare in silenzio, come stesse facendo una prova.

– Alla maniera dei nuovi fasci!

– Perché?

– Si trovano per vedere l'effetto che fa.

– Non c'era in giro nessuno. Tutti chiusi in casa.

– Appunto. Quello è l'effetto –. Considerò la faccia appesa di Cantor e chiese subito: – E tu? Sei andato a rompere i coglioni?

Cantor non rispose, ma mostrò a Silvestro un foglio A4 con su scritto: «Ti facciamo nero».

– Nero come loro?

– Non credo. Nero come i neri.

– Vedi la fama.

– Non so se sono gli stessi, ma qualcuno, il 14 gennaio, è venuto a imbrattare di svastiche e di scritte la casa colonica dove sta il centro di accoglienza.

– Questo è un Paese che cambia! Lo sapevamo, che sarebbe cambiato.

– Le uniformi nel buio, le minacce, il grugno, lo sbraitare dagli schermi. Vecchio teatro. Quelli non sanno che tutto ciò ha a che fare con gli allevamenti intensivi, con la peste suina, con il fantasma delle epidemie.

– E mettici pure i tronisti e i grandi fratelli, – cantilenò Silvestro. – Non ti viene voglia di volare via?

Cantor cercò spazio oltre il taglio delle spalle di Silvestro, provò a guardare oltre. – Mi viene voglia di avere un bersaglio, di sapere dove colpire. Mi viene voglia di uscire da una scena per entrare in un'altra –. E disegnò con la mano una specie di curva e controcurva. – Oppure mi piacerebbe sparire mentre sparisce anche tutto il resto.

– Tu sei piú buono di me. Hai pietà di te e di tutti.

– Vorrei, caro Silvestro, che qualcuno mi dicesse: «Ecco, questa è la strada per essere giusti».

– Ehilà, buddy, frena, non scappare. *I'll be there on time and I'll pay the cost*, – si mise a cantare Silvestro.

– Devo venire a trovarti. Devo stare un po' con te.

– Non promettere, che poi non mantieni. Ma io sono abituato a non aspettarmi niente: sono il tuo amico perfetto.

Continuarono a bere e Silvestro si diffuse prima sulla sua infanzia felice, poi sui suoi amori infelici.

– Altro che giustizia, – concluse, e vide che aveva smesso di piovere. – Ti accompagno a casa, o lí dove stai.

Quando entrò con la moto, seguito da Gavroche, sullo sterrato del casale di Deluppi, frenò, si tolse il casco e disse serissimo: – Ma tu cosa c'entri con questi posti? – Restò a guardare Cantor che, come un giovane Clint Eastwood, faceva gli ultimi trenta metri per poi sparire nel buio, insieme al cane. Si rinfilò il casco, diede un'accelerata brutale, sbandò, dominò l'incertezza e schizzò via nella notte.

Cantor si era fermato dietro un cespuglio quasi secco di rose e spiò Silvestro prendere il volo come faceva lui quando si gettava da Campo Cecina, nell'azzurro.

Non smetteva di chiamare Sabir, e Sabir, da coetaneo, non gli perdonava di aver perso il senso delle cose, gli rimproverava quell'andare senza costrutto a cercare nuovi interlocutori, gli rimproverava il matrimonio con Fatou e gli contestava come la difesa della Maison Noire gli aveva fatto conquistare spazio nella cronaca: non era quella la strada. Troppo protagonismo, forse non premeditato ma inefficace. Cantor, ovvero Filippo Castelli, fratello del notaio Giulio Castelli, appariva sui quotidiani accanto alla bellissima Fatou, alle sue spalle profughi con fagotti sulle spalle.

La minaccia scritta che Cantor aveva mostrato a Silvestro si era poi trasformata in un inseguimento per le vie di un borgo, un agguato che era stato rivendicato e pubblicato sui media: l'episodio aveva gettato altra benzina sul fuoco, anche se di fatto non c'era stata un'aggressione violenta. Cantor compariva, volente o nolente, sui social – e lí l'osanna e la deprecazione si allacciavano nefasti. Si era fatto tagliare i capelli quasi a zero e sulle guance e sotto il naso aveva una peluria sottile, quasi da adolescente. C'era chi aveva scritto: «Sembra uscito da una tela del Greco, guance scavate, mistico e luminoso». A volte compariva accanto all'immagine del fratello, camicia bianchissima, giacche di taglio sartoriale, lo sguardo preciso del diplomatico.

A quel punto aveva detto basta: aveva deciso di seguire il consiglio di Sabir e di chiedere un incontro a don Mario Scarpa. Varyna ascoltava con pazienza ma tradiva un'inquietudine – la sua e quella di Fabio, che a quel punto avrebbe mal tollerato l'assenza di Cantor.

– Sei sicuro? – gli chiese.

Cantor si limitò a sorridere.

– Fabio. È partito senza salutarti. E quando torna da Amburgo tu sarai altrove. Non gli piace che tu te ne vada.

– Lui è un vero sovversivo.

– Forse, non si è spiegato abbastanza.

– Figuriamoci. Lui non ha neanche bisogno di fare dichiarazioni. E sullo «spiegare» sarebbe il primo a sostenere che è parola che non tiene. Piega, pieghe, meglio le pieghe, non ci si spiega, non ci si piega. Come me lo sentissi.

– Ha paura di averti deluso. Cosa che, ti giuro, non ha mai pensato di nessuno.

Questo era un altro versante della faccenda. Sul fronte del deludere Cantor non sapeva che dire, si sentiva sguarnito. Si passava la mano sulla nuca, lo faceva spesso, non abituato com'era a quella curva nudità.

Il tardo pomeriggio di maggio affilava colori in fondo alla pianura. Varyna si era infilata una maglia leggera molto abbondante, giocava a stringervisi dentro come dovesse difendersi da un freddo che non c'era.

– Non esiste una stabilità cosmica. Sto precipitando in un vuoto che mi fa male. Non pretendo che mi si capisca, non pretendo niente, ma non posso star fermo.

– Lo so, – fece Varyna nascondendo gli occhi nel velo improvvisato della maglia che si era passata sulla testa. Aveva paura di quella vicinanza, o forse la cercava.

– Fatou torna in Senegal, con il fratello.

– Davvero?

– Continuo a inciampare in decisioni che altri hanno preso per me, – disse, e Varyna si limitò a lanciargli un ironico: – Sei sicuro?

Non era intimidita da quel ragazzo in cui l'innocenza si mescolava spesso all'arroganza senza soluzione di continuità.

Cantor la scrutò con un'intensità che avrebbe potuto senza difficoltà tradurre l'imminenza del desiderio.

– Ricordati di me, – ebbe solo la debolezza di chiedere, e lui si limitò a porgerle il capo nudo, che lei trattenne dentro il palmo delle mani come una sfera di cristallo.

All'alba Cantor salí su un'auto che era passata a prenderlo e si perse nell'umidità della campagna.

Come tutti quelli che partono, si voltò indietro a considerare il tempo che aveva trascorso al casale di Deluppi, ai due viaggi verso il Nord Europa sul furgone bianco, a Gand e a Berlino, agli immigrati ospitati nella casa colonica senza permesso di soggiorno. Quante volte ancora gli sarebbe accaduto? Entrare e uscire, prendere e abbandonare. E Fatou? A Fabio e Varyna non piaceva, o meglio, si presentava come un segmento estraneo alla confidenza che si creava quasi naturalmente con Cantor. Cenavano allo stesso tavolo. Spesso uscivano tutti e quattro insieme. E ancora piú spesso partecipavano agli incontri operativi che si tenevano alla Maison Noire. Deluppi si distraeva facilmente, se ne stava in un angolo e quando veniva interpellato faceva segno che c'era, che proseguissero, ma non interveniva. Si preoccupava di trovare occupazioni, anche molto saltuarie, onde garantire certificati a chi era in attesa di permesso: lo faceva anche al di fuori delle sue relazioni piú immediate. Godeva di una certa autorevolezza, si fidavano. Da quando Fatou era entrata nella loro quotidianità, Cantor non aveva piú accompagnato Fabio nelle sue missioni oltre confine.

Cantor ebbe fortissima la sensazione di aver attraversato la genialità di Deluppi come si attraversa una boscaglia. A volte restavano seduti fuori dal casale, sotto la pergola, con una bottiglia di rosso, e cercava di raccontare qualcosa di sé, senza pieno successo. Anche a Cantor mancavano, per cosí dire, le parole. Una volta disse che stavano l'uno a fianco all'altro come due poeti, come poeti delle cose. Si passavano la pacata saggezza di quelle pause, sorseggiando Lambrusco.

In una di quelle occasioni Fabio trascinò Cantor nel laboratorio, oltre la stanza dei legni, lo fece appoggiare a una tavola di truciolato, imbracciò la sega elettrica e, sfiorando la figura immobile del giovane amico, ne cavò la sagoma che poi dotò di piedistallo e portò fuori all'aperto. «Eccoti lí», disse, e lo disse come se lo avesse ricreato, o come se avesse materializzato la proiezione di un'immagine altrimenti destinata all'evanescenza. Mostrava la figura al modello e cercava di trovare un'effettiva somiglianza. «Siamo simulacri, siamo sacri simulatori. Muli e tori. Orti. Volti, musi, visi. Siamo appena visibili». Sarebbe potuto andare avanti all'infinito, secondo la catena che gli piaceva chiamare «la lingua dell'abisso». E poi rincorse un'altra intuizione. Tagliò un ramo da un cespuglio di rovi, lo intrecciò a corona e lo calcò in testa alla sagoma. Piú tardi tornò con un vasetto di smalto carminio e lo lasciò colare sopra le spine. Cantor si allontanò con un'aria quasi offesa. Poi allargò un sorriso disteso, accogliente, e disse: «Lui ti perdona». Varyna tolse la corona di spine e la sagoma di legno striata di rosso e restò a guardarli. Lei bofonchiò qualcosa sulla rappresentazione e la blasfemia; spinse Cantor accanto alla sagoma e scattò una foto con il cellulare. «Non è che ti prendi troppo sul serio?» gli chiese.

«Non dimenticare, – cantilenò Cantor, – che sono arrivato qui perché non so stare da nessuna parte. Come posso prendermi sul serio?»

«Per fortuna che Fatou non ci sente», bisbigliò Varyna.

Cantor chiese una scatola di zolfanelli e, come si era ripromesso nelle settimane precedenti, si preparò a dar fuoco al mucchio di rami che si erano accumulati appena oltre il recinto del casale durante il lavoro di potatura invernale e di pulizia. Non pioveva da due settimane, erano secchi, si poteva procedere. Cantor lo aveva annunciato: «Lasciate a me il compito. Ho l'anima del piromane». Accese e attese che la fiamma si levasse con vigore. Un'intensa nuvola di fumo bianco si gonfiò a conferma che il secco dei rami piú esposti nascondeva quelli umidi sul fondo. Di tanto in tanto Cantor smuoveva con un bastone di carpino la base della pira, e allora nuove fiamme e nuovo fumo lo accerchiavano.

Varyna osservava da lontano: la figura del ragazzo, bastone in mano, si consumava nell'aria come un'apparizione. Quando si voltò e la vide, le sorrise trionfante di una felicità adolescente, angelo di quel piccolo inferno. Piú tardi, lo vide seduto davanti alla lenta combustione della fascina piú resistente della ramaglia accumulata e delle foglie che la inspessivano. Era come se cercasse dentro il crepitio vermiglio una rivelazione, e lo disse anche, a voce alta: «Resiste». Quanto piú durava, tanto piú quel fuoco avrebbe prodotto cenere. «Che ne faremo?» domandava. Ma intanto non staccava lo sguardo da quel cuscino rosso che gli sputava addosso calore e fumo. Tormentava con il bastone il mordere lento delle braci. Non si mosse finché non rimase che un esausto fumigare sopra i resti delle rovine invernali. Fatou comparve quando il fuoco si era tutto consumato: apparve come un'allucinazione dentro il baluginare di luci che veniva dalle finestre e piú lontano dalle strade.

La sera della sagoma imbrattata e del fuoco si chiuse con una cena inaspettatamente allegra: passarono amici della Bassa, si era perfino cantato, e uno scrittore di Parma sostenne a piú riprese che in realtà si stava vivendo in un mondo molto migliore di quello che tutti ritenevano, che non si doveva avere paura, che bisognava guardare oltre il teatro della politica, e che perfino a certi politici detestabili bastava avere la pazienza di parlarci. Cantor non aveva perso una parola di quella ebollizione di ottimismo. Gli sembrava autentico. Poi lo scrittore si rivelò padre di una ragazzina alle soglie dell'adolescenza. Era, la sua, una fiducia nelle cose umane venuta crescendo insieme al suo amore di padre. Amore che intiepidiva, agli occhi di Cantor, la sua lucidità, ma che comunque non aveva impedito il destarsi di una simpatia reciproca, peraltro incoraggiata da Varyna. «La conoscenza non si consuma, semmai si accumula, – dichiarò il padre ottimista. – È quasi impossibile che un tracollo, anche il piú spaventoso, azzeri il progresso umano».

«Da quanto non sentivo parlare di progresso, – se ne uscí Cantor, e disse allo scrittore che doveva assolutamente incontrare l'amico Samuele. – Eh, Varyna, non è una bella idea? Samuele appartiene alla banda degli storici pessimisti. Chi scompare dalla memoria porta via anche i fatti che erano parte della sua verità, e senza verità, ho paura, non c'è progresso».

Alzò il bicchiere ma lasciò che altri prendessero la parola. «Il Deluppi ci sta invitando a salutare chi se ne va». Quasi tutti notarono la sagoma insanguinata, ma non stabilirono nessi, né li aiutò Varyna. Erano arrivati anche degli ospiti della Maison Noire. Cantor li salutò uno per uno. «Sapete, – disse, – c'è chi ha calato l'asso della battuta per cui l'Africa qui da noi non ci può stare tutta, che cosa credevamo di fare, e per chi. Ma l'Africa è il nostro destino». Allungò il braccio intorno alle spalle di Fatou e sembrò contenerla, difenderla. Ma era evidente che lei non aveva bisogno di essere difesa, semmai cercava di mettere una piccola, salda distanza di sicurezza.

– Sí, – continuò Cantor, – non c'è piú nulla che sfugga ai destini generali del pianeta. Ci possiamo stare tutti, e tutti possiamo sparire.

Non capitava cosí spesso che Cantor cedesse al rischio della dichiarazione, ma qui stava parlando agli africani che avevano affollato la cucina di Varyna. In verità quella non era la sua missione, e lo sapeva sin troppo bene. Ma non poteva neppure sottovalutare tutto quello che era accaduto in quegli ultimi mesi e il ruolo che lui stesso vi aveva avuto. Doveva partire. E doveva farlo quanto prima. Fatou gli aveva raccontato cosí poco di sé, e lui non aveva fatto diversamente. Che cosa fosse stata quell'intesa, né l'uno né l'altra avrebbero potuto dirlo. Dal di fuori erano belli entrambi, e questo bastava ad avallare la leggenda del grande amore. Chi fosse Cantor, pochi sapevano. Che cosa avesse in mente Fatou, a Cantor non premeva: non voleva farle del male. Da tempo sapeva che aveva preso una decisione e lui avrebbe fatto in modo di non lasciarla senza appoggio. Si salutarono con tenerezza. L'ultimo crepuscolo al casale. Il verde freschissimo dei prati riluceva d'un tremore vespertino. La siepe di sambuco si era gonfiata di gemme gentili. I pioppi cercavano l'azzurro, l'ultimo prima della sera. Cantor e Fatou camminavano l'uno davanti all'altra percorrendo la strada bianca d'accesso al casale. Cantor sentiva la presenza di Fatou alle sue spalle ma finí con il sentire anche quella di Anna. Avanzava non lontana da Fatou. Anzi cercava di starle a lato, non remissiva, quasi complice. Il suo era un amore largo, capace, pervasivo. Anna era il filo di seta. E ora – ma era già accaduto altre volte – non voleva lasciarlo solo, non voleva lasciarli soli. Si chiedeva se chi passava lungo la provinciale, in auto o in bicicletta, si accorgeva di quel giovane uomo e di quelle due donne che lo accompagnavano. Anna restava un poco piú indietro. Fatou ora gli stava a fianco e poi lo superava, procedeva sola senza voltarsi. Lo stava già salutando, anticipava la notte che avrebbero passato insieme. Nessuno strappo, nessuna nota stonata. Cantor esplorava lo struggimento della sera e di quella compagnia, e avrebbe voluto fermare il tributo di bellezza che la sua immaginazione stava raccogliendo.

Il fratello di Fatou accompagnò Cantor alla stazione. – Ci sarà chi si occuperà di lei, – esordí, – ma chi si occuperà di te?

Andarono a prendere un caffè insieme. L'universo traslucido del bar deserto li risucchiò, li rovesciò negli specchi: un giovane bianco, magrissimo, la testa calva e un nero di poco piú grande, di poco piú in carne, con uno zainetto sulle spalle. Cantor si cercò nelle pareti specchianti e trovò solo il suo compagno. – Una volta a posto le pratiche, Fatou potrà anche tornare e risiedere in Italia, ma è convinta che starà meglio con nostra madre e gli altri fratelli –. Il ragazzo cercò l'attenzione di Cantor, che gli dava le spalle: – Tu potresti fare qualcosa di piú? qualcosa di meglio? Non credo.

Quando si erano conosciuti, Amadi gli aveva raccontato della famiglia, di come erano riusciti a sopravvivere finché erano rimasti nelle campagne. Poi l'illusione di un avvenire a Dakar: Amadi e Fatou avrebbero studiato e poi trovato lavoro in Francia, la detestata Francia, nell'Eldorado Europa, da qualche parte lassú. E invece tutto era andato storto: era morto lo zio che aveva finanziato gli studi dei due ragazzi fino ad allora. Non si era limitato a morire: si era scoperto che aveva investito tutto il suo capitale in una società francese che, fallendo, l'aveva lasciato senza risorse, e, insieme a lui, tutti gli altri.

Amadi e Fatou non erano ormai né carne né pesce, lei aveva quasi finito le superiori e lui era al secondo anno di Economia: dovevano ricominciare da capo, qualcuno aveva suggerito l'Italia e in Italia erano arrivati – erano arrivati come tanti dal loro Paese, senza prospettive. Si erano presentati al centro di accoglienza. Fatou era stata spesso avvicinata da procacciatori d'affari, ma l'unico affare a cui avevano alluso era una carriera di escort – mica il marciapiede, per carità, ripetevano –, con una prospettiva di benessere superiore a qualsiasi altra opportunità che la ragazza aveva davanti. «*Bon, je n'avais pas d'autre dans la tête, vous savais? Mais je ne suis pas à l'hauteur*» era stata la risposta di Fatou.

Una scrittrice che portava il suo stesso nome, Fatou Diome, aveva scritto storie che somigliavano alla sua, anche se ormai era qualcuno in Francia. L'aveva persino incontrata durante una visita a Dakar. Piuttosto che fare il fratello maggiore, Amadi si preoccupava, se mai ci fossero state, delle conseguenze: Fatou sapeva cosa dire, e si faceva capire anche da chi non masticava il francese.

«*Je connais ton pays*», le aveva detto Cantor dopo la presentazione pubblica del centro di accoglienza. Non sembravano pronti per una battaglia, semmai per una fuga sentimentale. Lui l'aveva presa per mano ed erano andati cercando un bar sotto i portici, quando ormai stavano tutti chiudendo. Sapevano, ma senza volersene rendere conto, di essere seguiti da una ventina di altri africani che non avevano alcuna intenzione di abbandonare il giovane che si era presentato loro come un capo e ora sembrava abbandonarli. No, non li avrebbe lasciati nella notte, c'era un programma in atto, ma loro avevano il diritto di pensare che le informazioni ricevute non erano corrette, o che comunque la loro avventura in quella città aveva preso un'altra direzione.

In verità, Cantor e Fatou pattinavano sulla pietra lucida dei portici con la leggerezza degli innamorati, come in un vecchio film francese. Il gruppo manteneva una certa distanza, ma si preoccupava di non perdere di vista *le capitain*: procedevano come un battaglione disarmato e senza meta, sotto gli occhi dei pochi passanti, nel gracidare delle saracinesche e nell'afflosciarsi delle luci. Quando Cantor trovò un bar provò a offrire da bere a tutti, ma nessuno accettò, e cosí si disposero a semicerchio intorno alla vetrina del locale da dove si intravedevano Cantor e Fatou bere della birra.

Da dentro Cantor li teneva d'occhio, li ammansiva con gesti pacati a significare che la ragazza era stanca e aveva sete. Non pensava Fatou, né lo pensava Amadi, che il giovane bianco appartenesse ai procacciatori di occasioni: per quanto stanchi e sospettosi, quelli che aspettavano fuori osservavano la scena con una tolleranza che forse non sapevano giustificare. Il fatto è che la bellezza di Fatou li metteva a disagio e la luminosità dello sguardo di Cantor addomesticava i loro cattivi pensieri.

Cosí erano andate le cose, cosí se le rammentava Cantor mentre oscillava sotto gli occhi di Amadi.

Cantor si volse di scatto e abbracciò il fratello di Fatou.

– Succederanno tante cose, non hai idea di quanto continuerà ad accadere in tutto il mondo, ma non sono io quello che fa succedere le cose.

– Secondo me, – disse il fratello di Fatou, – tu ti racconti un sacco di storie, ma va bene cosí. Questo, – e gli consegnò un foglio dattiloscritto, – è tutto quello che Fatou desidera che tu continui a sapere di lei –. Il foglio era piegato dentro le due pagine a colori in cui Fatou appariva in un servizio sul futuro delle donne immigrate, titolo *La belle sénégalaise*: niente di scandaloso, l'occhio del fotografo aveva colto un possibile approdo nella moda, e lei aveva scritto: «*Si ça est tout que je peux avoir ici, c'est mieux de retourner sous l'arbre sacré de mon village*».

Cantor restò solo nell'atrio, il borsone a tracolla, la camicia bianca che si scollava dalla spalla dove premeva la cinghia – e andò a cercare riparo nella sala d'attesa. C'erano tre donne anziane: due tenevano la borsa sulle ginocchia, la terza aveva il suo da fare con dei sacchetti di plastica. Senza guardarsi, principiarono una conversazione che non esigeva guardarsi negli occhi. Ciascuna aveva la sua battuta che, come in un coro, l'una o l'altra riprendeva perché poi tornasse alla prima. Dicevano di nipoti che si preparavano al matrimonio, dicevano di case dove avevano vissuto, dicevano anche di prodotti per l'igiene personale. Cantor colse la lode di un sapone che sapeva di lavanda, e dalla lavanda trascorsero al profumo della zucchina. – Però gli piace lavorare, – disse la prima tornando al nipote. – Un ragazzo d'oro, – fece l'altra, e allora Cantor le guardò come se stessero sgomitolando un segreto, come se la preziosa materia di cui era fatto il ragazzo citato facesse polvere in quella stanza. Erano cosí concrete, erano cosí ancorate alla successione degli atti, che impollinavano il teatro della loro conversazione. Parlarono anche di mariti, ma una non aprí bocca e fu chiaro che era rimasta vedova. – Mi manca, – disse poi, e su quel mancare le amiche emisero note dolenti, ma d'un dolore confortante, piccolo, gentile – fu una cascata di umili indiscrezioni. Cantor pensò che come a quella donna con il volto chiuso nella seta di un foulard rosso scuro mancava il coniuge, cosí a lui mancava quel mancare, anzi quelle parole palpabili come bottoni, utili come bottoni.

Che poi l'esistenza forse si scioglie cosí, in questi siparietti della quotidiana pazienza, ebbe il coraggio di ammettere.

Arrivò il treno e Cantor lasciò passare le tre amiche.

Le vide disporsi a crocchio in una vettura e per un attimo la gentilezza di poco prima prese fuoco: gli sembrò che una dopo l'altra si esercitassero in smorfie crudeli. Non volle avere conferma di quella metamorfosi e si allontanò velocemente finché non trovò un posto vuoto. Il finestrino opaco di polvere gli restituí, velata, la campagna accarezzata dal mattino, che aveva imparato a conoscere e che ora si preparava a dimenticare.

Quindici

Quando gli avevo raccontato della fuga di Lena, Cantor sembrò non prendere in considerazione quanto quell'episodio fosse stato decisivo. Se gliel'avessi raccontata come una rottura, come un tradimento, sarebbe stato piú partecipe? Perché non aveva voluto sapere di piú? E invece. Dopo la visita alla libreria notturna di Lena ce ne tornammo in salotto. Mi parlò di una possibile specializzazione in malattie tropicali e poi mi sfidò con uno sguardo sicuro, disse che senza Lena non sarei stato nessuno. Disse: «Anche se avesse fatto un figlio con un altro».

Wie aus der Ferne, come da lontano, arriva la voce di Cantor. Non ci avevo mai pensato a come sia di grana spessa, appena impastata, ma ruvida, baritonale, malgrado la complessione fisica da tenore romantico. Cosí torna *wie aus der Ferne* attraverso lo spazio che ha occupato nella mia immaginazione. E in verità, piú passa il tempo, piú tocca all'immaginazione lavorare per restituirlo alla memoria. Cantor. Quando ha ricominciato a frequentare casa mia aveva smesso di essere un bambino e non era neanche piú un adolescente. Lena era morta da tre anni, e io pensavo che la mia vita si stava chiudendo, o se propriamente non si chiudeva diventava un pallido calco di quella precedente. Mi dicevo che mi sarei limitato ad amministrare le relazioni umane che avevo coltivato sino ad allora insieme a mia moglie. Ma era vero? Era quello che mi disponevo a fare? Mi piaceva che ci fosse il giovane Samuele, che di tanto in tanto si affacciassero i molti studenti che l'avevano amata, mi piaceva persino cedere agli inviti dei miei colleghi pediatri, alcuni inclini alla compassione, altri determinati a trascinarmi in avventure diversive, altri ancora scandalosamente pronti a mescolare l'una e l'altra tendenza, con effetti grotteschi quando non patetici.

Una percentuale rilevante delle tre categorie cercava di convincermi a non lasciare la professione, sarebbe stata un lenitivo, un'occasione di frequentazione del genere femminile, una consolazione da coltivare fra il bisogno di conforto attivo e quello di conforto passivo. «Non c'è come una mamma in conflitto con il marito sull'educazione dell'infante, per assaporare la dolcezza degli abbandoni». Cosí diceva qualcuno. E altri ad altre argomentazioni si allacciavano con scaltra prontezza. Facevano del loro meglio per tenere la solitudine lontana da me, ma la mia – e questo loro non lo capivano proprio – era una solitudine ospitale.

Dentro questa ospitalità si fece spazio Cantor e io cominciai a vedere in lui la figura romantica, il giovane pronto al sacrificio, l'anima entusiasta che leggevo negli scritti di Robert Schumann, travestito da Florestano, «uno di quei rari musicisti che sembrano quasi presentire tutto ciò che c'è di futuro, di nuovo, di fuori dall'ordinario». Per quanto Cantor non fosse un musicista né avesse intenzione di esserlo, c'erano in lui quelle caratteristiche che Schumann attribuiva al suo Florestano. Presentiva? Presentiva. Presentiva il futuro, il nuovo, il fuori dall'ordinario? Sí. In verità, la prima cosa che aveva fatto era stata lasciare Medicina per diventare infermiere, ma, a ben pensarci, anche in quel caso non aveva forse visto la funzione fondamentale che, rispetto al medico, la figura dell'infermiere veniva sempre piú coprendo sia nell'istituzione clinica sia sul territorio? L'infermiere metteva le mani dove nessun medico specialista aveva piú l'ispirazione di metterle, ovvero sulla vasta e difforme mappa corporea. Il corpo, già.

Dunque, Cantor sarebbe stato l'eroe? O non era piuttosto Samuele, quello che sapeva guardare? Nel corpo sociale piuttosto che in quello fisico, ma con ostinata severità. L'infermiere non aveva di fatto esercitato: diciamo che le sue competenze si manifestavano erraticamente dove lo trascinavano le occasioni, ma nulla sapeva di corsie d'ospedali, di turni, di dedizione. Eppure, lo avevo visto, era capace di muoversi con muta sicurezza accanto al malato, usava le mani con pertinente destrezza, per rimuovere, aggiustare, leggere nel sangue, nella piaga, o piú semplicemente dentro quella forma di resa sgomenta di chi cede al dolore.

Aveva preso un'altra strada.

Quando era venuto, molto tempo prima, e gli avevo raccontato della fuga di Lena, si era limitato ad ascoltare, quindi non aveva mai saputo come era andata a finire quella lunga settimana. E ormai io stesso fatico a mettere insieme tutti gli elementi di quell'episodio.

Mi chiamò una seconda volta, e io appena sentito il suo ciao chiesi subito se vedeva ancora il lago.

«No, non lo vedo piú, adesso, ma non sono lontano».

«Non posso venire a trovarti?» osai subito prima di ogni altra parola.

«Ma no che non puoi, – rispose, – però è venuto a trovarmi mio fratello», si affrettò ad aggiungere.

La cosa mi confuse al punto che non seppi aggiungere altro. Suo fratello insegnava architettura a Losanna, dunque era sul Lemano? Era con lui? Il fratello occupava un posto modesto nell'esistenza di Lena, si sentivano di tanto in tanto, di tanto in tanto lui tornava in Italia e veniva ospite da noi. Era di poche parole. Era stato sposato a lungo con una tedesca giornalista di moda, anche lui non aveva avuto figli e ora frequentava una ragazza del Vallese, molto piú giovane. Ma che cosa c'entrava tutto ciò con Lena? Non avremmo potuto andarci insieme, come già avevamo fatto tornando dall'opera di Zurigo?

«Sai che vent'anni fa è morto Charlie Chaplin? – mi chiese, e io allora me la vidi al Manoir de Ban, dove Chaplin aveva vissuto. – Mi sono consumata, amore, – se ne uscí, e cominciò a piangere, o almeno cosí sembrava. – Ha avuto undici figli. Dall'ultima moglie, otto».

Dissi che lo sapevo, e che avevo una passione per Geraldine Chaplin.

«A te piace avere delle passioni», puntualizzò lei con malizia.

«Sono preoccupato. Sei da tuo fratello?»

«No, amore, non sono lí».

«Ti stai muovendo in treno?»

«Ho affittato una macchina».

«Come ti firmi negli alberghi?»

«Scusa?»

«Che nome usi?»

«Lena Savona Rinaldi».

«Tua madre. Tuo padre. Io non ci sono».

«Ho sempre firmato cosí, amore».

Ero molto indeciso: mi stava lasciando? Aveva un conto in sospeso di cui non avevo mai valutato l'entità? Avevo messo la mia professione davanti a lei? Doveva esserci stato uno strappo che non avevo sentito. Mi venivano incontro scampoli di vita insieme, istantanee, scatti. Mi ostinavo a non entrare nella parte del coniuge abbandonato. La nostra storia non prevedeva un'uscita di scena di questo tipo.

«Non andare a cercare un errore, non c'è».

«Non c'è?»

«No».

Interruppe la comunicazione. E ci furono altri due giorni attorcigliati intorno al vuoto. La domenica salii in auto e arrivai a Losanna. Mi chiamò sul cellulare.

«Sono qui».

«Dove?»

«Dove sei tu».

«Errato».

Mi piegai sul volante. Erano troppe notti che dormivo poco e male.

«Dimmi che cosa devo fare».

«Ti ho sempre detto cosa dovevi fare. Questa volta devo lasciarti da solo».

Andai al Manoir de Ban. Davanti a una locandina del *Monello* scoppiai a piangere. Non riuscivo a fermarmi. Mi chiesero se avevo bisogno di aiuto.

Non andai a trovare il fratello, presi una stanza in un alberghetto di Vevey e dormii lí. E ci dormii veramente, fino a tarda mattina, quando una luce chiara, cristallina, sfondò le belle finestre senza tende. Si vedeva il lago. Forse anche Lena aveva dormito lí, in quella stessa stanza, in quello stesso letto. Forse anche lei era scesa per la colazione facendo scricchiolare la scala di legno.

Ripresi la strada del ritorno, mi ritrovai in cima al Passo del Sempione come un Annibale privato del suo esercito. Il rifugio era chiuso, le nuvole si muovevano basse. Ero precipitato in una schiuma bianca dove, per una frazione di secondo, mi sentii perduto: un uomo nel vuoto. Certi gomiti di rocce scivolavano fuori dall'umido candore e barrivano, altro mugghiare veniva dall'alto: pigiai sul clacson in competizione con quei suoni animali che forse sentivo solo io. Che ci fosse qualcosa di simile a un patto, ne ero certo, ma non ero piú certo su cosa avessimo convenuto.

A Domodossola, la valle inurbata si apriva con stanca violenza. Il Toce era gonfio d'acqua. Presi prima per Verbania e poi tornai lungo il lago fino a Stresa. Tirava un vento forte che smerlettava di bianco la superficie dell'acqua. Si stava malvolentieri all'aperto, dunque mi rintanai nel bar dell'*Hotel Regina*, dove solo due anni prima c'era stato un convegno di pediatri. Ai medici piace vagolare sui tappeti e cercare la poltrona dove sedere con un drink in mano. Dovunque fossi andato, da Toronto a Soči, la scena era sempre stata la stessa. Suonò il cellulare. Sapevo che era Lena.

«So cosa fare, – dissi subito. – Ti aspetto».

Lei rise. Era di buon umore: «Sento che c'è vento, lí dove sei».

«Già, – feci io. – Devi tornare a scuola».

«Mi aspettano».

«Allora vado a casa», dichiarai.

«Anch'io».

«Sono felice».

«Non avremo mai un figlio».

«Lo sapevamo».

«Ho avuto bisogno di dirmelo».

Avrei voluto abbracciarla in quel momento, avrei voluto farlo senza vergogna, avrei voluto disperdermi nell'aria come polvere, e trovarla polvere dentro la polvere. Lasciai l'Aperol nel bicchiere, inseguito dal cameriere con il conto da saldare.

Giugno 2019

Cantor sarebbe arrivato nella città di don Mario di lí a un'ora, si erano dati appuntamento, anzi il sacerdote aspettava una telefonata di conferma: l'avrebbe ricevuto nel collegio dove, senza aver piú una vera carica direttiva, non rinunciava a essere guida spirituale del corpo sanitario in formazione o già in missione.

Si raccontava della sua impalpabile fermezza, della sicurezza e della trasparenza con cui si prodigava nelle complesse e talvolta impervie strategie diplomatiche all'interno della Chiesa, o con cui si adoperava per il «reclutamento» dei medici e dei collaboratori, e di come fosse capace di sorvegliare la condotta del personale e delle relazioni con le autorità locali, in tutti i paesi africani dove i centri sanitari erano stati progressivamente aperti nell'arco di sessant'anni. Partecipava, come poteva, anche alle piú recenti campagne di promozione che i collaboratori piú giovani si impegnavano a mettere in atto cercando l'appoggio di personaggi popolari della musica, del cinema, del giornalismo, della letteratura. Sabir lo aveva incontrato in una di queste occasioni e don Mario aveva creato le condizioni per la collaborazione fra un rapper e le comunità legate ai centri di accoglienza degli immigrati. Sabir ne era rimasto conquistato. Non rammentava esattamente come si fosse trovato a contemplare il vangelo quotidiano di don Mario, ma ricordava come il vecchio sacerdote lo aveva interrogato, illuminato da una vera curiosità, come aveva parlato di fede senza distinguere a quale fede stesse facendo riferimento.

«Lasciati interrogare», aveva detto Sabir, e Cantor aveva detto che l'avrebbe fatto, ma senza aver inteso esattamente il suggerimento.

Cantor percorse la distanza fra la stazione e il collegio camminando sui pensieri, su pensieri che scrocchiavano sotto le suole delle scarpe prima di lasciarsi identificare. Avanzava con l'andatura dell'ubriaco, e non solo per il peso del borsone. Dov'era il passo dell'alpinista? Gli veniva in mente la salita al Castore, la leggerezza delle gambe dentro il rimbombo del fiato, le nubi che affollavano le valli sotto di lui e la lama del sole nell'azzurro. Ora procedeva esausto infilando un'orizzontalità stremata che gli confondeva la percezione delle cose. In fondo, il compito era semplice: imboccare strade, una dopo l'altra, arrivare dove era atteso. Ma era atteso? Voleva essere atteso? Non sapeva piú. Quando, infilati i portici, arrivò davanti all'ingresso del collegio ebbe la tentazione di continuare, di non fermarsi.

«Non so se ho voglia di essere interrogato, – disse a un Sabir immaginario appoggiato a una colonna. – Mi chiederà di Fatou, di Anna, di mia madre. I preti vogliono sempre sapere che cosa si fa del sesso. Romagnoli mi diceva che quando era piccolo un sacerdote si raccomandava che non sprecasse il seme, che lo conservasse tutto per la donna che sarebbe stata la sua sposa. Non sono qui per quello».

Il Sabir immaginario contro la colonna si limitò a una scrollata di spalle. Ma soprattutto sembrava distratto.

«Lo chiamo. Adesso lo chiamo». E si aspettò che quel Sabir fatto d'aria gli facesse un cenno: *Ecco, sono qui.*

Il cellulare gli ronzò davvero nella tasca: – Immagino che tu sia arrivato, – disse una voce bella, antica, acquosa.

– Sono qui sotto, – rivelò Cantor, e si lasciò guidare dalla voce nel cellulare.

Si riconobbero subito: tutti e due alti, sottili, secchi. Don Mario, seduto dietro la sua scrivania accanto a una grande finestra, si alzò e gli andò incontro.

– Mi hanno raccontato di te, ma i racconti sono sempre cosí incerti. L'anima passa attraverso il corpo.

– Ne abbiamo cosí poco, noi due.

– Posa il bagaglio, – disse don Mario, e Cantor si rammentò del peso che aveva addosso. Lo posò ma non si sedette dove era stato invitato a farlo. E dunque anche il sacerdote rimase in piedi.

– Ora che sono qui, penso che posso solo farti perdere tempo, – cominciò Cantor.

– In effetti, di tempo non ne ho molto. Ho piú di ottant'anni, sono malato, mi muovo con fatica, e posso restare finché mi è dato di restare.

– Lei ha capito.

– Avevi cominciato dandomi del tu.

– Non so piú perché ho dato retta all'amico Sabir. Si ricorda di Sabir?

– Me lo ricordo, sí –. Don Mario sorrise dentro la sua vastità. – Cosí dicendo non rendi merito né al tuo amico né a me.

Restarono di punto in bianco senza parole, o meglio, don Mario se ne privò, in attesa, paziente. Cantor esplorò lo stanzone spoglio, senza foto, senza quadri alle pareti. Su alcuni scaffali dei faldoni, e alcune pubblicazioni del collegio.

– Lei non ha bisogno né di musica, né di immagini, né di parola scritta. Come me.

– Non esagerare. Ma c'è del vero.

– Si riempiono tutti di qualcosa, non sanno stare senza, hanno paura del vuoto.

– Ma anch'io ho paura del vuoto, caro Filippo.

Il «caro Filippo» prese Cantor in contropiede, fece un giro su sé stesso, inciampò nel borsone, riconquistò la posizione e avanzò di un passo verso don Mario che intanto si lustrava gli occhialetti con un panno.

– Qual è stato il suo ultimo viaggio in Africa?

– Posso dirti quale non è stato, purtroppo. Quello in Sierra Leone, durante l'epidemia di Ebola, – disse don Mario, e si sedette senza costringere il suo ospite a fare altrettanto. – Caro Filippo, tu sei un medico che ha preferito l'umiltà dell'opera infermieristica.

– L'umiltà non c'entra, padre.

– E allora cos'è che c'entra?

– Non lo so. In questo momento, a proposito di vuoti e di pieni, sento che lei riempie questa grande stanza, e io occupo solo la parte che lei mi concede di occupare. Quando uscirò non ci sarà piú traccia di me.

– Vuoi lasciare tracce? Vuoi occupare spazio?

Fece di no con la testa, e in quel momento ebbe piena coscienza della sua testa rasata.

– Che cosa chiede a chi vuole partire?

– Se vogliono davvero partire.

– Possibile che quei medici, quelle famiglie di medici, non abbiano mai cedimenti?

– Famiglie, ma non solo.

– Che cos'è stata l'Africa per loro?

– Che cos'è, vuoi dire.

– Ma sí, ma sí –. Cantor si stava innervosendo, e perciò si sedette davanti al sacerdote, il palmo delle mani aperto sulla scrivania come volesse descrivere uno spazio, o reggersi, o mostrare com'erano asciutte. – Che cos'è?

– Darti una risposta significherebbe mortificare la tua intelligenza.

Cantor sfuggí la quieta indagine di don Mario, e subí il quesito altrettanto pacato che seguí di lí a poco: – Cos'è che non ti lascia in pace?

– Mio Dio, no, padre, questa domanda no...

– Lasciamola cadere.

– No, non voglio che la lasci cadere, – si contraddisse subito Cantor. – Io non so neppure perché sono qui. Il mio amico Sabir, – e qui fece una pausa quasi temesse di rivelarsi troppo e troppo ingenuamente. – Il mio amico Sabir sa che cerco un maestro.

Don Mario si drizzò contro lo schienale della sedia. – Sei venuto a cercare un maestro?

Cantor ebbe uno scatto di insofferenza, ebbe la tentazione di uscire da un colloquio che non aveva immaginato sarebbe stato subito cosí precipitoso, come se entrambi volessero arrivare rapidamente al nodo della questione.

– Io non ho lezioni da impartire, questo dovrebbe essere evidente. Forse il tuo amico Sabir ti conosce bene e sa che vuoi essere ascoltato. Riteniamo di essere tutti cosí preparati. Facciamo finta di conoscerci. O al contrario obbediamo alla logica assordante del cinismo...

– Basta. Diamo come un dato di fatto che io sono venuto a farle visita.

– Che cosa pensi quando ti immagini un maestro? Proviamo a partire da qui.

– Non lo so. Lei ha sacrificato la sua esistenza...

– No, Filippo, non l'ho fatto, assolutamente. Il sacrificio non è contemplato.

Cantor non temeva gli occhi del sacerdote puntati su di lui, anzi provava a esplorarli se mai ci fosse stato un ingresso, una porta per entrare. Si massaggiò la nuca nuda.

– C'è chi mi vede come un Cristo, pensi un po'. Come se aspettassi una corona di spine.

Ancora silenzio. La pazienza del silenzio. Don Mario stava disegnando qualcosa con il dito indice sulla superficie della scrivania, oppure stava spingendo un residuo di carta sotto il polpastrello.

– Io so che posso fare del male. C'è qualcosa qui, – e Cantor si toccò con tutta la mano appena sopra lo stomaco, – c'è qualcosa qui che spinge verso il buio, perché io arrivi a pensare di poter fare il male. Qui, qui dentro, mi capita di non sentire piú nulla.

– E magari, ora mi guardi e pensi che io sono indifeso, che la malattia, gli anni, la fede sono buoni motivi per sopprimermi.

Cantor, agghiacciato, si spinse indietro e fece stridere la sedia sul pavimento, con la mano sempre aperta sul petto. – Il male, – chiese, – è poter fare del male?

– Non penserai di essere ispirato dal demonio, spero, – disse il sacerdote, e tentò un sorriso cauto, interlocutorio, che Cantor non raccolse.

– C'è chi crede nella giustizia. Sabir vuole giustizia. E la giustizia lo aiuta a scegliere. Offre tutela legale gratuita nei centri di accoglienza –. Fece una pausa, nervosa, una pausa aggressiva. – Io vorrei essere buono. La bontà è il vero scandalo del nostro tempo.

Il sacerdote spiò dalla finestra verso il cortile. – Mi vuoi impressionare. Parli come un prete spretato –. Si alzò lentamente misurando lo sforzo che il gesto gli costava. – Secondo me, è l'ora di scendere alla mensa degli studenti. Vogliamo andare insieme?

Cantor fece di no con la testa.

– Non ci siamo solo tu e io. Seguimi.

Cantor seguí don Mario con un'inedita docilità, in silenzio, lasciando parlare il sacerdote e, appena fuori dallo studio, le persone che incontravano via via.

– Questa è Giulia. Si occupa di dire chi siamo, che cosa abbiamo fatto, che cosa stiamo facendo.

– Comunicazione, don Mario, mi occupo di comunicazione, – disse la giovane donna. – Lo sa benissimo, – continuò rivolta verso Cantor, – ma gli piace far finta che non esistano funzioni troppo aziendali.

Scesero insieme nel giardino e da lí proseguirono verso la mensa.

Prima di entrare, don Mario si fermò come fosse stato illuminato da un pensiero e disse piano, quasi sottovoce: – Non aver paura della tua giovinezza, e non avere neppure paura di perderla –. Cantor gli restituí un'attenzione forte, uno sguardo ustionato, e si fermò insieme al sacerdote, quasi non potessero piú proseguire, né l'uno né l'altro. Ma poi si mischiarono a un gruppo di studenti rumorosi. Attraversarono il cortile sulla ghiaia bianca che crocchiò come qualche ora prima Cantor aveva sentito i suoi pensieri crepitare sotto le suole delle scarpe. Ma questa volta era solo ghiaia. Non gli ci volle gran tempo per conquistare i compagni di mensa: don Mario lo vide sorridere, chiedere, agganciare battute, muoversi incuriosito in mezzo ai suoi coetanei e ai collaboratori del centro. Alcuni avevano letto delle sue «gesta» alla Maison Noire.

Cantor accettò l'invito a restare almeno una settimana, come del resto era previsto. Partecipò a qualche incontro. Nell'archivio consultò carte, documenti, statistiche, testimonianze, foto. A volte, in assenza di Giulia ma soprattutto di don Mario, si aggirava per i grandi corridoi del palazzo, quasi volesse misurare la distanza fra quel clima di studi e di raccoglimento e i centri dove l'organizzazione agiva e dove era necessario far fronte a convivenze difficili, ai rapporti con le istituzioni, al quotidiano lavoro con il personale sanitario e amministrativo locale, perché acquisisse sicurezza e autonomia professionale.

La terza sera si sottrasse alla mensa, senza avvisare nessuno. Vagò per la città, tallonato da un pensiero che non diventava pensiero. Vedeva accendersi luci, grappoli di gente che si spostavano, uno sciabordio semidialettale di richiami, una frenesia di occhiate. Si chiedeva perché. Cosa faceva lí. Di cosa o da cosa si stava liberando. O invece che cosa entrava per gravare. Gli pareva di essere aperto, slabbrato, e non poteva opporre resistenza. Tornava, insieme al peso invisibile, il verbo gravare. Entrò in una discoteca, conquistò un posto nella massa liquida dei corpi. Non aveva paura di essere giovane, in fondo apparteneva proprio a quella trincea. Perché don Mario aveva pensato che potesse aver paura? Perché chiederglielo? Passò al banco del bar. – A te non ti conosco, – si sentí dire, e lui: – Neanch'io te.

Quando tornò al collegio, trovò don Mario nell'atrio che portava al dormitorio. – Stai bene? – gli chiese. Non c'era luce piena. Erano immersi entrambi in un'elettricità magra, senza spirito.

– Sto bene, – rispose, – ho bevuto.

– Allora dormici dentro.

– Come «dentro»?

– Riposa.

Il mattino dopo, Cantor si infilò i blue jeans e un maglione blu che gli ballava addosso e andò dritto nello studio di don Mario.

– Sta dicendo messa, – disse qualcuno che passava per il corridoio.

– Lo aspetto qui.

Dovette attendere fin quasi a mezzogiorno e lo fece senza inquietarsi, in una svagata estasi di obbedienza.

– Mi hanno detto che sei qui dalle sette, – disse don Mario quando finalmente entrò nel suo studio.

Cantor sedeva su uno sgabello che gli aveva ricordato quello del suo pediatra, in un angolo. – Ho come una gran voglia di chiedere perdono, – disse senza sollevare lo sguardo.

– Bisogna saperlo fare.

– Come?

– Ecco, vedi?, ho peccato di arroganza. Io non posso insegnartelo.

– E io non sono nemmeno capace di lasciarmi interrogare.

Don Mario si lisciò la manica del clergyman, un gesto che ripeteva spesso, come se si spolverasse. – L'abbiamo presa troppo alta, – disse, – non credi? Io ho cominciato a fare il prete in campagna, non potevo spendere parole che non fossero legate ai gesti di tutti i giorni.

Cantor si chiuse dentro le braccia, a morsa.

– Vuoi ripartire da principio? – continuò don Mario. – Sai curare un malato. Sai prenderti cura di un corpo. Vogliamo partire da lí?

– So farlo. L'ho fatto.

– E adesso?

– Adesso sono qui.

– Se sei qui, non è per me.

– E invece sí, sono qui perché ho bisogno di grandezza.

– Non bestemmiare, Filippo.

– Non sei un uomo generoso?

– Vogliamo parlare di te?

Cantor si levò in piedi con uno scatto. Lo sgabello si rovesciò. Non si preoccupò neppure di rimetterlo a posto. Nella stanza si muoveva la figura grigia, sottile, fuso, chiodo, fil di ferro, del sacerdote. E Cantor era lo straccio blu del suo maglione.

– Non posso rimanere, – grugní. – Ti ho solo messo in imbarazzo. Cosa mai credevo di trovare? Sai, ho sempre pensato di saper stare con i miei simili, e invece no –. Gli sembrava che nel retrocedere verso la porta il sacerdote lo seguisse, che lo volesse fermare. – Vado a prendere il mio borsone, don Mario. Lasciami andare.

– Sono mortificato, – disse don Mario. – Eri venuto a chiedere aiuto, e io non ho visto il tuo male, non sono stato dalla tua parte.

La parola aiuto si librò nell'aria immota come una foglia senza vento. Scese lentissima, adesso era visibile. Sí, Cantor era venuto a chiedere aiuto. Ora vedeva il suo interlocutore. Sabir aveva ragione: don Mario Scarpa si stagliava nell'uniformità verde e ocra della stanza con la monumentalità immateriale di un santo secentesco. Cantor avrebbe voluto essere invaso dal peccato, o comunque avrebbe voluto che il suo fosse un male colpevole, perché soltanto allora avrebbe potuto chiedere il perdono. Avrebbe potuto cominciare da Fatou, che aveva sposato e lasciato. O da Anna. Dalle donne, insomma. Invece si sentiva solo vuoto, un vuoto resistente. Ma non si trattava di resistenza, per entrare in Cantor non era necessario forzare serrature: cedeva prima, era cosí assetato di possedere un'anima che ne mostrava volentieri la cavità. Sottrarsi e offrirsi erano due mosse complementari.

– Non credere di essere l'unico al mondo, – disse don Mario poggiandogli una mano sulla spalla, – a volte gli uomini non trovano piú il loro cuore.

Cantor uscí e scese ancora una volta lo scalone insieme a don Mario. In fondo si imbatterono in Giulia, accerchiata da studenti.

– Ti fermi ancora, vero? – chiese lei.

Cantor cercò gli occhi di don Mario e il sacerdote annunciò con un'enfasi calcolata che non contemplava replica: – Filippo non può stare con noi questa volta, magari tra qualche tempo, – e con un pacato sorriso, – allora potrà fermarsi fin quando vorrà.

Cantor salí nella stanzetta e provò a dormire. Il letto era poco piú di una branda, sulle pareti nude e sul soffitto si leggevano tracce di umido, e al posto dell'armadio c'era uno stipo lungo e stretto in cui Cantor aveva spinto il suo borsone. Una seggiola sotto la finestra completava l'arredamento. Non c'era lampada accanto al letto, solo un vecchio comodino di legno deformato dal tempo. Cantor contemplava le tracce di umido sul soffitto e le screpolature che da lí si aprivano lungo tutta la parete: seguí quel ramificarsi ipnotico di segni alla ricerca di un breve sonno.

Gli venne in mente Anna già perduta nel riposo profondo, i capelli folti, le spalle timide e nude: non era un sogno, la vedeva proprio, e il fatto che non fosse un'immagine onirica lo distrasse. Gli sarebbe piaciuto il conforto di un sogno, e sentí anche l'assenza di quelli che per molto tempo aveva chiamato sogni ma che erano, in realtà, aspirazioni.

Don Mario glielo aveva chiesto: che cosa sogni? Chi sogna di trasformare il mondo finisce per agire e per riconoscersi in quello che fa. Cantor riconobbe la sua povertà, il suo essere privo di *quei* sogni. Dammi i tuoi, si ripeteva ora irrequieto sul lettino del collegio, ma non sapeva chi fosse quel tu, non era don Mario, era un Filippo di cui forse stava cercando le tracce come fino a pochi istanti prima aveva seguito quelle sul soffitto. *Dammi i tuoi*. Avrebbe dovuto esserci qualcuno cosí generoso da mostrargli la strada.

Si perse nella sequenza confusa di volti che gli passavano davanti agli occhi chiusi: quello umbratile, appena sorridente, di Sabir, la faccia azzurra di pianura di Anselmo, lo sguardo educato all'ironia di Deluppi, la presenza intenta di Samuele. Loro avevano sogni. Sabir certamente gliene aveva prestato qualcuno, come fosse stato una maglietta da infilare. Sabir era un amico, perché non se ne rendeva conto? Un amico dovrebbe essere pur sempre parte di un sogno, e se era lí su quel letto, quel pomeriggio, era perché Sabir aveva voluto che lui passasse di lí.

Fu allora che si rese conto di tremare senza ragione: aveva la febbre. Chiamò don Mario e glielo disse. Fu raggiunto da un medico che suggerí solo del paracetamolo. Malgrado fuori facesse caldo, Cantor fu ben coperto e invitato a bere anche se non aveva sete.

Si svegliò il giorno dopo ancora febbricitante: fece fatica ad alzarsi, andò in bagno e poi ricevette la visita di uno dei giovani medici che aveva incontrato in mensa e che gli raccomandò di stare a letto. – Torno a trovarti piú tardi, – sentí che diceva, ma poi si perse in una specie di delirio. Si chiedeva come mai don Mario non si era ancora fatto vedere. Oppure era venuto e lui non se n'era accorto? Alle immagini del pomeriggio precedente se ne accavallarono altre. Arrivò una tosse secca e dolorosa. Il giovane medico ricomparve insieme a un altro piú anziano. Si consultarono.

– Devi stare a riposo, – disse il piú anziano. – Don Mario ti saluta.

Mi saluta, pensò confusamente Cantor, ma perché non viene? E cosí si immaginò di averlo accanto, seduto sull'unica seggiola della stanza. Provò a parlargli, ma gli sembrava che, per quanto si sforzasse, il sacerdote rimanesse immobile, e muto. Mi sta mettendo alla prova, continuava a pensare, mi lascia solo con i miei peccati. Rise alla parola che gli aveva effettivamente attraversato la mente. Aveva sempre provato un fascino profondo per l'espressione «Mi dolgo dei miei peccati», che era il poco rimasto della sua scarsa educazione cattolica. Mi dolgo, mi dolgo, non smetteva di ripetere dentro di sé, ma poi si abbandonava al sonno.

Si svegliò alla fine della notte e si aggirò seminudo nei corridoi, come un fantasma. C'era una quiete immensa, si intravedeva da certi finestroni in fondo il primo pallore dell'alba. Forse la febbre era passata. Le mani sui vetri, cercava nella luce lontana quel che sentiva familiare. I miei peccati, ripeté, ma questa volta con una sorta di amena leggerezza.

E quella leggerezza ridestò l'immagine affilata del sacerdote che aveva aggredito di domande e dal quale era stato a sua volta aggredito con altre domande. Don Mario era un cacciatore d'anime, lo aveva riconosciuto subito. Tornò in camera, ritrovò il sonno e qualche ora piú tardi si dichiarò guarito al giovane medico accompagnato da un ragazzo che reggeva un vassoio con la colazione. Passò la giornata in attesa di un'altra visita che non arrivò. Nel tardo pomeriggio spiò il cortile dalla finestra e infine scese con il suo borsone. Non vedendo don Mario, si dispose ad aspettarlo sotto gli alberi del cortile.

Quando il sacerdote arrivò sedettero insieme su una panchina. – Grazie, – disse Cantor. Don Mario fece un gesto con la mano magrissima che tagliò ogni altra incursione nel territorio della buona educazione. Passarono gran parte del tempo in silenzio. Di tanto in tanto qualcuno sostava, apriva un discorso. E allora don Mario si allontanava perché fosse Cantor il vero interlocutore. Piuttosto che la pace di un luogo santo, che del resto il collegio non era, piuttosto che l'atmosfera del college all'americana, Cantor percepiva un fermento senza pause, non fosse stato per l'attimo in cui, mentre ascoltava un giovane cardiologo in partenza per il Mozambico, vide don Mario muoversi sul fondo del giardino dove liberava con pazienza chirurgica un cespuglio di rose dalle poche foglie guaste.

Che sarebbe partito, don Mario lo aveva inteso subito. E non gli chiese come mai lo facesse a quell'ora ormai tarda.

Si salutarono senza effusioni, e soprattutto senza aggiungere nulla al già detto. Svettavano come giunchi dalle acque immobili delle loro età. Il sacerdote si limitò ad accomiatarsi con un: – Ti chiamerò quando meno te lo aspetti.

Per qualche tempo Cantor sentí sulle spalle lo sguardo del sacerdote, ma forse no, forse don Mario Scarpa era già tornato alle sue incombenze quotidiane o si era raccolto in preghiera, e forse aveva già pregato per lui. Sapeva bene cosa significasse pregare per qualcuno, ma in questo caso l'eventualità di quella preghiera suonava come una minaccia.

Infilò la mano nella tasca esterna del borsone e ci trovò delle chiavi, tre mazzi: quelle di casa sua, quelle di Deluppi, e persino quelle che gli aveva dato Anselmo. C'era anche una chiave sola, piccola, che apriva un armadio metallico del centro dei richiedenti asilo. A che cosa serviva tutta quella ferraglia? Le sganciò a una a una dall'anello di metallo in cui erano infilate, lasciandole cadere in un cestino dei rifiuti. Sapeva che Anna aveva un mazzo di chiavi dell'appartamento, erano in buone mani. Le chiavi dovrebbero essere sempre in buone mani, pensò, e pensando sentí arrivare un groppo in gola. Le chiavi, le chiavi. La proprietà, il rifugio, la sicurezza, la difesa. Stava sotto un manifesto del vicepremier, ma nella versione non piú attuale di segretario federale del suo partito. Protendeva innanzi la faccia tonda, non sbarbata, occupava tutto lo spazio possibile, ma, pensò Cantor, con un mazzo di chiavi in mano sarebbe stato piú credibile. *Io ce le ho*, gli fece dire in uno slogan immaginario. Dove mettere al sicuro la paura di chi aveva paura. Suo fratello Giulio lo conosceva, forse aveva tuttora a che fare con lui: avrebbe dovuto dirglielo, che gli italiani sono cittadini quasi sempre sensibili al potere di chiudersi in casa.

Giulio lo aveva cercato, lo sapeva, gli erano arrivati segni, anzi aveva persino temuto una visita in cascina o nel casale di Deluppi. Ma ora basta. Si disfò di due golf, di qualche libro che non avrebbe mai letto, di biancheria sporca. Svuotò il borsone, ma la sua condizione attuale non cambiava. Si tenne la chiavetta dell'armadio. Era un simbolo. E poi magari a Sabir un giorno avrebbe fatto comodo.

Cantor se ne andava senza sapere esattamente dove: aveva rifiutato di prolungare, dopo la febbre, l'ospitalità del collegio e ora muoveva trascinando il borsone piú leggero verso la stazione e gli alberghi lí intorno.

La figura di don Mario Scarpa non lo abbandonava, o invero, piuttosto che la sua figura, lo sbriciolio delle parole che aveva messo in ordine, con grande parsimonia. Sentí una parlata verosimilmente slava che si sovrapponeva a una cadenza dialettale: un uomo in felpa marrone, un berretto con visiera calato sulla fronte, si raccomandava per venerdí: – Si va a caccia oltreconfine, – e quasi rideva, – gli alberi hanno dentro centinaia di proiettili, lí non tagliano piú niente, è legno intossicato, – cosí diceva l'uomo con il berretto, e rideva forte, tanto che quella risata restava appesa nell'aria ferma e calda. Cantor si muoveva a zigzag in mezzo alla gente della sera.

La giovinezza gli faceva paura, effettivamente. Passò una donna in camicetta verde e lui si domandò se per caso non fosse il colore dell'appartenenza politica, ma in realtà guardarla gli aveva solo acceso un'indistinta voglia di sesso, e da quel formicolio, da quello svagato precipizio dei sensi, scivolò alla memoria del piacere piú recente, alla morbida Fatou, o addirittura alle mani di Varyna chiuse sulla sua nuca rasata. Si sentí buffo, quasi ridicolo, e trovò naturale inseguire un gioco di fantasmi femminili, affiancare la donna in verde, la sua pienezza, appena sfrontata, appena volgare.

– A te dove piacerebbe dormire questa notte? – buttò lí.

– A casa mia, – fece quella, che però si concesse il tempo di rallentare il passo, di squadrarlo a lungo e di aggiungere: – Ma con il tuo cazzo.

Sedici

Sono anni che non mi muovo. Ho smesso di viaggiare. Solo qualche concerto in Europa, di tanto in tanto. Non fosse stato per Lena e per Robert Schumann, non avrei visto niente di quello che chiamiamo mondo. Mi capitavano, sí, dei convegni all'estero, ma erano cosa miserrima. Ora, solo l'idea di prenotare un aereo e un albergo, e forse perché è molto piú facile di vent'anni fa, mi taglia le gambe, mi delude, mi intristisce. Mi intristisce anche la logica implacabile della memoria che, volente o nolente, mi restituisce il vissuto sotto forma di ricordi: quando mi ritrovo a raccontare ai miei ospiti piú giovani episodi del passato mi scopro indifeso e fragile, inciampo alla prima subordinata, mi distraggo, volgo altrove la conversazione e attendo terrorizzato che qualcuno mi inviti a riprendere il discorso da dove l'ho lasciato.

È piú facile, quando i commensali sono gli ex studenti di Lena, lasciare il campo a lei, farne il perno narrativo, e spesso mi accorgo che ci sono scene della nostra vita coniugale già familiari anche a loro, dunque non ho bisogno di evocare troppi dettagli. Certo, ci sono eventi a cui ho preso parte che non temo di citare, come nel 1974 a Salisburgo, quando Maurizio Pollini eseguí, giovanissimo, il *Concerto per pianoforte e orchestra* con i Wiener diretti da Herbert von Karajan. Lui aveva trentadue anni e io ventisei. Lena non l'avevo ancora incontrata, e a Salisburgo ci ero andato con una studentessa del Conservatorio, che teneva lo spartito sulle ginocchia durante l'esecuzione – senza l'appoggio della sua buonissima famiglia non avrei mai avuto l'ambito biglietto per il 15 agosto. Uscimmo beati dalla sala dei concerti, in uno sciamare di gente e di lingue diverse, e invece di consumare würstel ci chiudemmo nella piccola stanza di un hotel appena fuori città a fare l'amore, lo spartito finalmente in terra.

A Salisburgo ci sono tornato piú volte con Lena, ma in alberghi meno periferici e senza spartiti. Quella giovane studentessa, poi diventata una brava insegnante ma non una concertista, mi portò il suo primo figlio e non posso negare che, mentre sollecitavo l'intervento chirurgico per un'ernia inguinale ancora in uno stadio aurorale, tornava a visitarmi l'intermezzo del *Concerto per pianoforte e orchestra*, quel piovere di note inseguite dal dilagante e struggente insistere di fiati e archi, e poi il precipitare quasi baldanzoso nel terzo movimento. Le avevo raccomandato di non trascurarla, quell'ernietta, ma intanto le spiavo le mani, belle, affusolate, curate, piú modellate dalla classe che dall'arte, e tuttavia magnifiche.

Anche Anna ha mani bellissime. In aprile è nato il bambino e lo ha chiamato Florestano – si è ricordata dell'anima indomita di Schumann, forse lo ha fatto per me, o forse semplicemente le piaceva il nome. Al battesimo c'erano Sabir, Samuele e Magda – a due settimane dal parto –, e io ho fatto da padrino, in luogo del padre di Anna inchiodato a letto. Il quale, mi ha raccontato lei, ha visto il bambino e l'ha occupato tutto con uno sguardo lungo, determinato, implacabile. L'ha occupato come terra di conquista, ma invece di simboli militari, ha riempito lo spazio immaginario che gli stendeva davanti di bandiere colorate, l'ha inseguito nel corridoio del tempo fino a dove poteva, e non era una meta lontana, la sua. Quel che è riuscito a vedere è stato una possibile felicità, una promessa strappata ai tempi mesti in cui Florestano è nato. Del resto, deve aver pensato, forse si nasce quasi sempre in tempi mesti che poi addomestichiamo, e se l'obiettivo si leva alto li redimiamo.

Mai avrei detto, da quando l'avevo incontrata con Cantor al tavolino di un bar, che Anna avesse la tempra che stava rivelando. E comincio a pensare che il padre abbia avuto una parte rilevante nella costruzione del suo carattere.

– Com'è che lo vuoi battezzare? – le ho chiesto la mattina della cerimonia.

– Mio padre dice che noi laici non siamo stati capaci di creare veri riti d'ingresso nella comunità dei viventi. La Chiesa ci lavora da secoli.

Suo padre. Dopo il battesimo siamo andati tutti a casa sua. Ha quasi smesso di parlare – troppa morfina ha lavorato dentro di lui –, ma ci riceveva volentieri. Gli ho stretto le mani che teneva una sopra l'altra appoggiate sul petto. Sapeva che ero il padrino di suo nipote, e soprattutto il padre putativo del padre di suo nipote. Mi ha detto grazie, e il fatto che fossimo coetanei gli ha dato, non si sa come, una sorta di sollievo. Mi ha chiesto come lo trovavo, e dato che ero un medico potevo essere franco.

– Sono un medico, – ho detto, – ma non credo di poter far nulla per lei, io sono un pediatra, anzi sono un vecchio pediatra –. E lui: – Ma lei ha a che fare con un uomo che tutto a un tratto può risorgere, e quando si risorge, – ha preso fiato, – non potendo salvare nessuno né tanto meno l'umanità, si riparte dall'inizio. Dunque, lei ha a che fare con un bambino.

– Un bambino che non ha paura, – ho detto. – Bravo.

Siamo rimasti io e il coordinatore del circolo, un cinquantenne in leggero sovrappeso che appena ha potuto si è slacciato il bottone della giacca. Emilio Botta si è raccomandato con entrambi che avessimo un occhio di riguardo per sua figlia. So che la loro famiglia è vasta e solidale e non ci sarà alcun bisogno di noi, ma mi è piaciuta questa consegna che ci veniva data, mi è piaciuto come l'ha fatto, con un guizzo di malinconica ironia. Poi Emilio Botta è rimasto in silenzio a lungo e io l'ho guardato, quasi sfrontato: ho esplorato il volto smagrito e sofferente, la corsa del profilo dalla fronte al mento aggraziato, tondeggiante, malgrado la lentezza della pelle.

Sono abituato a vedere nei corpi una premessa di vanità, per quanto bambini e ragazzini sappiano ingannarti meglio. Vogliono accedere alla forza, non fanno che superare prove e dare benigne risposte allo sbocciare di paramyxovirus, herpes virus, rubivirus, parvovirus. E i corpi si imbrattano di macchie, mimano la corruzione, mentre di fatto, chiedendo protezione, si dispongono a esiliarla. Tanto ho imparato a stare con i corpi esantematici che ho imparato a diffidare di tutte le forme di malattia. E ora guardo i corpi con orrore, perché di fatto l'unica vera forma di alterazione con cui si dispongono a tradirci non è il morbo, e forse neppure la morte, ma la decadenza senile. Sarà per questo che ho smesso di viaggiare, perché in verità, ovunque si vada, vedi questo sterminato esercito di sopravvissuti che si muovono con fatica, che mangiano con fatica, che parlano con fatica e tuttavia vogliono muoversi, mangiare, parlare. Non provo pietà, e dovrei, ma non sono capace. E allora mi dico che è meglio sottrarsi, mettere confini alla propria senilità, e impedire che siano gli altri a crearli. Eppure, davanti a Emilio Botta sento un fantasma di fraternità.

– Forse è meglio uscire, – ho detto, e il coordinatore e io ci siamo alzati all'unisono. Sulla porta dove sosta Sabir insieme all'infermiera, mi fermo ancora e ancora osservo Botta, lo spio, percorro la figura che emerge dal lenzuolo, misuro, dentro quella sovrana immobilità, le microspinte di quel che resta del suo respiro, e c'è una bellezza in quella arresa resistenza.

Nel salottino di casa Botta, Anna sta allungata sul divano con il piccolo sul petto. Non mi sono mosso dal vano della porta, quasi volessi fare da ponte fra l'imminenza della morte e l'emergenza della vita nuova. E lí ricevo le confidenze di Sabir sul padre del bambino, sull'uomo che in quel momento è il mastice dei presenti. Dice che è stato da don Mario, ma non è servito a nulla: – Don Mario, – precisa, – è una personalità che lascia tracce, quindi sbaglio dicendo che non è servito a nulla, ma non l'ha fermato.

– Cosa avrebbe potuto fare quell'uomo?

– Affidargli un ruolo all'interno di qualche centro sanitario, chessò, in Uganda.

– Non prenderti in giro, Sabir: dovremmo rassegnarci tutti a non vedere Cantor come uno che ha bisogno di perdersi nell'azione, e di cavare un senso da quella *perdizione*.

– Nel nostro centro era utile. Davvero, lo vedevo. Lui *può* essere utile.

– Cerca di esserlo, è evidente.

– E allora?

– E allora guarda qua. Qui c'è un figlio suo. E magari ne sta lasciando altri, ignaro, alle loro madri.

Emilio Botta ha fatto cenno all'infermiera e lei ha chiuso la porta della stanza.

– Cosa vuoi dire, Romagnoli?

– Che ci fa fessi tutti.

Sabir mi ha guardato con astio.

– Scherzo. Voglio solo dire che, da quando è tornato in casa mia a sedersi sullo sgabello vicino alla finestra, da quando ho creduto di riconoscere in lui la sete del mondo, be', sin da allora, per quanto cercassi di imbrogliarmi, ho saputo che guardava altrove.

– Perché fare l'infermiere?

– Avresti dovuto chiederglielo.

– Poteva scrivere.

– Di cosa? Fare il gazzettiere? Fingere di avere un'opinione, e soprattutto farne il perno del suo rapporto con il mondo? Ce ne sono troppi.

– So cosa vuoi dire, Romagnoli. Cantor parla tanto di maestri perché, se ne trovasse uno, potrebbe finalmente cancellarlo e scendere fra gli uomini.

– «Io passo in mezzo agli uomini come in mezzo a frammenti dell'avvenire: di quell'avvenire che io contemplo». Ci ho pensato. Il nostro piccolo Zarathustra.

Mi sono reso conto che avrei potuto, da lí in avanti, procedere a una sistematica demolizione del giovane Filippo Castelli, e non volevo.

– Ma no, direi di no. E d'altro canto non è neppure un deviato mentale.

Sabir si è stretto il torace dentro le braccia e ha percorso il corridoio avanti e indietro piú volte. Io ho appoggiato gli occhi su Anna e Florestano e lí ho trovato riposo. E appena ho provato quel conforto mi sono sentito in imbarazzo. Era ora di andarsene, ora di salutare. Lo spazio si era fatto improvvisamente angusto. Tutte le mie buone intenzioni di restare si erano consumate. Volevo tornare a guardare il vecchio professor Botta, ma l'infermiera non ha piú aperto la porta. La grandezza del momento veniva contraendosi. La nuova nascita, l'agonia nell'altra stanza, l'inquietudine di Sabir, la bellezza di Anna assumevano tutto a un tratto le dimensioni di una scena troppo domestica.

Samuele e Magda, accanto ad Anna, sembravano compresi nel loro prossimo destino. Samuele aveva sulle ginocchia un quaderno di appunti che si porta sempre appresso. C'era una docilità nei gesti dello studioso (annotare, infittire il testo di note a margine) e del compagno scrupoloso (la mano che corre sul ventre di Magda, gli sguardi che le fa arrivare dal fondo della sua foresta di ricci nerissimi) che ne facevano una presenza augurale: l'uomo che apriva la porta alla forma delle idee e alla forma dell'amore. Lena aveva sempre riconosciuto in lui la serenità dell'intelligenza, quella del cuore e quella del mondo.

Ho salutato con la mano, raccomandando che nessuno venisse ad accompagnarmi. Del resto, Sabir mi aveva aspettato davanti alla porta. Mi ha abbracciato. Ha detto che non dovevo prendermela. Ho fatto la faccia di chi non capisce, ma capivo benissimo. Gli ho detto che lo aspettavo a casa mia, che avremmo potuto continuare.

– Solo se può essergli utile, – fece lui, e io: – Solo se può essere utile a noi.

E quella sera stessa Cantor mi ha chiamato. Con un cellulare nuovo. Con un numero nuovo. Entrava in casa mia com'era sempre entrato, con il passo sicuro del bene accolto. Si manifestava solo acusticamente, ma la sua presenza era di vento, muoveva le foglie del ginkgo biloba: c'era umiltà e autorità. Mi ha chiesto se stavo bene. Le parole della gente. Quasi obbedendo a un istinto mi sono seduto davanti allo sgabello di Glenn Gould. E a quel punto gliel'ho detto. Gli ho detto che Emilio Botta stava morendo e che ero stato a trovarlo. Perché quella mezza verità? Perché nascondergli il resto? Perché accontentarmi di quel segmento sfilacciato? Del resto, la sua reazione è stata vicinissima al silenzio. Non mi ha domandato nulla di Anna, se l'ho vista, come sta. Gli ho chiesto dove stava. E lui: – Mi muovo verso il Sud –. Ma non sono riuscito a capire se era già «sceso» o se era in viaggio.

– Sei con qualcuno? – ho riprovato.

– Non sono mai con qualcuno, – ha risposto, e di seguito: – Ho chiamato mia madre, so che è stata da te.

– Tanto tempo fa.

– Ritornerà.

– Perché?

– Be', in fondo è la madre di un tuo paziente, – e ha riso chioccio.

– Come sei lontano, – sono riuscito finalmente a dirgli, e mi sono sentito buffo, ridicolo. Stavo forzando la porta degli affetti, ma senza convinzione. – Qui hanno tutti nostalgia di te, – ho continuato, peggiorando la situazione.

– Davvero? Non ci credo. Non ho niente a che fare con la nostalgia –. E poi: – Professor Romagnoli, io ho bisogno di andare ancora piú lontano, mi sveglio la mattina con la sensazione di soffocare. I tempi sono infelici.

Gli ho detto che mi sembrava terribile, che uno come lui la mattina non doveva svegliarsi a quel modo. I tempi non sono felici, è vero, ma cosa c'entrava tutto questo con la sua assenza? Lui è rimasto in silenzio, anche quando sono tornato sull'agonia di Emilio Botta. – Adesso basta, – ha detto a un certo punto. – Ciao dottore, ci sentiamo presto.

Verso il Sud. Cosa avrà voluto dire? Ha un programma? Sta inseguendo qualcuno? O sta fuggendo da qualcuno? E la bellissima Fatou? Samuele può aiutarmi. Io sono il vecchio pediatra a riposo. Il vedovo. Torno a sentire il gracchiare, il ridacchiare di qualcuno. Come se questo qualcuno mi stesse osservando. La fama che arriva dopo la professione, il lascito. Vecchio Romagnoli, quanta musica hai messo fra te e il mondo. Come se la musica bastasse. Eppure, dopo Lena, era talmente evidente che avrei avuto bisogno di poco. Sono tormentato dal sospetto che non esistano fasi: prima e dopo Lena, prima e dopo la professione.

Il ginkgo biloba non è piú una garanzia. Mi sono sempre allontanato con fatica. E ora mi sottraggo con infantile tremore anche alla specchiera del salone.

La visita al padre di Anna ha svegliato altri fantasmi.

Ci sono state le elezioni europee: Giulio Castelli non è entrato nella rosa degli eletti. Il suo partito ha subito un collasso inatteso. Sembrano non sapere piú dove andare. Bruxelles è lontana. Anche l'Europa è lontana. Emilio Botta, mi chiedo, che ne dice? Forse qualcuno dei suoi amici l'ha informato. O forse lo hanno lasciato in pace.

La mia è stata l'Europa dei concerti, di Lena e dei convegni di pediatri a cui ho preso parte.

C'è stato almeno un ventennio di congressi. Partecipavo con riluttanza ma ci andavo, era necessario. Una di queste occasioni è tornata come un racconto mal raccontato appena sono uscito dalla casa del padre di Anna, anzi, forse da quando si è chiusa la porta della sua stanza e lui è rimasto di là con l'infermiera.

Erano i primi anni Novanta. Ero stato invitato a Nantes per le Journées Internationales de Médecine périnatale, un congresso di tre giorni che d'abitudine si teneva a Parigi, e ora non ricordo piú quali motivi avessero dettato il trasferimento nel capoluogo della Loira atlantica. Eravamo chiusi in un grande albergo e, *comme d'habitude*, i solerti organizzatori degli incontri avevano messo in programma anche una sommaria visita alla città alla quale gran parte dei presenti si sottraeva volentieri. Io mi imbarcai sul bus solo per vedere la Maison Radieuse de Rezé alla periferia di Nantes, un edificio commissionato a Le Corbusier nel quadro della ricostruzione postbellica, sull'esempio dell'Unité d'Habitation di Marsiglia.

Il gruppo di pediatri si muoveva davanti all'edificio come una scolaresca indisciplinata o come una truppa di imbambolati borghesi in un film di Buñuel: la guida che ci era stata affidata dovette riprendere piú volte il discorso, fino a quando si arrese e si mise semplicemente a disposizione di chi avesse qualche specifica curiosità. Mi trovai sul prato umido proprio dinnanzi al Modulor, impresso nel cemento, insieme a una giovane collega che piú della guida sembrava preparata e a suo modo ispirata. Lasciava cadere riferimenti al brutalismo, a Fibonacci, alla sezione aurea e finiva citando Albert Einstein che del Modulor aveva detto: «Un sistema bidimensionale che rende difficile il male e facile il bene».

Finimmo seduti su una panchina molto *brutale* dove la collega ebbe modo di fermare una donna che, con ogni evidenza, nella Maison Radieuse ci abitava e di chiederle come si stava. Quella, con la borsa della spesa in mano, disse che tutti i giorni apprezzava di entrare nel suo appartamento da oriente e di trovarsi, attraversatolo per arrivare in cucina, a occidente. Disse: – *Je sais toujours ou je me trouve* –. Non sapevamo esattamente cosa volesse dirci, né avevamo idea se fosse un imparaticcio o se citasse una precisa volontà dell'architetto, ma la frase ci colpí. La collega non mi lasciò mai da solo e, tornati in centro città, usò la bella considerazione della signora nantese per lasciarmi intendere che forse avevamo la possibilità di consolidare la certezza delle coordinate geografiche con altre nobili arti. Ai medici il sesso piace, non hanno paura di perdersi. Eravamo davanti al Musée des beaux-arts. Stavamo per entrare insieme quando si rammentò di aver dato un appuntamento telefonico in albergo, e mi lasciò non senza ripetermi: – *Tu sais bien ou je me trouve.*

Entrai dunque senza entusiasmo, prima al seguito dei pochi pediatri in gita, poi solo, e attraversai molte sale senza neppure rendermi conto di dove fossi. Mi sedetti quasi per caso davanti a De La Tour, di cui avevo visto poco e probabilmente da turista superficiale. Invece quel tardo pomeriggio di settembre, nella sala semivuota, riconobbi la violenza di una tentazione ipnotica a cui cedevo senza opporre resistenza.

Il fanciullo tiene alta la mano sinistra, appena sopra la fiamma della candela che in realtà è nascosta dal braccio destro teso verso la figura di vecchio addormentato che gli sta dinnanzi. Addormentato? Forse è in attesa di un segnale, di un sospiro, di una parola. Non vede, né forse potrebbe sostenerne la vista, il volto che assorbe tutta la luce artificiale della fiamma e la restituisce, miracolo della notte, sollecitudine amorosa vicina alla rivelazione. Il vecchio, recita il titolo del quadro, è san Giuseppe, e quel fanciullo, quella fanciulla, è un angelo. Nel covo della notte si desta l'apparizione, anzi il sospetto dell'apparizione, tanto il sonno piú affaticato che estatico del vecchio è impreparato a sostenere la figura dell'angelo. Sí, mi dico, lo so, l'angelo ha invaso il futuro di quell'uomo probabilmente piegato dal lavoro in bottega, arreso alla fede ma anche alla fatica diurna, agli affetti diurni, eppure la luce è cosí forte, la giovinezza è cosí forte che, per quanto sollecitata, non promette vicinanza. Il fanciullo ha la nobiltà, la dignità e l'eleganza di altre stanze, di azzurrità qui irraggiungibili. Qui c'è tutt'al piú la nuvola luminosa che solleva il candore del sogno, e infatti san

Giuseppe sogna, non potrebbe far altro, e ci siamo noi, impotenti davanti a quel sogno. La fiamma della candela non cerca il vecchio, cerca solo il pallore dell'angelo, perché sia splendore e certezza.

Sedevo di fronte a quella notte, e invece che dalla sacertà dell'annuncio, ero sopraffatto dal cedere alla luce, alla dolcezza della luce che è dei moribondi.

E allora ecco, torno al padre di Anna, nella sua stanza, solo, no, non solo, non in compagnia della provvida infermiera, ma con la mano portata sull'occhio quasi a difesa, in presenza del suo angelo.

E ora il fiato corto mi inchioda al divano, penso a quante volte la presenza di Cantor è stata infuocata da una luce segreta, penso a quante volte tutta quella sua inquietudine, quel non sapere, quel domandare non sono stati che trucchi dell'angelo venuto a darmi notizia del mio finire.

Nei giorni di Nantes ero un vigoroso medico quasi cinquantenne a cui un pittore del Seicento anticipava quanto buio avrebbe attraversato in attesa di una vera chiamata. Cosa che ora invece accadeva al vecchio comunista molto piú di me innamorato delle cose del mondo e del loro destino. Scriveva libri di pietà, il ricco De La Tour, si lamentava come tutti gli artisti del trattamento che riceveva dai potenti. Amava molto san Giuseppe, il buon De La Tour. Il falegname. L'umile padre.

Il professor Romagnoli venne dato per disperso quella sera, in primis dalla collega in attesa di cui era ben certo di dove si trovava. Bevvi in solitudine e continuai a bere non lontano dal castello dei duchi di Bretagna. A quanto pare ero rientrato in albergo incerto sulle gambe, dando degli schiavisti ai nantesi, pronipoti dei ricchi mercanti del commercio triangolare, a quanto pare mi salvò solo il mio cattivo francese. La collega, alla quale non mancai di ripetere che sapevo molto bene dove mi trovavo, dovette pensare che forse non era il caso.

Cercai di addormentarmi evocando candele e angeli, ma nulla si palesò se non un sonno vuoto e profondo.

È squillato il telefono. È Anna. Emilio Botta è morto.

Giugno 2019

– Sí, ma tu come campi?

Gli era già capitato di sentirselo chiedere, ma negli ultimi mesi la curiosità si era fatta piú insistente.

Cantor per lo piú se la cavava alludendo a risparmi che gli consentivano di andare avanti anche senza un salario. Quei «risparmi» comprendevano il bonifico trimestrale dello Studio Castelli sul suo conto corrente, i dividendi dello studio e degli immobili affittati. Erano dividendi piú che sufficienti ad assicurare il benessere di una famiglia, se mai l'avesse avuta. Pellizzari lo chiamava regolarmente per comunicargli di persona le operazioni che riguardavano la partecipazione della famiglia e quando Cantor sembrava essersi disfatto teatralmente del cellulare si era preoccupato di trovare una via autonoma di comunicazione; piú abile, o semplicemente piú determinato degli altri, l'aveva trovata, prima attraverso Sabir e Samuele, poi usando la mail di Deluppi. Cosí Cantor aveva saputo dare anche un fondamento materiale al matrimonio con Fatou. Eppure, proprio allora gli prese una rabbiosa stanchezza di fronte a quella fonte di sostentamento. Voleva liberarsene. Lo comunicò a Pellizzari, che a sua volta ne diede notizia al fratello Giulio. E alla signora Castelli.

– Tuo fratello è arrivato al capolinea, – principiò la madre appena ebbero modo di incontrarsi, – vedi di fare qualcosa.

– Sei sicura che sia io la persona giusta?

– Ho già provato con Romagnoli. Non c'è strada.

– Romagnoli è un pediatra, ricordatelo, non uno psichiatra.

– Ma che differenza fa? Non si è occupato di Filippo fino alla tarda adolescenza?

– Mamma...

– Comunque, l'importante è non lasciarlo solo.

– Dici? Non è solo.

– Nel giro di un anno è diventato il paladino dei disgraziati. Hanno provato a chiedermi cosa ne pensavo.

– Difenditi.

– È quello che faccio da mesi.

– Io no. Io lo porto in palmo di mano ormai.

– Ho notato. «Abbiamo bisogno di giovani come mio fratello Filippo». Bella uscita –. Lo squadrò con sufficienza. – Ti sei bruciato l'Europa.

– Non è quello.

– Quello o questo, non so. So solo che ora lui vuole disfarsi dei beni materiali. O mi sbaglio? O ha in mente altro? Io, comunque, non ho bisogno di essere messa in mezzo a questo bailamme.

– Non ha fatto dichiarazioni pubbliche. Non siamo ancora a quel punto.

– Ci si arriva.

– Perché «ci si arriva»? Cosa vuoi dire? – Giulio Castelli fece la faccia da post-it, come avrebbe detto Cantor, e continuò dando le spalle alla madre. – Vorresti forse interdirlo?

Sentí un incerto silenzio dietro di sé. Dunque si voltò, ma senza fissarla, anche perché a sua volta la signora Castelli si era girata verso la grande finestra del salotto. Lui ripeté la domanda.

– Sono risoluzioni che dovresti considerare con cautela, – disse la madre.

– Io?

– Tu, sí, tu.

Quella fra madre e figlio non era piú una conversazione. Sia l'uno che l'altra sembravano cercare, attraverso l'apparente linearità del dialogo, ben congegnate mosse sulla scacchiera. In verità non uscivano da un modello di scambio antico, rodatissimo. Ora che erano entrati in un'area d'attesa, trovavano spazi e percorsi fra divani e poltrone, fra tavolini bassi e specchiere, tutto l'arredamento si destava consapevole come un paesaggio che li conteneva, che rendeva loro piú semplice aspettare risposte. Giulio si rammentò lo scompiglio per l'acquisto di una tela di Cesare Ligari, una scena religiosa che mal si amalgamava con il resto dell'arredamento. C'era un che di sconcio, di morbidamente sconcio, in quei personaggi coloratissimi che si muovevano verso un cielo cilestrino. La madre avrebbe voluto mantenere il tono altezzoso che esibiva nelle scarse frequentazioni mondane. Giulio si rammentò che aveva finito per convincere il marito con un argomento quasi patetico: «Non sarà un grande affare questo Ligari, ma ha a che fare con la Valtellina come la mia famiglia».

E ora erano lí a misurare passi indecisi nella luce che il lampadario lasciava colare su tutto ciò che di lucido era posato su tavoli e console. Si muovevano entrambi con circospezione, come se fossero anche loro lucidi, imbrattati dalla luce, svelati. Erano compresi in un vortice appena vertiginoso. Erano famiglia privi di famiglia. Giulio evitava di portare in quell'appartamento la moglie e i figli. Temeva fossero contaminati dal divagante decoro che era la precipua qualità della madre.

– Romagnoli... – ripeté la signora Castelli, – dovrebbe aiutarci, trovare quella ragazza, il pakistano, dare compiti.

– Lascialo stare, – disse Giulio, – vado io –. Parlò come si stesse preparando a una convention.

– Tu?

– Sí, io.

Con un sorriso smorto lasciarono il salotto. Anzi, si sarebbe potuto dire che se ne trascinarono fuori, verso la cucina. Giulio premette l'interruttore del lampadario a gocce e un'imperiosa semioscurità si mangiò la scena in cui erano stati immersi.

– Abbiamo bisogno di un caffè, – fece lei. – Bisogna cambiare quei divani, vero?

Giulio cavò il cellulare dalla tasca della giacca. – Intanto prenoto un treno.

E a partire dalle lunghe dita affusolate che digitavano con perizia, la madre lo studiò da vicino contro l'orizzonte verde pallido della credenza. Il tasmania grigio di taglio sartoriale, la cravatta ocra a pallini rossi, la camicia bianchissima che aderiva al torso massiccio, i capelli sottili avvezzi al pettine. Somigliava a lei, la signora Castelli, di cui si diceva che maturava senza invecchiare mai.

– Tuo padre si sarebbe servito un bourbon.

– Dammi tempo, – rispose lui.

– Non ce n'è piú molto, neanche per te. L'unico che ne ha è Filippo.

– Sei cosí sicura? – disse Giulio quasi fra sé e sé, e sorbí il caffè dalla tazzina non senza tener d'occhio il cellulare che non dava la conferma della prenotazione. Spezzò la prenotazione e annunciò che sarebbe andato in macchina.

– Come stanno i ragazzi?

– Vogliono conoscere lo zio. Sí, dicono proprio cosí: «Vogliamo conoscerlo». Ma lo conoscete già, dico. Non è lo stesso, fanno loro.

– Davvero?
– Lo considerano un eroe.
– Filippo è un'emergenza.

Giulio Castelli si fece trovare alla stazione di Firenze dove, attraverso Pellizzari, aveva dato appuntamento a Filippo.

Escluso dal parlamento europeo, stava meditando di uscire dal Movimento. Malgrado la partecipazione al governo del Paese, ne avvertiva la crescente fragilità a fronte della nuova destra, e persino della sinistra da cui molti, ma non lui, erano venuti, a suo tempo, a infoltire le fila. Con l'istinto dell'uomo di potere che ama piú la macchinazione dello scomposto teatro della piazza mediatica, capiva che, messo da parte, poteva ulteriormente arretrare per attendere altre forme di coinvolgimento politico. Va da sé che le idealità vaghe e sentimentali del fratello non erano materia sua. Eppure gli riconosceva una furia, un fuoco, che l'apparente vitalità del Partito nuovo non contemplava. Ed era perciò che aveva provato a guadagnarlo come provvisorio compagno di strada.

– Ti ho visto, Filippo! – Giulio Castelli aveva gridato forte. Cantor si faceva largo quasi con violenza fra turisti impigriti dal ruolo, dentro la luce lattiginosa delle lastre di Termolux. Sui marmi squisiti sembrava appiccicarsi l'umidità della stagione. – Non far finta di non sentirmi! Ci siamo dati un appuntamento –. E tuttavia il fratello con borsone sulle spalle continuava a schizzare con agilità nell'umana inerzia della condizione che precede e segue il viaggio. Gli erano ricresciuti i capelli, ma Giulio, che non l'aveva mai visto rasato, ebbe modo di gettare nella rincorsa un commento volante: – Finalmente ti sei dato una ripulita –. Le frasi cadevano in mezzo al frastuono della galleria di testa e puntellavano l'assurdità dell'inseguimento dalle pensiline dei binari sino all'atrio della biglietteria. Filippo si fermò solo dopo aver attraversato lo spazio che un tempo era stato dei taxi. Lí si apriva la piazza. Al di là del digradante disegno di aiuole, l'abside di Santa Maria Novella.

– Sei uno scemo, Filippo, – disse Giulio, e aprí le braccia per stringere il fratello. – Perché questa inutile corsa? Cosa credevi di fare? La mia auto è davanti al *Baglioni*.

Cantor restò in silenzio e, una volta intesa la direzione, replicò il passo accelerato dell'arrivo in stazione. Giulio gli stava appresso, rassegnato ma anche incuriosito dalla falcata da podista del fratello, dal profilo greco che di tanto in tanto emergeva dalla spalla. – Sei un coglione, – gli disse ancora, ma senza severità, mentre apriva il bagagliaio della Bmw e lo invitava a entrare in macchina.

– Dove andiamo? – chiese Filippo.

– C'era qualcuno ad aspettarti? Oltre me, intendo.

– Volevo solo evitare che mi venissi incontro.

– Che assurdità.

– Il mondo si regge sulle assurdità, e senza assurdità non succederebbe niente.

Erano inchiodati nel traffico. Cantor stava a capo chino, il palmo delle mani aperto sulle ginocchia. Quasi non voleva vedere dove stava, con chi stava. – Possiamo passare da San Miniato?

– Se ti fa piacere...

– C'è una cerimonia, un memoriale. Vorrei salutare una persona.

– È morto qualcuno che conoscevi?

– Qualche mese fa. In effetti, – continuò, – in stazione ho avuto un altro appuntamento, prima di incontrare te.

– Filippo, ho pensato che sono tuo fratello, il tuo fratello maggiore. Un fratello preoccupato.

Cantor registrò la dichiarazione, ma non rispose. Ora spiava fuori dal finestrino. Spiava dentro le altre auto. Spiava dentro le facce della gente, tutto raccolto dentro una corteccia di silenzio, in palese contraddizione con la turgida sontuosità della Gran Coupé.

Molto piú avanti, mentre il traffico cominciava a diradare, poggiò lo sguardo sulle dita lunghe del fratello chiuse intorno al volante: – Dovrei essere io quello che si preoccupa. Non mi piace il mondo di cui sei parte, né quello da cui veniamo.

– Uh, il ribelle.

– Ma no, mi lascio sopraffare dagli eventi. Eppure, è come se ci fosse sempre una chiamata a cui rispondere.

– Per le giuste cause?

– Non so dare definizioni.

La Gran Coupé filava con grazia sulle ampie curve prima di piazzale Michelangelo. – Non ho missioni, – continuò Cantor. – Mi piacerebbe averne. Non so se riesco a spiegarmi.

In alto, in cima alla scalinata di San Miniato, si intravedeva un drappello di persone.

– Lasciami qui. Puoi aspettare?

– Li conosci? – chiese Giulio senza ottenere risposta. Restò a guardarlo mentre saliva con scioltezza le ampie scalinate verso la basilica. Aveva il passo o meglio lo scatto di un felino, e a vederlo cosí, da dietro, nella sua leggera sostanza di giovane uomo, quasi si intenerí. – Coglione, – ripeté fra sé.

Non fece fatica a mettere a fuoco che si trattava delle esequie per il giovane fiorentino andato a combattere a fianco dei curdi nel Rojava. Si rammentava anche di un intervento alla Camera dei deputati di un rappresentante del Movimento, a pochi giorni dall'annuncio della morte. La cerimonia si celebrava fuori dalla chiesa e il corpo, arrivato in Italia solo ora, quasi tre mesi dopo lo scontro a fuoco, sarebbe stato seppellito nel cimitero delle Porte Sante, secondo le intenzioni del sindaco. Il giorno prima c'erano state una manifestazione e una veglia a Rifredi. Giulio trovò posteggio piú avanti e raggiunse la basilica a piedi lungo la strada che vi accede attraverso il bosco. Non c'era molta gente, qualche centinaio di persone. Vide infine Filippo con il braccio sulla spalla di un suo coetaneo. Gli fece segno che era lí, e l'altro si limitò a fare un cenno d'assenso con la testa.

Piú tardi, tornarono insieme alla macchina, in silenzio.

– Tu cosa c'entri? – chiese Giulio mentre metteva in moto.

– Pochissimo.

– Conosci i parenti?

– No.

Cantor si carezzò la testa, come spesso faceva.

Giulio provò a forzare la mano. – Pensi a forme di resistenza armata?

– Penso che bisogna stare dalla parte giusta.

– La parte giusta. Già. È pieno di gente che crede di essere dalla parte giusta, e che non ha paura. Mi sembra un po' troppo poco, per uno come te. Parte giusta è il grado zero della morale. Qui siamo di fronte a un'altra storia. E anche la tua è tutta un'altra storia. I popoli senza una patria. Vuoi dare una patria ai curdi o vuoi dare un posto dove stare ai tuoi amici siriani, nigeriani, ugandesi? Mi sembrava ti stessero a cuore quelli che nel Paese loro non possono stare. Mi pare che il primo che non sa dove stare sia tu. E quel tuo matrimonio? Vuoi mettere al mondo un profugo che porti il tuo nome?

Cantor aveva spesso l'impressione di dilatarsi, di non avere abbastanza spazio. Non lo premeva nulla, ma la sensazione di essere forzato dentro lo spazio suscitava qualcosa di simile a una reazione uguale e contraria, un premere verso l'esterno che travolgeva intenzioni e disposizioni.

– Dove stiamo andando?

Giulio rallentò, accostò, si slacciò la cintura. Erano ormai in campagna. Un viottolo fiancheggiato da cipressi conduceva a una locanda bar, tavoli all'aperto, un cerchio d'ombra disegnato da un ombrellone bianco e cani che razzolavano intorno.

– Vieni, – disse Giulio.

– Non mi va –. Filippo restò seduto con la cintura allacciata.

– Ti aspetto al bar, – disse con serenità Giulio. Si avviò verso i tavoli all'aperto, e là si sedette, trasse il cellulare dalla tasca della giacca e consultò i messaggi.

Filippo lo raggiunse poco dopo con il suo passo danzante e lento, le mani infilate nelle tasche dei jeans.

– Facciamola finita con questo teatro, – dichiarò.

– Non aspetto altro, – rispose il fratello. – Vuoi rinunciare ai tuoi beni?

– Pellizzari non ha capito. Non ho piú voglia di ricevere sovvenzioni.

– Non sono sovvenzioni. Esiste un accordo firmato a mani calde da nostro padre.

– Non è abbastanza.

– Di cosa stai parlando?

– Voglio partire.

– Stai facendo confusione.

– Può darsi, ma non ho bisogno di voi.

Giulio ebbe un moto di insofferenza, che tradusse in

una smorfia di compatimento. – In che mondo credi di vivere? – lo aggredí, per sviare la conversazione dal tema del patrimonio famigliare dal quale pure era partito.

– No, fratello. Non ti rispondo. La mia opinione non ti interessa.

– Ti mancavano i curdi, – sorrise Giulio. – Hai già imparato a usare le armi?

– Nel caso, ci sono campi di addestramento.

– Che ne sanno di te?

Arrivò un panzuto gestore, fece notare che era un po' presto per mangiare. – E se ci portasse del salame e del formaggio? Si può fare?

Quello annuí: aveva preso atto che il cliente non avrebbe gradito un contraddittorio.

E i piatti arrivarono, insieme a una bottiglia di vino.

– Pessimo vino, – commentò Giulio. – Non importa.

Avrebbe voluto tornare a interrogarlo, avrebbe voluto sapere quello che il fratello forse non poteva dirgli. Il timore che fosse davvero cosí, e che il riserbo in realtà fosse la premessa a una condizione di clandestinità, lo spaventò. – Filippo, Filippo... o ti devo chiamare Cantor? Io sono tuo fratello.

– Lo so.

– Vuoi fare l'eroe?

Com'è che si era fatto trascinare in questo incontro? La luce della tarda mattinata apriva il cielo sopra di lui, era lama e colore. I contorni delle cose si incidevano nell'aria azzurrissima e poi parevano cedere all'imminenza del caldo. Cantor si sentiva precipitare in quei vuoti, come se il respiro del mondo da lento che era accelerasse improvvisamente. Anche i pensieri seguivano quel gioco dentro lo spazio aperto. E ai pensieri andavano appresso le parole, come pietre su una sassaia.

– Non voglio fare l'eroe. Vuoi che parli, che parli davvero? E allora parlo.

Buttò giú un sorso di cattivo vino. – Sono stanco. Vedo solo mostri. Mostri indegni. E indegno sono io che li riconosco. Sentiamo odore di sconfitta e non sappiamo chi davvero sta per essere sconfitto. C'è tutto un vociare che sembra venire da lontano e invece è vicinissimo, e non dà gioia, c'è un vociare che ci cancella. Vi volete contare? Contatevi. Che cos'avete in comune l'uno con l'altro? Io non ho pace finché non sento di avere qualcosa in comune, e anche allora non basta, perché la fratellanza, chiamiamola fratellanza, me la devo inventare ogni volta. Ogni singola volta. Ma io non sono fratello di nessuno. Non sono neanche tuo fratello. Dovrei accontentarmi di ricevere danaro di famiglia? Hanno ragione quelli che dicono di essersi persi nella Storia, che la Storia rallenta, che la Storia si spande senza continuare. Di una cosa sono sicuro, che abbiamo dei nemici. Devo poter dire che esiste una parte giusta, altrimenti mi perdo –. Cantor prese fiato e strinse forte le mani sui polpacci. – Tu ci sei stato, tu l'hai conosciuta quella folla stordita, chiamata a dire sí, a consentire. Tu hai visto di cos'è fatta la folla a cui piace essere stordita dalle grida del suo stesso consenso. Io non voglio dire di sí, in quella maniera mai. Non ho paura della folla. So che c'è, e so che mi accade di appartenerle. Un'altra folla. Che viene da lontano, e se dice sí è solo perché consentire le permette di tornare a sciogliersi. I miei compagni ideali non cantano. Non sento voci, né canzoni. Siamo ai confini del mondo, estremi come possono essere estremi i veri sconfitti.

La campagna era esplosa, i cipressi sembravano piegarsi come spighe, i colori schiacciavano le colline di un giallo furioso, di venti senza vento. E tutta quella furia passava dentro gli occhi di Cantor. Anna gli aveva spesso chiesto perché tante volte, troppe volte, smetteva di guardarla e convogliava il treno dei suoi sguardi lontano, non tanto lontano, è vero, ma abbastanza da farla sentire fuori scena.

– Ho freddo, – disse abbottonandosi la camicia aperta sul petto.

Giulio lo contemplava incerto.

– A volte mi chiedo se avere un figlio cambierebbe le carte in tavola.

Gli sembrò una considerazione che potesse quantomeno stabilire una negoziazione fondata sulla concretezza, ma poi pensò che avrebbe potuto anche suonare come una deliberata provocazione e aggiunse subito: – Lascia perdere.

– Fatou era bellissima.

– Non siamo qui a parlare di donne.

– No, non siamo qui a parlare di donne, perché non ne siamo capaci.

– Vogliamo parlare di nostra madre?

– Ti piace ricordarmi sempre che appartengo a una famiglia, a quella famiglia.

– Ne preferiresti un'altra?

– Ti ricordi Anna?

– Certo che sí. Forse sei tu che non te la ricordi.

Si infilarono sotto l'ombrellone bianco quattro nuovi avventori. Non si capiva da dove fossero venuti. Automaticamente, Giulio abbassò la voce: – Sai che fine ha fatto?

– Perché?

Cantor sembrò prendere aria. – A questo punto sono io che ti faccio una domanda? – Fece una pausa. – Ma tu *ci credi*?

– Ah, Filippo, no. Non ci casco. Non mi farai fare tutto il giro del tavolo. No che non ci credo. Non ne ho bisogno. Non mi interessa. Appartengo al mio tempo. Ho provato a muovere le carte. Vedi come è andata. E non andrà meglio nei prossimi mesi. Ma io non dimentico che c'è anche una tradizione di professionismo che, nel bene o nel male, ci mantiene saldi. Lí finisco sempre per tornare.

– Saldezza? Esiste davvero un tempo a cui appartenere? Io so che finiremo sommersi, ancora e ancora. Mi fa male, essere giovane.

Si guardò intorno, cercò di mettere a fuoco certi profili di nuovi avventori.

Quando frequentava Romagnoli, Cantor si lasciava condurre dalla conversazione, aspettava il momento in cui il suo interlocutore lasciava cadere un gesto o un concetto che lo incantavano. Era strano come, attraverso il filtro del ruolo che aveva ricoperto per tanta parte della sua esistenza, la primissima e la piú delicata, quell'uomo avesse saputo dispiegargli davanti una ricchezza a cui avrebbe potuto facilmente attingere, ma senza obbedire all'obbligo di farlo. Non era l'offerta in sé a contare veramente, quanto piuttosto i modi, gli scatti di entusiasmo o anche di insofferenza, le more della sua solitudine generosa. Ora la figura di Romagnoli franava dentro quelle di Deluppi e di don Mario, e persino Sabir chiedeva spazio in quella catastrofe, e l'immagine fotografica del combattente nel Rojava, sorridente, in tuta mimetica e l'arma sul petto.

– Che dici? Chiudiamo qui?

Giulio ebbe un moto e finí con lo strappare un miagolio nervoso alla seggiola trascinata sul cemento. – Tu ti senti come i volontari della Prima guerra mondiale o della guerra di Spagna e io dovrei chiudere? C'è tua madre che aspetta notizie. Hai una storia alle spalle.

– Io non sono una storia, non ho storia, e non c'è storia. Se davvero fossi capace di ascoltarmi, ora sapresti che tuo fratello deve tagliare i ponti, deve spostare piú in alto l'asticella. Signor notaio, – e Cantor spinse il chiarore dei suoi occhi dentro quelli di Giulio, – signor notaio, che cos'altro c'è in serbo per me? Sono almeno dieci anni che cerco di stare al mondo. Non ho fatto altro che sentirmi tradito e tradire. Potessi congiungere un punto all'altro con una retta ideale, potessi sottrarmi al caos con cui mi infilo ogni notte nel letto e con cui mi sveglio.

Giulio non reggeva lo sguardo del fratello e cercava aggiustamenti progressivi del capo per sottrarsi alla luce, ma restando aggrappato ai braccioli della sedia.

– Dove vuoi che vada? In un campo profughi ci sono già stato. Nelle case di carità ci sono stato. Ho occupato case e cascine, è questa la mia missione? Il mio amico Sabir ce l'ha nel sangue, e non certo perché se l'è portata dal Pakistan. Io sono il figlio di un notaio, il fratello di un notaio. Mio padre è stato un fedele democristiano, a mia madre piaceva Almirante. Dov'è che si apre una finestra? Cosa mi è dato di vedere? Un cavedio. Il cavedio sul quale si sporge Pellizzari per fumare una delle sue due sigarette quotidiane. Ho visto morire un ragazzo che si era rotto la testa cadendo dalla moto, non riesco a dimenticarlo. Non combatteva contro nessuno. Era uscito per mescolarsi alla gente del sabato.

Aveva alzato la voce, ma ora si allungò tutto sulla sedia. Era un geco, un lungo rettile gentile premiato per un attimo dall'immobilità.

– Forse sei solo un santo, Filippo, – disse Giulio quasi ispirato, senza infingimenti.

– Un santo? Lascia stare. Tendiamo a parlare di santi ogni volta che ci troviamo a corto di parole davanti a chi non sa muoversi dentro le cose della vita. E invece la vera bontà sa dove andare, sa cosa prendere, sa dove colpire.

Vedi, ho detto bontà, e di questo sono sicuro. I buoni sentimenti sono altra cosa, allappano, si contentano di essere quello che sono: piccole garanzie di piccoli paradisi. Io so che bisogna mordere, lo so bene. Io un santo l'ho conosciuto davvero, io so che lui lo è. Aveva addosso l'odore di Dio. E sono scappato –. Prese fiato e perse la tensione leggera della pelle del viso quando parlava o pensava serio, gli si allentarono le palpebre: fissava davanti a sé, oltre le spalle del fratello.

Avanzava sul viottolo una ragazza accompagnata da un codazzo di amici maschi: portava un vestitino bianco abbottonato fino al collo, la gonna plissettata e stropicciata appena sopra il ginocchio. Ma la vestiva in maniera molto piú decisa una malinconia gentile e distratta che alleggeriva l'apertura alare delle braccia, il passo molle. I ragazzi a cui si accompagnava parevano tenersi a una distanza di sicurezza che forse era già stata superata senza successo, e forse si domandavano tutti come mai lei fosse ancora lí.

Passò accanto al geco Cantor e la ragazza sfidò il suo magnetismo. Si studiarono per un segmento di tempo che suonò lunghissimo a Giulio, al panzuto barista e a tutti i presenti.

Quando il nuovo gruppo trovò posto in un tavolino poco piú in là Filippo se ne uscí rassegnato con un: – È chimica, credo proprio che sia chimica. E come vedi non sono un santo.

Giulio avrebbe voluto ribattere qualcosa, ma si limitò a togliere la cravatta. Filippo si alzò, lento, flessuoso, e andò al tavolo dove era seduta la ragazza in bianco. Risero. Zittirono. Poi un frusciare di conversazione. Risero di nuovo. E già Cantor si avviava con lei dietro la locanda.

Giulio si limitò a tener d'occhio la situazione mentre digitava sul cellulare. Continuò a bere il cattivo vino, finché Cantor e la ragazza ricomparvero silenziosi. – Dove ci porti? – chiese Filippo.

– A Perugia.

La ragazza sventolò il braccio in direzione della compagnia con cui era arrivata.

– Sapete dove andare? – fece Giulio.

– Ci puoi lasciare sotto Cortona?

Durante il viaggio la ragazza era rimasta quasi sempre in silenzio, oppure aveva soffiato con dolcezza dentro l'orecchio di Cantor seviziandolo di piccoli morsi.

Giulio aveva provato ad accendere una conversazione. – Guarda che quello lí vuole cambiare il mondo. E quindi vuole cambiare anche te.

– Davvero? – aveva detto lei. – Ma in che senso?

– Chiediglielo tu.

Lei fece una smorfia.

– Chiedigli – vediamo – cosa pensa del disastro climatico.

– Tuo fratello spara certe domande...

– Quello piú bravo a sparare domande è lui.

Sembrava ci fosse quasi una sintonia. Filavano sull'autostrada e Giulio si preoccupava di non rispondere mai al cellulare in vivavoce.

– Hai paura che sentiamo quel che dici?

– Moltissimo, bella mia. Soprattutto è lui che non deve sentire.

– Perché? Che cosa fai? Sei un uomo pericoloso?

– Sono un politico.

– Ah, be', allora sí che sei pericoloso.

– E a te, dolcezza, cosa piace fare?

– Mi piace... boh? Sembri mio padre. Non lo so, onorevole. Ho smesso di chiedermelo –. Sembrò andare alla ricerca di qualcosa dentro di sé e infine disse: – Cosa mi piace fare? Forse è tutto molto piú semplice di quanto credi. Non voglio star male.

– Mi sembra un ottimo programma: evitare di star male. Abbiamo fatto sin troppa retorica sulla conquista del bene, sullo stare meglio. Brava! Suona bene.

– Ecco, vedi?, ti faccio da assistente.

– E il disastro climatico?

– Ancora? Che ti debbo dire? A me non garba. Qualunque cosa sia –. Si aspettava una risposta brusca e invece niente, dunque gli restituí il quesito: – Perché, a te garba?

Cantor continuava a coltivare il suo silenzio, la sua passività erotica. Si passava la mano sulla nuca, guardava dal finestrino e aspettava che la fanciulla vestita di bianco gli si appendesse addosso.

– E tu che fai?

– Sei tu che devi fare, che sennò ti troverai in mezzo a un cimitero di sopravvissuti.

– Non c'è quella bambina svedese che se ne occupa? – continuò lei. – Intendi quella roba lí?

– Ah, dolcezza, non hai futuro con il fratellino. «Quella roba lí» è materia di santità, e tu sei…

– Una brava ragazza, – concluse finalmente Cantor.

Diciassette

Allungo la mano nel letto – che mi sembra piú freddo piú grande piú silenzioso. Da quando ci dormo da solo ogni tanto mi capita. Sento, piú che la solitudine, la frigida fisicità di un'assenza. E allora abbandono il mio posto, rinuncio alla compostezza del dormiente, anzi di chi il sonno attende, e cerco dentro l'assenza, timidamente, quasi il calore del mio corpo potesse intiepidirla. Allungo la mano. La allungo come ero solito allungarla allora, quando ci cercavamo prima di ricevere il dono di Morfeo, talora peraltro privo di oblio. Allungo la mano questa notte e trovo quella di Lena. Non mi allarmo, non mi commuovo, non faccio che sentire la sua pelle. «Buonanotte, Lena», dico, e mentre lo dico la stretta si rinfranca. Magari si tratta di un suo regalo, forse un premio. E io non mi muovo. Non ringrazio neppure. Ho una strana paura che sconfina nella vertigine. Forse è febbre. Forse è soltanto febbre. La febbre in una persona anziana può dare allucinazioni, esattamente come succede ai bambini. E invece febbre non ne ho. Tenendo quella mano nel buio, ho una feroce voglia di morire, di spegnermi. E se di fatto fosse qui per aiutarmi in questo passo?

C'è stata una volta in cui eravamo a Lalibela, in Etiopia, e Lena mi aveva preso la mano perché doveva dirmi che ancora una volta non aspettavamo un bambino. Non mi parlava di un ritardo, ma di un ritardo che si era già consumato. Io avevo capito, ma di fronte al suo silenzio non avevo fatto domande. Avevo lasciato che si preparasse da sola. Me lo diceva allora, me lo diceva con una dolcezza struggente e me lo diceva lí perché la luce dell'alba entrava dalle tende accostate, e se ci fossimo alzati avremmo visto dall'alto un'abbagliante distesa di colline gialle, e avremmo sentito alle spalle il teatro ocra e rosso della città del santo re Gebre Mesqel. Sui gradini della chiesa di San Giorgio restammo un'ora sotto il sole tenendoci abbracciati – avremmo potuto trovare riparo venti metri piú in là, dove la chiesa prende ombra dalle pareti di roccia dentro le quali è scavata, ma non riuscivamo a sciogliere l'abbraccio. Quanti anni prima era accaduto, non mi ricordo piú. Voleva che mi rassegnassi e voleva amarmi libera da altre promesse, voleva che rinunciassi insieme a lei a quell'esibizione della felicità che va insieme alla paternità, soprattutto insieme alla paternità. Imbesuiti di sole, guadagnammo la città e ci facemmo scattare una fotografia davanti a un cartello segnaletico azzurro con scritto RIVER JORDAN. Abbiamo addosso un sorriso doloroso, ma siamo belli, spettinati, torturati dal vento.

Quello stesso sorriso con cui si presentò sulla porta di casa dopo la fuga svizzera, in autunno, lo stesso anno di Lalibela. La fuga che avevo raccontato a Cantor.

Dunque la stretta di mano di allora, all'alba, nel letto dell'hotel, accompagnava un annuncio. E adesso cosa vuole? C'è qualcosa a cui mi devo preparare? Sento che mi rimprovera perché ho abbandonato la professione. Un anziano pediatra è una benedizione per i giovani genitori. Non sapevo di quel collega che si era specializzato in counseling? Non sapevo quanto le coppie avevano bisogno, piú che di sciroppi, di un ascolto, di un confine allo sfasciume dell'istituto famigliare?

Quante volte si muore?, mi chiedo mentre sento che la stretta si allenta e Lena mi abbandona – o sono io che abbandono lei?

O forse mi rimprovera perché sto abbandonando Cantor?

E a quel punto mi viene in mente Samuele. Si sono accordati: hanno pensato di festeggiare il Ferragosto da me. Insieme a Magda e al piccolo Isacco ci saranno anche Sabir, Anna e Florestano. Siamo rimasti tutti in città, o meglio sono rimasto io: loro vanno e vengono, e forse pensano che ho bisogno di loro. Su questo sbagliano. Ma mi piace che ci siano Samuele e Sabir nella mia vita. Si muovono entrambi dentro la mia solitudine. Mi occupano, mi verrebbe da dire in quest'alba cosí affollata, e l'occupazione è ben accolta. Forse, in realtà si tratta di un'assemblea plenaria sul destino di Cantor. Certo che è cosí. Nessuno vi ha fatto cenno esplicitamente, ma sappiamo che se ci troviamo tutti intorno a un tavolo è per quella ragione.

La notizia è passata in tv. Dicono che il giovane Filippo Castelli ha sfidato il caporalato campano, che si è messo in attesa insieme ai nigeriani, davanti alle loro baracche, e ha aspettato che arrivasse il pulmino.

Sono sicuro che non aveva idea di cosa chiedere, di come chiederlo. Pare abbia urlato: «Io tratto per loro!» Per quanto mi suoni bizzarra da parte sua quell'espressione, quel rivendicare una negoziazione – «tratto», «io tratto» –, pare abbia detto cosí. I raccoglitori si sono allontanati, o sono semplicemente arretrati, hanno visto sfumare la paga della giornata. Hanno visto questo ragazzo sbracciarsi e poi avvitarsi immobile nella polvere. Pare ci sia stato un confronto faccia a faccia, ma la faccia di Cantor questa volta non è bastata. C'era qualcuno che ha assistito alla scena, qualcuno che ha sentito avanzare condizioni, mettere sul tavolo ideale della trattativa archeosindacale delle cifre, delle ore, dei diritti, poi Cantor è stato spinto dentro un'impolveratissima Passat nera, senza tanti complimenti, uno che gli teneva una mano a morsa sulla nuca e un altro che lo colpiva sui fianchi. I raccoglitori sono riapparsi nella nebbia di polvere e sono tornati per salire sui pulmini, e Cantor è stato trovato verso sera, il sole ancora in fiamme sulla piana, lungo le rive del Volturno.

Verso la fine del mese era prevista a Villa Literno una cerimonia commemorativa per Jerry Essan Masslo, ucciso trent'anni prima. Sembra che Cantor si sia fatto sentire ripetendo che non bisognava neanche entrare in cimitero, che bisognava stanare i caporali. Trent'anni e non era cambiato niente, anzi – ha detto – ci troviamo con i decreti sicurezza e un vicepremier che esibisce la sua sgolata verbosità.

Con chi Cantor avesse parlato non è chiaro. Comunque, queste dichiarazioni sono arrivate a uno dei quotidiani partenopei, e da lí altrove. Aveva individuato un campo e aveva cercato di entrare in contatto con i raccoglitori stipati dentro le baracche. Me lo vedo avanzare come un apostolo, come uno stracciato pauperista, in mezzo alle pezze appese a corde e fili di plastica, in mezzo ai nuovi schiavi occidentali.

Che ne sa, lui? Dove ha imparato? Dovunque vada, va sapendo di andare. Forse aveva conosciuto gente delle comunità di Casalvetrano, forse aveva preso nota di contatti nei molti centri di richiedenti asilo dell'area alto-campana. Ma era andato da solo. Lo aveva chiamato uno scrittore molto popolare che, ai tempi della Maison Noire, aveva pubblicato un pezzo sull'occupazione del casale. «Sta' attento, – aveva scritto in un messaggio. – Li conosco, quelli». E basta. Nel caso Cantor avesse cercato in lui un maestro quasi coetaneo, il tentativo era fallito.

Anna è convinta che sia cominciato tutto con l'incidente in moto, il giovane morto al pronto soccorso, Cantor in giro per la città tutta la notte, Cantor che se ne va. Può darsi. Ma comincia prima, comincia qui, comincia quando io mi sono limitato ad ascoltarlo credendo di fargli ascoltare Schumann.

Mi metto a girare per casa in mutande, e a piedi nudi. È strano come a volte gli spazi che ci sono piú familiari producano alterazioni, scoprano prospettive ignote, o semplicemente ci mentano. Non riconosco piú una parete, non trovo pace fra il bagno e la cucina, mi rifugio nella cabina armadio. Quanto mi sono vestito, per tutta la vita. Quanto ho messo e smesso. Sto aspettando un concerto di Evgenij Kisin. Mi metterò un completo di lino, uno nuovo, cosí eviterò di sentire il palmo della mano di Lena che valuta lo stropiccio programmatico.

Ripeto il percorso appena fatto. Controllo il condizionatore. In salotto c'è quella luce stanca delle giornate estive che svuota invece di riempire. Passo in cucina e verifico che ci sia tutto per il pranzo. Samuele mangia, gli piace mangiare. Del suo passaggio in Emilia, da Deluppi, rammenta la sequenza di salumi e formaggi che Varyna aveva portato in tavola. Lui non segue la *casherut*, ma a me, e prima di me a Lena, piaceva considerarlo invece rispettoso e ligio. In verità eravamo noi che tenevamo a mettere in tavola piatti della tradizione ebraica. Ma questo Ferragosto no, sarà un Ferragosto senza picchi culinari – ho fatto cucinare il ristorante sotto casa, portano anche stoviglie e centrotavola –, si pranza leggeri.

Quando siamo seduti intorno al tavolo Anna prende la parola, ci vuole attenti: ha chiamato Cantor – era appena uscito dall'ospedale di Caserta – e gli ha fatto sapere di Florestano, dice che la conversazione si è svolta senza strappi. A un certo punto lui ha pianto, ma ha anche detto che non sapeva perché stava piangendo, dato che non aveva mai fatto il padre e continuava invece a non essere padre. Anna ha detto che Florestano gli somiglia molto – le parole che si dicono volentieri in questi casi – e gli ha detto che, se mai avesse voluto vederlo, glielo avrebbe portato.

Magda, per quanto insonnolita – questa notte Isacco l'ha tormentata –, la guardava con una certa apprensione, che non facesse errori, che se voleva avrebbe dovuto venire lui.

– Insomma, ci vedremo a Carrara il 19.

Sabir si è offerto di accompagnarla. Altro che Cantor e l'annuncio della paternità: la vera novità del Ferragosto è Sabir, è come Sabir sta letteralmente al fianco di Anna, come la protegge, insomma come la ama. Samuele me lo ha già fatto notare, tra cucina e salotto, e io gli dico: – Non essere didascalico –. Eppure, malgrado l'evidenza nessuno fa parola della cosa. Men che meno i diretti interessati. Anna conclude proponendo, proprio come una famiglia riunita, di chiamare l'assente. Si leva il calice per l'assenso.

– Perché Carrara? – chiede poi Samuele rivelando la sua natura. Deve legare i luoghi ai fatti e i fatti alle loro premesse.

– Dalle cave andava a lanciarsi con il parapendio. Lo farà anche questa volta, – dice Anna. – È dal suo amico Silvestro. Vuole essere lí perché si commemorano i massacri nazisti dell'agosto 1944. «Io ci sarò, – ha detto, – e poi vengono il presidente della Repubblica e il presidente della Repubblica Federale Tedesca». Insomma, è lui – il nuovo e il vecchio Cantor.

– Speriamo, – dico io, – che sia anche un po' *cresciuto*... Ma qui non parla il pediatra, ho lasciato troppo drasticamente il posto al pedagogo, o addirittura al padre.

Lasciamo il tavolo da pranzo, appena al di là dei divani, e ci muoviamo per il salotto, senza ancora sprofondare nei cuscini. Anna allatta, Magda offre con grazia il suo Isacco a Samuele, in attesa del sonno. Ho già detto, prima di pranzo, che i piccoli godono di ottima salute: li ho voluti considerare come ho sempre fatto con i neonati, vale a dire con lo sguardo quasi distante del pediatra non specializzato nel neonatale – uno sguardo, diciamo cosí, in attesa. Ma è passata una nebbia di commozione quando li abbiamo distesi nudi sul vecchio lettino del mio studio, uno di fianco all'altro.

Magda e Anna, le guardo e dico: – Ecco due donne virtuose, – e sorrido perché non so come giustificare quel «virtuose», ma lo sono. Hanno l'aria di chi porta addosso il proprio destino. Hanno il portamento classico della statuaria greco-latina: Magda minuta e piena ma non opulenta, Anna riassunta nella cascata bruna dei capelli sottili, alta, timidamente imperiosa.

Magda mi si fa sotto: sta studiando il rifacimento della *Clemenza di Tito* di Metastasio da parte di Caterino Tommaso Mazzolà: – Checché se ne dica, Mazzolà ha lavorato da teatrante, come se avesse ben chiaro che cosa voleva Mozart.

C'è un duetto che abbiamo ascoltato insieme piú volte: – *Ah tu fosti il primo oggetto*... quelli sono versi suoi... *che finor fedele amai*. Funzionano. *Ah si tronchi dalla vita | tut-*

to quel che non è amor. Sí, certo, semplifica, ma su quella semplificazione Mozart entra sublime.

– Come no, – dico io. – Come no.

Mi dice che pubblicherà il saggio in un volume collettaneo.

– Il mio vero progetto è il Piave, ho raccolto tanto materiale, i suoi rapporti con Verdi... Lí c'è da scandagliare ancora. Se a qualcuno interessasse veramente...

– Piú di quanto immagini, Magda.

– Ho il senso dell'umorismo, Romagnoli.

Li lascio vagare. Sabir recita una digestione difficile, ma nessuno ci crede: ha mangiato poco. Samuele è stato da poco in Inghilterra e confessa di aver mal tollerato l'atmosfera di tensione e al tempo stesso di rassegnazione sul tema Brexit, le considerazioni sul fatto che Londra non è piú la stessa, che Boris Johnson è un cretino. Ripete che, come in Italia, la politica non può coincidere con quella sorta di privilegio espresso dalla vita delle metropoli, che bisognava essere molto piú curiosi di quanto stava accadendo nelle West Midlands non meno che nel Mantovano o nella provincia di Perugia, e che adesso è troppo tardi. – Stessa cosa negli Stati Uniti, – dice, – Trump ha vinto perché nessuno si è occupato del Kansas.

Sabir sta aiutando dei giovani pakistani con il permesso di soggiorno, ci racconta che lavorano nella società edile del padre ed è costretto, periodicamente, a mediare il conflitto con altri immigrati, soprattutto nigeriani e senegalesi. Ha preso contatto con certe signore che si sono offerte di insegnare l'italiano. Sabir fa Chaudhry di cognome, e gli Chaudhry sono famiglie aristocratiche, di proprietari terrieri, professionisti, uomini politici. Suo padre è sempre stato innamorato dell'Europa e ha voluto portare la famiglia in Italia. I «suoi» pakistani lo guardano con rispetto anche per le sue origini, sanno bene che quel cognome allude a una società di caste, a una condizione di privilegio. Ma Sabir utilizza il rispetto che suscita come strumento di controllo a loro beneficio. A lui si legge in volto un'assenza di paura, una saldezza di principî e di passioni, una solidità ribadita dalla quella, pacata, della corporatura. Vederlo accanto a Cantor, cosí asciutto, cosí spinto verso l'alto, mi ha sempre suscitato allegria. Ora non so piú accostarli: hanno preso sentieri diversi e stride immaginarli ancora camminare l'uno di fianco all'altro.

Anna è cosí bella, non avevo mai capito quanto, o forse la maternità l'ha accompagnata a un traguardo ulteriore. C'è una morbidezza nel corpo, sulle guance, nella soffice massa dei lunghi capelli, che toglie il respiro se, come ora mi accade, lo sguardo si attarda su di lei, la testa appoggiata al vetro della finestra, la luce calda che la tinge di miele. Mi parla di suo padre, del vuoto che ha lasciato, della presenza costante degli amici che Botta aveva sempre frequentato e che ora passano da casa per contemplare suo nipote, come fosse Gesú Bambino.

Samuele sta correggendo le bozze del libro che uscirà in autunno. C'è una grande attesa intorno a questa sua nuova fatica. La Storia, dice, ha bisogno di sostegni antropologici, non esiste piú una memoria collettiva che possa astrarre dalla molteplicità culturale ed etnica in cui siamo immersi. Cos'è l'Olocausto per un senegalese che vive qui da trent'anni? E per un ebreo, che cos'è il *Maafa*? La modalità dell'argomentazione sarà decisiva, ma Samuele ha una padronanza del racconto storico formidabile. Non c'è piú Storia senza una nuova forma di memoria. Questo il suo orizzonte di indagine. Oggi però si tiene in braccio Isacco, lo affoga nel carbone della barba. – Non dovevamo chiamare il fuggiasco? – chiede, e Anna mostra il cellulare.

Siamo tutti convinti che non risponderà, e invece risponde, risponde subito. Anna gli racconta del pranzo, che siamo tutti qui riuniti, e leviamo il calice alla sua salute. Mi sembra di vederlo, su uno sfondo incerto, forse marino, non lontano da compagni dai quali si allontana. Capiamo che sta piangendo. Anna gli rammenta il prossimo appuntamento. Resto di stucco quando si avvicina tendendomi il cellulare: – Vuole parlare con te.

– Ciao, – attacco.

– Com'è, Romagnoli? Com'è questo Florestano «Schumann» Botta Castelli? Com'è, dottore mio?

Perché quel «mio»? Sono quasi senza parole, ma poi gli dico che, per quanto io non sia un neonatologo, posso ben dire che è bello e sta bene.

– Chi l'avrebbe detto, eh? Faccio figli.

– Come «chi l'avrebbe detto»? Sai come funziona, o no?

– Anna mi ha chiesto se voglio essere il padre di Florestano, e quando le ho detto che era ovvio, lei mi ha risposto che non c'è piú niente di ovvio che mi riguardi. L'ha detto senza aggressività, e io, pensa un po', mi sono sentito ancora piú solo. Certo che lo voglio, Romagnoli. Certo che sí. Ripetiglielo. Che mi porti i documenti.

– Lo farò.

Poi, quasi ci fosse bisogno di uno stacco di silenzio, mi lascia ascoltare un refolo di vento, là dove lui è. – Come stai, dottore?

E io: – Bene.

– Sono contento.

– Non fare sciocchezze, – dico, e questa volta tutti i presenti mi squadrano, attenti.

Un altro refolo di vento.

– Cantor, non farti prendere per pazzo. Qualunque cosa tu abbia in mente, è arrivato il momento di non lasciarci soli a immaginare.

La mia casa finalmente mi parla. Cade l'estraneità del mattino. Cadono i fantasmi, anche quello di Lena, e riconosco nella mia voce un'autorevolezza che non ricordavo. Samuele si avvicina a Sabir, che – lo vedo – si è commosso. Una commozione composta che forse solo Samuele ha riconosciuto.

– Cantor, – dico ancora, – abbi cura di te.

E ripasso il cellulare ad Anna che si allontana verso la cucina.

Sono andati. Mi hanno aiutato a sparecchiare e a rigovernare. Ma sí, «rigovernare». Recuperare un ordine. Un'estate di vergogna. Sabir e Samuele hanno provato ad avvicinarsi al televisore spento, ho chiesto che no, per cortesia. Samuele ha citato il Regno Unito e poi ha continuato con la scena nostra. Sabir ha anche buttato lí un: «Vogliamo Cantor al governo».

E io: «C'è già suo fratello».

Sabir: «Il Castelli è quasi pronto a uscire di quinta».

«E con lui, – ha detto Anna, – tanti altri del suo Movimento».

«Non ci conterei, – ha mugugnato Samuele, quasi distratto. – Molte cose devono ancora accadere».

Cosí è passato il pomeriggio.

Rinuncio agli aggiornamenti della sera. Penso che a Lipsia ci saranno manifestazioni per il bicentenario di Clara Schumann. Con Lena ci sarei andato. Da solo non mi va. Lena avrebbe tollerato. Peraltro, non aveva simpatia per quella che definiva «la coppietta romantica».

Con quella invenzione del diario coniugale che le faceva venire i brividi.

Eccoli di nuovo, i ragazzi del Ferragosto. Spengo le luci del salotto e loro sono ancora lí. Chissà, magari riapro lo studio. Ho smesso troppo presto. Florestano e Isacco avranno bisogno di me. Ma forse Samuele e Magda vorranno un pediatra ebreo. Benché nessuno dei due frequenti il Tempio, hanno entrambi un senso della comunità che, per quanto concerne Samuele, era già spiccato quando era un allievo di Lena. Senso della comunità? Pensandoci meglio, in effetti, non so. Tuttavia, lei mi citava spesso quando durante un'assemblea al liceo in cui qualcuno aveva provato a portare, anche se debolmente, argomenti negazionisti, Samuele si era alzato in piedi e aveva detto: «Io sono ebreo, parlane con me». Ci aveva sorpreso perché non si era mai presentato come tale, era figlio di genitori non praticanti e soprattutto portava un cognome che non faceva pensare a una genealogia ebrea. Quando ci raccontò di Alberto Franchetti e di una lontana connessione con il compositore, ci divertimmo a risalire alle sue origini fino a certi massari mantovani del Cinquecento. Nel 2010 abbiamo anche fatto una silenziosa apparizione a Reggio Emilia a un convegno indetto dall'Associazione per il musicista Alberto Franchetti.

Guardo il letto quasi con angoscia. È il letto dove Morfeo diserta i suoi appuntamenti, malgrado i sostegni chimici del caso. Spengo il condizionatore e mi stendo vestito.

Forse dovrei pensare alla compagnia di una donna.

Cantor mi ha sempre guardato con sospetto quando dicevo di sapermi contentare della mia solitudine. «Vivi con un fantasma», mi ha detto una volta.

Sento il *buzz* del cellulare, è lui. Rispondo.

– Sarebbe stato bello essere lí, oggi, – mi dice.

– Vero, nessuno te lo avrebbe impedito.

– Romagnoli, ci sono sere in cui non so dove sbattere la testa.

– Non mi sembra una novità.

– C'è qualcuno che mi minaccia.

Lo dice senza turbamento. Io prendo nota senza turbamento.

– Come? – chiedo.

– Messaggi sms, tipo «Ti spacchiamo la faccia».

– Te l'hanno già spaccata, mi risulta.

– Non sono loro.

– Come fai a esserne cosí certo?

– Avevo già ricevuto messaggi dopo la Maison Noire, «Riportali in Africa» e altre cose cosí. Normale amministrazione, ho pensato.

– E adesso, non piú?

– Forse c'è che sono piú solo della primavera scorsa. Forse è tutto qui.

– Ho sbagliato qualcosa, Filippo?

Domanda fuori luogo, ma è venuta cosí, insieme al nome di battesimo che non avevo quasi mai usato.

– Ti ho svegliato?

Non rispondo.

– Sono felice di vedere Anna.

– E io sono felice che tu lo sia.

– Lei è di fatto la compagna della mia vita.

– Davvero? – Ho un tono vagamente beffardo.

– Ho in mente di lasciare questo Paese.

– Davvero? – E questa volta lo chiedo con un tuffo al cuore.

– Adesso devo andare.

– Dove sei?

– Da qui sento il mare.

– Bello.
– Già.
– Cantor…
– Ci sentiamo, dottore. Ci sentiamo.

Non ha neppure provato a pensare che mi stavo comportando come un padre? E lui come un figlio?

– Ci sentiamo.

Agosto 2019

Si presentò davanti al cancello di Villa Caccia senza telefonata preventiva. In estate sapeva che la madre si rintanava lí, con una cameriera, e usciva raramente, soltanto all'alba e al tramonto, per andare al mare, che non era lontano. Da Grosseto era risalito sino alla California con un pullman di linea. Le contusioni in faccia erano ancora piuttosto visibili. A Villa Caccia ci andava da bambino, ma non era un luogo a cui aveva ancorato memoria: ci restava poco, non piú di una decina di giorni l'anno.

Il padre aveva comprato quel brutto edificio squadrato e senza grazia per una cifra ridicola nei primi anni Settanta: l'aveva fatta costruire un ricco di labile ricchezza e, avendo il notaio Castelli monitorato i patimenti finanziari di quella labilità, si era fatto avanti per «salvare» l'imprenditore bergamasco ed entrare in possesso di Villa Caccia. L'edificio, quantunque costruito da poco, richiedeva rettifiche strutturali e continua manutenzione, gli ulivi nei tre ettari intorno avevano bisogno prima di fruttificare di essere severamente potati: insomma, un piccolo disastro a cui però la signora Castelli si era adattata con piccoli aggiustamenti che avevano trasformato Villa Caccia in una sorta di posada brasiliana, imparruccata di bouganville, plumbago Royal Cape e caprifoglio rampicante. «Se non puoi assimilare, dissimula», soleva ripetere ai pochi ospiti locali che avevano visto la mimetizzazione nel suo dispiegarsi, anno dopo anno.

– Mamma, – gridò Cantor dal cancello, vedendo la figura della genitrice in kimono rosso china su un'aiuola.

Lei si voltò appena, lo riconobbe, e disse a voce abbastanza alta per farsi sentire, malgrado la distanza: – Cosa fai qui? Hai voluto farmi una sorpresa? – Teneva le forbici da giardino in mano. – Ci sei riuscito, – aggiunse meno limpida, come avesse voluto fare una concessione – al figlio? A sé stessa? Non voleva farsi capire.

– Mi offri un caffè? – fece lui.

– Entra, – e lei indicò l'acquasantiera a lato dell'ingresso dove c'erano le chiavi.

Cantor eseguí l'operazione meccanicamente, senza distogliere lo sguardo dalla figura di sua madre. C'era una compostezza in quella sua posizione scomoda ma inevitabile, c'era una forma di educazione che non veniva da lontano ma era stata acquisita con pazienza e ostinazione. Si ricordò di essere stato sempre trattato come un bambino fortunato, confrontato all'infelicità di suo fratello. E si ricordò anche di aver sempre pensato che, se tra i due uno avrebbe potuto sentirsi legittimamente orfano, quello era lui e non Giulio, che in fondo aveva vissuto tutta l'adolescenza con il padre. Forse anche ora lei riteneva che il disordine della sua esistenza fosse una forma della fortuna.

Quando Cantor fu piú vicino, lei continuò, sempre china sulla terra: – Di notte la chiave la porto in casa.

– Sembra insalata, quella roba, – disse Cantor.

E lei, insofferente: – È insalata, sono cespi di insalata che fanno la loro figura in un giardino... meglio che in un povero orto di guerra.

– Vuoi dire che non si mangia?

– Quella da mangiare la compro al supermercato.

Un'afa intrisa di profumi si stava posando con meridiana puntualità aggredendo tutta l'area assolata intorno alla casa. Si ritirarono sotto il portico, dove fu servito il caffè.

– Sono venuto a salutarti, – disse Cantor con una certa gravità.

– L'ho capito. Alla California non ci sei mai venuto, da solo. Cosa devo aspettarmi?

– Un'assenza un po' piú lunga del solito.

– Africa? Sud Sudan? Sierra Leone? America Latina? Dove?

– Non so ancora.

– Avresti almeno potuto essere utile a tuo fratello, – fece lei senza troppa ostilità. Cantor si sentí osservato con interesse, ma già l'attenzione della madre aveva subito un mutamento di rotta: – Giulio deve lasciare quel partito di incompetenti.

– Credo che ci stia già pensando.

– Questo, d'altronde, è un Paese di incompetenti, finiamo sempre nella fabbrica dei luoghi comuni… Oppure, – e tornò ad appuntire lo sguardo dentro gli occhi del figlio, – oppure è il Paese dei paladini, dei campioni, o dei Cristi in croce.

– A te piacciono i veri uomini, invece, – e Cantor gonfiò il petto. – Volendo ce n'è in giro qualche esemplare, ma non è roba per te –. Si lasciò scivolare sulla poltroncina, fra i cuscini azzurri. – Chissà che cosa avevi in mente, quando hai sposato nostro padre.

– Una cosa sola: non vivere di briciole come aveva fatto la mia famiglia d'origine. Avevo in mente un tempo migliore.

– Vedi, – disse Cantor con una sfumatura di serietà inattesa, – vedi, questo è un obiettivo, questo è quello che io non ho né posso avere, perché ogni volta che intravedo la forma di una vita possibile, ogni volta che credo di passare dall'ipotesi di una forma a una concretezza, tutto si confonde.

– Uh, Filippo, troppo difficile! Lascia perdere.

– Il conforto di saperti al sicuro, fra gente al sicuro, è questo che avevi in mente… – Cantor avrebbe voluto continuare, ma si rendeva conto che non stava parlando con sua madre, o meglio che sua madre non c'entrava.

– Be', questo è vero. Ho voluto migliorare. Anche tuo fratello vuole migliorare. E invece, lo vedi anche tu: per quelli che si sono guadagnati il benessere c'è solo la prospettiva di difendersi con il coltello tra i denti.

Cantor si sentí a disagio, ma gli era rimasta in bocca quella formula, cosí semplice e cosí nuova, o che almeno suonava semplice e nuova lí, per la prima volta, e dunque la ripeté, a bassa voce, per non essere ascoltato: – Un tempo migliore.

Finalmente la madre fece spazio sulla tavola di ghisa sotto la veranda. – Stasera ti preparerò un'ottima cena, – disse, e sembrò per un attimo mutare espressione, lasciarsi rapire da una gestualità che conosceva bene e che per certi aspetti la metteva a suo agio. Si stava prendendo cura di lui e lo guardava come una figura sensibile all'essere oggetto di quella cura.

Lei sprofondò nel sonno meridiano sulla sdraio gialla aperta sotto l'ombrello di un pino marittimo. Cantor si aggirò per i campi intorno, dove si accorse di incontrare gente che non riconosceva e dalla quale non era riconosciuto. Non scende da queste case la gente che adesso si bagna in mare, pensò. Il mare è marcio, l'acqua delle piscine molto meno. E in effetti intravide una schiera di suoi coetanei allineati sul bordo di una vasca. Non sopravvivremo, concluse senza tormenti. Guardava i corpi giovani del nuovo faticoso benessere ed era certo che nemmeno quelli si sarebbero salvati. Si inoltrò nella campagna assolata, arrivò ai piedi della collina e cercò un sentiero che gli permettesse di salire piú in alto, ma si trovò dinnanzi solo a recinzioni, muricciOli, steccati. Infilò la testa sotto il getto asfittico di un fontanile e si accoccolò contro la pietra a occhi chiusi. Gli pareva di godere una timida pace che forse aveva a che fare – ma faticava ad ammetterlo – con il fatto di essere tornato «in famiglia». Quello era in realtà un posto che aveva sempre detestato, eppure si rese conto che gli stava concedendo una bizzarra forma di riposo, di abbandono. L'amico Silvestro gli avrebbe rimproverato la malafede della sua appartenenza di classe, se lo vedeva accanto, anche lui contro il fontanile, la sigaretta in bocca, che borbottava maledizioni ma al contempo condivideva, nella nuova curva del tempo, l'inevitabile senso della fine, che avrebbe accomunato tutti. – Arrivo, – disse tra sé, – sto arrivando, Silvestro –. Cantor era ormai abituato a trovarsi con i suoi fantasmi. Se non ci parlava, avvertiva comunque la tensione di un contraddittorio mai spento, che metteva in moto i suoi pensieri. Spiò la piana, i prati gialli, i pini, i cipressi, le siepi delle case, gli parve di sentire anche il mare, ma era solo lo sciacquio del fontanile alle spalle. Si lasciò consumare gli occhi finché non si chiusero ed ebbe la sensazione di abbandonarsi a un sonno pomeridiano, a una pausa solenne.

La sera la signora Castelli preparò pasta corta al pesto rosso, e dispose su un grande piatto di portata una serie di verdure scottate alla brace alternate a mousse di melanzane, carote e zucchine. Cantor mangiò con gusto.

– Cosa ti sei fatto, lí in faccia? – gli chiese la madre, come aveva avuto intenzione di fare da quando era arrivato.

Lui alzò le spalle e lei non fece ulteriori domande. La stanza per la notte era pronta. – Bisogna che una sera ci si veda, io, te e tuo fratello... non credi?

Cantor fece cenno di sí, e per certi aspetti era sincero.

– Che cosa ti ha portato lontano da noi? – chiese la madre, complice la penombra in cui aveva lasciato la tavola per scoraggiare le zanzare. – Che cosa ti è mancato?

– Mamma, siamo cambiati tutti, e il mondo prima di noi.

– Cosa vuol dire? – chiese lei annoiata. – Ad esempio, cos'è cambiato qui, dove siamo adesso? – Si massaggiava le dita, una per una. – E l'infermiere? Perché fare l'infermiere?

– In effetti non faccio l'infermiere, mamma.

– Ah, neanche quello?

Cantor si accordò al telefono per un passaggio per Carrara, l'indomani.

– Sei una gran delusione, Filippo, – disse la signora Castelli. E lo ripeté pari pari il mattino dopo. Lo disse senza mestizia, senza ironia. Stava accanto al cancello nel suo kimono rosso fuoco, i capelli raccolti con una pinza, ai piedi zoccoli con la fascia in pelle rossa.

Mentre l'auto si allontanava, Cantor la vide sostare lí dove lo aveva accompagnato, immobile, una mano appesa alla grata del cancello: un fantasma da cui prendere congedo definitivamente. In qualche modo si era spenta: aveva spento quella baldanza per cui si era creata la fama di madre a tutto sesto, la madre dei «bei Castelli», e di dominatrice. E se invece fosse stato lui a non avere abbastanza calore per coltivare un sentimento filiale? Non sapeva piú quando era stato, ma aveva percepito lo schiocco di un elastico che si spezza. Non si era neanche dovuto ribellare. L'emancipazione dei figli non passava piú per una cesura consapevole. C'era silenzio in quella figura che vedeva rimpicciolire e poi sparire.

Diciotto

La mia casa è ormai diventata la centrale operativa della missione Cantor, se mai si possa cosí definire. Sto diventando troppo ospitale. Cosí ospitale che lo stesso spazio in cui mi sono abituato a muovermi solo a volte svela una sorta di ostile estraneità. Torno ai tempi in cui ero sempre in studio e quando tornavo a casa i genitori dei pazienti si facevano vivi sul numero privato e piú tardi su quello del cellulare. Lena era un'ottima mediatrice. Capitava che arrivasse per prima al telefono e cercasse di capire il livello di gravità della comunicazione. Ascoltava e mentre ascoltava disegnava certi gesti nell'aria che obbedivano a un codice convenuto e segnalavano il grado di gravità o d'emergenza. Non faceva mai cenno a quello che aveva ascoltato – era difficile sfuggire alla comunicazione giacché dall'altro lato del ricevitore c'erano umane presenze che altro non desideravano che far sapere –, ma spesso ero io a cercare conforto disegnando ritratti di famiglie in cui venivo chiamato a occupare un posto, al di là delle mie competenze scientifiche. Il piccolo paziente con bronchite sembrava appartenere a una letteratura medica obsoleta: per carità, le bronchiti c'erano, ma il freddo maligno dell'inverno era nulla comparato al freddo o alle infernali tribolazioni famigliari. Chiamati in studio, separati o sull'orlo di una separazione, i genitori lasciavano i pargoli in sala d'attesa e occupavano le thonet davanti alla mia scrivania senza tema alcuno di mettere in scena conflitti, modulare insulti, dar fiato a cupe torsioni del malessere coniugale. Schierarsi significava esporsi ad azioni legali. Non schierarsi richiedeva forme di diplomazia politica. Era meglio incontrarli in sessioni diverse, e cominciare con «Innanzitutto pensiamo al benessere dei ragazzi». Senza pietà i coniugi riversavano sul pediatra il loro destino infelice.

«La tua è una missione», sosteneva Lena, ma lo diceva ormai con un sorriso di compatimento, spesso corretto dagli interventi in cui evocava l'immagine di Salvo-Uomo Ragno a Roscoff, i nostri primi appuntamenti quando seguiva sul mio corpo quello che lei chiamava «il profumo di latte» dei miei piccoli pazienti, gli incontri fra studio e casa quando la presentavo a qualche madre rimasta a scambiare impressioni sul piccolo che teneva per mano. «Tutte mie rivali», diceva appena restavamo da soli. «È vero, verissimo», la tormentavo io. E naturalmente Lena si rammentava anche dei «bei Castelli», cosí come Cantor si ricordava di Lena prima che morisse. Alla sua morte la signora Castelli aveva mandato un telegramma, ed era venuta con i figli alla cerimonia funebre. Poco dopo, Cantor aveva cominciato a frequentare la mia casa senza far mostra di alcuna titubanza o scrupolo per il lutto recente. La mia stessa solitudine non gli suscitava cautela e rispetto: ero lí per lui, non c'era nessun fantasma a compromettere la nostra intesa, e se mai ci fosse stato qualcuno, quel qualcuno avrebbe avuto cosí tanta considerazione dei nostri colloqui che mai e poi mai sarebbe stato una presenza importuna. Si guardava intorno e talora mi chiedevo come non arrivasse a considerare il vuoto a cui facevo fatica ad abituarmi. Mi abituai invece a questa sua trascuratezza e solo quando chiudeva la porta dietro di sé (già, perché era lui che decideva la fine dei colloqui e che si avviava, precedendomi, verso l'uscita) riprendevo possesso della nuova solitudine.

Capitò d'altro canto che incontrasse Mara nell'ingresso e impedendole di uscire – cosa che lei, discretissima, avrebbe fatto volentieri – l'aveva annientata di gentilezze e interrogata a lungo: come era arrivata a casa Romagnoli? Che cosa l'aveva tanto legata alla signora Lena? Si prendeva cura del dottore? E lei, la minuta calabrese che a stento mi rivolgeva la parola, a dire che non fosse stato per la signora Romagnoli avrebbe conosciuto tempi grami quando l'aveva assunta, che aveva dovuto imparare a non considerare un'umiliazione passare da un ufficio di contabilità a fare le pulizie, e ci era riuscita solo grazie alla signora Lena; tanto che poi, pur essendo tornata a lavorare a mezzo tempo in un ufficio, aveva promesso che non avrebbe lasciato quella casa, e non avrebbe abbandonato suo marito, e cosí faceva sino a un eventuale contrordine del dottore. Disse «contrordine» e per la prima volta mi sentii responsabile non tanto del suo lavoro quanto della decenza della mia sopravvivenza. E Cantor lo ripeté anche lui: contrordine. Come aveva fatto? Come fa a mettere a proprio agio gente che non ha mai incontrato e con cui non dividerà il suo tempo mai piú?

Naturalmente Mara era abituata agli studenti di Lena, sapeva che la casa era frequentata da giovani, ma nessuno l'aveva considerata con tanto calore, calore naturale, senza infingimenti, quello di Cantor, irresistibile. Di piú: in quell'occasione, dopo la mezz'ora con Mara, Cantor ritenne che la sua permanenza a casa Romagnoli era finita e, per la seconda volta, dovetti congedare qualcuno.

E ora le famiglie del Ferragosto, le mie piccole famiglie: l'occupazione militare della casa, dalla cucina alla camera per gli ospiti, la traccia che hanno lasciato, l'attesa di Mara per riacquisire ordine, un ordine al quale – non avrei mai potuto prevederlo – tengo moltissimo, come potesse preservare la scena della quiete e del tumulto, quando restano solo reminiscenze musicali.

Mi concedo un'edizione preziosa dei *Liederkreis*, la voce di Peter Schreier, il pianoforte di András Schiff: «*Die Nachtigallen schlagen*... Cantano gli usignoli | qui nella solitudine | come se volessero dire qualcosa | del bel tempo passato...» Come se volessero dire qualcosa del bel tempo passato. Quegli usignoli. Torno a quel Lied, non lascio che gli succeda il Lied successivo. Torturo con il telecomando la traccia 17. In attesa dell'ultima strofa, quando Eichendorff si immagina un ritorno, la luna è chiara di bagliori, tutto è cosí magico, come se l'amata dovesse aspettarlo nel giardino di rose bianche e rosse, eppure no, non è cosí, è morta da tanto tempo. *Und ist doch so lange tot.* Eppure è morta da tanto tempo. Ma sí, Schumann insiste su quell'ultimo verso. Ma non si commisera. E neppure la pena è lacrimosa. Come potrebbe piangersi addosso in quella notte rischiarata dalla luna?

Non ho fatto testamento. Mi viene in mente che non ho fatto testamento. È stata piú previdente Lena. Me ne devo occupare. Forse avevo pensato a Cantor. Ora è bene che pensi a suo figlio. Non fosse che per questa ragione, lo devo vedere. Mi deve aiutare. Aiutare? Faccio fatica a mettere insieme dei pensieri coerenti. Com'è che mi trovo in questa condizione da irresponsabile?

C'è un silenzio questa sera. Scendo in strada. Il silenzio dirada, si nasconde, lascia spazio a uno scompiglio che si fa strepito, è come non l'avessi mai vista cosí questa città. Troppo opulenta. Cerco riparo nelle vie secondarie che portano dalle caserme al tribunale. Anche qui un tremolare di luci, un'ansia di movimento che si piega su sé stessa.

Tanti anni prima ci eravamo andati, Lena e io, sulle Apuane. Eravamo saliti al Monte Sagro in tarda primavera, lasciandoci cave su entrambi i lati della montagna. Tanto la salita era stata un procedere lento nell'erba alta, pettinata dal vento, sulla curva esposta a ovest, tanto dalla cima il versante esposto a est precipitava a piombo nell'abisso, selvaggio e senza appigli, verso il vallone di Vinca. Le dissi, pensa scivolare giú. Lei brontolò che non si scivolava affatto, che tutt'al piú saremmo rimbalzati giú fin dove non si vedeva. E giocavo chiedendole cosa avremmo lasciato. Niente, a nessuno, sparò cattiva. Ma poi si sdraiò padrona del vuoto e del cielo, crocifissa a terra.

Devo fare testamento.

Trovo la cosa assurdamente comica. Mentre piego sotto la categorica monumentalità del Palazzo di giustizia, testamento e marmo si saldano in un insieme bislacco, paradossale: mi vedo entrare e salire le infinite scale per consegnare il plico di fogli che qualcuno ha compilato per me. C'è un'eredità romantica che avrebbe dovuto esser lasciata. C'è abbastanza mistero nelle nostre vite per destare una grande attesa nelle vite che verranno?

Cerco le vie trafficate.

Il cellulare. Sta suonando da un po'.

– Cantor!

– Buonasera, dottore.

– C'è qualcosa che posso fare per te?

– Sei sicuro di star bene?

– No, non lo sono. E non sono a casa mia.

– E non abbiamo tanto tempo.

– Possibile che esista un processo di esaurimento del quale possiamo soltanto essere testimoni passivi?

– Uh, la fai difficile stasera.

– Gli usignoli cantano come se volessero dire qualcosa del bel tempo passato...

– Questo è lui. Questo è Robert.

– Forse non sei tu che mi hai chiamato, forse non mi ha chiamato nessuno.

In effetti, da lí in poi c'è silenzio. Tengo l'apparecchio in mano, lo premo sull'orecchio ma non arriva alcuna voce, nessun suono. Riparo verso casa. Sono sudato. Mi butto disteso sul divano. L'aria condizionata mi restituisce a me stesso, o almeno a una parte di me stesso. Vedo il castello, lontano, i bagliori della luna, il giardino di rose bianche e rosse, dove mi attende la mia amata.

Agosto 2019

Si mosse lento come un felino dal letto alla finestra aperta, da cui entrava una brezza insinuante. Davanti a lui la piana di Luni, il Magra, la gobba di Montemarcello, e sterminato, biancoazzurro, il mare che spesso aveva sorvolato, piú attento alla tenuta del vento che ai barbagli di luce fra l'isola del Tino e la Palmaria. Aveva dato appuntamento all'amico anarchico di Carrara e gli aveva chiesto ospitalità. Niente parapendio. Il magazzino di Sarzana dove lasciava la vela gli aveva fatto un'offerta e lui l'aveva accettata. – Andiamo a bere, – disse a Silvestro mostrandogli gli euro che si era infilato con malagrazia in tasca.

Sui quarant'anni, stempiato, asciutto come un'acciuga, Silvestro si muoveva a scatti, passando da una dinamicità nevrotica, impetuosa, al ralenti delle parentesi contemplative. «Essere anarchico, – diceva, – è quasi un patronimico qui, non c'è nessun merito. Però si può fare la scuola da spostati e allora sí, qualche merito cominci ad averlo e puoi permetterti di citare Malatesta».

Silvestro lavorava part-time alle poste. La madre gli aveva lasciato una casetta appena sotto Fosdinovo, da cui vedeva Marina di Carrara, dov'era nato. Piú che anarchico, si sentiva orfano: orfano di idee, di lavoro, di amici, di amore. Anche d'amore, perché l'ultimo tentativo di convivenza era finito come tutti i precedenti: la compagna aveva smesso di trovare divertenti le sue battute, si era stancata di prendersi cura di lui come di un adolescente, trovava intollerabili l'afrore delle sue camicie e il maschilismo di cui non pareva intenzionato a liberarsi, e intollerabile trovava anche la povertà della sua vita sociale.

Silvestro aveva tentato di spiegarsi, ma senza effetto. La pantomima del «prendiamoci come siamo fatti» non aveva funzionato. Non avevano funzionato corse in moto sulla riviera fra spiaggia e vie sterrate con proposte di sesso fra le sterpaglie. Aveva anche inscenato un attacco cardiaco lungo lo struscio di Sarzana, con risurrezione una volta arrivato alle soglie del pronto soccorso.

«Tu sei scemo», gli aveva detto lei.

«Forse, – aveva ribattuto lui mentre faceva segno al personale sanitario che era tutto sotto controllo. – Forse non ho bisogno di una donna».

«Certo non di me», aveva detto lei, e a quel punto Silvestro si era esibito nel suo numero migliore, il «felice addio».

Le disse che era inutile lasciarsi con un morso, che il tempo è cosí poco, che i sentimenti sono materiale cosí deperibile, che la memoria teme i vuoti, che l'esercizio dell'astio è povera cosa, che le occasioni di rincontrarsi sono troppe, che siamo tutti fragili tessere di un mosaico incomprensibile. Sul mosaico ottenne – e non era la prima volta – un sorriso, e un addio senza rancore. Cosí si era rintanato in casa: teneva galline e conigli, badava al centinaio di ulivi sulle balze della collina, aveva un orto, e naturalmente un cane, un bastardo dal pelo raso, le lunghe orecchie dritte, il ringhio costante. Davanti alle galline si imbambolava: diceva che erano animali superiori e comunque non degne della cattiva fama che si portavano addosso. Alle sue aveva dato un nome come si fa con ovini e bovini, ma diceva che quel nome lo portavano piú degnamente.

«A me piace fare sesso, – ammetteva, – ma aspetto le sconosciute che vengono d'oltre Cisa, portarle sulla spiaggia o accanto al fuoco, prestar loro il mio accappatoio blu. Per loro, quando se ne vanno, è sempre un felice addio».

Cantor non era a suo agio in quella casa. Ormai non si sentiva a suo agio da nessuna parte. Silvestro era un personaggio invadente, come tutti coloro che si lasciano dominare, ideologicamente, dalla solitudine. Con l'aria di chi è presente solo se l'altro ha bisogno che tu sia presente, si ritagliava uno spazio di osservazione che andava oltre la funzione. Quando, negli anni passati, lo aspettava nella piana dopo il volo, si appostava con una sorta di vibrante discrezione e senza fare domande metteva Cantor nella condizione di raccontare com'era andata la discesa, che cosa avrebbe fatto dopo, quando sarebbe ritornato in città. Detto questo, Silvestro aveva uno sguardo sulle cose che lo incuriosiva. Privo com'era di legami, privo di obblighi (il lavoro di postino gli lasciava ormai piú tempo di quanto lui stesso avrebbe voluto), privo di ambizioni, Silvestro vagava alle soglie dell'esistenza sociale come un animale indifferente. – Sono tutti stronzi qua, – principiava volentieri, e poi enumerava i guasti della piccola vita di provincia. – Mi piacciono solo i vecchi, hanno da perdere soltanto quello straccio di vita a cui spesso non sono neanche cosí attaccati.

– Quindi, mi escludo, – borbottava Cantor.

– Escluditi. Non ti fidare di cane Silvestro. Come del resto io non mi fido del ragazzo imbragato sotto la vela.

Cantor si allungò sul divano sfondato, si lasciò riempire il bicchiere e se ne uscí con un: – Fai bene.

E Silvestro: – Ti hanno fracassato, eh?

– Ci hanno provato.

– Fascisti...

– Eh, no, quelli sono un'altra roba.

– Sono tutti fascisti.

– Chi?

– Quelli là, – disse Silvestro, e fece segno con il mento verso la finestra, verso un fuori indistinto. Si prese la testa fra le mani e si piegò in avanti come se stesse pregando. – Sai una cosa, ragazzo?

Cantor restò perplesso da quell'appellativo e pensò che la frequentazione dei vecchi lo aveva fatto invecchiare anzitempo.

– Cosa?

– Che il Male, il Male con la *m* maiuscola, esiste.

– Adesso ti tocca sparare una battuta.

– Magari dopo, – rispose l'altro, e andò dritto verso la bottiglia di Vermentino, rabbuiato, la faccia grigia, i pugni in tasca, gli occhi sfuggenti.

Il cane gli si piazzò in mezzo alle gambe.

– Gli piace l'odore che ho addosso, – e accarezzò il bastardo che gli aveva infilato il muso quasi dentro la patta dei pantaloni. – Io non sono buono. Sono un anarchico. Ma mi spavento a pensare cosa c'è dentro di me. Ci fossi stato, quarant'anni fa, con la testa che ho adesso, magari avrei fatto il brigatista.

Silvestro non smetteva di riempire i bicchieri di Vermentino.

– Troppi fighetti. È per quello che ti piace stare da solo. Per non sparare addosso alla gente.

– E tu? – Questa volta Silvestro lanciò un'occhiata complice al suo ospite.

– Io cosa?

– Tu ti fai picchiare dai caporali.

A Cantor riusciva sempre piú difficile spiegarsi. – A me piacerebbe che di me si dicesse che non sono passato invano. Ma chi può avere l'autorità per dire una frase come questa? Invano rispetto a cosa? Forse cinquant'anni fa lo sapevano. Stavano dentro una biosfera storica in cui se uno era veramente utile lo vedevano subito. E l'essere utile di quell'uno era di utilità anche a chi semplicemente lo riconosceva in mezzo ai molti.

– Ti porto in un posto, – disse Silvestro, e fece ballare, insieme al bicchiere, le chiavi della macchina.

– Bravo. Fallo oggi, perché domani divento padre.

Silvestro si fermò davanti alla porta di casa. – In che senso?

– Viene la mia ragazza. Con mio figlio.

– Ecco, – fece Silvestro. – Hai finito per inguaiarti. Si vede che sei uno cosí. Lo metti dove è meglio non metterlo. E ti metti dove è meglio non mettersi.

– Dove mi porti, cane Silvestro?

– Sai cosa ti dico? Ho voglia di farmi un po' di galera –. Salí sulla seggiola impagliata con un bicchiere vuoto. – Sbanchiamo la Versilia –. Da dove stava, vide il suo pollaio e scese precipitosamente: – Devo dare da mangiare alle galline.

– E io ho un appuntamento a Lucca, domani sera.

– Ti ci porto io –. Silvestro uscí barcollando, sparse mangime oltre la rete metallica e all'arrivo delle pennute dichiarò: – Loro mi capiscono. Non c'è un animale piú intelligente.

La Bmw Cabrio del '93, o piuttosto quel che ne era rimasto, li aspettava nello spiazzo che dava sulla strada.

– Un figlio? – disse Silvestro. – Che te ne fai?

– La sua bella mamma sa molto bene cosa farne, io no –. Cantor cercò nel borsone una camicia pulita e la indossò, si guardò i pantaloni che gli calavano sui fianchi.

– Devi vedere gente importante? – chiese Silvestro, già seduto al volante dell'auto scoperta.

Cantor non rispose, ma disse: – Domani in giornata voglio tornare giú verso il Bardine.

– Sta diventando un'ossessione, eh? – chiese Silvestro.

Cantor aprí le braccia.

Restarono seduti in auto, immobili, come se aspettassero entrambi una spiegazione. E invece niente. Cantor si attaccò con le mani al parabrezza e rinculò alla sgommata che li rovesciò giú per la strada, tornante dopo tornante fino alla via Aurelia. Vigneti e uliveti si alternavano in una successione potenzialmente infinita, con bouganville che si rovesciavano sulla strada impastando colore a colore. Lungo il rettifilo di Villa Malaspina, Silvestro procedette senza accelerare: l'avevano già fermato due volte. Faceva le smorfie di quello che soffre e non sta piú nelle scarpe. Cantor ricordava di aver ascoltato storie di una giovinezza intemperante, di una famiglia sfasciata, di fratelli che se n'erano andati – chi in Piemonte, chi in Inghilterra –, e ora gliela leggeva in faccia quella storia. Non voleva sapere di piú.

Sull'Aurelia Silvestro svoltò per Marinella, verso il mare, finalmente pigiò sull'acceleratore e si mise a cantare: – *Don't play it no more, don't play it no more, no no no don't play it no more* –. Rideva, cantava e andava ben oltre il limite di velocità. – Io ero Gassman e tu eri Trintignant, te lo ricordi *Il sorpasso*? – La piana di Luni era sciabolata dal sole, il giallo dell'erba alta si rivoltava, il cielo si abbassava a rovistarli di vento.

– Non l'ho mai visto.

– Meglio cosí, – fece Silvestro ridendo sguaiato, e appena arrivarono sulla via del mare inchiodò, come se volesse prendere respiro o dar retta a un ripensamento. Sgommò di nuovo. Prese una stradetta di sabbia e si trovarono a due passi dalla spiaggia, proprio mentre le famiglie si muovevano per andare a mangiare un boccone.

Si distesero sulla sabbia fra tronchi abbandonati dalle mareggiate.

– Adesso ti porto dalla Nilde, ti ricordi la Nilde?

Cantor fece di no con la testa, ma disse: – Non ho bisogno della Nilde.

– È un peccato, perché magari ci avrebbe fatto passare una serata da semidei.

Restarono sdraiati lí tutto il pomeriggio. Silvestro si intristí, poi ebbe un guizzo. – Risaliamo a casa e ci vediamo *Il sorpasso*.

Ripresero quota e a ogni tornante Silvestro strappava agli pneumatici lamenti altissimi, felice di sentirli gridare. Poi, di punto in bianco, già alti sulla piana del Magra, rallentò e cominciò a calare battute come carte vincenti, roba pesante che però fece ridere Cantor come un ragazzino. E quando non ne ebbe piú, Silvestro tornò a un suo vecchio «numero»: – *Terminus! Terminus! C'est fini la viande, c'est fini*, – la frase che, nel métro di Parigi, una giovane donna nera con cui aveva cercato di fare il broccolone aveva continuato a ripetere dandosi di gomito con l'amica che le sedeva a fianco. – Ce n'era, ce n'era volendo. *La chair d'une reine!* Ma lei niente: *C'est fini la viande*...

Il cane li aspettava davanti al cancello e fece avanti e indietro forsennato in attesa che Silvestro trovasse le chiavi e aprisse.

Si schiantarono sul divano davanti allo schermo tv, il cane raggomitolato ai loro piedi. Restarono in silenzio sino alla fine del film, quando l'auto esce di strada e precipita in mare. – Hai capito Bruno Cortona, eh? Che roba.

– E io, – gli fa Cantor, – sarei il povero Trintignant? Giú per la scarpata e morta lí?

Silvestro tornò al suo cestello di birre. – No che non lo sei. Sono io che dovrei finire giú per la scarpata per lasciarti a meditare sul ciglio della strada. Siamo tutta un'altra storia, – gli si strozzò la parola in gola, e poi continuò, – ma siamo infelici uguale, – nuova pausa, la faccia gli si aprí come un sipario: – E sai perché?

– Perché?

– Perché siamo rimasti senza rivoluzione! – disse Silvestro serissimo per poi sciogliersi di nuovo e ripetere: – *Terminus! C'est fini la viande, c'est fini!*

Diciannove

La cena di fine agosto arriva puntuale. Insieme a quella invernale e a quella tardoprimaverile, sigla la continuità di frequentazioni altrimenti sfilacciate. Siamo tutti pediatri piú che maturi, ma io sono il solo ad aver chiuso con la professione. Andiamo sempre nello stesso ristorante. Prenotiamo una sala appartata, ci conoscono, e ogni volta ci accolgono con una sequenza di battute che, essendo noi tutti maschi, cadono pesanti a coprire la distanza compresa fra gli sconforti della continuità e i conforti della libertà, vale a dire fra i viluppi della vita coniugale e gli sviluppi dell'esperienza sessuale extra moenia. Una cosa imbarazzante. Che non migliora neppure quando siamo fra di noi, e che solo con il progredire della serata e del tasso alcolico rientra nella decenza e nella malinconia. Li conosco uno per uno, piuttosto bene, ma questa volta è come se una cortina di fumo li allontanasse, li respingesse sullo sfondo. Siamo al primo piano: dagli amplissimi finestroni entra, con un taglio prospettico piuttosto sorprendente, la città nuova, uno dei segmenti piú impressionanti del grande rinnovamento. Superfici riflettenti, geometrie swing e tutt'attorno, alla base, invenzioni naturalistiche, prati, paludi e boschetti scavalcati da aerei passaggi pedonali. – Ti piace ancora, eh Romagnoli? – Io ammicco alla vetrata e a quel che si vede da lí, lui intende la figa. Continuano quasi tutti a pensare che la mia sia una vedovanza bianca e dunque indegna, certamente biasimevole. Il Napoletano mi si fa d'appresso e, complice la sua mole, sembra darmi man forte: – Chillu è 'nu fetente, non dargli retta –. Però poi indaga a sua volta e si perde a evocare una certa Marina che glielo ha sempre «tenuto in esercizio». Tossisce una volta, due, non smette di tossire. – Il riso uccide, Romagnoli, – dice, e io: – Eh, quello non è il riso.

Tutti raccontano di mogli, figli e nipoti oppure di amanti, figli e nipoti, oppure di malattie, figli e nipoti, o ancora di calcio, figli e nipoti. La discendenza non manca mai. A me nessuno chiede nulla, mi lasciano ascoltare. Il collega che si è risposato con una donna molto piú giovane a un certo punto scoppia a piangere e tutti di colpo stanno in silenzio: contemplano il compagno che non ce la fa a reggere i ritmi della nuova convivenza e che neppure la discendenza rassicura. È la prima volta in cui mi sento profondamente a disagio con i colleghi coetanei. Vorrei tornare indietro, vorrei che loro tornassero indietro, che non avessero quelle facce vecchie, d'un altro secolo, d'un'altra età. Non mi piace il compatimento collettivo che passa come una vena di liquami tossici sotto le storie di sesso e di gagliardia virile. Il collega in lacrime ha fatto cambiare rotta alla serata. Lui si consola e gli altri cedono il passo all'angustia dell'esistenza. La squadernano con sapienza clinica registrando sintomi e affezioni, inciampi e cesure, rinunce e pianificazioni. Anche i piú spudorati rilasciano tristezze, timori, terrori. È il corpo, il demone. Lo sentono venir meno, anche quando dà prove di resistenza. Lo vestono con pazienza ma poi non riescono a impedirgli di manifestarsi, e allora denunciano macchie, cedimenti muscolari, deficienze, micro-disabilità, disfunzioni. Solo il Napoletano non ha paura: la sua vastità sembra raccontare la bellezza dell'impresa di vivere. È tanto, e ha avuto tanto. Ricorda le farmacie del nonno disseminate per tutta Napoli, ricorda gli odori di medicamenti, elogia lo spirito da grande imprenditore dell'avo, il benessere e la considerazione di cui godeva la famiglia, dalla Sanità a Chiaia. – Paura non ne tengo, – dice, – ma so che se devo arrendermi non opporrò resistenza –. Parla di qualcosa che con ogni evidenza conosce bene, con cui ha imparato ad avere familiarità. – Leggo tanto, – dice e mi suggerisce piano due titoli.

I vecchi pediatri. Eccoli lí. Faccio fatica a rammentare quando e perché abbiamo cominciato a darci questi appuntamenti, e soprattutto perché in questo locale dove in verità la cucina non è granché. – È una schifezza, – fa il Napoletano davanti a un dolce che viene spacciato per una pastiera. Gli altri non se ne accorgono, hanno fame di socialità e anche di questa forma un po' adolescenziale di raduno.

Chi direbbe a vedere questa masnada di settantenni che ciascuno di loro si è preso cura di tanti piccoli pazienti?

Mi prendo una pausa e torno a Cantor, all'incontro con Anna e il bambino che avrà luogo a giorni. All'improvviso mi rendo conto che tutti si stanno alzando e si preparano a uscire. Per il conto si fa a turno, chi paga lo fa per tutti, e va da sé che da qualche tempo ricorre la battuta sul rischio che ci sia, prima o poi, uno che salta il turno, e allora tutti con le mani che scendono a toccare i santissimi.

Fuori è ancora presto, la notte brucia di incontri. Qualcuno di noi è riluttante e propone un prosieguo alcolico. Siamo in mezzo a bande di ragazzini, e siamo immediatamente ridicoli.

Mi sbraccio e guadagno, nel saluto, sempre piú distanza dal gruppo.

Ecco, da lontano è come se volessi piú bene a quel manipolo di professionisti con molta identità e poco futuro, è come se fossi appena uscito da una grande tela fiamminga, con gli ufficiali della guardia civica intorno alla tavola del banchetto, le tuniche nere, la fascia bianco-rossa sul petto, la bianca gorgiera plissettata, il pugno sul fianco. Prendo la strada di casa, non ho bisogno di taxi, e mi piace camminare, ma quel dipinto in cui fino a poco prima ero compreso mi strappa un lungo sorriso, come se avessi lasciato là, dove ci siamo salutati, la nostra anima collettiva, la nostra funzione, la nostra missione.

Fatico ad addormentarmi perché, come dice il Napoletano, la cucina di quel ristorante è proprio «'na chiavica». Devo chiamarlo, mi devo preoccupare di lui, mi fa tenerezza. Dove andremo a finire tutti quanti?

Chi sarà il nostro pittore, se mai ci sarà, che spingerà la memoria di noi innanzi nel tempo?

Mentre cedo al sonno mi soccorre Lena, bella come quando l'ho incontrata, pronta a puntare su di me uno sguardo che arriva da lontano e che scava dentro la sabbia dei miei sentimenti distratti.

– Non lasciarmi, – dico.

Agosto 2019

Il giorno dopo, verso mezzogiorno, Cantor e Silvestro erano di nuovo in macchina. Superarono il Castello di Fosdinovo e scollinarono al Cucco, scesero in Lunigiana, dentro boschi fittissimi, austeri, selvaggi. Faceva da cambio scena l'acuta prestanza rocciosa del Pizzo Uccello appena impolverato di nubi, dritto, imponente, solitario. L'auto rallentò sensibilmente. Silvestro sembrava essere entrato in un'altra forma di ebbrezza.

– Andiamo, – disse a bassa voce Cantor, l'aria in faccia, i lividi ancora piú evidenti, contro la pelle strappata della cabrio, il capo quasi riverso contro il poggiatesta non piú saldo nella sua sede.

– Quante volte ci siamo venuti? – disse Silvestro.

– Ci sono venuto anche da solo, – fece Cantor.

– Lo immaginavo.

– Che cosa immaginavi?

– Che è diventata un'ossessione per te.

– Colpa tua.

Le rughe della faccia di Silvestro scavarono piú ombre. Parcheggiò in una piazzetta deserta, dominata con insolita baldanza dalla *t* dei tabacchi, ma non si capiva se il negozio, di merceologia varia, fosse aperto o no.

– Per la commemorazione quest'anno verrà il presidente della Repubblica e, con lui, quello tedesco, – disse Cantor. – Si sono ricordati di questo versante delle Apuane.

Silvestro prese per una via stretta, chiusa fra case di pietra viva, che sfociava nello slargo della chiesa, e piú su, dopo la ruvida facciata di un palazzetto settecentesco e la muraglia che ne reggeva i giardini, davanti a una cappella dedicata ai martiri della strage.

A Silvestro mancava il fiato, era andato veloce, e ora si fermava a contemplare i colli della bassa Lunigiana, sembrava essersi quasi dimenticato di Cantor che lo seguiva muto. Ma fu proprio allora che, al contrario, come se ripetesse una lezione filtrata da una sua forma particolare di coscienza lisergica, Cantor cominciò: – Lasciami raccontare –. Silvestro lo vide concentrarsi come se prendesse fiato prima di un'immersione. Percorrevano la stradicciola che avevano fatto i paesani in quell'agosto caldissimo del '44. L'aria era profumata, dal lato del bosco calava l'umido di vecchi castagni senza frutti.

Cantor comincia e Silvestro gli sta accanto, come accompagnasse un cieco vate. Cantor suda, avanza lungo le stazioni della straziante Via Crucis che, insieme alla Passione, ricostruisce i fatti del '44. Si guarda intorno, apre le braccia e fa segno di andare avanti, che non ci si fermi, che non si perda tempo. I partigiani, piú volte sollecitati dalla gente di Bardine alla quale i nazisti facevano regolarmente visita per razziare bestiame, avevano attaccato una colonna tedesca. La gente giú vicino al fiume si era poi dispersa e nascosta nei boschi. Per cominciare a impartire la loro giustizia, i tedeschi avevano dovuto portare alcuni sopravvissuti all'eccidio del 12 agosto a Sant'Anna e li avevano appesi a morire su un filo spinato: non erano bastati, i conti non tornavano. Cantor si prende il volto fra le mani, sente lo strazio del testimone in prima persona. – Non hanno ancora abbastanza paura, – dice. – Se ne rendono conto anche i tedeschi, però decidono che è meglio uscire dal paese, e prendono la strada per i prati di Valla, sono piú di cento, uomini pochi, tutti vecchi, bambini e donne, vengono su di qui, per di qui, tutti insieme, e non hanno ancora abbastanza paura. Perché dovrebbero avere paura? Ma intanto Walter Reder, braccio mozzo, e i suoi, i monumentali *Maschinengewehr* a lato, se ne stano seduti in trattoria, intorno ai tavoli apparecchiati per loro, puntano armi leggere contro la cuoca, contro la giovane che serve il salame, la pasta, i polli, le patate, il banchetto ammannito per loro, e solo per loro, perché nessuno nel '44, in campagna, mangia quella roba tutta in una volta sola, qualcuno punta la pistola contro le ragazze, che si piscino addosso le ragazze, picchiano il pugno sul tavolo, la vogliono vedere la paura.

Cantor si interrompe, si appoggia a Silvestro. – Era cosí, no? – Reder, braccio mozzo, firmava il comando, l'ordine di uccidere tutti quelli che hanno preso questa strada qui, per mettersi al sicuro, e lui firmava e contava i morti prima che morissero.

Svoltano nel sole. Di là dal bosco, sull'altro lato della strada, viti, viti che pesano di grappoli, dei caprioli piú in basso, impassibili, suggono il dolce dagli acini piú vicini alla terra. C'è solo un cane che li tiene d'occhio, legato a una catena, ma non abbaia.

Chi li vedesse i due, in quel tardo montar del giorno, li direbbe forestieri, e in effetti lo sono.

– Vanno e vengono staffette. In moto, sulle auto, Reder lo sa dove sono, dov'è la gente. Gente che quasi non ha idea di questa guerra, di tutti questi uomini in divisa pesanti di pugnali, di granate, che altro?, né sanno che si stanno ritirando, non sanno. E non hanno abbastanza paura, perché per immaginarsi il male ci vuole una tempesta, ci vuole che lo devi volere, e, volendolo, dargli una forma. Altro che Linea gotica. Questa era campagna. Qui c'erano contadini vessati da uomini in divisa –. Ha gli occhi larghi, vede, da lí, un confine, e soprattutto sente, ascolta. – Si sentono le voci di allora, è facile sentirli dire cose senza peso, cose del giorno, cose che domani si dimenticano insieme alla paura se un po' l'hanno provata, giocano, guardano le creste dei colli, i paesucoli dove sono andati, dove andranno, dove non andranno magari mai, quando tutto sarà finito –. Cantor prende Silvestro sottobraccio: – È cosí, no? Quando tutto sarà finito. In questa campagna che sembra cosí innocente, ignara. Possibile che sia stato anche allora cosí dolce, cosí vellutato, il prato digradante fino al bosco, le vacche sotto i quercioli, Tendola, Bibola, i castagneti… – Si prende una pausa, che è aria nei polmoni, e poi: – Ogni volta che ci torno, e oggi ancora di piú, è questo che mi passa per la testa – che la campagna non sa, che loro non sanno, che se qualcosa sta accadendo non si può neanche per sogno anticipare –. Accelera, passa oltre la casa e la stalla di un uomo che ebbe molti morti in famiglia, passa oltre e scende giú nella boscaglia, nell'ombra delle querce, fino ai cipressi. Accelera, Silvestro fatica a stargli appresso, si toglie la camicia, la trascina sopra i sassi. – Cantor! Cantor! – E Cantor è già davanti all'alta stele dei morti. Tutti quei nomi. Nomi, nomi, nomi. E date accanto.

– Qui hanno sparato. È qui. Le mitragliatrici nascoste nella paglia per non metterli in guardia, i destinati. E anzi c'è qualcuno che in tedesco invita le donne a cantare, a ballare. Grida: «*Tanzen!*» o forse in italiano: «Ballate!» E non smette di gridare, finché quelle non accennano un passo, con leggerezza, magari spremendo un sorriso. E ancora non hanno tutta la paura che dovrebbero, la ignorano, forse sospettano di essere fantocci in mano a quegli altri fantocci, tutti armati, ma la paura del macello no, non c'è. E solo cosí, allora, comincia –. Cantor aderisce alla stele: – Non si può morire qui guardando i nostri campi, le nostre bestie, i nostri uccelli.

Silvestro lo ascolta, lo squadra e si arrende all'eloquenza nervosa del compagno: non lo interrompe, non commenta. È docile e partecipe, come accanto a un uomo febbricitante.

– Sparano. Per quanto sparano? Quanto dura tutta questa morte? Sparano e i corpi cadono uno sopra l'altro. Sparano tutte le volte che torniamo qua, Silvestro, e non c'è modo di fermarli, né con la rabbia, né con la giustizia –. Annaspa. – Io li vedo, un mucchio di corpi, e sotto il mucchio una bambina che riesce a non morire. Reder torna al castello Malaspina con il suo mezzo braccio, sacrificato al Reich, insieme ai suoi, nel raspo gracidante dei motori, abbandonando il mucchio del massacro alle spalle.

Cantor si lascia cadere a terra, Silvestro a fianco, e a vederli lí nel vuoto del tardo mattino, seminudi, pelle e ossa, fratelli d'un delirio non programmato – o almeno non in quella forma, non in quel teatro di campagna cosí perfetto, cosí in pace –, vien da averne pietà.

Ci vuole tempo prima che riprendano il fiato del giorno.

Silvestro stende la camicia zuppa davanti a sé e comincia da capo, ma rimettendo ordine nella storia che Cantor ha rivissuto. Ripete, come in altre occasioni, che in realtà i giovani partigiani invitati dalle donne di Bardine ad attaccare la colonna di nazisti avevano messo in guardia i paesani, e quelli si erano nascosti nelle grotte di tufo, ma non avrebbero potuto mettere in guardia anche il paese di San Terenzo, un chilometro piú su. Lí nessuno era preparato, pochi sapevano della ritirata, della Linea gotica, dei partigiani sui monti. Lí nessuno sapeva che, al di là del Pizzo Uccello, tanti altri come loro erano stati ammazzati. E chi è rimasto ha continuato a non saperlo per anni e anni.

Cantor era perduto in un suo niente, inchiodato in segmenti di pensieri che non smettevano di visitarlo, e cercò nella faccia lunga di Silvestro un segno che non c'era. Adesso sentiva un odore di olio bruciato, che chissà da dove veniva. Stava a terra come un uomo in attesa.

– Ogni volta che vengo qui, – ricominciò, – li sento, sempre piú nitidi. Ogni volta si fanno sentire, e dicono che non c'è altra memoria che li tenga in vita se non le vite che hanno perduto.

Si abbandonò esausto, e all'improvviso ebbe la netta percezione che la popolazione avicola avesse cominciato tutta a cantare. – Ma quanti uccelli ci sono qui? – L'effetto non era quello assordante dell'armonia eccitata di uno stormo in volo: c'era una varietà in quel canto, e insieme un accordo, una sintonia che moltiplicava e isolava i suoni. E ogni canzone si nascondeva nella verzura, nel disegno astratto della ramaglia.

– Io la conosco quella bruta vergogna di continuare a esistere, – disse Cantor, ma quasi con dolcezza, come volesse accordarsi a tutto quel cantare.

Tornarono a casa in silenzio. Passarono entrambi sotto la doccia all'aperto davanti al pollaio. – Devo rimettermi la stessa camicia, – disse Cantor.

E Silvestro: – Ero convinto di non avercela io, la testa a posto.

I capelli bagnati sulla faccia, il costato scheletrico grondante: – Errore!

Suonò il cellulare di Cantor che, riconosciuta la voce dell'interlocutore, si spostò nudo com'era verso il vialetto d'ingresso.

– Mi avevano detto che chiamavi di notte.

– A volte anche di tardo pomeriggio, – disse don Mario Scarpa. – Posso?

– Certo che puoi. È una giornata complicata.

– C'è un gruppo di giovani medici in partenza per l'Etiopia. Non è una situazione difficile, per adesso.

– Ma io *voglio* una situazione difficile.

Don Mario non reagí. Cantor si piegò sui talloni. Fece di piú: spinse la testa giú contro il petto, come volesse sparire dentro il gomitolo di sé stesso.

– Don Mario, lei vuole il mio bene.

– Preferisco pensare al bene che puoi procurare, dato che non so ancora cosa possa essere il tuo bene.

– Non è la stessa cosa?

– Come ti sbagli.

– E il male? E il male dove lo mette, don Mario? – Gli aveva dato del lei, era tornato a cercare una distanza. – Come si fa con il male?

– Perché mi metti alla prova? Tu non hai bisogno di filosofia. E io non sono capace di risponderti come un filosofo. Sono un prete.

– Ma la giustizia, padre? Per la giustizia si possono impugnare le armi?

– Ti posso solo benedire, in nome di Dio.

– Giuro che ti chiamo. Lo farò. Posso chiamare io? O vale solo il contrario?

– C'è un posto per te in Etiopia. E comunque chiamami anche di notte, quando vuoi.

Silvestro, chiuso dentro un asciugamano, lo stava osservando.

– Hai un padre spirituale?

– Può darsi, mangiapreti. Può darsi –. E gli strappò l'asciugamano di dosso.

A Lucca – ma non era esattamente a Lucca, era in una trattoria appena fuori città – gli furono passati documenti, nomi, appuntamenti, raccomandazioni. Sarebbe partito da Brindisi per Beirut con un cargo. Avrebbe passato un periodo di addestramento, e il resto gli sarebbe stato comunicato in loco. Nel gruppo, a capotavola, c'era uno studente universitario. Cantor provò a fargli delle domande, ma non ricevette risposte. Tutto doveva avvenire – questo Cantor lo sapeva bene – nella piú totale clandestinità.

Silvestro era rimasto in città, aveva fatto avanti e indietro per via Fillungo e poi aveva aspettato Cantor in un bar in piazza Napoleone, dove infatti Cantor arrivò con il suo passo da gazzella, e a tracolla una borsa di stoffa che prima non aveva.

– Parto, – disse come fosse appena tornato da un'agenzia di viaggi.

– Per dove?

Silenzio.

– Magari hai paura.

– Forse no. Non ho mai fatto nulla che mi facesse pensare alla paura. La paura è quella che avrebbe dovuto provare la gente di Valla prima di essere sterminata.

– Ma tu cosa vuoi?

– Sono gli altri a volere sempre qualcosa da me.

Restò senza parole come se sapesse che non stava rispondendo davvero. Batté il palmo delle mani sulle ginocchia, quasi volesse annunciare cosí che avrebbe divagato, e si cucí in faccia anche un incerto sorriso.

– Ma sí, – dice, – senti un po'. Mi chiama una signora tanto gentile. Vuole incontrarmi. Mi invita a considerare l'ipotesi di raccontare in un libro il casale della Maison Noire, Fatou, mio fratello, gli schiavi dell'oro rosso. Cose cosí. Le dico no grazie. Mi telefona un altro. Stessa scena. Gli dico che non sono capace di scrivere. E lui ribatte che quello non è un problema. Dice che sono un testimone del mio tempo. Io gli dico che non c'è un tempo che possa dire mio, infine arriva un altro che si domanda e ovviamente mi domanda perché non voglio trasformare la mia esperienza in una testimonianza. Testimone del mio tempo, testimonianza. E tutto, nel giro di due settimane. Quando all'ultimo ho detto che c'è qualcosa che non va, come mai tanto interesse?, mi risponde chiedendomi un indirizzo di posta per farmi avere una bozza di contratto. «La concretezza di un impegno, – dice, – dà aria alle idee».

– La sanno lunga su che aria tira, – fa Silvestro, ma gli si fa di nuovo sotto mettendogli gli occhi sotto il muso: – Tu però che cosa vuoi? – Cantor si spinge indietro, guadagna distanza, si spazzola la camicia sul petto come se fosse piena di polvere. Poi dichiara: – Voglio sentire che effetto fa sentirsi nel giusto.

– E Anna?

Cantor fa segno di no. Non ha piú voglia di vederla. Bisogna farle sapere di non venire all'appuntamento.

– Sei sicuro? Io non ci capisco niente, ma qui c'è qualcosa che suona stonato. Sono stato spesso un figlio di puttana con le donne, ma tu vai oltre, amico mio.

– Tu devi imparare a perdonarmi.

– Cosa vuol dire?

– Quello che ti ho detto. E non ho detto «capire». Capire mi fa orrore. Ho detto perdonare. È un gesto immenso.

– E questa dove l'hai imparata? Dal tuo padre spirituale?

Cantor non risponde. Tornano all'auto. La sera è calda, dai locali arrivano voci, strappi di canzoni, petardi di risate.

Appena seduto accanto a Silvestro, Cantor si catapulta fuori dalla macchina e vomita. S'è appoggiato a un lampione e i conati lo piegano come frustate.

– Stai male? – chiede Silvestro. – Che ti succede?

Cantor, chino com'è, si volta per fare segno all'amico di avere pazienza. Sembra placarsi e lentamente, come camminando su vetri rotti, riguadagna il suo posto a sedere.

Silvestro avvia il motore ma lui lo implora di spegnere, di aspettare. – Devi vomitare ancora? – chiede Silvestro.

Cantor fa no con la testa e senza sospendere il ritmo di quel no, si butta addosso a Silvestro. Sembra quasi mordergli il ginocchio e invece sta solo cercando di arginare il guaito che non sa controllare. Infine si gira su sé stesso, si aggrappa al volante e se ne esce, sfiatando: – Aiuto...

Venti

Mi ha chiamato Sabir, erano al *Nibbio*, una trattoria sopra Carrara, in una marea di famiglie, bambini, cani e ciclisti, ma di Cantor nessuna traccia. Non rispondeva. Anna sapeva di un amico anarchico, ma non ricordava il nome, né tanto meno dove stava. Al *Nibbio* però lo conoscevano, si ricordavano che c'era quel tipo alto alto, magro magro, che veniva con un ragazzo con i capelli lunghi e tutta l'attrezzatura da parapendio. Ma quest'estate non si erano visti, e comunque per lo piú pranzavano sul mare, magari allo *Zena* di Marinella. Chiedo cos'hanno intenzione di fare. Dice che Anna si è seduta in un angolo del giardino, con il bambino in braccio, e ha detto che avrebbe dovuto immaginarselo. Non so che dire. La giornata è calda. Cantor non risponde alla mia chiamata. Una. Si sentirebbe braccato se continuassi a chiamare. Ma vorrei farlo.

Mi aggiro per la casa senza decidere se entrare in bagno, vestirmi, stare pronto. A che cosa, non so piú. Pochi giorni fa mi sembrava tutto chiaro. Anna e il bambino. Sabir e Anna. Il bambino e Cantor. Vado in bagno, mi butto acqua fredda in faccia: mi capita di farlo quando voglio uscire dall'impasse. Mi viene in mente la sensazione di pulizia dell'acqua che di mattina, tanti anni fa, ci si gettava in faccia appena usciti da baite e sacchi a pelo. Lavarsi nei fontanili, passare la mano con l'acqua gelata sul collo, stare a torso nudo, e poi tornare a preparare il caffè sul fornelletto. Lena non c'era allora, io non avevo ancora deciso di fare il pediatra, il mondo stava cambiando.

Schumann c'era già, o forse Schumann non ancora. Mi piacevano Chopin e Brahms. Non sapevo che in mezzo c'era lui. Mi ricordo di quando, una trentina d'anni fa, lessi del passaggio di Chopin a Lipsia nel 1836. «Che grande gioia! – scrive a Heinrich Dor. – Abbiamo trascorso una splendida giornata insieme». A quella loro giornata di settembre ho sempre pensato come fosse il momento in cui l'uno passava il testimone all'altro, e che lo facevano per me.

Non ho mai cercato di spiegarmi la passione, anzi l'ossessione, per Schumann. Non sono un pianista, e a ben vedere, a proposito di gusti musicali, sono stato sempre piuttosto inclusivo. Lena mi guardava con sospetto quando concionavo con i suoi studenti su *Chiarina*, i *Davidsbündler*, Florestano, Eusebio, il Maestro Raro e Jean Paul. Diceva che Schumann era il mio romanzo, che bisognava lasciarmi giocare. «Eh, già, un romanzo, – dicevo. – Pensate un po', il 9 settembre Chopin entra nella residenza di Schumann al Rote Kolleg della Ritterstraße e si mette al pianoforte, ha portato composizioni nuove, suona, si commuovono entrambi. Schumann scrive tantissimo in quell'autunno, che è anche il picco di uno dei suoi periodi piú bui. Il padre di Clara, il maestro Wieck, non vuole che i due ragazzi si incontrino. Ci vuole ben piú di un anno prima che qualcosa cambi».

Loro mi stavano a sentire, ma preferivano ascoltare in privato le esecuzioni che raccomandavo. Ogni tanto tornavo sull'episodio di Lipsia. «Che grande gioia», ripetevo, e mi lasciavo andare all'immaginazione di quella confidenza che, attraverso la musica, si era creata. «Vi rendete conto di come riuscivano a misurare il loro effettivo stare al centro del mondo, consci l'uno dell'altro e del loro valore?»

Samuele ricorda con esattezza quel mio interrogarmi interrogandoli, lui e i suoi compagni, e gli è capitato piú volte di mettere in relazione quella meraviglia che venivo esprimendo con la costruzione del racconto che vedeva cominciare, per l'appunto, dalla fortissima consapevolezza dei protagonisti e che vedeva continuare nello sciamare di quella stessa consapevolezza dalla cerchia interna a quella sempre piú esterna e piú lontana dal punto di vista temporale. Quanto piú il racconto teneva, tanto piú le figure aderivano alla Storia, in un misto salvifico di verità e leggenda. «Ora lo chiamano storytelling», dice con un sorriso, che tuttavia non è di sufficienza accademica.

Con che occhi Lena guardava Samuele. Piú volte so che gli ha chiesto dove avrebbe voluto arrivare. Non voleva *arrivare*, voleva solo trovare un posto nel tempo da cui la contemplazione del passato sarebbe stata uno spettacolo fascinoso, confortante, e disse che la «frivolezza dei moribondi» avrebbe potuto finalmente essere la nostra vera condizione, perché il tempo sarebbe stato definitivamente «ritrovato».

Lena ha fatto spesso cenno a quella conversazione durante i suoi ultimi mesi terreni – la confortava davvero, era in quel luogo, e avrebbe potuto salutarci, salutarmi, quasi felice.

Non fu invece una fine serena, la sua.

Forse ritornava, complice il dolore, là dove era fuggita e dove io avevo creduto di essere andato a cercarla. Mi guardava con gli occhi di Charlot, ma cavi, ma lontani, ma brutali.

Non ascoltavo piú niente in quei mesi: la casa era diventata un deserto. Andavano e venivano gli assistenti dell'Hospice, che io spesso invitavo a prendere un tè in cucina insieme a me.

Una volta venne anche Samuele e Lena non lo riconobbe, o forse non lo volle riconoscere.

«Ma quale frivolezza?» disse quando se ne fu andato. E continuò a salivare frasi dalle quali trassi, non senza amarezza, la percezione che la nostra vita insieme avrebbe potuto prendere una strada che invece non aveva preso, o che forse avremmo potuto fare a meno l'uno dell'altra. In un momento che parve piú lucido di altri arrivò a stanare un sorriso bellissimo – mi esplorò, mi diede una carezza lunga, assorta, testamentaria, ma alla fine mi chiese se avevo mai pensato che somigliava a Paulette Goddard. Se sí, avrei dovuto prenderla per la mano e guidarla su quella strada che chiude *Tempi moderni*, su quella strada lí. L'avremmo trovata, saremmo andati in California, e l'avremmo trovata. Saremmo stati là dove cominciava il tempo, il miglior tempo.

Per qualche giorno, dopo quell'episodio, e solo quando mi pareva presente a sé stessa, la chiamavo «la mia Paulette», strappandole una smorfia gentile, ma non piú quel sorriso che aveva accompagnato con una carezza.

Quante volte ci eravamo detti che avevamo vissuto come due orfani, e che questa condizione ci faceva sentire malinconici e liberi. Ora, in quei giorni, non avevamo piú alcuna libertà. Io continuavo a pensare che l'unico segmento di tempo in cui si era forse sentita libera erano quei giorni svizzeri, rimasti chiusi nello scrigno della sua memoria, per sempre.

Mi richiama Sabir. Hanno deciso di fermarsi qualche giorno sui colli intorno a Sarzana. A Florestano farà bene stare lontano dalla città, e poi chissà, magari Cantor si farà sentire.

– In questo momento, – mi dice Anna al telefono, – lui lo sa che mi sta facendo del male. E lo fa.

Ed è proprio come se si fossero parlati, giacché qualche ora dopo – è ormai sera e io mi sono rintanato sul divano ad ascoltare *Concert sans orchestre* – Cantor mi chiama. Metto in pausa l'*andantino* e aspetto che sia lui a cominciare la conversazione, nel caso sia davvero una conversazione. – Caro dottore, caro padre putativo, caro maestro, sto partendo, – principia. Io non ho fretta di entrare nel merito della partenza. Mi limito a ribattere che sí, sono stato il suo pediatra, che forse ho anche provato a entrare nella parte del padre, però maestro non lo sono mai stato, non mi ha mai concesso l'onore di esserlo. – Ti sbagli, – dice lui, e sembra sincero.

– E dove vai?

– Vorrei essere il soldato di una causa giusta.

Mi sembra una frase banale, non all'altezza della sua nevrosi, che fino a ora è stata la sua maggiore risorsa.

– Non dico per dire. Vado a combattere. Ho sempre cercato il confine del mio coraggio. È gente che fa sul serio, perché rischia di sparire.

– Cosa stai dicendo? – rispondo senza quasi sapere dove andare a parare.

Lui continua e non è mai stato piú a tono quando dice: – Anch'io rischio di sparire, loro mi trattengono al di qua.

Devo giocare la carta piú alta, che però all'improvviso non mi sembra piú cosí preziosa in questa telefonata: – Anna è venuta con il bambino. Dovevate vedervi.

– Lo so, ma ti immagini la scena? Non fa per noi.

– Quando parti?

– Non posso dirtelo.

– Farai l'infermiere?

– Farò quello che sarà piú necessario.

– Apprezzeranno.

– In verità, sí. Molto.

– Sei un bravo infermiere, – e dicendolo mi sale un nodo alla gola che impone il silenzio.

– *Non piú andrai, farfallone amoroso*... – si mette a canticchiare lui, come quando, da piccolo, facevamo insieme durante le visite in studio. – *Cherubino alla vittoria! Alla gloria militar!*

– Appunto, appunto, – dico, anche se poi Cherubino non lo vediamo partire. – Salutala, chiamala, – gli raccomando, ma lui preferisce non rispondere.

– Chiamerò Pellizzari, perché esegua le mie volontà. Anche se poi, – e lascia cadere una piccola parentesi di silenzio, – non è detto che io non torni.

– Giulio è nella Tuscia, mi ha telefonato per dirmi che sei uno stronzo. Con tutte le opportunità che ti ha offerto...

– Esatto. Meglio che pensi alle opportunità che *lui* non avrà piú.

– Non è il momento di mettersi a fare l'oroscopo del Movimento.

– Appunto. Ciao, dottore.

Non vorrà chiudere adesso? Non vorrà chiudere cosí? E mentre me lo chiedo ha già chiuso. Potrei richiamarlo, ma non lo faccio.

Chiamo Sabir, invece, e gli racconto la telefonata.

Agosto 2019

Sabir e Anna avevano preso due camere in un bed & breakfast. Uscivano tutti i giorni a fare passeggiate in riva al mare, la mattina. Parlavano poco. Sabir era spesso al telefono. Anna leggeva. Il 25 agosto si trasferirono da Lerici a Fivizzano: erano partiti presto, sicuri di trovare traffico e di dover fare i conti con uno schieramento di sicurezza imponente. Ci sarebbero stati due capi di Stato e la cerimonia che celebrava le vittime delle stragi naziste in Versilia e Lunigiana si sarebbe svolta in un borgo di modeste dimensioni, quindi esposto. Riuscirono a trovare posteggio e poi si rintanarono ad aspettare il mezzogiorno piú su, lungo il torrente, sotto il castello di Verrucola, dove speravano che l'ombra, l'acqua, certi anfratti erbosi moderassero il supplizio del piccolo Florestano.

Sembravano una famigliola quieta e felice. Anna si era spuntata i capelli. A Sabir invece erano cresciuti molto e li raccoglieva in una corta coda che non arrivava alle spalle. Non erano i soli ad aver approfittato dell'occasione civile per sostare a qualche chilometro dal paese a prendere il fresco. La cerimonia era prevista intorno a mezzogiorno e la mattina era lunga.

– Saremmo potuti venire insieme, – disse Sabir quasi fra sé, ma Anna raccolse quel pensiero, lo fece suo e parlò a Florestano, che aveva gli occhi aperti e pareva tutto concentrato a contemplare, come spesso fanno gli infanti, un oggetto non identificabile: – In fondo l'ho sempre saputo che un padre non ci sarebbe stato. Ma cosí va il mondo. Non gli avremmo chiesto molto.

Sia Sabir che Anna avevano ricevuto nei giorni di Lerici una telefonata dal fratello di Cantor.

Anna non era stata sorpresa: – La famiglia ci sta alle costole, e immagino per ragioni diverse.

– Forse possiamo concordare una strategia.

– Ma dài, Sabir, quale strategia? Da me vogliono solo sapere se intendo rifarmi, in nome del bambino, sul loro patrimonio. Quanto a te, immagino che si siano intestarditi a pensare che su Cantor tu sappia molto di piú di quanto sai in realtà.

Sabir non seppe impedire a un moto di delusione di opacizzare il lucore che gli scaldava gli occhi. Voleva proteggerla, era evidente, e lei lo aveva capito.

– Sabir, – disse Anna squadrando il paladino in pectore, – io me la cavo. Non ho paura, né dei Castelli, né del mondo in generale –. Prese fiato. – Tutto è cominciato dall'avvio di una pratica di donazione a nome di Floresta-no da parte del notaio Pellizzari. Una pratica complessa, perché, per evitarmi spese di successione, hanno stilato un atto che mi lascia l'usufrutto dell'appartamento e rimanda la cessione di proprietà al diciottesimo anno del bambino.

Diceva che era una donna abbastanza pratica per accettare questa transazione, ma non interferenze da parte della famiglia, e soprattutto avrebbe voluto che, per quanto fosse legittima l'investitura in termini finanziari anche senza istituzionalizzazione della paternità, Cantor fosse presente a conferire senso alla saldatura affettiva. A Ferragosto aveva creduto alla possibilità di stabilire una vicinanza, nient'altro, non piú di quello – ora non piú. Era stata la sua ragazza, il suo «filo di seta», cosí non aveva mai smesso di sostenere, forse lo pensava ancora, ma ora lui si apriva a una nuova stagione dell'esistenza. Lo avrebbe aspettato. Sapeva che lo avrebbe aspettato. Lo aveva sempre detto. E mentre lo pensava, una volta di piú, ebbe la percezione che però era lí, con un uomo pakistano che, ne era sicura, prima o poi le si sarebbe dichiarato, con un infante che portava un nome caro al dottor Romagnoli, orfana di padre, che era lí a reggere, non foss'altro che con la sua saldezza di donna, una famiglia putativa, ipotetica, pronosticabile – ma sí, erano un pronostico di famiglia. E fu facile anche percepire la rappresentazione che ne stavano dando come in un quadro del Rinascimento, la madre che allatta in disparte mentre tutta la scena è occupata dalla vegetazione opulenta, dalle mura di un castello, dall'argento di un corso d'acqua.

Aveva imparato con Cantor a fermare il tempo e a sentirsi, in quel tempo fermo, come una figura che finalmente si colma di sé. Suo padre non sarebbe stato d'accordo, non avrebbe condiviso una visione in cui la quotidiana esperienza acquisiva pienezza attraverso stacchi, congelamenti dell'azione, e nemmeno lei era ormai nella condizione di tornare ad abbandonarsi a queste sospensioni, che tuttavia le avevano spesso restituito pace, lucidità, spugnosità psichica.

Sabir si muoveva nervosamente sull'acciottolato della via che saliva al castello, avanti e indietro, Anna, sulla sua panca di granito, lo guardava con sofferta simpatia. – Sabir, non c'è nulla da fare. Se sei tentato di punirlo dentro di te secondo criteri morali, stai disperdendo passione.

In effetti gli stava salendo in petto una furia che raramente provava. Sabir si chiedeva quale mai fosse stato il collante della loro intesa, della loro amicizia. Guardava Anna e il bambino e aveva la netta sensazione che Cantor li avesse abbandonati, che avesse messo in atto un tradimento. E in nome di cosa poi? Che cosa c'era al di là di quello che stavano costruendo insieme?

Anna era piú lucida: – Non gli interessa nulla di noi. No, non è cosí. Si è rotto. E noi non eravamo piú il mastice di cui aveva bisogno.

Si levò in piedi stringendo il bambino, studiando il vento, gettando un'occhiata sulla provinciale che passava sopra il torrente, girava verso valle e continuava fra gli alberi, spettinati dalla luce. – Credo che dovremmo muoverci.

Nella piazza di Fivizzano avevano alzato una tensostruttura a coprire il palco e le file di sedie riservate alle autorità. Intorno premeva disordinata la gente, i componenti del coro, le forze dell'ordine. Per evitare il sole, i piú spingevano verso il lato in ombra della piazza, gli altri si muovevano irrequieti intorno alla bella fontana medicea riparandosi con ombrelli aperti, cappelli di carta, fazzoletti. Anna e Sabir si aggiravano in cerca di ombra, ormai introvabile, e il calore aumentava. Un ragazzo del coro perse i sensi e per un attimo tutta l'attenzione si concentrò sulle sue sorti. Elicotteri sorvolavano il paese e la statale del Valico del Cerreto. Di tanto in tanto sembrava venire dalle strade di accesso alla piazza un murmure accentuato, oppure una musica, o uno scalpiccio piú marcato. Infine arrivarono le autorità, e ci fu un premere della folla verso il tendone. Gli altoparlanti gracchiavano o disperdevano i suoni. Qualcuno cercò di contenere i danni di un soundcheck approssimativo. Anna si industriava a proteggere il piccolo dalla calura. Una donna in divisa la vide difendersi con fatica dalla pressione della folla: con modi tanto spicci quanto ispirati da un beneducato senso civico, la invitò a entrare sotto il tendone e, togliendo il posto a un giovane funzionario, a sedersi. Sabir restò fuori in mezzo alla calca, ma fotografò mentalmente la posizione di Anna. Parlò il presidente della Regione, poi il sindaco, si esibí il coro e infine presero la parola uno dopo l'altro il presidente tedesco e quello italiano.

– È infinitamente difficile per un tedesco, – cominciò Steinmeier, – e per un presidente federale tedesco, venire qui e parlare a voi. Tuttavia, sono profondamente grato di poter essere qui –. Fece i nomi dei paesi devastati, diede la contabilità dei morti, citò Primo Levi e l'incomprensibilità dell'odio.

Cantor e Silvestro erano arrivati allora e stavano immobili nei pressi della fontana. Cantor vide Anna e il bambino. La riconobbe. E da quel momento in poi non smise di fissarla attraverso la ruggine sonora delle parole del presidente tedesco. Non l'avrebbe mai fatto deliberatamente, ma adesso che era lí, e adesso che lei era a pochi metri di distanza, dentro l'apparente distanza delle storie a cui l'occasione rendeva omaggio, dentro tutta quella memoria e quel presente, la guardava predatore, cercando di stivare quanto piú possibile. Era cosí Anna, era quel profilo cantante che ben si incideva nell'afa. La maternità l'aveva arrotondata appena un po' sulle guance.

– Soltanto pochi tedeschi sanno quali terribili atrocità sono state commesse qui da altri tedeschi. Sono oggi davanti a voi come presidente federale tedesco e provo solo vergogna, – disse Steinmeier. Ci fu una pausa che si sbriciolò in un applauso, intenso. No, Cantor non si sarebbe avvicinato. Anzi, già cominciava ad arretrare, e quando Steinmeier concluse il suo discorso arretrò definitivamente invitando Silvestro a fare lo stesso. Fu allora che si trovò faccia a faccia con Sabir.

– Lasciami andare, – disse mentre lo abbracciava.

– Cosa le dirò? – chiese Sabir.

– La verità, – disse Cantor senza esitazione.

Si mossero tutti e tre nella folla, con meno difficoltà di quanto avessero previsto.

– Sai, sono stato a Valla, con Silvestro, qualche giorno fa, – fece Cantor, e indicò l'amico di Carrara.

Sabir non era sicuro di aver sentito.

– Uno dei posti che ha citato il presidente.

Si era sollevata una compatta ondata di applausi.

– È bene che io torni dov'ero, – disse Sabir.

– Dille di non dimenticarmi mai.

Sabir ebbe uno scatto di impazienza e gli voltò le spalle, cercando di aprirsi uno spazio per non perdere di vista Anna. – Qualsiasi cosa, ma non questo.

Silvestro afferrò Cantor per un braccio, per trattenerlo. – Hai sentito cos'ha detto? Ha detto che ha vergogna.

– State zitti, – disse qualcuno. – Lasciateci ascoltare.

– Io non mi dimenticherò di te, Sabir, no –. E questa volta Cantor si fermò, si mise a camminare all'indietro quasi volesse contenere la scena che si preparava ad abbandonare. Sabir lo seguí con passo leggero come in un tango, e infine lo prese per le spalle, lo fermò, lo strinse con una violenza inattesa. Cantor si lasciò stringere, non oppose resistenza, e forse proprio in ragione di ciò Sabir allentò la presa e trasse fuori, umida e alta, un'implorazione: – Non andare via!

Di nuovo gli elicotteri solcarono il cielo della valle.

Silvestro lo trascinò via, ma con la coda dell'occhio Cantor vide che Sabir si era messo a correre, aveva raggiunto Anna e ora la spingeva in mezzo alla gente verso di lui.

– No! Non farlo.

La vide, riconobbe i gesti suoi, inconfondibili, pochi e precisi, che le appartenevano. La gente defluiva, si strappava al sole, si infilava nelle strade strette del borgo o lungo i viali alberati. Anna si fermò in mezzo alla piazza. Si squadrarono da lontano. Lei sollevò il bambino piú in alto che poteva. Cantor lo salutò, la salutò. O almeno questo era quello che aveva creduto di fare in quell'istante, prima di darle di nuovo le spalle e andare a passo sostenuto, per poi ancora girarsi e ancora procedere, incerto e determinato, verso la strada lungo il fiume dove li aspettava la Bmw Cabrio del '93.

Fu con un moto di sorpresa che riconobbe vicinissima la sagoma di Anna sulla strada assolata. Aveva lasciato il bambino a Sabir e ora lo seguiva, anzi lo inseguiva.

– Cantor! – gridò una sola volta ma fortissimo, e fu come un cristallo che si rompe.

Cantor fece segno di no, che non si avvicinasse di piú, ma ormai era a pochi metri, leggera, bellissima, le mani nell'aria, farfalle, foglie, fogli rosa di carta velina.

– Perché non ci sei stato? – chiese Anna ansimante. – Dovevi esserci –. Non sapeva se stava dicendo esattamente quello che voleva dire, ma cosí disse.

Cantor la lasciò entrare nel varco delle braccia aperte.

– Io devo andare, – disse piano, cercando il labirinto del suo orecchio.

– Dove devi andare? Dove? – L'incandescenza della domanda raffreddò in uno strisciante mugolio. – Dove?

– Abbiamo fatto un bambino, – suggerí lui come per accertarsi.

– È terribile, ma non avrai bisogno di noi.

– Siete voi che non avrete bisogno di me.

Anna lo abbracciò piú forte, voleva colpirlo, voleva lasciargli un virus addosso.

– Tu non conosci Silvestro, immagino?

Non si sforzò di essere garbata. Strinse piú forte e affondò la faccia nel petto di Cantor.

– È una bellissima creatura.

– È il tuo bambino.

– Il nostro filo non si allenta.

Anna allacciò le braccia dietro la sua schiena. – Storie, storie. Non ne abbiamo bisogno, – gli bofonchiò contro la camicia sudata.

Il motore dell'auto era acceso.

Cantor si liberò con fatica dall'abbraccio, non perché lei volesse trattenerlo ma perché la violenza della stretta era ultima, senza esito. Restarono a contemplarsi increduli, sciolti, macchie nella luce. Erano in ostaggio della calura. L'immobilità durò poco. Cantor, in precario equilibrio, sbandò come stesse per cadere. Arretrò e si appese allo sportello aperto della macchina. Si lasciò risucchiare dentro. Silvestro mise in moto.

Nello specchietto retrovisore si poté leggere la lenta rincorsa di Anna, lenta fino a sparire come un barbaglio di luce oleosa sull'asfalto.

Quella sera – era già tutto buio – dalla casa di Silvestro la piana del Magra era il consueto puntaspilli di luci. Suonò il cellulare di Cantor.

– Padre, ancora lei?

– Ci davamo del tu.

– Il tu suona male quando si accompagna a un mistero imperioso come il suo.

– C'è molto da fare, Filippo.

– Lo so, e lo sa anche il mio amico Sabir, che lei conosce bene dato che ci ha fatto incontrare. Voi siete uomini del fare. Io voglio che il tempo migliori.

– Appunto.

– Appunto, cosa? O lo si aspetta pazienti come un contadino aspetta il sole, o la pioggia, o quello che fa bene alla terra, oppure ci si mette a spiarlo dal confine che non lo lascia passare, e si fa in modo che passi.

– Sono sicuro che se tu stessi con noi per un po' ti daresti un altro compito.

– Lei crede?

– Sí, io credo.

– Io ho deciso. Di fronte al mondo, se combatto per un popolo condannato all'estinzione come fosse una specie animale, mi sento piú giusto.

– E per farlo hai bisogno di armi?

– Perché me lo chiede?

– Perché volevo che me lo dicessi.

– I morti inermi, quelli che sono morti nei massacri nazisti del '44, come non pensare di rispondere in nome loro, come fossero quei giorni di agosto?

– Siamo uomini di pace.

– Hai ragione padre, è per quello che ho bisogno di armi. *Non hai capito | perché tornavo sempre a polvere e distruzione | a quei cuori spezzati che mi straziavano il cuore. | Eri stufo di vittime, | hai detto, stufo di me perché | non riuscivo a essere felice.*

– Mi stai leggendo dei versi?

– Me li tengo in tasca, copiati a mano. Sono di una donna nata a Sulaymaniyya, in Iraq.

– Curda.

– Curda. Anch'io non riesco a essere felice. Ciao, padre. Non ti dimentico. Sono rimasto in piedi davanti a te.

Cantor uscí nel buio, si liberò della camicia, delle scarpe, si allungò nell'erba prono, in silenzio. Che aveva cominciato a piangere si comprese quando si rovesciò supino e si ingozzò di singhiozzi guardando il cielo trepidante di stelle.

– Non è bello? – chiese a Silvestro che lo osservava come si guarda un cane che guaisce di chissà che male.

– È bellissimo, – rispose Silvestro, e si rovesciò in gola mezza bottiglia di birra.

Il bastardo, sbucato all'improvviso, si accucciò contro il fianco di Cantor e spiava interrogativo il suo padrone alto su di loro.

Ventuno

Di tanto in tanto mi vengono in mente dei piccoli pazienti a cui ho salvato la vita. Non ho mai pensato di essere un medico in grado di mettere in salvo qualcuno. Il mio compito è sempre stato quello di aprire la strada dell'esistenza, di tenerla aperta, di garantire che si potesse isolare una fragilità e lavorare per proteggerla. Eppure qualche volta, se non avessi avuto dei sospetti fondati, se non avessi raccomandato approfondimenti, se non avessi combattuto contro certa ostinazione o pigrizia – di genitori, specialisti, suggeritori d'ogni specie –, qualche piccolo virgulto non avrebbe girato pagina. E allora mi tornano in mente. Mi passano davanti le facce della gratitudine parentale, ma soprattutto riconosco il lume di certi piccoli occhi. Quelli di Riccardo Berla, ad esempio. Che non ha mai smesso di farmi arrivare per il giorno del suo compleanno il vino che produce sulle colline di Tortona, a Villaromagnano. Dice che è come celebrare una rinascita. La gratitudine dai suoi genitori è passata a lui. E io penso: com'è che uno si mette a fare il vino? Sí, certo, i nonni avevano della terra da quelle parti e da quelle parti ci sono solo vigneti, ma Riccardo Berla avrebbe potuto dar seguito agli studi di Giurisprudenza, e invece no. Si iscrive alla facoltà di Scienze agrarie e alimentari e poi si trasferisce sulle terre del nonno, ne acquista di nuove. Com'è che, restando al mondo, si prende una strada?

Cantor non è mai stato un paziente difficile. Un pediatra non fatica a rintracciare una linea di sviluppo chiara, senza picchi. La sua cartella clinica è stata quella di un bambino sano, reattivo, docile rispetto alle tappe della crescita. Ci fu solo uno scatto in prossimità della prima adolescenza, una sorta di insofferenza che si tradusse in febbri persistenti. Raccomandai la madre di non prendere la temperatura ogni ora: bastava tre volte al giorno. Uscí da questa specie di malaria come un piccolo uomo, anche la voce perse certi acuti e guadagnò i bassi. Fosse stato piú melanconico non avrei avuto difficoltà a rintracciare una somiglianza con il giovanissimo Schumann, quattordicenne orfano di padre, costretto dalla madre a prendere la strada di Heidelberg e di Giurisprudenza. Cantor ha perso il padre ma non ha mai avuto un temperamento d'artista, né ha mai espresso predilezioni che non fossero comprese nell'ambito sportivo: bicicletta, nuoto, atletica, montagna, sci. Le discipline solitarie.

Giulio Castelli sta uscendo dalla scena politica. Lo vedo a un telegiornale, dichiara che sente esaurito il suo contributo al Movimento. Un paziente piú complesso. Niente di davvero grave, ma allora, trent'anni fa, chi avrebbe detto che avrebbe superato brillantemente le fragilità di bambino esile, malaticcio, smunto, di poche parole. Dice che il vero impegno politico ora bisogna misurarlo sul collasso ambientale. Vuole studiare. Intanto brucia l'Amazzonia, e forse avverte che il suo uscire di scena dev'essere sintonizzato su «qualcosa di grande». Cita il presidente brasiliano, quasi gratificato dagli attacchi a livello planetario, che «si sente Nerone», e non trascura di dare spazio a Rayanne Cristine Máximo França, attivista indigena, alla sua battaglia contro la deforestazione. Ha imparato a esprimersi con sicurezza – forse è, della nuova generazione di politici, quello che tiene piú saldamente la frase, anche quando i contenuti sono appesi al nulla. Gli piace condurre una dissertazione lasciando cadere metafore semplici e cadenzandole con formule come «lo dico e lo ripeto», «cosí è bene», «ecco», che rinforzano l'esemplificazione e identificano gli snodi del discorso. I giornalisti non faticano a citarlo. Non è un caso che sia spesso chiamato a governare la formazione e che, in quelle occasioni, sia apprezzata la sua vena didattica, e che quella vena sia considerata con rispetto anche al di fuori del suo partito. «Sono un uomo di comunicazione», ripete a chi si congratula. «Bisogna imparare a dar forma al nulla per accedere ai contenuti reali». Non è mai stato un fratello maggiore. Cantor non ne ha mai riconosciuto l'autorevolezza. Lo vedo in tv e penso al mutismo di Cantor, oppure al suo improvviso prendere al laccio concetti che poi fatica a dominare, imbizzarrimenti di una retorica franta, scheggiata, quasi dolorosa.

In un'intervista chiedono a Giulio Castelli notizie del fratello. Lui dice semplicemente che, come molti giovani, Filippo Castelli «si batte», e che lo fa con mezzi suoi, fuori dall'arena politica, senza tuttavia piegarsi all'antipolitica. Da qui la sua intenzione di sottrarsi al Movimento? La domanda era ovvia. «Siamo treni che viaggiano a velocità diverse. A me piace l'alta velocità».

Ho sempre meno voglia di uscire di casa. Dormo sempre meno e sempre piú spesso. Mi capita di restare con un libro aperto sulle ginocchia e di cedere al sonno quasi senza accorgermene.

Samuele è tornato a trovarmi dopo Ferragosto. Stanno partendo per Siena: sono ospiti di amici, in attesa della casa che l'ateneo ha trovato nei dintorni di Monteriggioni per il professor Franchetti. Magda non riesce a concentrarsi sul suo lavoro di ricerca. Ghislanzoni la mette a dura prova. Personalmente avrei preferito altri approfondimenti. Su Felice Romani, ad esempio. Ci siamo spesso fermati a considerare la costruzione della scena in cui Norma scopre l'identità dell'amante di Adalgisa. *Ma di': l'amato giovane quale tra noi si noma?* Un pezzo di meccanica drammaturgica eccezionale. *Misera te! Che festi?* Samuele sorride tollerante dinnanzi a tanto entusiasmo, ma non può trarsi indietro davanti alla dinamica dello scontro razziale e insieme sentimentale che l'intrico di sotterfugio e tradimento esaspera, esponendo le due donne a un doppio peccato e a una doppia condanna sociale. Anche *Aida* è teatro di conflitto razziale, e ben avrebbe potuto esserlo, ma Verdi oppone egiziani ed etiopi come popoli nemici, come imperi nemici, e sia Aida che Amneris sono di sangue reale. La «bella abissina», la «faccetta nera» del fascismo, può ambire tutt'al piú a essere una cortigiana di qualche militare tricolore.

Samuele mi parla di Cantor con una certa passione: le sue vicende hanno finito per conquistarlo. Mi dice che Cantor sfugge all'«inquadramento sociologico» che tanto piace ai gazzettieri, o agli psicologi del nichilismo giovanile del nuovo millennio. – Cantor non è una pecora tecnologica, non si tatua, non twitta, non iutuba, non instagramma, non crea communities, e d'altro canto non bercia slogan, non smercia etichette narcisiste, gli piacciono muratori, preti ottantenni e bizzarri figli della Padania geniale di Zavattini e di Celati. È un casanova cresciuto nei varchi aperti dal femminismo del secolo precedente, ha carisma, ma il suo è un carisma distratto. È un ragazzo solo.

– Forse non è piú neppure un ragazzo, – dico io, ma sostanzialmente concordo e finisco con il dispiacermi che

Samuele non abbia cominciato l'elenco delle predilezioni con «pediatri a riposo», e «pakistani operosi». Samuele è uomo che sa gustare il piacere della definizione, come se definire fotografasse, e dunque fermasse, ciò che in realtà è solo un evento che si muove e non mai un fatto conchiuso.

Sabir è tornato da Sarzana e chiama per raccontarmi l'infelice incontro di Fivizzano. Lo fa mentre Samuele è ancora presente. Ripete che Cantor si sta preparando a partire. Non abbiamo una data, ma Sabir ci dice che l'amico Silvestro può avere qualche altro dettaglio.

E a questo punto? Per la prima volta, ma le premesse erano già evidenti a Ferragosto, avverto la bislacca sensazione di far parte di una squadra, o di un comitato di salute pubblica – e non mi dispiace.

Devo fare qualcosa. Sabir mi passa il numero di Silvestro. Dico: – Gentile Silvestro, dobbiamo sapere da dove ha intenzione di partire.

C'è una lunga pausa. – È sicuro, – dice, – che il destino di Cantor mi preme molto. Immagino che lei sappia poco di me –. Menziona la visita al borgo della strage. – Che cosa vuol fare, dottore?

– Non lo so, – dico. – Devo mettermi sulla sua strada.

– Cantor è ossessionato dal male.

– Bisogna che venga a trovarla, Silvestro.

– Cantor scende al Sud. Brindisi, mi pare.

Samuele ha provato a chiamare Cantor per avere conferma, ma lui non risponde. E naturalmente non risponde neppure a me.

Gli invio un messaggio. «Dove?», scrivo, e basta. E questa volta risponde: mi dice dove e quando vederci, anche se sconsiglia.

Allora Samuele si è offerto di accompagnarmi: ha prenotato un volo e affittato un'auto.

Sono esausto. A mezzogiorno non tocco cibo. Mi sdraio sul letto e mi addormento. Mi sveglio poco dopo in preda al panico, mi manca il fiato, devo mettermi seduto. Non sono nuovo a queste forme di dispnea, mi succede la notte. In verità sono trent'anni che ne soffro. Lena si accorgeva, ma senza agitarsi mi prendeva la mano e mi raccomandava di ascoltare il respiro. Ora queste apnee sono la misura della mia solitudine. Mi guardo intorno con sospetto, le pareti mi guardano a loro volta indifferenti e indifferente è tutta la scena della mia esistenza quotidiana. Mi aggiro per casa come cercassi qualcosa, apro le finestre, lascio entrare il caldo del secondo pomeriggio.

Torno a sdraiarmi. Chiudo gli occhi. Mi visitano pensieri senza oggetto. Poi arrivano immagini che non metto a fuoco, ma bastano a instillare una nuova serenità. Hanno a che fare con la mia adolescenza, la prima adolescenza. So che esiste un amore protettivo. Mia madre, i suoi capelli raccolti in uno chignon, le sue mani fresche, la capricciosa complicità di mia sorella maggiore, l'arrendevole sudditanza di mio fratello che non ha ancora dieci anni. Non vado spesso alle memorie famigliari, ho persino interrotto i rapporti con i miei fratelli, eppure ci sono certi dormiveglia in cui quell'età, quei volti mi dicono che posso stare tranquillo, quel che dovevo avere l'ho avuto, e l'ho avuto allora, quando si è ancora incerti sulla propria identità ma non si ha bisogno di averne consapevolezza, basta il sentore di premura in cui stiamo crescendo. Mio padre non c'è, ma quando appare ha anche lui uno scatto felice, insegue la palla in un campo, me la passa, mi incita a condurla in porta, io ce la faccio entrare e lui si piega sulle ginocchia con le mani sulla testa, come a dire che è stato sconfitto, ma poi si erge tutto chiaro del sorriso che ha covato e ora esplode lungo, alto come a sancire un'approvazione, regale, maestosa. In verità, per quanto suoni persino a me stesso piuttosto singolare, il legame con la famiglia è caduto come niente fosse, senza traumi apparenti, come figurine volate via che avrei potuto, quando avessi voluto, trovarle tutte, una dopo l'altra.

Lena mi diceva spesso che dovevo essere stato un bambino felice, sennò non avrei mai fatto il pediatra. La frase le piaceva molto, e la ripeteva con un tono insinuante, come scoprisse ogni volta un aspetto segreto della mia esistenza.

Lena mi ha protetto. Io non ho protetto lei. Lena non faticava a leggere nel mio amore per la musica una presa di distanza, e io in effetti, attraverso la musica, guadagnavo deliberatamente una distanza da lei. Pensava che ci fosse qualcosa di artefatto. Soprattutto nella mia dedizione a Schumann. Non aveva dubbi quando mi vedeva perduto ad ascoltare *Vorrei spiegarvi, oh Dio*, o – fu l'estate del 2005, a Aix-en-Provence – consumato dal piacere durante la rappresentazione di *Cosí fan tutte*. Mozart era il mio habitat, Schumann la mia perpetua esercitazione. O il mio romanzo, come diceva lei. Con che bagaglio era partita Lena nella sua fuga svizzera? Cosa aveva stipato dentro il suo trolley blu? Era il trolley blu? Mi ricordo solo com'era vestita quando l'ho rivista: il tailleur color malva che si metteva quando andava ai consigli d'istituto. Il tailleur di un'insegnante. Il colore della compostezza. Siamo tornati in Svizzera per il Festival di Lucerna, un anno prima della sua morte. Andris Nelsons, Abbado assente, diresse la *Terza Sinfonia* di Mahler. Anche allora portava il tailleur color malva. Il sesto movimento era appena cominciato quando si alzò e manifestò con evidenza il desiderio di lasciare la sala. Inevitabile l'urgenza di seguirla, cosa che feci poco dopo. Lena stava contro una parete del foyer: si era accucciata e piangeva, la faccia nascosta nelle mani a coppa. Chiesi cos'era successo. Mi fece segno di lasciarla sola, di andare. Faticai a tornare in sala ma ci riuscii. Poi la ritrovai all'aperto, sorridente, con un opuscolo in mano. Incrociammo dei conoscenti, e fu lei stessa a proporre di cenare insieme, e di quel sesto movimento disse – non era la prima volta – «Troppo Wagner, troppo *Parsifal*». Del suo cedimento, nulla. Il precipizio della malattia esaurí la curiosità.

Sono ancora disteso sul letto e dalle finestre aperte arriva un cinguettio delicato, insistente, e al di là di quella prova di canto altri suoni a cui mi viene automatico prestare attenzione: cigolii, strappi, passi sulla ghiaia, lo strascichio baritonale di un conduttore radiofonico. Tutti suoni che si perdono, uno spreco di suoni: sono il solo che in questo momento li raccoglie, e non posso salvarli.

Salvare. Torna Cantor. Salvare? Sono cosí sicuro di doverlo fare?

Devo preparare la borsa per il viaggio.

Il cellulare vibra.

Settembre 2019

È la seconda settimana di settembre. Il 5 è stata promossa una nuova coalizione di governo. Samuele ha chiamato Romagnoli e ha commentato: «C'è qualcosa di irresistibilmente buffo in quello che sta accadendo».

Cantor è già sceso verso sud, Silvestro l'ha presentato a un amico meccanico e quello ha sollevato una coperta bucherellata per mostrargli il gioiello: un'acciaccatissima V9 Bobber del 2015.

«Fanne quello che vuoi, – gli ha detto. – È rubata».

Cantor l'ha guardata con rispetto e sfida. «Mi piace viaggiare senza documenti».

Gli è tornato in mente il ragazzo al Niguarda e, al primo giro in sella, ha sgasato forte, quasi per farla urlare.

L'ha cavalcata con furia, perché ormai non c'è piú nulla che Cantor non colmi di quella furia smagliante che lo incide forte nello spazio. Ha scavallato l'Appennino dopo Foligno ed è sbucato a Civitanova Marche. Poi, come una scheggia giú per l'Adriatica.

Arriva che è quasi sera, è il 26 agosto.

Sta davanti al Gran Ghetto, cosí lo chiamano, fra Rignano e San Severo. Baracche, roulotte, cartoni, mura sventrate. Gli vengono incontro i volontari che lavorano insieme alle figure, invero non facilmente distinguibili dagli occupanti, che sovrintendono all'assegnazione di baracche, tende, magazzini abbandonati. Oggi è tutto fango. «Non è stata la pioggia, – dicono, – non riusciamo a governare l'impianto per portare l'acqua alle latrine».

Cantor avanza come un soldato smarrito fra le rovine, sta ad ascoltare, non se ne esce in tirate, non parla di sé. Vuole sapere, e sapere lo scalda. È cosí che si è guadagnato l'amicizia di Sabir e, qualche anno prima, un posto nell'accoglienza dei profughi siriani al mezzanino della stazione Centrale. Qui accade lo stesso.

Di oro rosso, come lo chiamano, sa poco, sa quello che ha imparato in Campania. Ma qui c'è qualcos'altro. Questa è una zona franca in cui chi arriva si conquista un posto per sopravvivere e per avviare attività illegali o al confine con la legalità. A Cantor verrebbe voglia, come ha già fatto, di mettersi in mezzo, di fare rumore. Gli raccontano che rumore ne è stato fatto. Cantor vuole visitare Casa Sankara. E chi lo ascolta non ha dubbi che lo farà e farà bene. C'è solo un giovane del Mali che, con tutta la larghezza del suo sorriso, gli chiede: – Ma tu da dove vieni? – Cantor non risponde, gli fa capire che è arrivato, e che gli preme essere lí. – Siamo sempre a due passi dal rischio di diventare noi stessi passata di pomodoro –. Il gioco pericoloso è una condizione da cui Cantor è toccato sempre meno. D'altro canto dicono che la scacchiera esige mosse progressive, senza attacchi frontali. Ci sono aziende che lavorano secondo norme e protocolli. Ci sono mediazioni da rispettare. – *J'ai perdu mon boulot. J'ai trop parlé* –. Il senegalese sembra l'unico ad aver intravisto in Cantor l'uomo d'azione che di fatto non è.

Avanza in mezzo al Gran Ghetto e i vapori della pioggia si mescolano ai fuochi accesi, lo sventolio di panni stesi pesanti di pioggia e di teli di plastica che schioccano, avanza fra gente che si stringe in capannelli o procede aprendosi senza un'apparente direzione, e sono volti segnati, occhi incavati, corpi seminudi, vittime e guerrieri, samurai e spartani, arcieri, troiani – Cantor attraversa un campo di battaglia. E piú obbedisce al timido delirio che lo accompagna, piú sente che lí è un luogo in cui tutti i popoli mimano il compiersi o il naufragare di un destino.

– *Vous êtes trop jeune* –. Il senegalese che non lo abbandona.

– Non dovevo passare di qui? – chiede Cantor, e non sa a chi lo dice.

Gli raccontano che piú a sud, a Nardò, anni prima non si sono fermati, hanno combattuto, si sono schierati. Gli raccontano che hanno dovuto spostare il conflitto in un'aula di tribunale. – Ci vado, – dice subito Cantor.

Quando lo racconta a Samuele e a Romagnoli, in piazza Salandra a Nardò, lo fa quasi con leggerezza, come se avesse fatto di corsa la discesa da un rifugio alpino. Ha il naso coperto da un cerotto, un vistoso ematoma sulla fronte e dei Tape blu che dal collo arrivano alla nuca.

– Ma cosa vogliono da te?

– Praticamente niente. Mi hanno preso per un esaltato.

– Lo sei, – dice Romagnoli. – Ma io sono qui.

Cantor abbassa le palpebre, resta per un lungo attimo a occhi chiusi e quando li riapre sono umidi. – Lo so, – dice senza aggiungere altro.

– Cosa sai?

– So che io invece devo abbandonarvi –. Getta un'occhiata su Samuele. – Tutti.

Sembra aver preso una china drammatica, e invece cambia registro: si preoccupa di passarci le informazioni che ha ricevuto sulla masseria Boncuri, sulla battaglia per assicurare contratti trasparenti ai raccoglitori, sugli scioperi, sul processo, e poi sugli accordi presi con la prefettura, sulla riapertura della masseria, sulle condizioni igieniche, sull'esperienza di accoglimento cavalcata dalle istituzioni locali. È superficiale ma d'una superficialità affollata, ricca, fulminante. Vola alto, anche lí, nella piazza dominata dalla guglia, vola piú alto della guglia.

Samuele apre il quotidiano nazionale e mostra la pagina interna in cui Cantor, Filippo Castelli, denuncia caporalato e sfruttamento.

– Non hai dato notizia della tua prossima destinazione, – commenta sardonico Romagnoli.

– Perché non c'è nulla da dire, – fa Cantor, e scuce uno sguardo lungo senza svolgimento, ma poi si corregge: – Potrebbero impedirmi di partire.

– Fai conto, – dice Samuele, – che noi siamo qui per ottenere lo stesso risultato.

La piazza è completamente deserta. La guglia dell'Immacolata viola l'azzurrissimo cielo smerlettato dalla corona di chiese e palazzi. Sono immersi in un teatro assoluto. O almeno questa è la sensazione che li vede riuniti fuori dalla «bella dimora» del dottore, in fondo all'Italia, quasi sospinti verso il mare di Lepanto, di Cipro, di Beirut.

Forse non c'è molto da dire, ma sono lí. Si aspettano tutti una rivelazione, o una confessione, anche Cantor se l'aspetta da sé stesso.

– Sant'Agostino diceva che davanti ai maestri si resta in piedi con naturalezza. Se ci pensi, caro dottore, tu sei stato il primo davanti al quale ho provato qualcosa di simile. Anche quando mi facevi sedere su quello sgabello. Quando ho conosciuto Samuele ho avuto la netta sensazione che *lui* avrebbe potuto essere il tuo vero discepolo, il tuo vero interlocutore.

– Non sai quanto ti sbagli, – dice Romagnoli, e vede

Cantor che si sposta a scatti, con il suo tormentato passo di danza, in mezzo alla piazza ocra, nella mattina già piagata dal sole: come un calabrone, si sente al chiuso e vorrebbe uscire. Prende sottobraccio Samuele e gli chiede come vanno le cose, lo fa con vero interesse, non sta mentendo, e poi, quando si accorge che Romagnoli è rimasto indietro, lo chiama a sé, ma solo per non escluderlo dalla conversazione in atto: – Quanto tempo. Quanto tempo. Abbiamo tagliato la strada alla Storia, caro Samuele. A proposito, quando esce il tuo saggio? – E anche ora è davvero curioso.

Samuele non risponde, chiede invece se ha mai piú sentito Deluppi e Varyna. – No, – fa Cantor, – loro ci sono se tu ci sei, altrimenti si lasciano cancellare dall'assenza.

– A me Varyna ha mandato un messaggio, – dice Samuele, – è morto Gavroche, steso da una macchina sulla provinciale.

– Cantor, vuoi andare a farti ammazzare? – chiede ex abrupto Romagnoli, e cosí facendo mette fine alla ricerca di una via d'uscita.

– Avete visto la foto piú famosa di Lorenzo «Tekoşer Piling» Orsetti passata sui giornali? Immagino di sí. Vi sembra l'immagine di un uomo che vuole farsi ammazzare?

Nessuna replica.

Intanto trovano posto in un bar all'aperto.

– Il povero Gavroche, accidenti... – dice Cantor come avesse visto comparire il cane di Deluppi in fondo alla strada.

– C'è qualcuno che devi vedere? – chiede Samuele.

– Ci sono fotografie di partigiani con il fucile in mano. Ci sono passate davanti agli occhi tante volte. Io ho in mente facce che sorridono. Ho in mente una ruvida bellezza. Sí, spesso sono belli, belle, troppo belli. Spesso sono quello che tutti avremmo voluto essere.

– Cosa vuoi dire?

– Che è gente che sa di essere prossima a compiere un gesto di giustizia, per far sí che seguano altri gesti giusti.

Ordinano da bere. Un giovane in giacca rallenta davanti al tavolo e non si allontana.

– Vi ringrazio di avermi seguito fino a qui, ma non c'è piú niente da dire.

– Forse, – dice Romagnoli, prima esitante, poi convinto, – hai sempre voluto decidere tu, sei tu che volevi indicare una strada, nessuno ti avrebbe portato da nessuna parte.

– Ho avuto in sorte un tempo in cui l'attesa di un maestro è pari a quella di un messia. E io non sono un messia.

– Chi lo è mai, Filippo? – Sembra che Romagnoli stia facendo una domanda, ma di fatto è un'implorazione.

Samuele resta a osservare, sa che l'equilibrio è delicato, ma nota che il giovane di prima non si muove.

– Nel bel Salento. La pizzica. I muri a secco –. Modula le frasi con un tono sempre piú grave. – Qui gli uomini non sono migliori.

– E *dove* sono migliori? – chiede con mestizia Samuele.

Cantor non risponde. E Samuele continua: – Il comparativo non tiene, Filippo, e comunque si tratta di stabilire rispetto a cosa. Cosí non tiene. Vero è invece che insieme al tempo che riconosciamo nostro ce n'è sempre un altro, il miglior tempo che ci è stato già dato e che impedisce all'umana Storia di cedere e finire miserabilmente.

– Guai se il comparativo tenesse, – dice Cantor, e forse, per la prima volta, sente nella filosofia di Samuele un'intonazione che lo riguarda.

– Lei è Filippo Castelli? – domanda il giovane in giacca che si è avvicinato al tavolo.

– Dipende, – fa lui.

– Lei è un giornalista, – lo inchioda Samuele.

– Non è un peccato mortale.

Romagnoli è sereno. Si passa il dorso della mano sugli occhi. – Ho passato una notte in viaggio, sono stanco, qui con questi amici non ci si vede da tanto tempo. Lei cosa fa in giro a quest'ora? È di Nardò? Cosa vuole sapere?

– Ho riconosciuto Castelli, è su tutti i giornali.

– Appunto, – fa Romagnoli. – Ne hanno già parlato. Anche la sua testata, immagino.

Cantor si sente di nuovo costretto, ma questa volta è un fastidio piú acuto.

Cercando di allacciare un bottone che non c'è, si rende conto che sono tutti e quattro vestiti come uomini del deserto: Samuele porta una camicia color sabbia, Romagnoli una camicia di lino beige, la giacca del giornalista è invece bianco sporco, stropicciata. La Legione straniera.

– Crede che queste sue imprese abbiano pesato sulla decisione di suo fratello?

– Mio fratello? – chiede Cantor sconcertato.

– Ha lasciato il partito, – dice Samuele.

– No, non c'è alcuna connessione, – si affretta a rispondere Romagnoli.

– Non c'è, – conferma quasi meccanicamente Cantor.

– Qualcuno ha messo in relazione le dichiarazioni sulla mafia e il caporalato con la risoluzione comunicata alla stampa da suo fratello il giorno successivo.

– Non abbiamo rapporti, – continua Cantor.

– In verità, – dice il giornalista, – la mia curiosità non è professionale. Quella piú squisitamente professionale mi detta altre domande: Come mai è qui? Vuole incontrare le autorità? Magari il sindaco?

– Voglio farmi spaccare il naso, eh? – fa Cantor con un'inattesa vibrazione di gioiosa affabilità, imprevedibile ma ben nota a chi lo conosce. – Non tengo ai miei connotati, questo lo può scrivere. Se mai la cosa facesse notizia. Viviamo in un Paese disgraziato. Vuole un caffè?

È solo quando il giovane giornalista lascia la compagnia con saluti ormai quasi fraterni che Cantor torna pensoso e chiude torvo l'incontro.

– Dove vi fermate a dormire stanotte?

– Bari. Abbiamo affittato una Passat, – fa Romagnoli. – E tu?

– Io resto qui.

– Sicuro che ti vogliano vedere? – continua Romagnoli.

– Chi? Autorità o agitatori?

– Ti servono le une e gli altri, – dice Samuele non senza un tocco di ironia.

– Io vedo tutta gente che non ha idea, che non ha futuro, che non ha niente. Tu appartieni al secolo scorso, Franchetti, e fai bene a guardarci da là. Qui è nebbia. O vapore. O nulla.

Sul «nulla», Cantor si leva in piedi. – Abbiate cura di voi, – dice sottovoce, e si allontana velocemente, dentro il teatro barocco della piazza, sui lucidi lastroni di pietra salentina, sparendo in un vicolo come oltre una quinta.

– Niente da fare, – commenta Romagnoli.

Che cosa volessero da Cantor, era pressoché insondabile. Cantor è sfuggito, nel giro di sei mesi, a ogni verosimile possibilità di controllo. Ha fatto una scelta che non somiglia per niente a una scelta, ma come tale hanno dovuto prenderla. Samuele, che non ama la sociologia, si trova di punto in bianco a utilizzare categorie che gli erano estranee. Cantor gli sembra calamitato dentro la mitologia dell'eroe: qualunque cosa faccia, è sempre puntata verso il sacrificio testimoniale. Vuole essere uno che dà fastidio, ma non gli è chiaro come le sue azioni di disturbo possano essere utili. Passa dalla stramberia all'esaltazione. E fra l'uno e l'altro estremo morde l'assenza di un maestro. Si sarebbe detto, volendo attenersi a strumenti conoscitivi ormai diventati periferici: un'esistenza mancata.

A Romagnoli non piace quell'«esistenza mancata», gli pare che Samuele, nell'arrampicarsi su un'interpretazione possibile, sia rimasto appeso a una banalità accademica. Non ribatte, si limita a incrociare le mani dietro la schiena mentre si muovono in cerchio per piazza Salandra, poi torna sulla figura del profeta senza Dio, su Elias prima del carro di fuoco, su Mendelssohn. Anche la sua è una strada senza uscita, ma, a fronte di quell'«esistenza mancata» gli scatta un'ansia di protezione, e una stizza che fatica a dissimulare e che, puntualmente, riconduce, non meno di Samuele, a un filtro culturale. Naturalmente al suo filtro riconosce una sostanza affettiva che quello di Samuele non ha, non può avere. Una volta di piú, nell'aiuto che Samuele gli offre vede Lena, Lena che non lo abbandona nel ginepraio-Cantor. Ma questa volta si sente offeso e getta irose occhiate sul professore, e c'è qualcosa di irresistibilmente comico in quelle due figure sotto il sole del Salento, che, ignare, l'una curva sotto il generoso crine, l'altra impettita nel lino beige – le manca un bastone con la testa d'avorio – fanno baruffa come comari.

Ventidue

Quando ero piccolo, diciamo fino alla prima adolescenza, sentivo ripetere spesso, specie la sera, «ancora dieci minuti, e poi a letto», «ancora cinque minuti, e poi mi raccomando», «non uscirai di casa prima di, dopo che». C'era sempre questo tempo misurato che veniva calcato fra me e la fine della mia veglia, del mio gioco, della mia festa. E allora quei dieci minuti diventavano lo spazio del possibile, l'infinità negata del possibile. Chiedevo che non finissero mai, che me ne fossero donati altri o che per un errore insondabile qualcuno dimenticasse il trascorrere dei minuti. Rimanevano cosí tante cose da confidare, cosí tante promesse da montare e sulle quali salire come fossero navi. Bisognava sbrigarsi. Quanto bisognava sbrigarsi. Non c'era spazio di raccoglimento, solo la piccola ansia severa che tutto finisse. Ancora dieci minuti. Ancora. La concessione aveva un suono sinistro. E infatti arrivava davvero il congedo, l'addio, il silenzio. Da quel momento in poi non avrei avuto piú amici con cui dividere il sogno del giorno dopo, mai piú avrei potuto origliare gli adulti, la festa argentata delle loro conversazioni, e mai piú avrei giocato sul prato verdissimo davanti alla casa dove il pomeriggio aveva preso la luce di un giorno senza crepuscolo. Ogni visione, ogni voce, ogni cosa sarebbe stata risucchiata nel nulla del tempo misurato.

Siedo davanti al mare, poco distante Samuele Franchetti, con i pantaloni arrotolati fino al ginocchio, la camicia aperta sul petto e il berretto pigiato sulla criniera, sfoglia un dattiloscritto e si esibisce in una buffa danza da seduto quando i fogli prendono il volo e lui tende il braccio come fosse ala e la mano come fosse artiglio per riacciuffare le carte fuggitive.

Ho salutato Cantor e mi pare d'essere tornato alla condizione dell'infanzia, quando mi veniva dato un tempo sempre prossimo a scadere. Niente piú Cantor. È arrivata la sera. L'abbiamo perso. La discesa in Salento ha protratto invano i «dieci minuti» di Cantor. Mi era stato dato un tempo e ho creduto di rincorrerlo, di trovarmi su un confine dove fermarci insieme. Ho pensato che avesse bisogno di raccoglimento e che io lo avrei potuto aiutare a trovarlo.

Non è di Cantor, mi dico, la forma del raccoglimento. Torno alla sua immagine di bambino nel mio studio. Mi è successo raramente di pensarlo com'era, eppure ora quel bambino silenzioso è riapparso, e mi sembra quasi naturale tracciare una linea che dalla muta interrogazione degli occhi di piccolo paziente arriva all'inquieta domanda che ho trovato progressivamente radicarsi nello sguardo del giovane uomo. Allora non avrei mai investigato sull'intensità di tanto guardare. Era un violino che rispondeva al mio archetto, stava bene, esprimeva quello che tutti i bambini esprimono quando sono in condizioni di farlo: una luminosa compatibilità con l'esistenza. Tutti i bambini guardano per vivere. Non dovevo far altro che verificare la costanza e la coerenza di quella condizione. Tornare al piccolo Filippo, a come sedeva sul lettino dello studio, alle risposte date con meri cenni del capo, scompagina le riflessioni della trasferta ma è come colmare una biografia monca, che ora urge completare, è come aggiungere delle battute di dialogo mancanti. Mi rendo conto di non avere alcun dovere formale nei suoi confronti, nondimeno mi sento chiamato a rispondere per lui, so che mi ha affidato, nolente, questo incarico. Mi è capitato spesso di andare a teatro e sentire con un tuffo al cuore che l'opera cominciava, che la rappresentazione, da quel momento in poi, doveva correre verso il suo compimento. Tanto piú se il contenuto mi era noto, precipitavo in questa specie di abisso: la storia era cominciata e avrebbe dovuto arrivare alla sua fine. Ecco, mi dicevo, ora entrano Figaro e Susanna, poi Cherubino, poi il Conte d'Almaviva, e poi, scena per scena, avrebbe avuto spazio la «folle giornata»: per quanto un regista lavori per distrarre l'attenzione, l'opera è quella e bisogna arrivare in fondo, dove Mozart ha stabilito che si arrivi per uscire da quella storia, e soltanto un incidente potrebbe interrompere lo sciogliersi del racconto, e forse neppure l'incidente conterebbe veramente, perché sarebbe cosí estraneo agli accadimenti scritti e cantati da formicolare come un fastidio, irrilevante e rimediabile. Ciò che è invece senza rimedio è che la rappresentazione di un'opera abbia inizio perché possa finire. C'è qualcosa di tremendo, di terribile nella apparente banalità di siffatta considerazione. E cosí in realtà ci si sente anche davanti a una vita, sappiamo che dobbiamo «uscirne», vederla concludere, non necessariamente con la morte. Forse la vita di Cantor era arrivata per me, per noi, al suo *exitus*. Era come se stessi ascoltando il coro che segue l'ultima aria, l'ultimo duetto.

Spio la figura di Samuele. Lo guardo con una sorta di antipatia. Non è la prima volta che mi capita. Ora tiene una penna biro in bocca, scuote la testa, la affonda tra i fogli e infine prende un appunto. E appena ripone la penna fra i denti ben serrati, mi sorride. Sa cosa vuole. Matura certezze anche quando lamenta le fatiche dell'accademia e persino quando teme, da storico e da uomo, la minaccia dell'oblio, la consumazione del passato dentro il presente assoluto. Sono certezze, le sue, che gli ricamano intorno agli occhi una vibrante luminescenza in apparente contrasto con la cupezza delle pupille. La sua sobria gentilezza talora mi mette a disagio, e perciò quando penso sia giusto manifestare la mia gratitudine mi contengo. In fondo mi fa sentire un suo coetaneo piú di quanto io sia in grado di assicurargli un posto fra i senior e la loro ipotetica saggezza. In quella «parità» mi abbandono senza imbarazzo. E cosí eccoci sulla sabbia di una spiaggia che comincia ad avvertire la fine dell'estate: ci sono locali per lo piú, i turisti si riconoscono a occhio nudo.

La materia di cui è fatto Samuele è lontanissima per consistenza e proprietà da quella che si riconosce in Cantor. Samuele vuole il suo tempo, ci si forza dentro, lo costringe a rivelarsi. Per Cantor non esiste un tempo in grado di contenerlo, semmai uno spazio-tempo in cui espandersi. Tiene in scarsissima considerazione la sequenza logica dell'accadere e, per quanto sia ossessionato dal fare, il suo fare è vicinissimo al precipizio del non fare della maggior parte dei suoi coetanei. Frugo nella sabbia, ci sono gusci vuoti, bianchi, eleganti. Ne cerco, ne trovo molti, ci soffio sopra, li lucido con il polpastrello e li metto in fila. Disegno due cerchi concentrici di gusciolі. C'è una perfezione in quell'immagine che mi irrita.

Non so come, mi viene voglia di fumare. Fermo un ragazzo e chiedo una sigaretta. Samuele mi squadra con la biro in bocca dritta come un coltello: forse vorrebbe ammonire ma ci rinuncia, lascia fare. Era almeno due anni che non mi succedeva. Mi viene in mente che avrei voglia di rifare tutte le strade di Cantor, incontrare le persone che ha conosciuto, limitarmi a farne un catalogo, identificarli con le stazioni dello spreco. Per la prima volta sento che potrei finalmente uscire dai confini della mia immobilità, forse potrei cambiare casa, forse potrei avere una nuova compagna. La mano corre alla tasca in cui tengo il vecchio prezioso iPod Classic. Mi infilo le cuffie, mi stendo sulla sabbia, dimentico Samuele. C'è qualcuno che probabilmente mi sta osservando e si chiede cosa e come raccontare di me, non devo quasi piú render ragione di che cosa mi ha portato lí. «*Auf freiem Grund mit freien Volke stehn!*», Faust si sta spegnendo. Mi piace tornare sulla traccia 6 delle *Scene dal Faust di Goethe*. I dieci minuti di Cantor sono consumati, adesso è tempo di dimenticare. Domani magari si ricomincia, o forse mai piú. *Ihn sättigt keine Lust, | ihm gnügt kein Glück. | So buhlt er fort nach | wechselnden Gestalten*… «Non c'è piacere che lo sazi, non c'è felicità che gli basti, sempre immagini mutevoli vagheggia».

Sto a occhi chiusi finché non sento Samuele che mi chiama.

Er ist vollbracht. «Tutto è compiuto».

Settembre 2019

Cantor è a cavallo della moto senza documenti: tutto il giallo del Salento gli viene addosso e continua a correre, pensa che tornerà, pensa che rivedrà Anna e suo figlio, pensa che qualcosa succederà nella sua esistenza.

C'erano in Cantor i tratti dell'uomo di religione – li vedeva anche Samuele e immaginava che avrebbe potuto essere uno dei tanti giovani che dimorano sul Lago di Tiberiade e si credono Cristo. Gli tornava anche in mente lo scrittore parmense incontrato da Deluppi. Se allora aveva ritenuto banale che un padre volesse riconoscere, per la figlia, i segni e le condizioni di un innegabile progresso, ora lo risentiva sciogliere le sue tesi, e gli pareva che avessero un fondamento, e soprattutto che un figlio fosse una buona ragione per identificare il buono che l'umanità aveva conquistato. E di nuovo si commuoveva. In fondo era diventato padre anche lui, e Florestano avrebbe potuto contare su ciò che rendeva il mondo vivibile. Che da lí in poi si consumasse una frattura e che Cantor si percepisse nel punto di rottura, nel fuoco di una contraddizione permanente dove invece era il male a esigere spazio, a scardinare la Storia, a battere chiodi nella carne degli uomini – fossero le vittime di tutte le stragi o fossero gli schiavi dei pomodori –, quella era la torsione di cui nessuno poteva rendere ragione, quella era la condizione che strappava i gesti di Cantor alla semplicità di una coerente testimonianza. Allora avrebbe risposto alla chiamata di don Mario, allora sarebbe stato al fianco dell'operoso amico pakistano. Invece no.

Samuele trotterella davanti a Romagnoli e si chiede cosa mai ci si aspetti dall'incontro con gli altri. Ha accompagnato il dottore a fermare Cantor, ma non ha smesso di interrogarsi sulla qualità di quella mossa che nulla aveva in sé di strategico o di originale. Era dettata da una confusa purezza sentimentale, che, proprio per quella caratteristica, aveva bisogno di un contrafforte di sostegno. Forse, ipotizza, Romagnoli ha goduto delle reali virtú aggregative della moglie, dato che lei, lei sí, sapeva agglutinare e condurre, e quando Cantor gli aveva chiesto con sottile imperio di essere guidato, era a lei che Romagnoli si era ispirato.

Anche lui, Franchetti, aveva cercato i suoi maestri, e quella sensazione di cui parlava Cantor, citando sant'Agostino, di non poter stare che «in piedi» davanti a un maestro l'aveva provata quando aveva incontrato Hayden White, prima a Roma e poi a Santa Cruz. Ecco. Ora però deve contentarsi di quel formicolante scontento connesso al fallimento dell'ambasciata. Che cosa si può chiedere a un uomo in nome dell'amicizia? Quasi nulla. Probabilmente Cantor ha preso una decisione o, se non l'ha presa, ha obbedito a un trasporto irrazionale che gli faceva confondere l'intento con l'obiettivo. Non c'è forma piú coriacea di convincimento, si ripeteva, di quello che sovrappone un'azione alla certezza di consolidare la propria identità.

Quella mattina, al bar di piazza Salandra, Cantor aveva anche raccontato la visita ai luoghi della strage nazista in Lunigiana e Samuele aveva avuto la netta sensazione che in quell'episodio Cantor avesse cercato e trovato l'evidenza del male antropologico, piuttosto che un collasso morale e storico. I fatti l'avevano aggredito, l'avevano messo a nudo: non si era sentito migliore di chi aveva eseguito gli ordini dello Sturmbannführer Walter Reder. Non si era sentito migliore di Reder.

I fatti. Anche ora, i fatti. Forse avrebbero dovuto creare l'occasione di una trattativa reale, ma con quali prospettive?

Continuano a vagare, fingono un interesse per il luogo che in realtà non esiste. Arrivano al posteggio, Samuele afferra il volante, cova un pensiero e poi propone: – Andiamo verso il mare, – e in venti minuti sono a Porto Cesareo. Si fermano sulla spiaggia – Romagnoli ascolta musica con gli auricolari, Samuele torna sulle pagine del saggio che sta scrivendo. Hanno visto un ristorante appena oltre le dune dove contano di pranzare. Quando, poco piú tardi, si siedono al tavolo, all'aperto, Samuele telefona a Magda, Romagnoli la saluta a voce alta. Ordinano una frittura. Scambiano qualche battuta sul nuovo governo, ma non è tema, oggi, che possa tenere viva la conversazione.

– Sai, caro Romagnoli, – dice Samuele, – Lena mi raccontava tante cose di voi, di Schumann, delle vostre complicità, anche dei vostri infantilismi – pare che vi divertiste molto a giocare. Ad esempio, che avevate due pupazzi che vi aiutavano a comunicare come ventriloqui.

Romagnoli lascia cadere la forchetta nel piatto. – Ti ha raccontato dei pupazzi?

– Sí, – fa lui, – lo fanno tante coppie.

– È vero, ma io ero tanti personaggi diversi, a seconda dell'umore.

– Questo non me lo ha detto.

– È cosí che andava. Avevo lo Scocciato, l'Impertinente, l'Imbronciato, il Cattivo, il Remissivo... boh, non so piú che altro.

Samuele accarezza il tovagliolo posato sulle ginocchia. – Poi, un giorno, ecco la confessione…

– Confessione?

– Mi raccontò di una sua fuga, mi disse che improvvisamente si era domandata se sarebbe stata possibile una vita altrove, senza di te.

– Cosí ti disse? Senza di me?

– Diceva che aveva un magone che la stava logorando, che il Romagnoli dava troppo per scontato e che quando si sta dentro l'esistenza insieme nulla va mai dato per scontato –. Samuele parla come se fosse davanti a un allievo. E Romagnoli tace, in attesa.

– Io pensai che era una gran donna, che per quanto fosse garantita da una prossimità ricca come la vostra, fosse visitata dalla prospettiva, come dire?, dell'ignoto, dall'urgenza di un'esperienza ancora tutta da attraversare. Avesse avuto un amante sarebbe stata tutta un'altra storia, ma non era cosí. Non c'era un altro uomo. O comunque non c'era ancora. C'era invece il baluginare di un'altra vita. Mi disse che, sbagliando, aveva comunque fatto una cosa giusta. La giustizia e l'errore. Chiusi in un solo gesto.

Romagnoli aveva smesso di mangiare, ma si versò da bere. Il bianco era fresco ma non abbastanza. Bevve a piccoli sorsi, quasi volesse impedirsi di riprendere la parola.

– Ha fatto bene a raccontartelo, – disse infine, – ha fatto bene –. E non aggiunse altro.

Samuele invece continuò a raccontare quel che sapeva: la Svizzera, Chaplin, il lago di Losanna.

– Siamo povere anime, – disse quasi fra sé e sé Romagnoli.

– Sai, ci penso spesso, e quando mi incanto a guardare Magda con il bambino mi chiedo dove si nasconda il suo ignoto, dove mi preparo a dare per scontato qualcosa nella nostra vita.

– Siamo povere anime, – ripeté Romagnoli, ma un po' piú forte. – Siamo costantemente orfani.

– Credi?

– Non ho mai smesso di dare qualcosa per scontato.

– Io sono convinto che la vostra storia sia stata bellissima.

Si levò un vento caldo che sollevò i bordi delle tovaglie e scosse tende e ombrelloni. A vederli da lontano, Romagnoli e Samuele parevano due personaggi risucchiati in una scena che non era la loro.

– C'è vento, – disse Samuele come uno di quei personaggi čechoviani che battono il tempo della commedia umana con la meteorologia.

Romagnoli abbandona la tavola e chiede dov'è il bagno. Davanti allo specchio vorrebbe piangere. Non ce la fa. Poi gli viene in mente Paulette Goddard e allora sí, gli si gonfiano gli occhi.

Torna al tavolo e Samuele sorride. Sente il suo interlocutore piú vicino.

– Sono stato inopportuno? – chiede.

– Un po', – fa Romagnoli, e questa volta ridono entrambi.

Di nuovo una ventata. Questa volta piú forte. Tanto che decidono di farsi portare il conto e andare. Sono davanti alla Passat. Forse non sanno neppure quale sarà la nuova tappa. Devono chiamare Cantor. Accordarsi per la sera. Sul cellulare, di lui non c'è traccia.

– Che cosa siamo venuti a fare, Samuele? – gli domanda Romagnoli, che si siede con rapidità al posto di guida.

– Siamo venuti a salutarlo.

E Cantor in fondo aveva atteso questo saluto. Ora corre in superstrada, imbocca una provinciale, sa dove andare. Sente vibrare il cellulare. Inchioda e risponde. I compagni con cui partirà da Brindisi gli raccomandano un bagaglio leggerissimo e la puntualità, e gli rammentano dove deve trovarsi, nell'area del porto.

Lascia cadere la moto a terra ed entra in un campo, avanza sotto il sole, come un cowboy. Ed è un cowboy finché gli regge il respiro, pesante. Corre. Si ferma. Si sente invadere da una malinconia di cui non conosce il linguaggio. Si guarda intorno, in cerca di una presenza che lo intimidisca. Nessuno. La piana, coltivata, ora è deserta. Un trattore in fondo a uno sterrato, immobile come un monumento. Fosse in montagna saprebbe cosa fare, come guardare, dove chiudersi. Lo aspettano a Galatina, ma a questo punto ha perso l'orientamento.

Gli vengono in mente Anna e il bambino, sulla strada della Lunigiana. Apre le braccia e sente, come molte altre volte, l'imminenza di un grido. Non sa da dove viene quel grido, ma gli sale dallo stomaco, spacca i polmoni. Quando si trova ammutolito sotto il sole, piegato su di sé, passa le mani sulla terra quasi rossa, vede sugli alti fili d'erba secca una sequenza di piccole lumache. Che cos'è tutto questo mondo che gli sembra esplodere?

Risente il muso premuto sulla terra fresca, lo scarpone del caporale sulla schiena. Ma ora la confidenza con la terra è piú forte. La mangerebbe, ora mangerebbe quella che ha davanti e forse si sentirebbe meglio.

Due anni prima era stato a Francoforte con Romagnoli per l'esecuzione di *Das Paradies und die Peri* di Robert Schumann. Erano in autostrada, Romagnoli al volante, e Cantor aveva letto ad alta voce il testo tratto dal poema di Thomas Moore. Ne era uscito entusiasta. Che si raccontasse la storia di una semidivinità caduta in disgrazia che doveva riconquistarsi il Paradiso, questo gli aveva toccato il cuore, e gli aveva toccato il cuore ancora piú profondamente che il dono che infine le apriva le porte del Cielo erano le lacrime versate da un uomo sul cui volto erano scritti tutti i delitti davanti alla purezza di un bambino che gli rammenta la sua pura infanzia. *Wie glühund die Wunden der Brust | ein Himmelstropfen er hielt sie all!* E Cantor non aveva saputo se sentirsi piú prossimo alla Peri finalmente accolta nel suo Paradiso o al criminale che poteva tornare a sé stesso, quando nessun delitto gli smangiava l'anima.

Dopo l'esecuzione, Romagnoli aveva dovuto trattenerlo, perché sapeva che avrebbe potuto farlo davvero: sarebbe andato in camerino ad abbracciare il soprano, Julia Kleiter, l'avrebbe tenuta stretta, ma con delicatezza, per contenere intatta quella voce limpida, dorata come l'abito che indossava, leggera come il cielo di Zoroastro. Per la prima volta, Cantor aveva guardato Romagnoli con gratitudine e con gratitudine aveva pensato a quell'anima in pena di Robert Schumann, uomo e artista senza pace. «Da qui avremmo dovuto partire», aveva dichiarato quando furono seduti nella sala ristorante del *Frankfurter Hof*. Poi avevano vagato per la città, magica, come Francoforte non era mai stata.

Adesso Cantor accarezza la moto, luttuosa e sensuale. Risponde al cellulare.

– Ti ho cercato, – dice la voce di don Mario.

– Lo so, lo immagino.

– So cos'hai fatto.

– Ma non sai cosa farò.

– Qualunque cosa tu abbia intenzione di fare, io ci sono, – dice don Mario, resta un certo tempo immisurabile in silenzio e poi chiude la comunicazione.

Cantor non aspetta la sera. Incontra un gruppo di giovani imprenditori di Nardò. Li ascolta. Gli sembra di intendere le intenzioni. Si distrae. Bravi cattolici, pensa, ma don Mario vede piú lontano.

Dovrebbe stare a cena con loro, dovrebbe dare un appuntamento a Romagnoli e Samuele, che peraltro lo cercano. Si trova di nuovo sulla strada, nel buio che avanza. Sta per entrare a Lecce, ma poi imbocca la circonvallazione. Il cellulare vibra e lui non risponde, è già a Brindisi.

Avrebbe dovuto essere lí tre giorni dopo, e Brindisi non è il posto migliore per attendere la partenza. È stato anche messo in guardia, ma fa finta di nulla. Si infila in una pensione. Torna in sella e si lascia accostare da una giovanissima prostituta.

– Io non ho mai pagato per una donna, – le dice, e lei con un accento incerto gli ricorda che nessuno lo obbliga, ma lei ha un prezzo. – Tutti ce l'hanno, – fa lui.

La ragazza si diverte ed è evidente che non le dispiace giocare. – C'è che sei bello, e allora non ti chiedono niente, ma io sí –. Ride come una bambina, ma poi fa le prove della seria professionista. – Dove mi porti? – chiede squadrandolo con intenzione.

– Da nessuna parte, – fa lui.

– Ci penso io, – e la ragazza indica un sentierucolo in mezzo agli sterpi che con ogni probabilità porta verso le mura del cimitero di Latiano. Cantor spinge la moto per la stradicciola impervia. Alle spalle, le auto distendono lingue di luce sulla strada. C'è un cagnetto a pelo raso che segue la coppia improvvisata e si ferma solo davanti allo spiazzo dove la ragazza dichiara con timida sfrontatezza: – Sono bella anch'io –. Si slaccia il top e lo tiene fra i denti.

Romagnoli e Samuele Franchetti hanno preso due stanze in un albergo alle porte di Lecce. Due doppie uso singolo, perché al dottore piace lo spazio. Malgrado lo spazio, non dorme. È disteso sul letto, ha spento l'aria condizionata e lasciato aperti gli scuri, cosí le luci del traffico notturno si incrociano tutte sul soffitto e lasciano tracce, segnali, flussi che si ripetono con una certa costanza. Non dorme e non pensa. Come già un tempo, le camere d'albergo gli comunicano un senso di protezione: ha a che fare con l'essere di passaggio e con la nostalgia di questo passaggio senza fine. Sparito Cantor, sparita Lena, sparita la presenza del ginkgo biloba. Gli pare di poter evocare, misto alla tosse del traffico, l'insistere struggente delle note del terzo movimento della *Sonata in Do maggiore*. Ma no, niente musica. La solitudine, la piú egoista delle solitudini.

E la notte passa anche sopra la boscaglia di pensieri e di capelli del professor Franchetti, abbandonato al sonno, nel buio sigillato della camera, nel buio senza storia, in quella forma di distacco dalle cose umane alla quale, nelle sue fantasie antropologiche, non è mai riuscito a dare un plausibile fondamento.

Sono entrambi condannati all'oblio, oblio senza durata, ma che, quando si dà, tutte le durate soffoca, estingue, cancella.

Domani torneranno dentro la vicenda che li ha condotti lí, forse proveranno a chiamare Cantor. Samuele chiamerà Magda. Romagnoli informerà Anna e Sabir. Dirà che non è accaduto nulla – che cosa mai sarebbe dovuto accadere, in fondo?

Ventitre
6 aprile 2020

Del messaggio vocale che Cantor mi ha inviato a settembre non ho piú traccia. Nel tentativo di salvarlo, l'ho perduto. Avrei dovuto chiamare Sabir o comunque qualcuno che avesse piú familiarità con la tecnofonia. L'ultima sua voce è stata quella. Tante volte abbiamo provato a chiamarlo, ma dal giorno dopo il messaggio la risposta è sempre stata quella di un operatore: «Il cliente da lei chiamato è inesistente o non è al momento raggiungibile».

Da allora non abbiamo saputo piú nulla. La famiglia ha avviato ricerche. Si è mossa anche la Farnesina. Dai campi di addestramento curdi, nessuna notizia. I contatti fiorentini non avevano nessun motivo per negare informazioni alla famiglia.

Ho passato il Natale con Sabir, Anna e Florestano. Samuele e Magda sono rimasti a Siena.

Da quando Lena e io siamo stati a Rothenburg ob der Tauber ho in casa eleganti decorazioni natalizie che appendo puntualmente al ficus e sulla porta d'ingresso. Quest'anno sono rimaste dov'erano. È aprile, fa caldo, fuori la città è deserta e carezzata da un azzurro che poco si accorda con l'ansia di chi ci vive. Le decorazioni sono rimaste dov'erano e a me non dà fastidio che ci siano. In fondo riaccendono la memoria della pioggia tedesca e delle ore passate a contemplare tutta quella estiva anticipazione del Natale.

Ho avuto un paio di incontri difficili con la signora Castelli, ed è stato un sollievo sapere che da qualche tempo ha cominciato a frequentare Anna e il nuovo nipote. La stessa cosa ha fatto, ma da subito, anche Giulio, di cui sono sin troppo evidenti le incertezze sul suo destino politico. Le interviste che ha rilasciato quando la sparizione di Cantor è diventata pubblica sono state esemplari e ne hanno restituito un'immagine specchiata, «anima inquieta e generosa», «un fratello che ha cercato fratelli».

Alla fine di luglio Cantor aveva scritto a Pellizzari per affidargli una procura speciale e portare a buon fine il riconoscimento di paternità di Florestano e per creare un fondo a suo nome. A Sabir invece ha dato l'incarico di aprire un conto per rispondere a eventuali necessità di Fatou, che a tutti gli effetti figura come sua moglie. Pellizzari ha trovato incompleta la modulistica ma è riuscito ad agire in conformità con l'iter burocratico.

L'ho chiamato piú volte Pellizzari e, con qualche sollievo, ho potuto leggere nella sua diligenza apparentemente asettica un'onestà affettuosa, una disposizione che somigliava alla presa di partito, in frizione se non in dichiarata opposizione alla volontà della famiglia. A ogni perplessità sollevata dalla signora Castelli, Pellizzari ha contrapposto il diritto e la sua inviolabilità. Si è limitato a citare i codici. «Suo figlio è in ordine», diceva, e lo diceva tanto da sollevare il sospetto che stesse esprimendo un'opinione.

È in ragione di ciò che ho affidato a Pellizzari l'amministrazione dei miei beni.

Mi sono progressivamente reso conto che stavo redigendo un testamento, cosí mi ero ripromesso di fare in agosto. In fondo è stato Cantor che mi ha indotto a farlo, e ha fatto bene – *è* un bene.

Due volte sono arrivate informazioni dalle quali si sarebbe potuto risalire a Cantor: quelle di un infermiere italiano che agiva in Iraq, ma di cui si sono perse quasi subito le tracce, e la testimonianza di un raccoglitore di pomodori che a Nardò aveva visto arrivare un ragazzo ferito o piú presumibilmente morto su un furgone. Ma anche quelle ricerche si sono presto arenate.

Per me è fin troppo semplice ritenere che, quale che sia l'avventura che lo ha visto protagonista, ora Cantor ha saputo entrare in un orizzonte di salvezza, forse ha sentito suonare le trombe del suo riconoscimento, della sua liberazione, come nel *Fidelio* di Beethoven.

Samuele mi chiama e dichiara di osare un'interpretazione a largo spettro. – Del resto, – dice, – sono un professore, – e avverto un pallido sorriso, un baluginare di ironia. Dice che Cantor è catalizzatore di una crisi globale: voleva sottrarsi al collasso dell'Occidente, e ha cercato l'Africa, l'Asia, ha avuto un amico pakistano, e continuava citando persino l'episodio di Francoforte, e tutto quell'entusiasmo per un'opera ispirata a mitologie religiose persiane. – Be', tutto ciò che l'ha mosso, – dice Samuele, – lo ha spinto lontano da noi. O meglio: da te e dalla lacera bandiera della tua resistenza estetica –. Si disarruffa il casco nero di capelli e conclude: – Da me è sempre stato lontano. Sono troppo lento per prefigurare un'altra lettura dei fatti, dei vecchi fatti.

È morto don Mario Scarpa. Sono stato con Sabir alle sue esequie. Quanta gente. Un mondo. Era riuscito a catalizzare consensi al di là del confine della fede. Che don Mario abbia intravisto l'anima di Cantor e che Cantor gliel'abbia lasciata guardare mi riempie di struggente stupore.

Talora penso anche al padre di Anna che se n'è andato in anticipo, lui con la sua grande illusione di un mondo nuovo. Anna mi ha raccontato che Cantor se l'è portato in moto fuori città, una volta, sembra un secolo fa. E io ci penso oggi con una fitta di gelosia.

– Cantor ha vissuto controtempo. Questo tempo non era il suo, – dice Samuele.

– Davvero c'è un tempo con cui possiamo coincidere?

– Credo proprio di sí, – risponde quasi sovrappensiero.

Faccio fatica a darmi pace e mi aspetto che le cose peggiorino. Cantor ci ha lasciato in pasto a un tempo che forse non era il suo, ma di certo è un tempo che lavora contro di noi.

Non mi piace il mio Paese, e provo una sorda pena per i miei giovani amici.

Cosa avrebbe detto Lena?

I vedovi – gli uomini rimasti senza coniuge, intendo – sono tristi creature, guardano nel vuoto credendo di riconoscere presenze che non ci sono. Se spostano l'attenzione su figure del desiderio rischiano di scivolare dove è difficile mantenere l'equilibrio, almeno cosí succederebbe a me, ne sono certo – ma è pur vero che altri hanno optato per la continuità. Un mio collega, quasi coetaneo, che quattro anni fa ha fatto un figlio e mi chiama di tanto in tanto per raccontare le gioie di padre tardivo, le intemperanze della giovane moglie, le visite con il bambino dal pediatra che è stato suo allievo.

Sento sempre meno musica a casa. Fino a febbraio non ho perso un concerto. Il tour di Benjamin Appl con i *Dichterliebe*, non è detto che sia confermato.

Cosí avanza l'immediato futuro. Mi piacerebbe che accadesse qualcosa. Ma per ora è accaduto solo qualcosa che è molto piú grave di quanto passa negli articoli dei gazzettieri sedotti dalla sventura collettiva.

È tornata, come chiamarla?, l'ipotesi del desiderio, è da tempo che Anna mi induce ad aprire quella strada.

Dice che sono un bell'uomo. Non dice anziano, e nemmeno vecchio. Sostiene che mi farebbe bene stare di nuovo accanto a una donna, ma adesso è troppo tardi e comunque lei non sa valutare il peso che ha avuto Lena nella mia esistenza. E cosí torno a riconsiderare gli anni che precedono il 2015.

Nella solita ora della veglia mattutina mi sembra di sentire uno sciacquio, il mare contro gli scogli, i colpi regolari delle braccia di Lena. È sempre stata una nuotatrice. Io no, dunque la vedo che mi chiama, che mi invita a seguirla. Cosa che spesso ho fatto, ma con fatica. C'era uno scoglio, a Gozo, che separava una baia sabbiosa dal mare aperto. Entravamo in mare insieme, la accompagnavo sempre fino al torvo artiglio di roccia e poi lei scompariva oltre. Avevo provato a seguirla, ma la mia confidenza con l'acqua non era tale da consentirmi di andare avanti. Ero rimasto appeso al murmure che lievitava in mare aperto ed ero tornato. L'avevo vista tagliare la cresta delle onde, bucare il blu, sfilare sotto la parete di roccia chiara, dove alti schiaffi di spume bianche ricadevano aggressivi. La vedo anche ora sparire, bracciata dopo bracciata, senza voltarsi indietro. La aspetto a riva, aspetto che riappaia, e forzo la vista perché accada. E quasi mai succede. Devo smettere di concentrarmi su quella visione. La lascio andare, lascio che non torni. Solo a quel punto la vedo apparire, scuotere il capo, strizzarsi i capelli, avanzare sin dove sto seduto, le braccia intorno alle ginocchia.

E cosí sparisce anche Cantor, sparisce nel Mediterraneo. Complice il sonno trasparente mi auguro che si incontrino, Lena e Cantor.

Mi levo dal letto di scatto.

Che cos'era la libertà di Lena quando si allontanava?

Dove andava? Forse cercava un tempo migliore come lo ha cercato Cantor?

Abbiamo saputo che Fatou ha avuto un figlio, anzi una figlia. Anna vuole andare in Senegal, vuole andarci con Florestano. Quando mai sarà possibile, a questo punto, non è dato sapere. E comunque, al di là degli impedimenti, esiste davvero una possibilità per far sí che i destini si incrocino, che si compia un disegno al di là della volontà degli individui?

L'unica cosa che so per certo è che non esiste una postazione privilegiata per contemplare l'accadere. Tirare le somme e dire come si va a finire, non ci è dato. Crediamo di mettere un punto e a volte crediamo che quel «punto» sia anche la fine di una frase. Possiamo far finta che ci sia davvero una conclusione piena di senso, ma non va cosí. Le frasi che ci riguardano non si chiudono. Cantor è sparito dentro questa consapevolezza e Lena, in quei giorni svizzeri, deve aver intravisto il silenzio o il caos da cui non smettiamo di difenderci.

Ricevo un messaggio dall'amico anarchico di Cantor, Silvestro, mi racconta e mi chiede, si scusa per l'invadenza e chiude la mail con una citazione da una ballata di Bob Dylan: «Detesto dirglielo, signore, ma solo i morti sono liberi».

La Storia continua a produrre orrore. Lo sanno anche gli uomini e le donne di buona volontà che vogliono tenerlo lontano, quando vogliono davvero tenerlo lontano.

Prima di morire vorrei tornare nel Paradiso da cui sono stato escluso, perché solo allora potrò misurare quanta parte di beatitudine ho avuto in sorte, e quanta beatitudine ho diviso con chi ho amato, o ho creduto di amare.

«Futtetenne, – mi ripete il collega partenopeo che si sta avvicinando alla fine. – Tengo la curiosità di vedere che ci sta dopo, ma è appena una curiosità. Per il resto, me ne fotto».

Finché ho potuto sono stato a trovarlo spesso, e l'ho visto cosí circondato da affetti – la bella moglie, i figli della moglie precedente, i nipoti vocianti – che quasi ho avvertito il pungolo dell'invidia. Chissà se Hayden White e i suoi amici si interrogavano con lo stesso profano ardimento del mio collega. Lui li faceva ridere i suoi piccoli pazienti, era famoso per quello, li accoglieva con una battuta e poi continuava a pizzicarli con smorfie, versi, canzonature. Ci volevano tornare «dal Napoletano», cosí anche loro lo chiamavano, i piccoli pazienti fra i tre e i dieci anni. Io avevo Mozart, Rossini, Pergolesi e me la cavavo bene. Ma non godevo della fama di cui godeva il Napoletano. Ora ha smesso, non li fa ridere piú. Ma con me non ha mai rinunciato alla sua bella antica comicità e ha continuato a salutarmi con un suo «Futtetenne», glorioso, solenne. È morto l'8 marzo, ma ha fatto in tempo a classificare il virus di cui si era cominciato a temere l'effetto pandemico come «fetente».

Anna è preoccupata per me. Mi ha chiamato a fine marzo e io le ho detto di non temere, che la scelta di rispondere all'invito fatto ai medici in pensione l'ho fatta in piena consapevolezza. Non mi sento né un eroe né uno sconsiderato. Posso farlo e posso essere utile. Mi sto preparando, e dico come fosse una battuta: «Da pediatra a pneumologo, ma si può fare...» Poi le domando come si sente, se Florestano dorme. Lei ha un moto di impazienza. A volte le succede. Anche Sabir se n'è accorto, anzi dice che, dopo la scomparsa di Cantor, tutti siamo cambiati e continueremo a cambiare. Tanto piú ora. Come il diavolo, questo virus ci dividerà, saremo soli, saremo piú infelici, piú poveri e rabbiosi, ma sempre piú obbedienti. Dobbiamo attrezzarci – nessuno farà sconti – per essere capaci di pensare e di sapere almeno a chi obbedire.

Anna è una donna piena di futuro, e lo ammette, e io le dico che è proprio questo che di lei mi preoccupa. Ride.

– Che cosa ci succederà? – domando con la finta ingenuità dell'uomo che teme il peggio. – Come vedi, possono solo accadere catastrofi, – e di nuovo la sento sorridere.

Non possiamo non parlare di Cantor. Lo facciamo ogni volta che ci sentiamo. Ci aspettiamo di averne notizie, prima o poi. Quali che siano.

– Magari torna, – dice lei. – Magari riappare, – correggo io, e penso, impropriamente, alle atmosfere di un racconto di Hoffmann.

Del resto le ricerche continuano. Non smetteranno cosí presto, se non ci saranno impedimenti. L'ipotesi che Cantor sia o sia stato in Rojava dove il 9 ottobre, complice il ritiro delle truppe di Trump nella Siria nordorientale, Erdogan ha attaccato i curdi, è piú che probabile. Mi dicono che si era informato, aveva letto, aveva cercato contatti. Ha fatto tutto da solo. Come da solo ha combattuto la sua battaglia con i raccoglitori di pomodori. È sempre stato da solo. E forse ha avuto anche paura di stare da solo. Quel messaggio, quel messaggio dalle colonne della via Appia, era un addio. Era davanti a un mare che gli negava il sentimento del vagabondo, la mera avventura, ma che piuttosto gli si parava dinnanzi come il confine e la fuga che ha continuato a immaginare e preparare dentro di sé. Se sapessimo che lo ha varcato lo potremmo ancora contemplare all'interno delle sue confuse, travalicanti aspirazioni. Non lo sappiamo. Io preferisco pensare che, in qualche modo, lui ci sia, altrove, e che quell'altrove lo contenga. *Macht mich auf ewig wieder jung!* «Che in eterno io giovane riviva».

Ho sbagliato qualcosa? Anche questo ho pensato, e ci torno su spesso.

Siamo una catena di errori. Lena lo sapeva.

Con Anna mi capita spesso di tentarla con domande importune. Anzi, non importune: stupide. Quanto ha contato Cantor per te. E lei paziente risponde: – Cosa vuoi che dica? Posso dire che l'ho amato, e solo quando lo dico, vedo tutto quello che di lui è rimasto invisibile.

Nel tempo in cui

Nel tempo in cui questa storia è venuta prendendo forma hanno testimoniato, con pesi e modi diversi, la loro presenza (concreta o anche solo ideale) e prestato il loro soccorso (concreto):

il dottor Giulio Torti che ha gentilmente acconsentito ad ascoltare quello che immaginavo potesse coincidere con la sua nobile e lunga esperienza di pediatra;

Reas Syed che mi ha raccontato del Pakistan, della sua famiglia, del suo attuale impegno civile;

Fabio Vacchi che mi ha schiuso sulla tastiera del suo pianoforte il semplice segreto di un passaggio del quarto movimento della terza sinfonia di Robert Schumann;

Gianluca Nigro che sa di cosa è fatta la storia dell'«oro rosso» in Puglia e ne ha scritto pagine fondamentali;

Francesco Pellegrini che mi ha parlato della sua formazione di montanaro;

Ozlem Mizgin Onder e Federico Porro prima che si sposassero, prima che partissero – dopo un memorabile cuscus alla curda;

Roberto Oligeri che ha raccontato, in piú occasioni, l'eccidio di San Terenzo Monti;

Giorgio e Iris che, ignari, mi hanno idealmente offerto il loro casale di Paganine;

don Luigi Mazzucato di Medici con l'Africa Cuamm che, ignaro, ha riacceso la bellissima memoria che ho di lui e del suo apostolato;

David Bidussa che mi ha consegnato, volente o nolente e perciò ignaro anche lui, alcuni aspetti della sua cultura storica e della sua identità ebraica;

Francesco Palisi che, meravigliosamente ignaro, ha lasciato nell'aria il suo «Futtetenne»;

Paolo Nori che, ignaro ma non troppo, mi ha stupito parlando di una sorta di inevitabile progresso delle umane vicende;

e poi:

Agnese Manni che ha fatto il tifo per Cantor dalle prime cinquanta pagine;

Francesco Colombo, conosciuto come giovane di bottega di Gianni Borgo, uno dei nostri piú grandi editori «irregolari», e ora ritrovato in veste di finissimo editor;

Giulia che ha letto e commentato una prima versione;

Francesca che ha letto e commentato una seconda versione;

Giovanna che ha letto sempre e ha garantito quello che una professionista può garantire, e quello che un'amica sa impreziosire;

Rosaria che con ironia e saggezza ha retto le sorti intorno al tempo in cui ci riconosciamo – spesso addirittura migliori.

Nota al testo.

La citazione a p. 3 è tratta da Vasilij Grossman, *Vita e destino*, trad. di C. Zonghetti, Adelphi, Milano 2008.

I versi alle pp. 51 e 54 sono tratti dalla canzone *Nel blu, dipinto di blu*. Testo di Domenico Modugno - Franco Migliacci e musica di Domenico Modugno. © 1958 by Edizioni Curci Srl. - Milano.

La citazione a p. 88 è tratta da Piero De Martini, *Schumann. L'ultimo capitolo*, il Saggiatore, Milano 2020.

I versi a p. 181 sono tratti dalla canzone *Des lendemains qui chantent*. Testo e musica di Benjamin Biolay. © 2004 Parlophone / Warner Music France, a Warner Music Group Company. Sub-editore per l'Italia: Warner Chappell Music Italiana Srl.

I versi a p. 229 sono tratti da *Darkness on the Edge of Town*. Testo e musica di Bruce Springsteen. © 1978 by Bruce Springsteen Music. Amministrato in Italia da Universal Music Publishing Ricordi Srl. Tutti i diritti riservati per tutti i Paesi. Riprodotto per gentile concessione di Hal Leonard Europe Srl *obo* Universal Music Publishing Ricordi Srl.

La citazione a p. 243 è tratta da Robert Schumann, *La musica romantica*, a cura di L. Ronga, SE, Milano 2007.

La citazione a p. 269 è tratta da Friedrich Nietzsche, *Così parlò Zarathustra*, trad. di M. Montinari, Adelphi, Milano 2001.

I versi a p. 325 sono tratti dalla canzone *Don't Play That Song (You Lied)*. Testo e musica di Ahmet Ertegün - Betty Nelson. © 1962 by Unichappell Music Inc. Sub-editore per l'Italia: Warner Music Publishing Italy Srl.

I versi a p. 356 sono tratti dalla poesia *I nostri mondi diversi*, in Choman Hardi, *La crudeltà ci colse di sorpresa*, trad. di Paola Splendore, Edizioni dell'asino, Roma 2017.

I versi a p. 394 sono tratti dalla canzone *Murder Most Foul*. Testo e musica di Bob Dylan. © 2020 Sony/Atv Music Publishing LLC. Amministrato in Italia da Sony Music Publishing Italy Srl. Tutti i diritti riservati per tutti i Paesi.

Indice

Questo libro è stampato su carta contenente fibre certificate FSC®
e con fibre provenienti da altre fonti controllate.

FSC
www.fsc.org
MISTO
Carta da fonti gestite
in maniera responsabile
FSC® C115118

Stampato per conto della Casa editrice Einaudi
presso ELCOGRAF S.p.A. - Stabilimento di Cles (Tn)
nel mese di settembre 2021

C.L. 24988

Edizione										Anno
1	2	3	4	5	6	7	2021	2022	2023	2024